内蒙古大学一流学科建设经费资助出版

国家社科基金一般项目"中华多民族文学交融视域下的元诗研究"（批准号：19BZW083）阶段性成果

国家社科基金重大招标项目"元明清蒙汉文学文献整理与研究"（批准号：16ZDA176）中期成果

赵延花　著

蒙汉文学交融视域下的
元诗研究

MENGHAN WENXUE JIAORONG
SHIYUXIA DE YUANSHI YANJIU

人民出版社

C目录
ONTENTS

引　言

　　自炎黄时代开始，中华民族就是一个多元一体的文化共同体。华夏民族共同体与周边的少数民族不断进行文化的碰撞与融合，商周、魏晋南北朝和辽、金、西夏与宋对峙时期，都是多民族文化交融的重要时期。蒙古族、满族在鲜卑、女真等少数民族之后入主中原，建立起统一南北的多民族大一统王朝，中华民族与中华文化在交融中进一步发展并升华。

　　中国史学、中国文学作为中华文化的重要组成部分，无法截然分开，所以中国文化史上，有很长一段历史时期都是文史不分的。由于史学的资治、经世作用受到历代统治者的重视，史学的地位较文学为高。所以从隋代始产生了六经皆史的观念，清代的章学诚在《文史通义》中明确提出"六经皆史"的命题。[1] 梁启超《中国历史研究法》一书中更认为中国古代史外无学。[2] 正是这种文、史界限模糊的学术传统，在中国古代文学、中国

---

① 章学诚:《文史通义》,上海古籍出版社 2015 年版。
② 梁启超:《中国历史研究法》,人民出版社 2008 年版。

古代史的研究中，文史互证或诗史互证就成为基本的治学方法。史官采诗观政，孔子界定诗歌的基本作用中也有"诗可以观"之一端，先秦诸子散文也常引诗为据，都是最早运用这一方法的显证。至近代，在综合运用诗史互证并取得重要成就的学者中，陈寅恪的成就无疑是最高的，他采用这种方法，著成《元白诗笺证稿》《论再生缘》《柳如是别传》等文学研究杰作。现代和当代出版的中国古代文学研究的论著都会在全篇或在某一部分采用这种方法。

采用诗史互证的方法研究民族文化交融与文学的关系始于20世纪80年代。1983年，启功在《少数民族与中华民族文化的关系》的演讲中就指出："现在我们选元朝人的诗，讲元朝的汉文学史，你能把萨都剌、廼贤取消吗？讲宋元书画史，你能把米芾、高克恭、倪瓒取消吗？讲书法史，你能把康里取消吗？不能，他们不但不能取消，而且还是起大作用，占重要位置的人。"[①]1989年，民族学家费孝通出版了他的学术专著《中华民族多元一体格局》[②]，著作引用大量文学作品佐证史料，从"多元"和"一体"两个侧面，阐释了我国各民族发展的历史和现实。"多元"是指各个民族都有自己的历史，其起源、形成、发展各具特点，从而区别于其他民族；"一体"是指各民族在发展过程中，并非是孤立的，而是与其他民族相互关联、相互补充的，有共同的民族利益。也就是说中国境内的56个民族，无论是在文化上还是生活上，都有着不可分割的内在联系。此后，各民族关系的研究有了发展。在文学研究领域，学者们也注意到之前的文学研究，多偏重于汉民族文化与文学，而其他民族文化与文学的研究过于薄弱。1997年李炳海所著《民族融合与中国古典文学》出版[③]，2001年刘

---

① 赵仁圭、万光治、张廷银编：《启功讲学录》，北京师范大学出版社2004年版，第153页。

② 费孝通：《中华民族多元一体格局》，中央民族大学出版社1989年版。

③ 李炳海：《民族融合与中国古代文学》，东北师范大学出版社1997年版。

亚虎、罗汉田、邓敏文合著的《中国南方民族文学关系史》^①出版，2005年郎樱、扎拉嘎等编著的《中国各民族文学关系研究》^②出版。这些成果的出版即阐明：中国境内的不同民族的文学或传承或交流，最终构成了中华民族文学的大千气象，同时也说明文学作为一种文化成果，是一定社会文化内容的艺术编码，是作家对文化的整合化、个性化和审美化，也必然成为民族文化交流的载体。正如李炳海所言："诗歌在各民族文化交流中所发挥的积极作用是独特的、不可替代的。从《诗经》到近代诗歌，几乎每一个时代的作品都带有民族文化交流的印记。"^③

蒙汉文化交融与文学关系的研究也在这种背景下蓬勃发展起来。王叔磐、孙玉溱合编了《古代蒙古族汉文诗选》^④，云峰著有《蒙汉文化交流侧面观——蒙古族汉文创作史》^⑤《蒙汉文学关系史》^⑥，白·特木尔巴根著有《古代蒙古作家汉文创作考》^⑦等。蒙汉文学关系的断代研究多集中在元、清两代，也出现了一些成果：如云峰的《元代蒙汉文学关系研究》^⑧，扎拉嘎的《比较文学：文学平行本质的比较研究——清代蒙汉文学关系论稿》^⑨，米彦青的《清中期蒙古族诗人汉文创作唐诗接受史》^⑩《接受与书写：唐诗

① 刘亚虎、罗汉田、邓敏之：《中国南方民族文学关系史》，民族出版社2001年版。
② 郎樱、扎拉嘎等：《中国各民族文学关系研究》，贵州人民出版社2005年版。
③ 李炳海：《诗歌：民族文化交流的媒介和纽带》，《文学前沿》2000年第2期。
④ 王叔磐、孙玉溱：《古代蒙古族汉文诗选》，内蒙古人民出版社1984年版。
⑤ 云峰：《蒙汉文化交流侧面观——蒙古族汉文创作史》，天津古籍出版社1992年版。
⑥ 云峰：《蒙汉文学关系史》，新疆人民出版社1997年版。
⑦ 白·特木尔巴根：《古代蒙古作家汉文创作考》，内蒙古教育出版社2002年版。
⑧ 云峰：《元代蒙汉文学关系研究》，民族出版社2005年版。
⑨ 扎拉嘎：《比较文学：文学平行本质的比较研究——清代蒙汉文学关系论稿》，内蒙古教育出版社2002年版。
⑩ 米彦青：《清中期蒙古族诗人汉文创作唐诗接受史》，内蒙古教育出版社2011年版。

与清代蒙古族汉语韵文创作》①等著作，都是秉承了诗史互证的方法，从对诗人诗作的研究入手，把对文学关系的研究与对民族文化关系的研究很好地结合，从而创作出独具特色的文学研究著作。

　　本书在学习、借鉴这些著作的研究方法和研究内容的基础上，将元代诗歌置于蒙汉文化、文学交融的视域下进行关照。期望通过书中的内容，对人们具体深入地了解和理解元代诗歌的特质，丰富和深化对于一这时期的民族问题、民族文化问题、民族文学问题以及其他一些相关思想观念的认知，能够有所助益。

---

　　①　米彦青：《接受与书写：唐诗与清代蒙古族汉语韵文创作》，中国社会科学出版社
　　　　2014年版。

第1章
元代蒙汉文化、文学交融概论

　　元代起讫时间有三种说法：一者是从蒙古王朝灭金，统一北方（1234）到惠宗妥懽帖睦尔至正二十八年（1368），朱元璋攻下大都，惠宗北迁，共一百三十四年；二者是自元世祖忽必烈至元八年（1271）定国号"大元"起，共九十七年；三者是自至元十三年（1276）元军灭南宋，统一全国算起，共九十二年。我们这里采用第一种说法，其合理性在于：公元1202年金章宗颁布《泰和律》，确立了金朝与宋朝并立的合法性，蒙古灭金后，自认为继承了这种合法性。而且蒙古灭金之前，基本采用草原王朝的统治方式，灭金后则逐渐转变为中原王朝的统治方式。当然历史时期开始或终结极少有具体日期。我们在具体研究中，为了完整体现蒙汉文化交融、蒙汉文学交融的特点，也会上溯至蒙古灭金之前，即大蒙古帝国时期，这样才能对蒙汉文化、蒙汉文学和蒙汉诗歌交融的特点和发展历程做出合理的解释。

一、元代蒙汉文化交融概论

10 世纪之后，由于宋王朝的军事实力较弱，辽、西夏政权与之分庭抗礼。之后，女真族建立金王朝，灭辽逐宋，入主中原。南宋与金分疆而治，南宋境内的民族、民族文化交融并不显著，而金统治区内，契丹人、女真人逐渐融入汉人族群，契丹文化、女真文化也逐渐与汉文化融合，成为了中华文化的组成部分。蒙古族政权远在漠北草原崛起，迅速建立起横跨欧亚两大洲的帝国，中华多民族交融开启了崭新的篇章，其中随着蒙汉民族的交融、蒙汉民族文化的交融开始，元政权的巩固逐渐深入。

（一）元朝的建立和蒙汉人民杂居局面的形成

多数学者认为，蒙古族源自东胡，是由其中室韦的一支发展而来。"蒙古"这一名称最早见于《旧唐书》，称其为"蒙兀室韦"，《新唐书》则称为"蒙瓦"，辽金时也作"萌骨""忙骨子""萌古斯""蒙古里"等，都是蒙古的同名异译。12 世纪以前，蒙古部散布在额嫩河、克鲁伦河、土拉河上游和肯特山一带。辽建国后，曾经利用蒙古族戍守北部边防，金灭辽，蒙古多数部落又都臣服于金。公元 1206 年铁木真称汗，建立蒙古汗国。从此，蒙古汗国所属各部，共用蒙古这一名称。1211 年，成吉思汗开始大举伐金，此年之前，蒙古人主要在漠北活动，较少接触汉族人。元太祖十年（1215）蒙古军攻克金中都（今北京），金迁都汴京；1234 年蒙古灭金，将金全部旧地纳入蒙古版图。

金朝末年，南宋想乘机报北宋亡国之仇。1221 年、1223 年南宋派使臣苟梦玉出使蒙古，与蒙古汗国通好，协商共同打击金朝等事宜。成吉思汗去世后，1230 年拖雷军向南宋借道伐金，1231 年南宋杀蒙古派往宋朝商量借道事宜的使者主卜罕。拖雷震怒，进军四川，强行借道，完成包抄金朝的计划。1232—1234年，南宋名将孟珙击溃金将武仙军，与蒙古军合围蔡州，最终将金朝葬送在汝南。金亡后，蒙古统治者没有按照盟约将河南及黄河南岸的大片土地归还南宋，于是宋元战争开始。

金末，蒙古族政权内部的权利争夺也很激烈，对宋的战争也是打打停停，直至忽必烈在金莲川开府。蒙哥汗六年（1256）春天，忽必烈命刘秉忠在金莲川北面，桓州以东、滦河（今称闪电河）以北建新城，经营宫室，命名为开平府。城池历时三年建成，以汉式宫殿为主，兼有蒙古传统文化特色的宫帐。开平城（上都）既是汉族儒士聚集之所，是忽必烈经营汉地的根据地，也是忽必烈有意改变游牧民族的"行营""行殿"制度，实施汉民族定都、定居制度的尝试。

中统元年（1260）忽必烈继承汗位，按照中原传统称皇帝，立年号。此年夏四月的诏书中说："朕惟祖宗肇造区宇，奄有四方，武功迭兴，文治多缺，五十余年于此矣。"①"武功迭兴，文治多缺"一句概括了忽必烈之前整个大蒙古国时期的历史事实。五月的诏书中又说："朕获缵旧服，载扩丕图，稽列圣之洪规，讲前代之定制。建元表岁，示人君万世之传；纪时书王，见天下一家之义。法《春秋》之正始，体大《易》之乾元。炳焕皇猷，权舆治道。可自庚申年五月十九日，建元为中统元年。"②至元六年（1269）忽必烈命刘秉忠和许衡采纳古代礼仪制度并融合金朝的朝仪，订立了元朝的朝仪制度，两年后的天寿节正式启用。忽必烈按照中原文化传统改造体制，宣告了自己是中国历代中央王朝的正统继承者，其统治重心也由漠北转移到中原。至元八年（1271）忽必烈改国号为元，定都大都，改开平府为上都，又名上京或滦京，作为元朝的夏都。新王朝虽然与其他

---

① 宋濂：《元史》卷5，中华书局1976年版，第64页。

② 李修生：《全元文》第3册，江苏古籍出版社1999年版，第266—267页。

封建王朝一样以中原王制传统为主体，但却也保留了许多"祖宗旧制"。至元十一年（1274）忽必烈派大军征伐南宋，至元十六年（1279）崖山海战后，南宋彻底覆亡，元朝统一了大江南北。

蒙古与金作战初期，蒙古人攻下州镇，掳掠财物人口，然后撤军，并不分兵驻守。被劫掠的人口与归降的人口，很多被迁往漠北。《元史·史天倪传》记载，史天倪之父史秉直率乡里数千人归附蒙古后："秉直抚循有方，远近闻而附者，十数万家，寻迁之漠北，降人道饥，秉直得所赐牛羊，糓分食之，多所全活。"① 在漠北的镇海城就安置了大批的汉族工匠，《长春真人西游记》中描写丘处机一行来至镇海城，"七月二十五有汉民工匠络绎来迎，悉皆欢呼归礼，以彩幡、华盖、香花前导。又有章宗二妃曰徒单氏、曰夹谷氏及汉公主母钦圣夫人袁氏号泣相迎。"② 法国人威廉·鲁不鲁乞（约1215—1270）在1254年来到当时大蒙古国的都城哈剌和林，他在《东游记》中记载，当时哈剌和林有一条大街名为契丹（即汉人）街，居住着从金及宋地掳掠来的工匠。③ 与蒙古军掳掠汉族人口一样，金在与蒙古作战期间，也常常掳掠蒙古人口，卖到中原为奴，《蒙鞑备录》"征伐"条记载金国"每三岁遣兵向北剿杀，谓之减丁。迄今中原人尽能记之曰：'二十年前，山东、河北谁家不买鞑人为小奴婢？皆诸军掠来者。'今鞑人大臣当时多有掳掠住于金国者。"④ 而同时蒙古人因为战争，以营为家，大批徙居内地。蒙古族与北方汉族人民开始杂居，蒙汉文化间的交流开始。

南北统一过程中，包括蒙古族在内的大量北人南下，南方汉族人民或

① 宋濂：《元史》卷147，中华书局1976年版，第3478页。
② 李志常：《长春真人西游记》，河北教育出版社2001年版，第38页。
③ 威廉·鲁不鲁乞：《东游记》，载［英］道森编：《出使蒙古记》，吕浦译，周良霄注中国社会科学出版社1983年版，第203页。
④ 赵珙：《蒙鞑备录》，《王国维遗书》本（第13册），上海书店1983年版。

为了躲避战火，或为了寻求功名，或被战争裹挟，很多南人北上。南北统一后，为加强对中原地区的统治，忽必烈在全国重要的行省和边防重地屯驻重兵。当蒙古士兵和汉军中的蒙古贵族有了固定驻所后，其家庭成员也随迁至中原定居。初到中原的蒙古军还保持着游猎习俗，常常侵占耕地为牧地，慢慢地蒙古人学会耕种技术，与中原汉人农户没有太大差别了。随着经济的发展和社会秩序的恢复，大批蒙古和色目人因为仕宦、游历、经商等各种原因向南迁徙甚至定居内地，多民族、蒙汉民族杂居的局面基本形成。

蒙古人逐渐与汉人通婚。蒙古贵族与汉军世侯家庭最早开始联姻，南北统一后，中下阶层之间也开始通婚。古代一夫多妻的习俗，加之蒙古人四民之首的地位，汉人女子为蒙古人妻妾者很多。随着民族文化的交融，北方汉人也效仿蒙古人，收继婚俗在北方盛行。汉人取蒙古名和蒙古人取汉名已经非常普遍。

（二）蒙元政权对儒、释、道人才的延揽及任用

首先是对儒家文人的延揽和任用。随着契丹人、女真人、汉人的大量归附，蒙古族统治者利用这些人攻城略地或选择其中的有为之士备顾问、治理州镇。著名文人耶律楚材就是在这个时期进入蒙古统治集团的，他在蒙元政权建立的初期，在各方面的贡献都不可忽视。耶律楚材（1190—1244），字晋卿，号湛然居士。本为契丹皇族，是辽太祖耶律阿保机长子耶律倍之后。史称他不仅精通契丹文字，而且精通汉族文化，通晓六经、诸子之书，对于历算、书法、绘画、诗文也很擅长。生长于燕京，金朝时曾在尚书省任职。公元 1218 年，被成吉思汗召见，后又随成吉思汗西征，逐步进入蒙古统治核心。他将历法、文书制度以及汉字等先进的中原文化带给蒙古族。《黑鞑事略》中记载大蒙古国设立必阇赤，掌管文书的往来：

"行于回回者，则用回回字，镇海主之……行于汉人、契丹、女真诸亡国者，只用汉字，移剌楚材（耶律楚材）主之。"①

成吉思汗去世后，窝阔台继汗位（1229），耶律楚材被任命为中书令，成为蒙古汗国时期，被任命的第一位非蒙古族汉化高官。在耶律楚材等大臣影响下，窝阔台汗也开始任用汉族儒士为官。根据《元史·太宗本纪》及《元史·耶律楚材传》记载，窝阔台汗二年（1230），耶律楚材奏请任用儒士为课税使，一次启用了 28 人，这是蒙古王朝大规模任用儒士的开始。

窝阔台汗八年（1236）夏六月，窝阔台汗下诏由耶律楚材主持，在燕京设立编修所，在平阳设立经籍所，任命梁陟为主修官，王万庆、赵著为副主修官，编辑经史典籍。窝阔台汗九年（1237）秋八月，窝阔台汗下诏"命术虎乃、刘中试诸路儒士，中选者除本贯议事官，得四千三十人。"②因为第二年是戊戌年，史称此次选拔儒士为"戊戌选"，一般被认为是元朝科举制的滥觞，这些中选儒士很多成为元世祖朝名臣。

蒙哥汗在公元 1251 年即汗位，因为忽必烈在其诸弟中"最长且贤，故宪宗尽属以漠南汉地军国庶事，遂南驻爪忽都之地"③，蒙汉文化的交融进入一个新的历史阶段。其实宪宗即位前，忽必烈就已经开始留意汉族文化，注意延揽汉族儒士了。《元史·世祖本纪》中称忽必烈："仁明英睿，事太后至孝，尤善抚下。岁甲辰，帝在潜邸，思大有为于天下，延藩府旧臣及文学之士，问以治道。"④甲辰年是公元 1244 年，但实际上在此年之前已经有儒家文人进入藩府。窝阔台汗十三年（1241）西京怀仁赵璧进入潜邸，赵璧学习蒙古语，翻译《大学衍义》，常常在马背上为忽必烈讲解。

---

① 彭大雅、徐霆：《黑鞑事略》，《王国维遗书》本（第 13 册），上海书店 1983 年版。
② 宋濂：《元史》卷 2，中华书局 1976 年版，第 35 页。
③ 宋濂：《元史》卷 4，中华书局 1976 年版，第 57 页。
④ 宋濂：《元史》卷 4，中华书局 1976 年版，第 57 页。

1244 年前赵柄、高良弼等人也已经进入潜邸，从 1244 年到 1251 年，许国桢、许扆父子，王鹗、张文谦、张易、李德辉、张德辉、窦默、智迁、廉希宪、赵秉温、姚枢等文人也进入潜邸。蒙哥汗二年（1252）张德辉与元好问觐见忽必烈，上尊号"儒教大宗师"，忽必烈"悦而受之"。① 张德辉还建议免除儒户的兵赋，忽必烈也采纳了这一建议。与漠北相比金莲川更接近中原地区，忽必烈礼遇儒士文人的举动一时播扬开去，大量金源文人儒士纷纷进入藩府。有史可考的汉族儒士就有赵良弼、刘秉恕、李简、许衡、赵弼、张耕、徐世隆、董文炳等 30 多位，他们希望在忽必烈这里得到施展抱负的机会，安民济众，为连年战火中的生民纾解灾难。其中王鹗是金朝的状元，忽必烈"闻其名而召见，呼秀才而不名，赐三僮，给薪水，命后亲制衣赐之，视其试服不称，辄为损益，宠遇无与为比。"② 王鹗为忽必烈讲授过《孝经》《尚书》《易经》等儒家经典。姚枢经赵璧推荐进入潜邸，忽必烈"待以客礼。""询以治道，乃为书数千言"。③ 窦默进入潜邸后，为忽必烈讲论三纲五常、诚意正心的理学思想，非常符合忽必烈的心意，以至于："一日凡三召与语，奏对皆称旨，自是敬待加礼，不令暂去左右。"④ 忽必烈认真听取这些中原文化思想，每年举行祭祀孔子仪式。不但自己学习，忽必烈还让自己的侍从和蒙古人学习儒学，王鹗在漠北两年，"乞还，赐以马，仍命近侍阔阔、柴祯等五人从之学。"⑤ 忽必烈还令"蒙古生十人从璧（赵璧）受儒书。"⑥ 张德辉也曾奉旨"教胄子字罗等。"⑦ 忽必烈非常赏识姚枢，命其教授长子真金儒家经典："动必召问，且

---

① 宋濂：《元史》卷 159，中华书局 1976 年版，第 3825 页。
② 宋濂：《元史》卷 159，中华书局 1976 年版，第 3747 页。
③ 宋濂：《元史》卷 158，中华书局 1976 年版，第 3711 页。
④ 宋濂：《元史》卷 158，中华书局 1976 年版，第 3730 页。
⑤ 宋濂：《元史》卷 160，中华书局 1976 年版，第 3756 页。
⑥ 宋濂：《元史》卷 159，中华书局 1976 年版，第 3747 页。
⑦ 宋濂：《元史》卷 163，中华书局 1976 年版，第 3834 页。

使授世子经。"① 真金不仅随姚枢学习，也曾师从窦默，② 所以真金也成为忽必烈诸子中汉文化水平最高的。

忽必烈在这些汉族儒臣的辅助下，在汉地实行汉法。蒙哥汗元年（1251）派张耕、刘肃等治理邢州，蒙哥汗二年（1252）派杨惟中、赵璧、史天泽治理河南，蒙哥汗三年（1253）又派杨惟中、商挺治理关中，都取得了非常好的效果，坚定了忽必烈行汉法治理汉地的决心。通过这些文人儒士的帮助，忽必烈获得了汉族知识分子的认可和支持，为日后依靠汉族力量获得皇位并统一天下奠定坚实的基础。

南宋投降之后，忽必烈为安抚江南人心，开始在江南延揽汉族人才。③ 大规模延揽南方人才始自至元二十四年（1287）程钜夫的江南访贤。④ 程钜夫所荐举的二十余人，除了《元史》中已载的十余位外，像吴澄、谢枋得、范晞文等诗文大家也在荐举之列。

元朝建立后，汉族儒士一个重要的职责就是为帝王讲论经史。元代文人学者为皇帝讲论经史始于世祖时期，如前所述众多潜邸儒臣都曾为世祖讲授儒家思想或汉族历史，但没有制度化，讲授时间不固定，讲授者的身份也很复杂。至泰定帝时设立了专门的经筵官，经筵制度得以建立。泰定元年（1234）"遂命平章政事张珪、翰林学士承旨忽都鲁都儿迷失、学士吴澄、集贤直学士邓文原，以《帝范》《资治通鉴》《大学衍义》《贞观政要》

① 宋濂：《元史》卷 158，中华书局 1976 年版，第 3713 页。
② 宋濂：《元史》卷 159，中华书局 1976 年版，第 3739 页。
③ 《元史·叶李传》记载："至元十四年（1277），世祖命御史大夫相威行台江南，且求遗逸，以李姓名上。"宋濂：《元史》卷 173，中华书局 1976 年版，第 4047 页。
④ 《元史·程钜夫传》记载：至元二十四年，程钜夫为集贤直学士，拜侍御史，行御史台事，奉诏求贤于江南。"帝素闻赵孟頫、叶李名，钜夫临当行，帝密谕必致此二人；钜夫又荐赵孟頫、余恁、万一鹗、张伯淳、胡梦魁、曾晞颜、孔洙、曾冲子、凌时中、包铸等二十余人，帝皆擢置台宪及文学之职。"宋濂：《元史》卷 172，中华书局 1976 年版，第 4016 页。

等书进讲，复敕右丞相也先铁木儿领之。"① 泰定四年（1327）雍古部人赵世延（1260—1336）迁中书右丞，向泰定帝进一步建议经筵制度化，得到了泰定帝的认可，致和元年（1328）设立了经筵官："以赵世延知经筵事，赵简预经筵事，阿鲁威同知经筵事，曹元用、吴秉道、虞集、段辅、马祖常、燕赤、字术鲁翀并兼经筵官。"②

元文宗时设立了专门的经筵机构——奎章阁，包括侍书学士、承制学士、供奉学士等，皆由大学士统领，成员从蒙古人、色目人、汉人、南人中择选，主要职责是为皇帝和蒙古贵族子弟讲述经史以及元朝的"扎撒"。曾经在奎章阁任职的汉族文人有：许有壬、尚师简、李泂、揭傒斯、柯九思、杜德常、王守诚、王沂、周伯琦、归旸、苏天爵等数十人。元顺帝时奎章阁改为宣文阁，宣文阁所属官员的主要职责也是为皇帝讲授经史。元朝进讲的经史主要有《尚书》《易》《诗》《孝经》《大学》《中庸》《论语》《孟子》《贞观政要》《资治通鉴》等。文臣讲授时往往需要使用蒙古语，或者由蒙汉兼通的蒙古族大臣代为翻译。

其次是对释道人才的延揽和任用。《元史·释老传》开篇说：佛教、道教"行乎中国也，千数百年"，其盛衰都与统治者的好恶有极大关系。"元兴，崇尚释氏，而帝师之盛，尤不可与古昔同语。"③《元史》中所说的"帝师之盛"指的是蒙元统治者对藏传佛教的崇信。

藏传佛教俗称喇嘛教，蒙古族统治者与藏传佛教的接触开始于窝阔台汗时期，与元蒙政权对吐蕃地区的政治、军事战略密切相关。中统元年，忽必烈即位，封吐蕃僧人八思巴为国师，授玉印，后又加号帝师。八思巴还为皈依藏传佛教的忽必烈举行了正式的灌顶宗教仪式，也向其子真金等人传授藏传佛教教义。元朝统治者通过这种政教合一的方式，实现了对吐

---

① 宋濂：《元史》卷29，中华书局1976年版，第644页。
② 宋濂：《元史》卷30，中华书局1976年版，第685页。
③ 宋濂：《元史》卷202，中华书局1976年版，第4517页。

蕃的控制。

元朝统治者虽以藏传佛教为国教，但自成吉思汗以来的宗教政策，藏传佛教并未达到独尊的程度。正如志费尼在《世界征服者史》中说：因为成吉思汗不信宗教，所以他对于任何教派都没有偏见，不尊此而抑彼，"他一面优礼相待穆斯林，一面极为敬重基督徒和偶像教徒（即佛教徒）。他的子孙中，好些已各按所好，选择一种宗教：有皈依伊斯兰教的，有归奉基督教的，有崇拜偶像的，也有仍然恪守父辈、祖先的旧法，不信仰任何宗教的……他们虽然选择一种宗教，但大多不露任何宗教狂热，不违背成吉思汗的札撒，也就是说，对各教一视同仁，不分彼此。"①《多桑蒙古史》中也记载：成吉思汗"命其后裔切勿偏重何种宗教，应对各教之人待遇平等"，"各宗派之教师教士贫民医师以及其他学者，悉皆豁免赋役。"②成吉思汗对待宗教的这种态度影响了蒙古诸帝，因而汉传佛教、道教在元代也得到了优礼。

成吉思汗早年间曾以外臣身份朝拜金统治者，应当接触了到金朝繁盛的汉传佛教文化。根据《蒙古秘史》记载：成吉思汗收养高昌回鹘国王为第五子，还将女儿嫁给他，高昌国盛行汉传佛教，成吉思汗对这一地区进行统治，汉传佛教必然也会对他有所影响。这些都是侧面的、间接的影响，对成吉思汗造成最直接影响的应该是海云印简禅师和居士耶律楚材，耶律楚材博通三教，其事迹已如前所述。海云印简禅师（1202—1257）俗姓宋，幼而颖悟，后出家，师从禅宗临济宗大师中观沼，居岚州广惠寺。成吉思汗十四年（1219），木华黎破岚州，他与其师中观沼禅师被木华黎推荐给成吉思汗。"历事太祖、太宗、宪宗、世祖，为天下禅门之首。"③海云禅师受忽必烈召请前往漠北时，邀请了云中南堂寺的刘秉忠一起前往。忽必

---

① 志费尼：《世界征服者史》，内蒙古人民出版社 1980 年版，第 29 页。

② [瑞典] 多桑：《多桑蒙古史》，冯承均译，东方出版社 2013 年版，第 114 页。

③ 李修生：《全元文》第 16 册，江苏古籍出版社 2000 年版，第 346—347 页。

烈非常赏识刘秉忠的才学，海云南归后仍留刘秉忠在潜邸，忽必烈经常让刘秉忠为他讲解古今事物通变之理、历代君主治理国家之法、儒家治国安邦之术以及禅宗的戒杀等思想，成为元初影响力最大的僧官。刘秉忠去世之后，汉传佛教的传人再没有人像他那样出将入相，但元蒙统治者诸教平等的政策，汉传佛教名刹也和藏传佛教寺庙一样获得统治者众多的赏赐，占有大量的田产。汉传佛教诸多领袖人物受到统治者召见，被委任为僧官，管理教派，修复寺庙。

蒙元政权对道教人才的关注始自成吉思汗对全真教掌教丘处机的征召。丘处机（1148—1227），字通密，自号长春子，生于山东登州栖霞。1166年，19岁的丘处机出家学道，拜全真道创始人王重阳为师，为全真道教七真之一。1217年丘处机成为全真教教主，1218年他从山东栖霞县的太虚观转到莱州昊天观。1219年丘处机已经72岁，此前曾拒绝了南宋及金朝的聘请，但对于成吉思汗的聘请却没有拒绝。1220年，丘处机带领赵道坚、尹志平、夏志诚、王志明、张志素、宋道安、孙志坚、宋德方、于志可、鞠志圆、李志常、张志远、綦志清、杨志静、郑志修、孟志稳、何志清、潘德冲等十八名弟子，启程前往西域，于1220年抵达西域河中府——邪米思干大城，1221年到达八鲁湾（阿富汗兴都库什山西北麓）——成吉思汗的行营，面见了成吉思汗。丘处机的思想受到成吉思汗的认可，尊称他为神仙。成吉思汗虽然没有从丘处机那里获得长生之法，但却利用这次会晤作为经略中原、获得中原人心的一种手段。1224年丘处机与弟子们回到汉地后，居燕京太极宫（后改名长春宫），受命掌管天下道教，全真教开始在北方蒙古族占领区走向繁荣。

在蒙古族上层的庇护下，元初全真教在北方的势力过度膨胀，经常侵占佛教寺院、寺产，于是引起了佛教界的不满。蒙哥汗五年（1255），少林寺的福裕长老北上和林状告了全真教的不法行为，蒙哥汗下旨惩罚全真教。蒙哥汗八年（1258）忽必烈在开平主持了佛道间的第一次大辩论，结果全真教败北。至元十八年（1281）忽必烈又主持了第二次佛道间的大辩论，全真教再次失败。两次辩论后，忽必烈都对全真教进行了惩罚，焚烧了大量道教经书，一些道士被剃度为僧，就连大都的长春宫也被多年禁止宗教活动。全真教地位下降，江南的道教派别——正一天师教因为受到忽必烈的认可，乘势而起，统领江南道教，打开了正一教几乎与元朝国运相始终的荣宠局面。除了全真教与正一教，元代其他道教派别也获得了统治者的支持，发展迅速。

（三）蒙汉双语人才的培养及二元教育体制的形成

蒙汉之间语言殊异，交流成了最大的问题。随着蒙汉接触日益频繁，急需蒙汉兼通的"双语"人才。金末元初，在蒙古占领区学习蒙古语成为热潮，徐霆在燕京见证了这一情景：

> 燕京市学，多教回回字及鞑人译语。才会译语，便做通事，便随鞑人行打，恣作威福，讨得撒花（赏赐），讨得物事吃。契丹、女真原自有字，皆不用。①

在这种"民间学校"速成的双语人才，水平较低。而在蒙金战争中被掳掠到蒙古地区的汉族人，因为与蒙古人朝夕相处，则成为其中的佼佼者。《元史》中就记载了多位这样的历史人物，如弘州人杨惟中，"金末，以孤童子事太宗。知读书，有胆略，太宗器之。"二十岁奉命出使西域三十余国，宣扬国威，受到太宗赏识。太宗崩，乃马真称制，杨惟中被任命为中书令。②太原人郝和尚拔都，幼时为蒙古兵所掠，在郡王讫忒麾下。"长通译语，善骑射。太祖遣使宋，往反数四，以辩称。"③宣德人刘敏，

---

① 彭大雅、徐霆：《黑鞑事略》，《王国维遗书》本，上海书店 1983 年版。
② 宋濂：《元史》卷 146，中华书局 1976 年版，第 3467 页。
③ 宋濂：《元史》卷 149，中华书局 1976 年版，第 3553 页。

十二岁在乱兵中与父母离散，被蒙古大将收养。"习国语，阅二岁，能通诸部语。"① 成吉思汗赐其名玉出干，成吉思汗西征时他一直扈从左右。

成吉思汗为了更好地控制被征服地区的降臣，命这些大臣送一子入宫为怯薛护卫（秃鲁花），组成质子军。质子大多年幼入宫，生活在以蒙古人为主的宫廷环境里，自然精通蒙古语。如董俊第八子董文忠"岁壬子，入侍世祖潜邸……世祖即位，置符宝局，以文忠为郎，授奉训大夫，居益近密，尝呼董八而不名。"②

也有一些北方的汉族人，因较早接触到蒙古人，通过自学，也熟练地掌握了蒙古语。例如《元史》中记载的张雄飞，其父为金朝官员，金亡，雄飞与其父失散，到处流亡寻找家人，后到燕京。"居数岁，尽通国言及诸部语。"③

随着蒙古人对中原占领区的扩大，蒙古统治者急需大量可以信任的双语人才，窝阔台汗四年（1233），窝阔台下诏在燕京文庙设立国子学，由朵罗歹、石抹咸得卜及十投下官员，挑选蒙汉子弟入学。第一批入学者有蒙古子弟 18 人，汉人子弟 22 人。窝阔台汗五年（1234）曾颁布《蒙古子弟学汉人文字诏》：

> 道与朵罗歹、咸得卜、绵思哥、胡土花小通事、合住、迷速门，并十役管匠人、官人，这必者赤一十个孩儿，教汉儿田地里学言语文书去也。不选。但是，可以学底公事呵也。教学者，宣谕文字。但是你每官人底孩儿每，去底十八个蒙古孩儿门根底，你每孩儿每内，更拣选二十二个做牌子，一同参学文书弓箭者。若这二十个孩儿内，却与歹底孩儿，好底孩儿隐藏下底，并断案打奚罪戾。这孩儿每学得汉儿每言语文书会也，你每那孩儿亦学底蒙古言语弓箭也会也。粘哥千

---

① 宋濂：《元史》卷 153，中华书局 1976 年版，第 3609 页。
② 宋濂：《元史》卷 148，中华书局 1976 年版，第 3501—3502 页。
③ 宋濂：《元史》卷 163，中华书局 1976 年版，第 3819 页。

僧奴底孩儿亦一同学者，若学底会呵，不是一件立身大公事那甚么！教陈时可提领选拣好秀才二名管勾，并见看守夫子庙道人冯志亨，及约量拣选好秀才二，通儒道人二名，分作四牌子教者。①

这一记载表明在窝阔台汗时，蒙古族统治者已经开始注意到蒙汉文化的区别，让蒙古族青年学习汉族文化，而让汉族青年学习蒙古族文化，虽然其初衷是为适应统治的需要，但无形中促进了蒙汉文化的交流。

在中原立国后，为了培养治国人才，元世祖开始大兴官学。至元七年（1270）元世祖重开元太宗设立的京师国子学，至元二十八年（1281）将其制度化。规定国子学生员定额为二百人，当年先让蒙古生五十人，色目、汉人各二十五人入学。集贤大学士、国子祭酒许衡选择了众多的儒家经典作为教材，规定"凡读书必先《孝经》、《小学》、《论语》、《孟子》、《大学》、《中庸》，次及《诗》、《书》、《礼记》、《周礼》、《春秋》、《易》。"② 当时入学者都是贵族和官员子弟，从这些课程的安排上可以看出当时的国子学不仅仅教授蒙古族子弟汉语，儒家思想和中原文化是其中重要的内容。除了国子学，地方官学也陆续恢复或兴建。中统二年（1261）诏设诸路提举学校官，至元二十四年（1287），在江南设立十一道儒学提举司，后合并为三道，掌管儒学教育。

与此同时，忽必烈又建立蒙古国字学，地方设立各级蒙古国字学，在全国范围内推行蒙古字。忽必烈规定，官方文书使用蒙古语、汉语和波斯语三种文字。最早使用的蒙古语是成吉思汗时创制的畏吾尔蒙古字。后来，忽必烈命国师八思巴以吐蕃字为基础创制了八思巴蒙古字。张昱《辇下曲》第六十二首："八思巴师释之雄，字出天人惭妙工。龙沙仿佛鬼夜哭，蒙古尽归文法中。"③诗中所咏的就是八思巴创制的蒙古新字，忽必烈

---

① 李修生：《全元文》第1册，江苏古籍出版社1999年版，第120页。
② 宋濂：《元史》卷81，中华书局1976年版，第2029页。
③ 杨镰：《全元诗》第44册，中华书局2013年版，第52页。

期望可以用蒙古新字统一全国文字，至元八年（1271）下诏成立蒙古国子学、地方蒙古字学，在皇后斡耳朵、诸王投下及各侍卫军中也都设有蒙古字学，使用的教材是用八思巴字译成蒙古语的《通鉴节要》。蒙古族统治者推崇儒家文化，将汉文儒家经典翻译为蒙古语，印刷出版。至元十九年（1282），印行了蒙古畏兀儿字的《通鉴》。元武宗即位后，立其弟爱育黎拔力八达为太子，爱育黎拔力八达非常喜爱汉文化，在至大四年（1311）同时翻译、出版了三部儒家经典①，现在故宫博物院还藏有此时刊印的蒙汉语对照的《孝经》残本。

（四）科举考试的举行和蒙古族文人的中举

皇庆二年（1313）十一月，元仁宗诏告天下恢复停开 70 多年的科举考试。元朝的科举每三年为一科，应举者，蒙古、色目为一榜，汉人、南人为一榜。如果蒙古色目人愿意参加汉人南人的考试科目，考中者加一等。考试的内容、题目、程式，与唐宋的科举考试基本相同：

> 蒙古、色目人，第一场经问五条，《大学》《论语》《孟子》《中庸》内设问，用朱氏章句集注。其义理精明，文辞典雅者为中选。第二场策一道，以时务出题，限五百字以上。汉人、南人，第一场明经经疑二问，《大学》《论语》《孟子》《中庸》内出题，并用朱氏章句集注，复以己意结之，限三百字以上；经义一道，各治一经，《诗》以朱氏为主，《尚书》以蔡氏为主，《周易》以程氏、朱氏为主，以上三经，兼用古注疏，《春秋》许用《三传》及胡氏《传》，《礼记》用古注疏，限五百字以上，不拘格律。第二场古赋诏诰章表内科一道，古赋诏诰

---

① "时有进《大学衍义》者，命詹事王约节而译之……因命与图像《孝经》、《列女传》并刊行赐臣下。"宋濂：《元史》卷24，中华书局1976年版，第544页。

用古体，章表四六，参用古体。第三场策一道，经史时务内出题，不矜浮藻，惟务直述，限一千字以上成。蒙古、色目人，愿试汉人、南人科目，中选者加一等注授。蒙古、色目人作一榜，汉人、南人作一榜。第一名赐进士及第，从六品，第二名以下及第二甲，皆正七品，第三甲以下，皆正八品，两榜并同。所在官司迟误开试日期，监察御史、肃政廉访司纠弹治罪。①

从《元史》的记载可以看出，元代科举考试的题目都是儒家经典和程朱理学，这说明经过70多年的民族融合及学校教育，蒙古族的汉文化水平大大提高，对儒家学说的学习已初见成效，而科举考试制度的实施，也会激发蒙古族知识分子对儒家思想的学习，促进蒙古族文化与儒家文化的融合。

元朝科举考试分两榜取士，蒙古、色目人为右榜，汉人、南人为左榜，右榜各科状元均为蒙古人，从历史记载中看，这些右榜状元有照顾的成分，但其自身的才华应该是主要的。根据《元典章》记载，元代科举原则上每科会试录取进士100人，而蒙古人、色目人、汉人、南人各占四分之一。② 实际上录取的人数应该没有那么多，比如第一科只录取了56人，就以这个数字推演，这16次科举中共录取16位蒙古族的状元，而蒙古族的进士也应该在200人以上。桂栖鹏的《元代进士研究》考证，16位蒙古状元分别是护都沓儿、忽都达儿、达普化、八剌、阿察赤、笃列图、同同、拜住、普颜不花、阿鲁辉帖木儿、朵列图、侻征、薛朝晤、买住、宝宝、赫德溥化③。对中举的蒙古族进士无法一一考证，我们这里将留有诗歌作品的进士，以其中举时间先后分别论述如下。

八儿思不花，字元凯。延祐五年进士，授秘书监秘书郎。至顺二年，

① 宋濂：《元史》卷85，中华书局1976年版，第2019页。

② 陈高华：《元典章·礼部四》卷三十一，中国书店1990年版，第475页。

③ 桂栖鹏：《元代进士研究》，兰州大学出版社2001年版，第197页。

任浦江县达鲁花赤。后至元四年十月，任御史，与宋耿一起巡行河南四道。至正年间出使过江南。只留下一首诗歌《咏郑氏仪门》。

泰不华（1304—1352），本名达普化，字兼善。伯牙吾氏，原籍西域白野山，居台州（浙江临海）。十七岁时参加浙江乡试中魁首，至治元年状元及第，年仅十八岁。授集贤修撰，累转监察御史。受到元文宗赏识，并亲自将"达普化"改译为"泰不华"。参与修宋、辽、金三史，擢礼部尚书。至正十一年迁浙东宣慰司使，与孛罗帖木儿夹击方国珍，方国珍降元，泰不华改任台州路达鲁花赤。战死后，追封魏国公，谥忠介。他好读书，以文章知名。元末政局腐败，不可收拾，他与另一个色目人余阙独立支持局面，而且两人均长于诗文，后人往往将二人相提并论。他曾师从李孝光，明代诗评家胡应麟曾说："泰兼善绝句，温靓和平，殊和唐调。"①并推许他与余阙都是才藻气节兼备的诗人。《元诗选》初集选入他的诗24首，题为《顾北集》。《全元诗》收其诗32首。

完迮溥化，字渊道，蒙古忙兀台氏。因其父在沔阳（湖北天门）竟陵任职，自小深受汉文化影响。泰定元年进士及第，授官秘书监著作佐郎。后任乌城达鲁花赤、江南行省理问官等。其兄完迮也先也在元统元年登进士第。至正六年宋褧去世，完迮溥化曾作《挽宋显夫》诗，寄托哀思。

萨都剌（约1280—约1345），字天锡，号直斋。祖上入居中原后，定居在大都附近，所以自称"燕山萨天锡"。与杨维桢同年，都是泰定四年的进士。先后任镇江录事司达鲁花赤、南御史台掾史、燕南河北道廉访司照磨、福建闽海道廉访司制事等职，长期不得重用，沉沦下僚。晚年居杭州，元顺帝至正年间去世。他的诗歌长于抒情，一些表现时事的作品一直为人称道。其《宫词》曾风靡一时。有《萨天锡诗集》《雁门集》等别集传世。是元代蒙古族诗人中留存诗歌最多的，《全元诗》收其诗794首。萨天锡

---

① 胡应麟：《诗薮·外编》卷六，上海古籍出版社1979年版，第242页。

也擅为词，其怀古之作流传较广。

至顺元年（1330）进士伯颜，字景渊，生卒年不详，曾任太常礼仪院太祝、江南行御史台经历、江东道肃正廉访副使等。留诗一首《奉题见心禅师天香堂》。

元统元年（1333）状元同同（1302—?），只有一首《西湖竹枝词》传世。

答禄与权（约1311—1380），字道夫。一说为西域乃蛮氏。至正二年进士，任职于秘书监。至正二十一年出使福建，元末出为河南北道廉访司金事。明初，寓居于永宁（河南洛宁）。洪武六年（1373）以荐授秦王府纪善，后任御史，翰林修撰等。洪武十一年以年老致仕。有《答禄与权集》，久已散佚，现存《永乐大典》残帙尚可辑出他的数十首诗与少量的文章。《全元诗》收其诗56首，《杂诗四十七首》是他的代表作，名为《杂诗》，实为咏怀之作，内容与表现手法均比较丰富。

成吉思汗大将赤老温后裔笃列图（1310—?），字彦诚，是至正五年的进士，曾为太常礼仪院太祝、南台照磨、监察御史、江浙行省员外郎及宣政院判官等。《全元诗》收其诗歌6首。人们常将笃列图彦诚与至顺元年（1330）状元笃列图敬夫混淆。《全元诗》认为目前署名笃列图的作品都是笃列图彦诚所作。

达溥化，生卒年不详，进士出身。有诗集《笙鹤清音》，未见传本。虞集在《笙鹤清音序》中说："溥君仲渊，国人进士，适雅量于江海，其在宪府，吟啸高致，常人不足以知之。予得见其新乐府数十篇，清而善怨，丽而不矜。因其地之所遇，感于事而有发，才情之所长，悉以记之。数年前，有萨君天锡，仕于东南，与仲渊雅相好，咏歌之士，盖并称焉。"①《全元诗》收其诗16首，其中并没有被虞集称道的新乐府诗。

还有一位被《全元诗》称为蒙古色目人的右榜进士悉莫伯颜，生卒年

---

① 杨镰：《全元诗》第51册，中华书局2013年版，第257页。

不详，曾任南台御史，《全元诗》收其诗 3 首。

二、元代蒙汉戏曲、散文交融概论

散文、诗歌、戏曲、小说这四种主要文体在元代首次齐聚文坛，在中国文学史上具有里程碑的意义。因为下一专题要概论元代蒙汉诗歌的交融，所以这里主要概论元代蒙汉杂剧、散曲、散文及其他文体的交融特色。

（一）元代蒙汉杂剧交融概论

元代文坛的一个重要特点是俗文学和雅文学的分庭抗礼，而俗文学中，元曲（戏剧和散曲）是元朝的"一代之文学"；对元曲的研究也是元代文学研究的主流。对于元曲中杂剧的蒙汉交融问题也有很多学者关注，研究著作中，方龄贵的《元明戏曲中的蒙古语》[1] 最为著名，研究论文如叶蓓的《浅析蒙古族文化对元杂剧的形成及发展的影响》[2]，郭小转、胡海燕的《从蒙古族习俗及文化心理看元杂剧大团圆结局》[3]，鲁塔娜的《蒙汉文化交流与元杂剧中的爱情婚姻剧》[4]、国宇的《元杂剧中的蒙古族文化》[5] 等

---

① 方龄贵：《元明戏曲中的蒙古语》，汉语大词典出版社 1991 年版。
② 叶蓓：《浅析蒙古族文化对元杂剧的形成及发展的影响》，《民族文学研究》1997 年第 6 期。
③ 郭小转、胡海燕：《从蒙古族习俗及文化心理看元杂剧大团圆结局》，《青海民族大学学报》2011 年第 1 期。
④ 鲁塔娜：《蒙汉文化交流与元杂剧中的爱情婚姻剧》，中央民族大学 2007 年硕士学位论文。
⑤ 国宇：《元杂剧中的蒙古族文化》，辽宁师范大学 2012 年硕士学位论文。

也都比较典型，关于元代蒙古族戏剧作家杨景贤的研究最多，到目前为止已经发表论文 200 余篇。元代戏曲中体现的蒙汉文化交融特征有如下一些方面：

第一，蒙古族音乐文化对元杂剧的影响。蒙古族的音乐文化很发达，与北方其他少数民族的音乐文化一起促成了元杂剧的形成，元杂剧的一些曲牌也来源于少数民族的音乐文化，如被称为元代《大曲》的 16 种曲子，其中的《哈八儿图》《也葛倘兀》等；称为元代《小曲》的 16 种曲子，其中的《哈儿火失哈亦》《曲律买》等，绝不是中原音乐名称。而像《摇落四》《蒙古摇落四》之曲明显来自蒙古族的音乐文化。蒙古族音乐粗犷、刚劲的特色，直接影响到元杂剧雄丽劲切的风格，从而与南戏那种轻柔绵远的风格迥然有别。

第二，蒙古族语言对杂剧的影响。方龄贵在《元明戏曲中的蒙古语》一书中，论述了元明杂剧中 200 多个蒙古语词汇。出现频率比较高的，如"拔都儿"（英雄、勇士），也写作"把都儿"，"抹邻"（马）"米罕"（肉）"撒敦"（亲戚）"倒剌"（歌唱）"孛知"（跳舞）"弩门"（弓）"速门"（箭）"牙不"（走），等等。在一些有少数民族人物出场的杂剧中，会运用蒙古族词汇进行对话，如关汉卿的《邓夫人苦痛哭存孝》中的一段："米罕（肉）整斤吞，抹邻（马）不会骑，弩门（弓）并速门（箭），弓箭怎的射！撒因（好）答剌孙（酒），见了抢着吃，喝的莎塔八（醉），跌倒就是睡，若说我姓名，家将不能记，一对忽剌孩（贼），都是狗养的！"[①] 其中就运用了米罕（肉）、抹邻（马）、弩门（弓）、速门（箭）、撒因（好）、答剌孙（酒）、莎塔八（醉）、忽剌孩（贼）等蒙古语。在一些没有少数民族人物出现的剧作中也偶尔会使用，比如《随何赚风魔蒯通》就没有少数民族人物的戏份，但在祖籍沛县的樊哙口中也出现了蒙古语："依着我的愚见，只消差人赚将韩信到来，

---

① 徐征、张月中等：《全元曲》卷 1，河北教育出版社 1998 年版，第 4 页。

哈喇了就是，打什么不紧！"①"哈喇了"翻译成汉语是"杀"的意思。

第三，蒙古族对杂剧的喜爱。蒙古族是一个能歌善舞的民族，民歌是蒙古族主要的艺术形式。蒙古族在进攻中原时，常将乐工变为私属的奴隶。据清末蒙古族学者罗卜桑旺丹《蒙古风俗鉴》记载成吉思汗在每次宴饮后都会欣赏歌舞，其妃子叶遂就因能新创歌舞获得太祖的赏识。②木华黎也非常喜欢歌舞，就连南下打仗，都要有女乐随行。蒙古族入主中原后，他们对汉文化的接受是有选择性的，对于深奥的诗词歌赋，并不很感兴趣。在《全元诗》中共选录了3位蒙元统治者的8首汉文诗歌。其中包括元世祖1首——《陟玩春山纪兴》，元文宗4首——《登金山》《自集庆路入正大统途中偶吟》《青梅诗》《望九华》，元顺帝3首——《答明主》《御制诗》（二首），与同样是少数民族的清王朝帝王们相比，具有天壤之别。但对戏剧却表现出浓厚兴趣，元代管理乐人、戏剧演出等活动的教坊司是正三品，这在历朝历代都极为少见。宫廷宴会上除了乐舞还有百戏，周伯琦说宴会上："诸坊奏大乐，陈百戏，如是者凡三日而罢。"③汪元量诗中也说："诸行百戏都呈艺，乐局伶官叫点名。"④百戏包括元代最为兴盛的杂剧。杨维桢《宫词》其二描写："开国遗音乐府传，白翎飞上十三弦。大金优谏关卿在，伊尹扶汤进剧编。"⑤诗中言元代宫廷既表演开国以来蒙古族统治者监制的白翎雀曲，同时也喜欢关汉卿等戏剧家编写的杂剧，其中就有颇具汉族文化特色的"伊尹扶汤"剧目。

第四，元朝宽松的政治制度对于杂剧的影响。元代建立之初，对于中原礼教文化的学习不够系统，文治观念尚未完全建立起来，礼法制度不够

①　徐征、张月中等：《全元戏曲》卷8，河北教育出版社1998年版，第5988页。
②　罗卜桑旺丹：《蒙古风俗鉴》，内蒙古人民出版社1981年版。
③　杨镰：《全元诗》第40册，中华书局2013年版，第345页。
④　杨镰：《全元诗》第12册，中华书局2013年版，第45页。
⑤　杨镰：《全元诗》第39册，中华书局2013年版，第90页。

严密，伦理秩序不够规范。《南村辍耕录》记载元世祖即位多年后仍无规范的朝仪："凡遇称贺，则臣庶皆集帐前，无有尊卑贵贱之辨。执法者厌其喧杂，挥杖击逐之，去而复来者数次。"[1]关汉卿有杂剧《包待制智斩鲁斋郎》，一直与《感天动地窦娥冤》等剧作被视为"上乘"之作，虽然作品中的故事背景是宋代仁宗朝，实际上描写的是元代的社会现实，揭露了社会的黑暗，抨击了权贵的无耻，颂扬了清官的公正无私。在戏剧情节的安排上，包拯将"鲁斋郎"写作"鱼齐即"，上奏其罪状，请旨斩杀。鲁斋郎被斩后，皇帝知道了实情却对包拯欺君诓上的行为没有追究，这样的描写与封建社会的历史相悖。如果仅仅认为这是关汉卿对人们美好愿望的艺术表达，应该还不够，这种情节设计的基础就是元代宽松的政治制度。假如在宋仁宗时，包拯敢与皇帝玩文字游戏，那他的结局一定是身丧家灭。

第五，蒙古族作家对元杂剧的贡献。在元代，作家队伍的民族身份是非常多元的，杂剧作家亦是如此。蒙古族作家杨景贤的杂剧创作，填补了蒙古族古代戏剧创作领域的空白。杨景贤的蒙古名不可考，适应明初的政治环境，从其姐夫之姓，改为今名。杨景贤共作杂剧十八种，但流传到现在的只有《西游记》和《刘行首》两剧。《刘行首》原名《马丹阳度脱刘行首》，收录在《录鬼簿续编》和《太和正音谱》中，被研究者归为风月剧或神仙道化剧。描写一唐代女鬼求全真道教祖师王重阳为她超度，王重阳命其转世投胎，即为妓女刘倩娇，在妓院中与刘员外相爱。在刘倩娇二十岁时，被王重阳弟子马丹阳度脱，出家学道，最终得道成仙。

杂剧《西游记》是元代杂剧篇幅最长的作品，共六本二十四折，也是小说《西游记》最主要的底本之一。这部戏剧情节中有一个有意思的现象，就是在英雄们的取经故事中穿插了很多抢婚故事，全剧6本，其中4本中

---

① 陶宗仪：《南村辍耕录》，中华书局1959年版，第17页。

写了5个与婚姻有关的故事。第一本描写取经的至诚英雄唐僧出世和复仇的故事，其中有水贼刘洪抢了唐僧的母亲殷夫人做了十八年妻子的情节；第三本描写取经的核心人物孙悟空的出世、参加取经队伍并除妖的故事，孙悟空曾抢了火轮金鼎国国王的女儿做夫人，他剪除的第一个妖怪是黄风山三绝洞的"银额将军"，此妖摄去了刘太公的女儿刘大姐；第四本描写的是猪八戒的故事，他曾骗抢了裴太公的女儿裴海棠；第五本讲的是两个具有叛逆性格的女性的故事，一个是女儿国国主，一个是铁扇公主，其中描写了女王逼唐僧为配的情节。这些抢婚故事的加入，与之前的取经故事相比，存在巨大的差异，而与蒙古族的民间文学相比却有着极大的相似性。在人物形象方面，与之前西游故事相比，作品也有突破，首先是女性形象，作品中刻画了智慧、坚毅的殷氏和贫婆，追求个人幸福的裴海棠和女儿国国王。其次是龙马的出现，在之前的取经故事中，马本来只是一个脚力，没有任何神异之处。在杂剧《西游记》中，杨景贤在本民族马文化的影响下，并结合中华民族传统的龙文化，创作出了龙马的形象和故事。再次是猪八戒形象的出现，被吴承恩的小说《西游记》吸收，成为"五圣之一"。

　　另外，一些研究者也认为，爱情婚姻剧中对于女性大胆超越封建礼教的束缚，主动追求爱情幸福，是受到蒙古族传统文化中对女性的束缚不像中原汉地那样严苛的影响。公案剧中多数官员都不会审理案件，看不懂状纸，要依靠有儒学素养的胥吏办案，这是对元代蒙古族官员不懂汉语、不识汉字的讽刺。神仙道化剧众多，但多数属于道教道化剧，佛教道化剧极少，原因是佛教徒横行无忌，遭到人民的唾弃，也没有引起作家的重视，等等。

（二）元代蒙汉散曲交融概论

　　散曲作为元代韵文体裁之一，是可以入乐演唱的。在其产生和发展的过程中与杂剧一样也必然受到蒙古族音乐文化的影响，此处不再赘言。

元代将全国的人口分为蒙古人、色目人、汉人和南人四等，造成了较为严重的民族矛盾，黑暗的社会现实，让散曲作家愤世嫉俗，创作了许多反映人民悲苦命运，统治者无行、无道的作品。如张养浩在陕西任官期间，督治黄河，有感于民生之苦，创作了咏史杰作《潼关怀古》。睢景臣的《高祖怀乡》大胆地讽刺了封建最高统治者，虽然是借用汉高祖还乡的史实，但笔触直指元蒙贵族。刘时中的《上高监司》前后两套，都是对元代腐败的政治经济制度的揭露。马致远的《秋思》套曲，张可久的《醉太平》、张鸣善的《讥时》等都对于名利场上钻营者蝇营狗苟的丑行进行了深入抨击。在元代散曲中，有一类作品是描写作者归隐情趣的，如卢挚的〔双调〕《沉醉东风·闲居》："雨过分畦种瓜，旱时引水浇麻。共几个田舍翁，说几句庄家话。瓦盆边浊酒生涯，醉里乾坤大，任他高柳清风睡煞。恰离了绿水青山那答，早来到竹篱茅舍人家。野花路畔开，村酒槽头榨。直吃的欠欠答答。醉了山童不劝咱，白发上黄花乱插。"[1]描写了作者流连田园，具有高蹈出世的情怀。一般研究者都认为这类作品的出现与元代不重视文治，多年不开科举，使得文人没有了进身之阶，只能选择被动归隐有直接的关系。

元代散曲中，也有的作品描写了元上都旅途的情景，可以说是元代两都巡幸制度直接催生的作品，极具时代特色和蒙汉文学交融特色，数量有限，却弥足珍贵。比如马致远〔天净沙〕《秋思》三首：

　　枯藤老树昏鸦，小桥流水人家，古道西风瘦马。夕阳西下，断肠人在天涯。

　　平沙细草斑斑，曲溪流水漰漰，塞上清秋早寒。一声新雁，黄云红叶青山。

---

① 张月中、王钢：《全元曲》，中州古籍出版社 1996 年版，第 2493 页。

　　西风塞上胡笳，月明马上琵琶，那抵昭君恨多。李陵台下，淡烟衰草黄沙。①

　　马致远的这三首作品被誉为"秋思之祖"，曲中出现的"古道""平沙""细草""西风""胡笳""琵琶""昭君""李陵台""衰草""黄沙"等意象，再加上"塞上"这一地理位置的强化，说明这是三首典型的"上京纪行曲"。

　　元代散曲中还有蒙古族作家的作品。最早的是元世祖朝的丞相伯颜所做的小令《喜春来》："金鱼玉带罗襕扣，皂盖朱幡列五侯，山河判断在俺笔尖头。得意秋，分破帝王忧。"②从作品内容来看应该是作于征讨南宋之时，刻画了一位为国为君分忧的功臣形象，尤其是那种乾坤在掌，指点江山、激扬文字的气概，颇为大气。

　　在元代蒙古族作家中，留存下散曲最多的是阿鲁威（1280？—1350），字叔重，号东泉，人亦称之为鲁东泉。其名汉译也作阿鲁灰、阿鲁翚等。延祐年间任南剑太守，即延平路总管，至治年间官泉州路总管，泰定帝时为翰林侍讲学士、经筵官、参知政事，曾翻译《世祖圣训》《资治通鉴》等书籍为泰定帝进讲。致和元年（1328）官同知经筵事，是年遂挂冠南游。定居于杭州，居城东，被李昱聘为西宾。至元二年（1336）因卷入平江路总管道童案坐罪，不久冤明，仍闲居杭州。能诗善曲，明朱权《太和正音谱》评其词"如鹤唳青霄"。其诗今不传。元杨朝英《阳春白雪》录其小令十九首，情感深沉质朴，格调旷达豪迈。③其散曲所受汉文学影响深远，他在学习楚辞《九歌》之后作成九首散曲，分别是《东皇太乙》《云中君》《湘君》《湘夫人》《大司命》《少司命》《东君》《河伯》《山鬼》，不但题目相同，内容也相近，就连语句也多杂有《九歌》中的原句，比如《湘夫人》：

---

①　转引自杨镰：《元代文学编年史》，山西教育出版社 2005 年版，第 36 页。
②　张月中、王钢：《全元曲》，中州古籍出版社 1996 年版，第 2481 页。
③　张月中、王钢：《全元曲》，中州古籍出版社 1996 年版，第 2923 页。

"促江皋腾驾朝驰,幸帝子来游,孔盖云旗。渺渺秋风,洞庭木叶,盼望佳期。灵剡剡兮空山九疑,澧有兰兮沅芷菲菲。行折琼枝,发轫苍梧,饮马咸池。"①他的《折桂令·怀古》以开头一句"问人间谁是英雄"点明主题,以三国人物为咏叹对象,赞颂曹操酾酒临江的文采风流,描绘周瑜赤壁一战的风采,感叹诸葛亮因八阵图而青史留名,曲末结句云:"鼎足三分,一分西蜀,一分江东。"层次严密,意味深长。其他作品中也多有"鹃血""湘妃""桃源""孤鸿""颖水箕山"等古代汉语诗歌中常用的意象,可见阿鲁威的汉文化水平。

杨景贤除了创作杂剧外,还有八首散曲传世。杨景贤在散曲中善于使用铺叙的手法来反思人生,比如《朱履曲·慨古》一口气铺排了李白、蒯通、姜尚、唐十宰、汉三杰等十几位优秀人物,他们都功名卓著,似乎作者是在为乱世呼唤英雄,但结尾却道"似这等英雄汉何处也?"②抒发了历史永恒人生短暂的悲慨。再如《朱履曲·叹世》连用六句排比,却无一句评说:"谁不待金章紫绶?谁不待拜将封侯?谁不待身荣要出凤凰楼?谁不待执象简?谁不待顶幞头?谁不待插金花饮御酒?"③表现了作者对传统文人孜孜以求的功名之途的质疑。杨景贤的作品中也抒写了对自然景物的热爱,如《朱履曲·松江道中》就描写了旖旎动人的江南美景,僧刹、人家、啼鸟、麦浪、红霞、游人共同组成了一幅色彩斑斓的图画,整首曲子轻快自然,如诗如画。杨景贤也用散曲表现有情人的离情别绪,如套数《商调·二郎神·怨别》,全套纯以女子口吻出之,细腻典雅,将那种无法掩抑的相思之情抒写的哀婉动人。比如《浪来里煞》:"情怀默默越焦躁,冷冷清清更漏迢,盈盈业眼不暂交。画烛荧荧,他也学人那泪珠儿般落。畅道有几个铁马儿铎,琅琅的空聒噪,响珊珊桫桫的寒砧捣。呀呀的

---

① 张月中、王钢:《全元曲》,中州古籍出版社1996年版,第2924页。
② 马冀:《杨景贤作品校注》,内蒙古大学出版社2001年版,第311页。
③ 马冀:《杨景贤作品校注》,内蒙古大学出版社2001年版,第313页。

寒雁南飞，更和着那促织儿絮叨叨更无了。"①写相思却不着一字，只是铺叙夜晚的意象："更漏""画烛""铁马""寒砧""寒雁""促织"，巧妙地表现了女主人公一夜无法入眠的处境。杨景贤的散曲中也有表现文人情趣的《中吕·普天乐·嘲汤舜民戏妓》、也有咏物的小曲《中吕·红绣鞋·咏虼蚤》《朱履曲题五件昭氏凝翠楼》等。

孛罗御史，先为山北辽阳等路蒙古军万户，因曾经被元明宗封为御史大夫，后世为了与曾经做过宰相的另一位孛罗区别开来，故称之为孛罗御史。元明宗在从上都前往大都的路上暴卒，孛罗被迫辞官。后因锁住一案牵连被诛。②其曲作《辞官》就是他亲身经历的写照。在作品中既表现了对官场倾轧的不满，称那是"闹穰穰蚁阵蜂衙""燕雀喧檐聒耳""豺狼当道磨牙"，也表达了对辞官后悠闲生活的喜爱："撒会顽放会耍，拼着老瓦盆也醉后扶，一任他风落了乌沙纱。"③

童童学士，童童属于兀歹兀良孩氏，是河南王阿术之孙，河南王卜怜吉歹之子。虽其父、祖皆建有赫赫战功，但入中原日久，其家族已经弃武从文，童童曾为集贤侍讲学士。泰定帝时出任河南行省平章。被御史台官员参劾，改任江浙平章政事。文宗至顺二年（1331）再被监察御史弹劾，任太僖宗禋使。后又被弹劾，曾在嘉兴任府判。童童诗、文、曲、画兼善，他的散曲思想价值不高，多表现及时行乐的生活态度。在明代朱权所著的《太和正音谱》中，列有"词林豪杰"一百五十位，童童即为其中之一。④童童学士流传下来的散曲有两篇套数，即《越调·斗鹌鹑·开宴》和《双调·新水令·念远》，前者表现的是贵族宴会的奢侈，有元代皇家宴会的排场；后者表现的是闺中思妇的离愁别绪，作品铺排细腻，人物心理刻画

---

① 马冀：《杨景贤作品校注》，内蒙古大学出版社 2001 年版，第 320 页。
② 张月中、王钢：《全元曲》，中州古籍出版社 1996 年版，第 2486 页。
③ 张月中、王钢：《全元曲》，中州古籍出版社 1996 年版，第 2487 页。
④ 张月中、王钢：《全元曲》，中州古籍出版社 1996 年版，第 3079 页。

比较传神。

著名诗人萨都剌也有一篇散曲存世，即套数《南吕·一枝花·妓女蹴鞠》，曲中生动地描写了一群风尘女子蹴鞠的情景，选择的题材比较新颖，描写也很细腻，是描写蹴鞠游戏不可多得的作品。

（三）元代蒙汉散文及其他文学体裁交融概论

元代的散文有两个主要特点，一是唐宋并尊，二是受到程朱理学的影响，更讲究经世致用。在章法结构、风格等方面是对唐宋散文的继承，较少受到蒙古族文化的影响。元代散文的蒙汉交融特征主要表现在散文题材内容的选择及蒙古族汉语散文创作两方面。

蒙元政权对儒释道文化都非常重视，元代散文中有大量的作品与此相关。比如关于蒙古族对儒家文化的接受，元代著名的汉族儒臣、历事七朝、从政近五十年的许有壬（1287—1364）写有《上都孔子庙碑》，此文是后至元二年（1336）受元顺帝命名而作，在文中，许有壬详细描述了蒙古族统治者接受儒家文化的经过。文中认为蒙元王朝尊孔崇儒始自成吉思汗："昔我太祖皇帝之应天启运也，干戈中征耶律楚材置左右，备谘访，闻周、孔教，深用嘉纳，知天下不可马上治，立十路课税使，副皆用儒者。国朝尊孔道，用文臣，实自是启之。"①接着文章以时间为序，历数了自成吉思汗一直到元顺帝，每位帝王在这一政策实施过程中所做出的重要举措。此文可以看作是元代蒙古族重视、接受儒家文化的简史，具有重要的价值。

关于蒙古族对道教文化的关注，李志常的《长春真人西游记》对全真教受到蒙古族政权认可的记载最为详尽；而赵孟頫在《大元敕赐开府仪同

---

① 李修生：《全元文》第 38 册，凤凰出版社 2004 年版，第 310 页。

三司上卿辅成赞化保运玄教大宗师志道弘教冲玄仁靖大真人知集贤院事领诸路道教事张公碑铭》中详细记述了正一天师教授知于蒙古族的缘起，以及张留孙受到历代蒙古族帝王崇信的史实。

关于蒙古族对汉传佛教的认同，程钜夫的《海云简和尚塔碑》和宋子贞的《中书令耶律公神道碑》中记载了最早将汉传佛教文化传播到蒙古族上层的海云禅师的史实：成吉思汗赐海云禅师"寂照英悟大师"，称其曰"小长老"。免除了他的差役，让其管理汉地佛教。他曾经"凡主大会七度，弟子千余，名王才侯受戒律者百数，士民奔走依向者以千万计。皇太后尤深敬礼，累号燕赵国大禅师、佑圣安国大禅师、光天镇国大士。"① 因为僧、道中有些是为避役而充数者，元太宗九年（1237），耶律楚材倡议"汰三教僧道，试经通者给牒受戒，许居寺观。"② 对此海云禅师并不认同，程钜夫在其碑文中说丞相（耶律楚材）对考试僧道之事咨询他的意见，海云说："山僧元不看经，一字不识。"丞相固问，他说："国家先务，节用爱民，锄奸立善，以保天命。我辈乌足计哉！"含蓄地表示了反对，元太宗"闻而嘉之"。③ 从中可见他在太宗朝的地位。元定宗贵由汗也尊崇汉传佛教，他让海云禅师统领天下僧众，还曾邀请他到和林讲经。蒙哥汗时期依然命其统领天下僧事，1256 年正月，下诏命海云在昊天寺举行法会。"历事太祖、太宗、宪宗、世祖，为天下禅门之首。"到延祐元年加谥"光天普照佛日圆明海海云佑圣国师"。④

元代散文中有一些游记描写了蒙古族草原地区的风光和民俗。李志常的《长春真人西游记》是最早的作品，尤其是对漠北草原、大漠的描写具有独特的时代特色和民族特色。贵由汗二年（1247），忽必烈召请张德辉

---

① 李修生：《全元文》第 16 册，江苏古籍出版社 2000 年版，第 346 页。
② 李修生：《全元文》第 1 册，江苏古籍出版社 1999 年版，第 175 页。
③ 李修生：《全元文》第 16 册，江苏古籍出版社 2000 年版，第 347 页。
④ 李修生：《全元文》第 16 册，江苏古籍出版社 2000 年版，第 346—347 页。

北上和林，次年张德辉将此次北游经历、漠北所见所闻所感写成《岭北纪行》，这是较早描写蒙古族草原腹心地带的散文作品，扩大了中原文人的视野，也为元代的边塞散文写作提供了范例。刘郁的《西使记》将笔触延伸到了西亚。蒙哥汗三年（1253），蒙哥汗三弟旭烈兀率蒙古大军第三次西征，攻占今伊朗、伊拉克、叙利亚等地，元宪宗九年（1259），常德奉命前往旭烈兀的军营探望，往返历时 14 个月。几年后，刘郁根据常德的回忆写出了这篇著名的散文，不仅是蒙汉文学交融的名作，也是中西文化交融的名作。两都巡幸制的实施，以至于很多文人往返于两都之间，创作了众多记游式散文，这里不再一一举例。

元代散文中传记、碑铭作品众多，很多是汉族文人为蒙古族大臣、将领及其亲眷所作，作品中会涉及传主的族别、家族承传、生平事迹、道德品质等众多内容，为我们了解蒙古世系演变、部族演变以及蒙古人的汉化等问题提供了许多可资借鉴的材料。

很多蒙古族文人可以阅读汉文经典，科举考试举行后，参加科考并中举的蒙古族士子应该皆能创作汉语散文。但正如陈垣在考订西域散文作家时所说："考西域文家，比考西域诗家，其难数倍。"[1] 因为西域人的别集中多只存诗不存文。元代蒙古族散文作家的情况也是如此，所以可考者不多。现概述如下：

蒙古族作家中，创作散文最多的是萨都剌，共有九篇作品传世。其中最多的是与禅宗关系密切之作，如疏（佛道祈祷时焚化的文字），《雪矶和尚住瑞岩诸山疏》《晦机和尚迁仰山杭诸山》《云外和尚住天童诸山》《禹溪和尚住雪窦》《冷石泉住平江北禅教寺诸山》《印月江住湖州河山江湖》等，还有一篇《雪窦请野野翁茶汤榜》，这些作品皆以骈体文的形式写成，既有禅理禅趣，也极富文学色彩。《龙门记》是一篇游记，以工笔和白描

---

[1]　陈垣：《元西域人华化考》，上海世纪出版集团 2008 年版，第 69 页。

相结合的手法，描写了洛阳龙门石窟的地理位置、佛窟中的大小佛像，并抒写了自己的褒贬。《武彝诗集序》是对好友闽粤诗人武彝其人其诗的品评。

萨都剌之外，蒙古族文人留存下来的散文作品都不多。年辈较早的是阿鲁威，他居官泉州时，曾与莆田诗人洪岩虎及其子洪希文交游唱和，留下一篇散文《轩渠集序》，对洪家父子的诗歌艺术颇多称誉。那木罕（也作那么罕），字从善。进士及第后曾为秘书郎，留有一篇《贺皇后笺》。延祐二年元代首科蒙古族状元护都沓儿，曾任翰林待制，撰有《重修关帝庙碑》。忽都达而，曾任著作郎，写有《皇太子受册贺笺》。僧家奴在任官广东宣慰使都元帅时，撰有《宣圣遗像碑》。兀那罕，顺帝时任官真定路中山府，留有《增修庙学记略》《中山周氏义行铭》两文。著名诗人泰不华存世文章有四篇，分别是《正旦贺表》《赤颊潭灵溥庙记》《范文正公书伯彝颂》《范文正公与师鲁二帖》等。完迸普化，在做平乐府达鲁花赤时撰写了《广法寺记》。同同，存文一篇，即至元二年（1265）所撰《祀中岳记》。答禄与权，只留下一些解释中庸的条目，其他散文均散佚。蒙古族作家的散文作品虽然数量有限，但从现存篇目可以看出内容涉及还是比较广泛的，也可以看出作者较好的汉文化修养。

元代散文中还有一个值得注意的现象是作品中有大量的蒙古语词汇，主要是人名、地名。比如周伯琦《扈从集前后序》一直被看作是大都到上都的舆地书，其中有很多蒙古语地名，如《扈从集后序》中的一段："国语名其地曰哲呼哈拉巴纳，犹汉言远望则黑也……巴纳曰苦水河儿，回回柴，国语名和尔图，汉言有水渎也，隶属州保昌。曰呼察图，犹汉言有山羊处也。"①

元代的词、小说等文体中也显示出一些蒙汉文化交融的特征。在元词的创作方面，萨都剌的词比较典型。萨都剌词流传至今的仅有十几首。

---

① 李修生：《全元文》第 44 册，凤凰出版社 2004 年版，第 533 页。

其中多是怀古词,以学习苏轼词为旨归,颇有豪放之气。如《念奴娇·登石头城次东坡韵》作为苏轼词作的次韵,熔古铸今,笔触洗练,流传颇广:

> 石头城上,望天低吴楚,眼空无物。指点六朝形胜地,唯有青山如壁。蔽日旌旗,连云樯橹,白骨纷如雪。一江南北,消磨多少豪杰。
>
> 寂寞避暑离宫,东风辇路,芳草年年发。落日无人松径里,鬼火高低明灭。歌舞樽前,繁华镜里,暗换青青发。伤心千古,秦淮一片明月。①

萨都剌的怀古词,多与金陵相关。因元文宗潜邸在金陵,他即位后命金陵官员将之改建为禅寺,即大龙翔集庆寺,萨都剌有感于文宗仁爱百姓却早逝,在词作中多有感慨,如其中的《酹江月·游钟山紫微观赠谢道士》,其地乃文宗驻跸升龙之处:

> 金陵王气,绕道人丹室,紫霞红雾。一夜神光雷电转,江左云龙飞去。翠辇金兴,绮窗朱户,总是神游处。至今花草,承恩犹带风雨。
>
> 落魄野服黄冠,榻前赐号,染蔷薇香露。归卧蒲龛春睡暖,耳畔犹闻天语。万寿无疆,九重闲暇,应忆江东路。遥瞻凤阙,寸心江水东注。②

这首词作对于我们了解元朝帝王与禅宗的关系具有重要的参考价值。

元代白话通俗小说与戏剧一起同传统的雅文学分庭抗礼,元代白话通俗小说今存有《大唐三藏取经诗话》《新编五代史平话》《薛仁贵征辽史略》等,最著名的当属至治年间(1321—1223)建安虞氏刊印的《全相平话五种》,包括《武王伐纣平话》《乐毅图齐七国春秋平话后集》《秦并六

---

① 唐圭璋:《全金元词》,中华书局 1979 年版,第 1092 页。
② 唐圭璋:《全金元词》,中华书局 1979 年版,第 1090 页。

国平话》《前汉书平花续集》《三国志平话》。这些平话作品以先秦至三国时期的历史为题材，熔相关史书及民间文学于一炉，创造出新的作品，但其艺术水平与《三国演义》《水浒传》等名著相去甚远。这些平话中能体现蒙汉文学交融的特征很少，只有在《三国志平话》中约略能感受到一些相关信息。比如平话中尊刘贬曹的倾向已经非常明显，其中歌颂的都是蜀汉的英雄，特别是孔明之忠、关张之义尤其令人动容。表现出自南宋以来的一种思想：将曹魏政权看作是北方异族的统治，而刘蜀成为继承汉祚的正统，从而确立了汉祚必兴，异族必灭的民族主义倾向。

总之，随着蒙汉文化的交融，元代蒙汉文学也呈现出交融的某些倾向，无论是在元曲还是散文甚至是词和小说方面，都呈现出相关的特点，具有重要的历史意义。

三、元代蒙汉诗歌交融概论

元代诗歌不仅繁盛，而且也有其独特特色。《皇元风雅》《元风雅》《大雅集》等诗集，以及诗文总集《国朝文类》等都影响深远，有多种版本流传至今。元代文人对于本朝诗歌也颇多称誉，如杨维桢在《玩斋集序》中说："我朝古文殊未迈韩、柳、欧、曾、苏、王，而诗则过之。"[1] 所以说，诗歌"仍然是元代影响广泛的文学体裁，存世作品众多，内容深入到社会的不同领域。诗人是元代活跃的文化群体，由皇廷到民间，诗成为社会普遍的认知、交流渠道。"[2]

作为蒙古族建立的统一的封建王朝，元代是中国古代历史上游牧—农

---

[1] 顾嗣立：《元诗选》初集下，中华书局 1985 年版，第 5 页。

[2] 杨镰：《全元诗》前言，中华书局 2013 年版，第 2 页。

耕二元文化、蒙—汉二元文化碰撞最为剧烈、交流最为频繁的时代。元代诗歌作为蒙汉民族文化交流的媒介和纽带，为我们的研究提供了丰富的资料。主要表现为三个方面：一是元代诗歌对蒙古族接受中原传统文化的表现，包括儒家文化、道教文化和禅宗文化；二是元代诗人借用诗歌的形式表现蒙古族文化，描写蒙古族统治者发动的战争及造成的人民苦难，描写具有蒙古族文化特色的政治制度；三是诗歌作为蒙汉文学交融的载体，记录汉文化对蒙古族民俗文化影响的历史轨迹。本书在继承前人研究的基础上，运用诗史互证理论，对元代蒙汉诗歌交融作宏观研究和个案分析，试图梳理诗歌在元代蒙汉文化交流中所发挥的积极作用。

（一）蒙古族接受中原文化的诗歌表达

关于蒙古族接受中原传统文化及相关诗歌的研究，学术界的研究主要集中在三个方面：

首先是关于儒释道文人与蒙古族的接触及创作的研究。汉族诗人与蒙古族的接触开始于大蒙古国时期，最为著名的就是 1219—1223 年丘处机前往西域拜谒成吉思汗，并将行程所见、所感记写为西行纪行诗。这方面的研究主要是从历史学的视角考辨历史史实，分析这次会晤的意义，有朱耀庭的《西征路上的成吉思汗为什么要会见长春真人？》①，佟柱臣的《成吉思汗皇帝赐丘处机圣旨石刻考》②，吕锡琛的《评成吉思汗召丘处机论道》③，邵俊峰的《长春真人与成吉思汗的会见》④，方衍、贾书海的《丘处机与成

---

① 朱耀庭：《西征路上的成吉思汗为什么要会见长春真人？》，《北京大学学报》1983 年第 6 期。
② 佟柱臣：《成吉思汗皇帝赐丘处机圣旨石刻考》，《文物》1986 年第 3 期。
③ 吕锡琛：《评成吉思汗召丘处机论道》，《湘潭师范学院学报》1992 年第 4 期。
④ 邵俊峰：《长春真人与成吉思汗的会见》，《内蒙古民族师院学报》1993 年第 2 期。

吉思汗》①，纪流的《长春真人万里传道成吉思汗》②，山西大学历史系《论丘处机与成吉思汗论道的历史特质》③，吕锡琛的《丘处机西行论道及其社会意义探析》④，张忠堂的《成吉思汗三请丘处机》⑤，刘凤鸣的《我之帝所临河上，欲罢干戈致太平——丘处机远赴成吉思汗行营的历史动因》⑥，赵文坦的《成吉思汗与丘处机关系辨析》⑦，南岳的《丘处机劝诫成吉思汗的真相》⑧，夏当英的《成吉思汗礼遇丘处机分析——以权力与宗教互动的视角》⑨ 等。对于丘处机的纪行诗的研究只有金传道的《丘处机西游途中文学活动系年考略》⑩，樊运景在《试论金末元初文人的蒙古之行及创作》⑪ 中也论及丘处机的西域之行及其诗歌创作。

在忽必烈开府金莲川时期，大批汉族文人进入忽必烈幕府并创作了大量诗文作品，关于这一历史及文学问题，近年才有学者关注。任红敏是研究较多的学者。除了 2010 年她在南开大学所作博士论文《金莲川藩府文人群体之文学研究》外，还发表了《忽必烈潜邸文人的金莲川情结》⑫《略

①　方衍、贾书海：《丘处机与成吉思汗》，《学习与探索》1994 年第 6 期。
②　纪流：《长春真人万里传道成吉思汗》，《炎黄春秋》1994 年第 9 期。
③　山西大学历史系：《论邱处机与成吉思汗论道的历史特质》，《山西师大学报》1998 年第 5 期。
④　吕锡琛：《丘处机西行论道及其社会意义探析》，《道教研究》2003 年第 1 期。
⑤　张忠堂：《成吉思汗三请丘处机》，《中国道教》2005 年第 4 期。
⑥　刘凤鸣：《我之帝所临河上，欲罢干戈致太平——丘处机远赴成吉思汗行营的历史动因》，《鲁东大学学报》2008 年第 1 期。
⑦　赵文坦：《成吉思汗与丘处机关系辨析》，《东岳论丛》2009 年第 5 期
⑧　南岳：《丘处机劝诫成吉思汗的真相》，《科学大观园》2010 年第 3 期。
⑨　夏当英：《成吉思汗礼遇丘处机分析——以权力与宗教互动的视角》，《温州大学学报》2011 年第 3 期。
⑩　金传道：《丘处机西游途中文学活动系年考略》，《内蒙古大学学报》2014 年第 3 期。
⑪　樊运景：《试论金末元初文人的蒙古之行及创作》，《内蒙古大学学报》2014 年第 4 期。
⑫　任红敏：《忽必烈潜邸文人的金莲川情结》，《民族文学研究》2012 年第 6 期。

论忽必烈潜邸少数民族谋臣侍从文人群体的历史地位及贡献》①《金莲川藩府文人仕与隐的冲突》②《金莲川藩府儒臣诗作所展示的儒者气象》③《刘秉忠诗词的太羹玄酒之味》④《萧辅道入侍忽必烈藩府及太一道在元代的发展》⑤《忽必烈潜邸方外人士考》⑥ 等论文多篇，既研究了金莲川潜邸文人群体的思想，也对一些诗人的诗作有比较深入的分析。除此之外，马冀的《郝经与金莲川》⑦ 和杜改俊的《跨文化视角下忽必烈幕府群体形成研究》⑧ 也对此做了探讨。

其次是关于蒙古族汉语诗人及其创作的研究。

蒙古族在入主中原之前，没有书面文学，其文化信息的传播主要依靠声音和人自身作为媒介。元朝建立之后，使用汉语写作的蒙古作家（尤其是诗人）出现在本来只属于汉族文人的中原文坛，成为一道特殊风景线。这种现象得到自元以来文学家与批评家的关注。

元、明两代文人辑录的文献，如顾瑛的《草堂雅集》、偶桓的《乾坤清气》、宋绪的《元诗体要》等，选录了一些蒙古族诗人创作的汉文诗歌。汉族文人对蒙古族诗人的诗歌也有鉴赏和评论，如元代诗人虞集评价萨都剌诗歌"最长于情，流丽清婉"⑨，胡应麟评价泰不华"兼善绝句，温靓和

① 任红敏：《略论忽必烈潜邸少数民族谋臣侍从文人群体的历史地位及贡献》，《前沿》2011 年第 5 期。
② 任红敏：《金莲川藩府文人仕与隐的冲突》，《中央民族大学学报》2011 年第 3 期。
③ 任红敏：《金莲川藩府儒臣诗作所展示的儒者气象》，《民族文学研究》2011 年第 2 期。
④ 任红敏：《刘秉忠诗词的太羹玄酒之味》，《名作欣赏》2011 年第 20 期。
⑤ 任红敏：《萧辅道入侍忽必烈藩府及太一道在元代的发展》，《兰台世界》2011 年第 19 期。
⑥ 任红敏：《忽必烈潜邸方外人士考》，《宁夏师范学院学报》2009 年第 2 期。
⑦ 马冀：《郝经与金莲川》，《锡林郭勒职业学院学报》2012 年第 6 期。
⑧ 杜改俊：《跨文化视角下忽必烈幕府群体形成研究》，北京外国语大学 2014 年博士学位论文。
⑨ 萨都剌：《雁门集》，上海古籍出版社 1982 年版，第 433 页。

平，殊得唐调"①等。

清代编纂的一些诗歌选集、总集、诗歌史料著作中也或多或少地收入了元代蒙古族诗人的汉文诗歌。如清康熙年间，张豫章等人奉旨编纂的诗歌总集《御选宋金元明四朝诗》，选录了忽必烈、图帖睦尔、妥懽帖睦尔、萨都剌、聂镛等元代蒙古人的汉文诗作。清代还需提及的是顾嗣立编选的《元诗选》，在其卷首选录了文宗皇帝《自集庆路入正大统途中偶吟》《望九华》及顺帝《赠吴王》诗，在初集收入萨都剌诗303首、泰不华诗24首，在三集收入月鲁不花诗11首，并为三位诗人做了小传，对其个别诗歌也有评点。顾嗣立原编、席世臣校刊的《元诗选》癸集收入了状元同同、学士童童、廉访察罕不花等许多蒙古族诗人的诗歌。《元诗选》癸集限于史料，对蒙古族诗人的族属没有进行深入的考辨，用"□"字来表示有待考证，如"童童字□□，□□人"、"察罕不花字□□，□□人"②等，或者把他们归入蒙古色目人。

20世纪以来，学术界对蒙古族汉语创作者及其诗歌的研究，主要集中在两个方面，一个方面是对作者身份的考辨。陈垣的《元西域人华化考》较早关注这一问题，具有开拓性意义。但20世纪后期，学术界也对其著作中将泰不华等蒙古族诗人考订为色目人的观点进行了必要的修正。

20世纪80年代，学术界对蒙古族诗人及其汉文诗歌的考证与研究日渐深入，朱永邦撰写于1980—1981年的《元明清蒙古族汉文著作家简介》，简要地介绍了元代25位蒙古族诗人。王叔磐、孙玉溱在1984年出版的《古代蒙古族汉文诗选》③，收入86位古代蒙古族诗人，包括44位元代诗人。书中为他们作有小传，对其身份也做了一定的考证。赵相璧的《历代蒙古族作家述略》则收录了50位元代蒙古族作家。云峰的《元代蒙古族汉文

① 胡应麟：《诗薮·外编》，上海古籍出版社1979年版，第242页。
② 顾嗣立原编，席世臣校刊：《元诗选》，中华书局2001年版，第390、424页。
③ 王叔磐、孙玉溱：《古代蒙古族汉文诗选》，内蒙古人民出版社1984年版。

诗歌漫谈》对伯颜、泰不华、月鲁不花等诸多蒙古族诗人诗作进行了研究，并评价了这些诗歌的价值。[①] 门岿发表在《文学遗产》1988 年第 5 期上的《元代蒙古族及色目诗人考辨》，对元代 14 位蒙古和色目诗人的族别和生平进行了考辨。

20 世纪 90 年代以后，学术界对于蒙古族诗人及汉文诗作给予了愈来愈多的关注。对蒙古族诗人的族属进行考辨的主要有萧启庆 1994 年发表的《蒙元史新研》，文中对 25 位蒙古族诗人的族属进行了研究，[②] 白·特木尔巴根的《古代蒙古作家汉文创作考》出版于 2002 年，书中对古代蒙古族的族属进行较为系统的考证与研究，认为元代蒙古族作家可考者有 42 位，其中对十几位蒙古族作家进行了详尽的考证。

元代多民族诗人齐聚诗坛，对一些诗人的族属争议颇多，蒙古族诗人郝天挺、萨都剌即是显例。因《元史》对郝和尚拔都及郝天挺的相关记载存在着抵牾，所以就有了对郝天挺族属的争议。陈垣认为郝天挺是色目人，《元史》记载有误。[③] 萧启庆则认为《元史》的记载无误，并以王磐的《忠定郝公神道碑铭》为佐证，认为郝天挺是汉人。[④] 王叔磐、孙玉溱、云峰、白·特木尔巴根等学者则根据《元史》《新元史》《清一统志》《河南通志》等史料及《池北偶谈》等笔记，将郝天挺认定为蒙古族诗人。

萨都剌的族属问题更是聚讼纷纭，因为在清代及清前的文献典籍中，就有其为色目人、回回人、回纥人、答失蛮人等多种说法。陈垣以《元史》《西湖竹枝集》《史书会要》等文献的相关记载为依据，认定萨都剌为西域回回人。[⑤] 游国恩主编的《中国文学史》、袁行霈主编的《中国文学史》

---

① 云峰：《元代蒙古族汉文诗歌漫谈》，《中央民族学院学报》1986 年第 3 期。
② 萧启庆：《蒙元史新研》，台北允晨文化实业股份有限公司 1994 年版。
③ 萧启庆：《蒙元史新研》，台北允晨文化实业股份有限公司 1994 年版，第 63 页。
④ 萧启庆：《蒙元史新研》，台北允晨文化实业股份有限公司 1994 年版，第 21 页。
⑤ 陈垣：《元西域人华化考》，上海古籍出版社 2000 年版，第 69—70 页。

等都引用了这种观点。杨光辉在 2005 年出版的《萨都剌生平及著作实证研究》一书中，也认为"所谓萨都剌是蒙古人的说法是错误的。"著作中认为萨都剌本是西域回纥人，后改称为"回回人"。① 刘真伦在《萨都剌姓名族别及家世考索》一文中首先认同陈垣的观点，接着阐明萨都剌是属于"回回"人中信仰伊斯兰教的"答什蛮氏"。② 在北京大学主编的《中国文学史》和中国社会科学院文学所主编的《中国文学史》中都认同了这一观点。

学术界另一些学者则认为萨都剌是蒙古族诗人。在《关于萨都剌的族属、家世、籍贯、生卒年、一生官历问题的考证》一文中，王叔磐认为："他的先世为色目人、伊斯兰教的信徒，还属传教士家族（答失蛮）。但就实质论，抚育他的祖父思兰不花（萨拉布哈）乃出仕元王朝的色目军官，并非职业的传教士；他的父亲奥鲁赤（傲拉齐）和他自己及亲弟萨天与、剌忽丁，还有妹妹，以及后裔，都属蒙古族，并非色目人之真实后裔，更不属于回族。"③ 云峰的《元代杰出的蒙古族诗人萨都剌》，白·特木尔巴根的《元代诗坛巨匠萨都剌族属考略》④，荣苏赫、赵永铣、贺西格陶克涛等编撰的《蒙古族文学史》等著作中都称萨都剌是蒙古人，萨兆沩的《元人萨都剌先世族属考辨》认为萨都剌先世曾是西域的答失蛮氏，至萨都剌已经蒙古族化了。萨都剌为蒙古人的观点已经逐渐被学术界认可。

学者们除了对萨都剌的族属进行考证与研究外，还系统地研究了萨都剌的生平、仕履。比较有代表性的，如张旭光的《回族诗人萨都剌姓氏年

① 杨光辉：《萨都剌生平及著作实证研究》，高等教育出版社 2005 年版，第 66 页。
② 刘真伦：《萨都剌姓名族别及家世考索》，《重庆师范学院学报》1991 年第 1 期。
③ 王叔磐：《关于萨都剌的族属、家世、籍贯、生卒年、一生官历问题的考证》，《内蒙古大学学报》1986 年第 4 期。
④ 白·特木尔巴根：《元代诗坛巨匠萨都剌族属考略》，《内蒙古师范大学学报》2002 年第 4 期。

辈再考订》①、杨光辉的《萨都剌生年考述》②、王叔磐的《关于萨都剌的族属、家世、籍贯、生卒年、一生官历问题的考证》③、刘真伦的《萨都剌生年小考》④、张迎胜的《萨都剌宦迹考》⑤、杨光辉的《萨都剌生平及著作实证研究》等。

还有对其他蒙古族诗人族属的考辨，如对泰不华的族属的考辨，有《元代蒙古族诗人泰不华》⑥《元代泰不华族源初探》⑦《泰不华传略与族籍考正》⑧《伯牙吾氏泰不华事迹补考》⑨等文章。还有对答禄与权族属事迹的考证，如《答禄与权事迹勾沉》⑩《双语诗人答禄与权新证》⑪等。

另一方面，学术界对蒙古族诗人的汉语诗歌也进行了较多研究。

王叔磐与孙玉溱在《古代蒙古族汉文诗选》中，概述了元代蒙古族汉语诗歌创作的整体面貌，并对蒙古族汉文诗歌进行了选注。1994 年，荣苏赫、赵永铣、贺西格陶克涛等编撰的《蒙古族文学史》出版，书中把元代蒙古族诗人的汉文诗歌创作划分为前期与中后期两个阶段，认为前期诗作内容充实、气魄宏大，但艺术手法略显粗朴；中后期多模山范水、酬答唱和之作，诗人深受汉族文化影响，辞藻优美，风格婉丽。⑫ 著作中还用

---

① 张旭光：《回族诗人萨都剌姓氏年辈再考订》，《扬州师院学报》1983 年第 3 期。
② 杨光辉：《萨都剌生年考述》，《华东师范大学学报》2000 年第 6 期。
③ 王叔磐：《关于萨都剌的族属、家世、籍贯、生卒年、一生官历问题的考证》，《内蒙古大学学报》1986 年第 4 期。
④ 刘真伦：《萨都剌生年小考》，《晋阳学刊》1989 年第 5 期。
⑤ 张迎胜：《萨都剌宦迹考》，《宁夏大学学报》1985 年第 1 期。
⑥ 白乙拉：《元代蒙古族诗人泰不华》，《内蒙古师大学报》1988 年第 5 期。
⑦ 达应庚：《元代泰不华族源初探》，《甘肃社会科学》1991 年第 3 期。
⑧ 王叔磐：《泰不华传略与族属考正》，《内蒙古社会科学》1991 年第 3 期。
⑨ 王颋：《伯牙吾氏泰不华事迹补考》，《民族研究》2007 年第 2 期。
⑩ 杨镰：《答禄与权事迹勾沉》，《新疆大学学报》1993 年第 5 期。
⑪ 杨镰：《双语诗人答禄与权新证》，《许昌学院学报》2012 年第 6 期。
⑫ 荣苏赫、赵永铣、贺西格陶克涛：《蒙古族文学史》，辽宁民族出版社 1994 年版，第 592—593 页。

两节的篇幅对伯颜、泰不华、月鲁不花、聂镛、萨都剌等诸多蒙古族诗人及其汉文诗歌的思想内容与艺术成就进行了探讨。云峰先后出版了《元代蒙古族汉文诗歌漫谈》《蒙汉文化交流侧面观——蒙古族汉文创作史》①《蒙汉文学关系史》②《元代蒙汉文学关系研究》③《民族文化交融与元代诗歌研究》等著述，将蒙古族诗人及其汉文作品放在古代蒙汉文化冲突、交融的历史背景下进行研究，对元代的伯颜、萨都剌、泰不华、月鲁不花等诸多蒙古族诗人的汉文诗歌给予了高度的评价。认为蒙古民族粗犷豪放的性格，促成了元代诗风由初期的雅正向中后期的豪放雄健转变。④2003 年，杨镰出版《元诗史》，书中专辟"蒙古诗人"一章，不仅对许多元代蒙古族诗人进行了考证，还分析他们的汉文创作，指出蒙古色目诗人的出现使元诗坛充满生机和变数，使得元代文学独具特色、与众不同，为诗人的"双语化"创作提供了鲜活的例证。⑤

　　学术界对单个蒙古族诗人汉文诗歌创作的研究也有关注，产生学术成果最多的是关于萨都剌诗歌的研究，如周双利的《自是诗人有清气，出门千树雪花飞》、⑥李延年的《雄浑清雅——萨都剌诗歌创作阳刚美、阴柔美初探》、岳振国的《元代回族诗人萨都剌的题画诗研究》⑦ 等，关于这方面的研究，查洪德在《20 世纪萨都剌研究述论》⑧ 一文中有详尽的论述，此处不赘。对泰不华的诗歌也有学者关注，如《泰不华诗歌创作初论》⑨《论

① 云峰：《蒙汉文化交流侧面观——蒙古族汉文创作史》，天津古籍出版社 1992 年版。
② 云峰：《蒙汉文学关系史》，新疆人民出版社 1997 年版。
③ 云峰：《元代蒙汉文学关系研究》，民族出版社 2005 年版。
④ 云峰：《元代蒙古族汉文诗歌漫谈》，《中央民族学院学报》1986 年第 3 期。
⑤ 杨镰：《元诗史》，人民文学出版社 2003 年版，第 67 页。
⑥ 周双利：《自是诗人有清气，出门千树雪花飞》，《固原师专学报》1987 年第 1 期。
⑦ 岳振国：《元代回族诗人萨都剌的题画诗研究》，《民族文学研究》2010 年第 2 期。
⑧ 查洪德：《20 世纪萨都剌研究述论》，《民族文学研究》2002 年第 2 期。
⑨ 何方行：《泰不华诗歌创作初论》，《民族文学研究》2007 年第 1 期。

蒙汉文化交融对元代蒙古族汉文诗创作的影响——以泰不华汉文诗用典为例》① 等。

再次，对蒙汉族诗人的交游及相关创作的研究。

关于元代蒙汉族诗人的雅集聚会，萧启庆在论文《元代多族士人的雅集》② 及其专著《内北国而外中国——蒙元史研究》中的《元代多族士人圈的形成初探》一章论及这一问题。萧先生从历史的角度，以蒙古族士人及其他民族士人参加的雅集聚会为研究对象，并以雅集中的主要活动为依据，将蒙古族士人放到文学之会、艺术之会与游览之会中进行分析。③ 云峰的专著《民族文化交融与元代诗歌研究》第四编为《多民族文人的雅集聚会、酬唱交往与诗歌创作研究》，分为三章，第一章是雅集聚会，论及玉山草堂雅集、玄沙寺雅集、礼部同仁圣安寺游宴和南城雅集；第二章是酬唱交往，主要论及泰不华、萨都剌与汉族文人的交往及酬唱；第三章是鲁国大长公主祥哥剌吉及其天庆寺雅集，论及祥哥剌吉公主的生平经历、对汉文化的态度以及由她主持的天庆寺雅集活动。④ 这是目前所见论述元代蒙汉族诗人间互赠唱和活动和创作最为详尽的著作。

研究蒙汉族诗人互赠唱和活动和创作的学者并不多，刘嘉伟的文章比较具有代表性，他的《泰不华在元大都多族士人圈中的文学活动考论》认为泰不华是元代文化成就最高的蒙古士子，与多族士人，尤其是师友、同僚交往密切，成为元大都多族士人圈中的活跃人士。通过与多族文人的往

---

① 毕兆明：《论蒙汉文化交融对元代蒙古族汉文诗创作的影响——以泰不华汉文诗用典为例》，《社会科学战线》2012 年第 4 期。

② 萧启庆：《元代多族士人的雅集》，《中国文化研究所学报》1997 年第 6 期。

③ 萧启庆：《内北国而外中国——蒙元史研究》，中华书局 2007 年版，第 476—508 页。

④ 云峰：《民族文化交融与元代诗歌研究》，内蒙古大学出版社 2013 年版，第 272—310 页。

还唱和，泰不华平朴自然的诗风得到发扬，而且在文坛耆宿的影响下，其诗歌还呈现出肃穆雍容的特色。泰不华的文学成就，为蒙古文学史增光添彩。蒙、汉等多族文人的交流互动，改变着彼此的诗歌风貌，也影响着元代诗坛的走向。① 刘嘉伟另外一篇文章《元大都多族士人圈的互动与元代清和诗风》以元大都为中心，考察了多族士人圈的互动与诗风的关系。文中认为，经过频繁的文化互动，文坛接受并认同了少数民族诗人的尚清诗风；在汉族文人的深厚文化修养熏陶下，少数民族诗人的笔触更为工润，诗风更为浑厚淳雅。多元文化的碰撞融合促成了诗风的新变。文中论及蒙古族诗人萨都刺与其他多民族诗人的互动。②

我们通过翻阅元代的诗歌发现，除了已有的研究，关于蒙古族接受汉族文化的诗歌众多，可以开拓的空间巨大。

在中原庞大的文化体系中，儒家文化居于核心位置，是维系政统所必需的道统。金末元初大量金元文人进入蒙元政权。金王朝与历代中原王朝一样，以儒家文化为道统，金元文人进入蒙元政权，也将儒家文化首先传播到了蒙古族上层。适应统治中原的需要，蒙元统治者逐步将尊孔崇儒演变为元朝的基本国策，建立起规范的儒学教育体系，并在民族教育中融入儒家思想。其历史意义在于，蒙古族统治者及其部众借儒家文化实现其"政权的正统性"的同时，也"儒化"或"士人化"了。③ 元代诗歌既演绎了蒙古族崇尚儒家文化的历史进程，也表现了蒙古族诗人的儒者情怀。为了叙述方便，我们将之分为六个方面：一是"河汾诸老"诗歌与文人出仕新朝的热情；二是元初诗人对蒙古族接受儒家思想的书写及其正统观念的转变；三是祭祀孔子的诗歌对儒家文化播迁的展现；四是元代诗歌对蒙

---

① 刘嘉伟：《泰不华在元大都多族士人圈中的文学活动考论》，《内蒙古大学学报》2012 年第 4 期。
② 刘嘉伟：《元大都族组士人圈的互动与元代清和诗风》，《文学评论》2011 年第 4 期。
③ 萧启庆：《元代的族群文化与科举》，台北联经出版公司 2008 年版，第 69—80 页。

古族帝王学习儒家文化的书写；五是元代诗歌对儒学教育体系的建立及科举考试实施的吟咏；六是蒙古族诗人的儒者情怀。

道教文化是汉文化体系中重要的组成部分，与远古巫术、民俗、先秦道家思想、秦汉时期的神仙方术等有着渊源关系。道教文化在汉文化中一直不像儒家思想那样地位尊崇，还经常受到佛教的冲击。宋辽金时期，中原地区社会动荡，人民的生产、生活遭到了严重破坏，传统的儒家思想和佛教威望下降，道教迎合了人们逃避现实的颓废心理，乘势而起，受到了中原百姓的青睐，还吸引了一些具有较高文化修养的儒生加入，所以在金元之际，成为了中原地区影响力最大的宗教势力。涌现出了全真、正一、大道、太一等新的道教派别，这些教派将儒、佛思想融入道教之中，创立了新的道教学派。其中全真教的势力主要在金统治区，山东、河北、山西等地都建有其道教组织，得到巨大发展。蒙元王朝占领金宋故土的同时，也据有了金宋人民。金宋故地的道教掌教及弟子进入蒙元政权，道教文化获得蒙古族的青睐，直接推动着蒙汉文化及文学的交融。元代诗歌既表现了全真、正一等道派受到蒙古族的青睐，同时也表现了蒙古族诗人对道教文化的接受。具有重要的史学价值和文学价值，值得研究者关注。

蒙元政权虽以藏传佛教为国教，但对汉传佛教——禅宗也优礼有加，耶律楚材作为禅宗居士，是最早将禅宗思想传播到蒙古族上层的诗人，其诗歌中对元初佛道之争的描写，具有重要的意义；刘秉忠是忽必烈重要的谋士，也是禅宗临济宗的僧人，他在描写忽必烈征讨大理的诗歌中，表现了蒙古族对佛禅戒杀思想的接受；元代的诗僧描写了蒙古族对汉文化的重视，蒙古族诗人与诗僧多有交往，也留下了诸多涉佛创作。

本书第二、第三、第四章就以这些内容作为论述的重点，阐明蒙汉诗歌的交融与演进。

（二）元代诗歌对两都巡幸及草原民俗的描写

元朝建立之后，文人通过各种途径进入统治集团，他们最津津乐道的就是参加上都巡幸。关于参加上都巡幸的诗人及其创作，自元代开始已有相关研究。元代诗人在创作诗篇的同时，也阐释了自己的创作目的："其据事直书，辞句鄙近，虽不足以上继风雅，然一代之典礼存焉"。①"羁旅之思，鞍马之劳，山川之胜，风土之异，亦略见焉"。② 除了"以诗存史"的意图之外，元人也通过诗歌来抒写自己的情致："其关途览历之雄，宫籥物仪之盛，凡接之于前者，皆足以使人心动神竦，而吾情之所触，或亦肆口成咏，第而录之，总三十二首，噫！置婺家之子于通都万货之区，珍怪溢目，收揽一二而遗其千百，虽欲多取悉致，力何可得哉？"③

除了诗人自己的评价，当时的文人也有论及。元代郭钰评价杨允孚的《滦京杂咏》："茫茫天壤名长在，赖有滦京百咏诗"④，赞扬了它的文献史料价值。对许有壬的《上京十咏》，揭傒斯评述曰："而扈从上京，凡志有所不得施，言有所不得行，忧愁感愤，一寓之于酬倡。"⑤"且夕南还，堕影万山，回视朝绅，浮沉异势，宁不重为耿耿。"⑥

明清时期的学者们虽然认为上京纪行诗的艺术价值不高，但却对其史料价值做了充分肯定。20 世纪前期，关于扈从诗的研究，没有多少创论。70 年代后，才有一些著述涉及。《元诗研究》中指出在游牧文化影响下，元诗多塞外景色和风物的描写；《元诗特点概述》⑦ 一文，在论述元诗边塞

---

① 杨镰：《全元诗》第 44 册，中华书局 2013 年版，第 48 页。
② 李修生：《全元文》第 31 册，凤凰出版社 2004 年版，第 501 页。
③ 李修生：《全元文》第 25 册，江苏古籍出版社 2002 年版，第 138 页。
④ 杨镰：《全元诗》第 57 册，中华书局 2013 年版，第 466 页。
⑤ 顾嗣立：《元诗选》初集上，中华书局 1987 年版，第 790 页。
⑥ 李修生：《全元文》第 25 册，江苏古籍出版社 2002 年版，第 138 页。
⑦ 林邦钧：《元诗特点概述》，《北京师范大学学报》1990 年第 3 期。

题材时谈到了扈从诗的归属及扈从诗创作的繁荣情况。叶新民 1998 年出版的专著《元上都研究》，其中《元人咏上都诗概述》中分前后两期，对元代创作上京纪行诗的著名诗人及其诗歌作了简单的介绍，认为："在元诗中，咏上都诗占有一定的比例。近年来，研究上都历史的论著大量引用咏上都诗作，它的史料价值越来越受到重视。但如何全面评价元人咏上都诗作，这些诗作的概貌，它的史料价值和艺术价值等问题，还没有专文进行讨论。笔者认为，咏上都诗独具特色，它不仅是研究上都历史的珍贵资料，同时对研究我国古代北方民族的历史、地理、政治、经济、文化、宗教、风俗等，也有重要的参考价值。"[1]《论元代边塞诗创作及特点》从元代边塞诗创作的格局、题材的新变、风格创新等方面论及了上京纪行诗的地位和意义。[2]

进入 21 世纪，元代上京纪行诗的研究受到更多学者的关注，产生了诸多研究成果。《元诗史》在第十章"同题集咏"中讲到了宫词与上京纪行诗，认为这种诗歌样式中蕴含着不同于唐宋等朝的异族文化因素，所以它在元代备受关注，并进而指出："在元代，前往上京观礼、巡游，是北方士人、也是全国人士的一大兴奋点，因为可以前往上京时，南北诗人对于大都以北的蒙古草原感到神秘陌生已经有三四个世纪之久。从五代时期契丹兴起，那就是中原人士的秘境绝域。元代开国，前往上京的古道就往返着一批又一批的官员，一帮又一帮的商队，一群又一群的游客，人们兴奋、疲倦、好奇，他们一次次、一轮轮，将感受写在诗册上。根据元诗文献，当年到上都观礼，也是江南士人心向往之的一件大事。"[3]《元代文学编年史》则介绍、论述了柳贯和他的《上京纪行》、黄溍和他的《上京道中杂诗十二首》、胡助和他的《上京纪行诗》、许有壬的《上京十咏》、

---

① 叶新民：《元上都研究》，内蒙古大学出版社 1998 年版，第 233 页。
② 阎福玲：《论元代边塞诗创作及特点》，《内蒙古社会科学》1998 年第 6 期。
③ 杨镰：《元诗史》，人民文学出版社 2003 年版，第 645 页。

廼贤和他的《上京纪行》及杨允孚和他的《滦京百咏》等。作者将这些诗人及其上京纪行诗放在整个元诗发展的进程中进行了评述："胡助《上京纪行诗》50 首与黄潛《上京道中杂诗》12 首是中期上京纪行的典范之作。当时名流为胡助上京纪行之作题跋尽卷，使上京纪行诗这一题目，重新成为翰苑文人的关注点。《纯白斋类稿》（卷二十）有《上京纪行诗序》。这是上京纪行之作成熟、定型并对社会产生比较广泛影响的标志。"①

中央民族大学的云峰教授是另一位在此问题上用力较多的学者。在其专著《元代蒙汉文学关系研究》②的第二章《反映蒙古族生活的汉族诗人》中，研究了此类诗歌的繁荣状况，并选择优秀的篇章进行了赏析。2013年云峰又出版专著《民族文化交融与元代诗歌研究》③，其中第三编为《描写北部边疆自然风光及少数民族生活习俗等诗歌研究》，但此中内容与《元代蒙汉诗歌关系》的第二章基本相同。

研究文章也开始出现，如《论元代的上京纪行诗》从上京纪行诗的生成、内容与文献价值、审美特征等三方面论述了这类诗歌的价值："这些作品不仅因其可裨补史实而具有重要的文献价值，而且在艺术上风格鲜明，气象雄浑，充分显示出元诗特有的异质因素，是元诗研究中一个尚待开发的领域。"④《元代上京纪行诗论》通过论述上京纪行诗的繁荣、特征以及其诗学史意义，指出上京纪行诗是元代诗歌创作中最值得记写的主题，它代表了元诗创作山川奇险、民俗丰富又充满异地乡愁等典型特征，在改变南宋萎靡诗风、拓展诗歌题材、革新传统诗体等方面有其不容忽视的意义。⑤ 近年对于上京纪行诗的研究，锡林浩特职业学院的杨富有教授

---

① 杨镰：《元代文学编年史》，山西教育出版社 2005 年版，第 359 页。
② 云峰：《元代蒙汉文学关系研究》，民族出版社 2005 年版。
③ 云峰：《民族文化交融与元代诗歌研究》，内蒙古大学出版社 2013 年版。
④ 李军：《论元代的上京纪行诗》，《民族文学研究》2005 年第 2 期。
⑤ 邱江宁：《元代上京纪行诗论》，《文学评论》2011 年第 2 期。

有一系列文章，如《元上都扈从诗的民族精神要素发微》①《元上都扈从诗中的边塞诗风》②《元上都咏史诗的内容及其意义分析》③ 等。另外还有赵延花的《从上都扈从诗看滦阳民俗》④。在论述元代边塞诗的论文中，也会涉及上都纪行诗，比如田耘的《简论元代边塞诗》⑤、童凤畅的《白马秋风塞上——元代少数民族边塞诗简论》⑥、罗海燕的《元代边塞诗略论》⑦ 及《元代边塞诗特征》⑧ 等文章。

由以上所论可以看出，在元代诗歌中，上都纪行诗作为最具时代特征的作品，前辈学者已有诸多论述。我们从蒙汉文学交融的视域出发，将两都巡幸制放在元代实施的"蒙汉二元"制度之下进行重新审视，来发现这类诗歌新的文化内涵。主要论述了元代诗歌对两都巡幸的意义及驿路风情的描写，还有巡幸期间元朝皇帝在上都举行的皇家宴会。

民俗文化作为民族文化的重要组成部分，在特定的民族群体中产生、发展和演变，是规范一个地域生活群体的行为、语言和心理的基本力量。蒙元政权的建立，尤其是两都巡幸制度的实施，使得蒙古族从历史舞台的幕后走向了前台，草原民俗文化也开始受到诗人的关注。通过研究元代诗歌对草原蒙古族民俗的书写，草原民俗诗内容上的新变以及草原民俗诗平易写实的创作特色等内容，对这方面的研究有所拓展。

---

① 杨富有：《元上都扈从诗的民族精神要素发微》，《内蒙古大学学报》2010 年第 3 期。
② 杨富有：《元上都扈从诗中的边塞诗风》，《广播电视大学学报》2012 年第 1 期。
③ 杨富有：《元上都咏史诗的内容及其意义分析》，《内蒙古民族大学学报》2012 年第 5 期。
④ 赵延花：《从上都扈从诗看滦阳民俗》，《北方论丛》2012 年第 6 期。
⑤ 田耘：《简论元代边塞诗》，《信阳师范学院学报》2003 年第 4 期。
⑥ 童凤畅：《白马秋风塞上——元代少数民族边塞诗简论》，《青海师范大学学报》2001 年第 3 期。
⑦ 罗海燕：《元代边塞诗略论》，《张家口职业技术学院学报》2008 年第 3 期。
⑧ 罗海燕：《元代边塞诗特征》，《集美大学学报》2008 年第 10 期。

（三）元代丧乱诗对蒙汉文化碰撞的书写

13—14 世纪是蒙古民族内部统一并重新书写中国版图的时代。1189年，铁木真完成了蒙古各部落的统一，号成吉思汗。1206 年，其完成对蒙古高原的统一，建立大蒙古国。随后，蒙古族统治集团东征西讨，成吉思汗六年（1211）开始直接威逼金王朝，成吉思汗九年（1214）5 月金王朝被迫迁都洛阳，成吉思汗十年（1215）占领金中都（北京）；成吉思汗二十二年（1227）灭西夏；窝阔台汗六年（1234）借助南宋政权的策应，取代金统治了长江以北地区，开始与南宋政权对立；蒙哥汗三年（1253），绕道四川攻灭大理国；元世祖至元八年（1271）忽必烈正式建国号为元；元世祖至元十三年（1276），攻下南宋首都临安（杭州），元世祖至元十六年（1279）蒙古族军队跨江越海，崖山海战后，"宋末三杰"之一的陆秀夫背着卫王赵昺赴海而死，南宋灭。在这近百年的岁月里，蒙古族统治集团通过战争结束了自五代十国以来的分裂局面，统一了大江南北，中国历史又进入了一个大一统时期。元朝是一个少数民族政权，同时又是一个多民族帝国。在百年间的统治中，蒙古族统治者通过各种措施，力图让域内所有民族都拥有归属感，但元末轰轰烈烈的农民起义宣告这一努力的最终失败。元明鼎革之际，朱元璋等汉族义军首领打出"驱除鞑虏"的口号，一路北上，于元顺帝至正二十八年戊申（1368）攻占大都，元朝灭亡。

宋末、金末、元初文人目睹了蒙元政权通过战争结束自五代十国以来的分裂局面统一大江南北的事实，元末文人历经了元明更替的战争磨难，创作了为数甚多的丧乱诗，表现了蒙汉文化的碰撞与融合。

关于元初丧乱诗的研究，主要体现在两个方面：首先，对金末丧乱诗的研究。如《金源时期的诗派述论》一文中，将金代诗歌分为金初的"借才异代派"，金中期"国朝诗派"以及金末以元好问为代表的"丧乱诗派"，认为此派诗人目睹了蒙古灭金的全过程，因之跳动于他们诗歌中的脉搏，几乎都与这一历史事实密切相关。而其"丧乱诗"，则可与杜甫"三吏""三别"等"诗史"之作媲美。①

学术界关于金末丧乱诗的研究，主要集中在元好问的创作上。如《宋金文学的交融与演进》的第十五章《双雄并进：陆游与元好问诗歌异同论》②及文章《天放奇葩角两雄——陆游与元好问诗歌比较论》③中，对比了陆游的爱国诗与元好问的丧乱诗在思想内容和艺术风格上的异同。《论元好问的"丧乱诗"》中认为元好问的一生，正处在金王朝由兴盛走向衰亡的历史时期，其丧乱诗具有诗史特色和重要的文学价值。④《元好问丧乱诗的突破》认为元好问的丧乱诗直承杜甫且有突破创新：其"即事"纪乱体在题目上更重视明确史事发生的时间、地点，选材也更接近历史的真实；在形式方面的创新则表现为联章律诗、绝句的大量出现；在题材方面涉及金、蒙、宋，有大幅度拓展，且有深度，笔触涉及社会各个阶层；在艺术上将诗与史奇妙结合，重在抒情。元好问的丧乱诗无论是在文学上还是在史学上都极具价值，代表了一代丧乱诗的特点并极具时代精神和主体才华与气质。⑤与此文观点相近的有《试论元好问的丧乱诗创作》。⑥《论元好问"丧乱诗"的悲剧美学意蕴》从美学视角出发，认为元好问的"丧乱诗"以诗存史，深刻地反映了金元之际战乱频繁、民不聊生的社会现实，

① 王辉斌：《金源时期的诗派述论》，《重庆教育学院学报》2012年第1期。
② 胡传志：《宋金文学的交融与演进》，北京大学出版社2013年版，第277—297页。
③ 胡传志：《天放奇葩角两雄——陆游与元好问诗歌比较论》，《北京大学学报》2010年第4期。
④ 陈书龙：《论元好问的"丧乱诗"》，《中南民族学院学报》1984年第4期。
⑤ 王素美：《元好问丧乱诗的突破》，《忻州师范学院学报》2011年第1期。
⑥ 罗海燕、王素美：《试论元好问的丧乱诗创作》，《兵团教育学院学报》2008年第6期。

具有丰富的悲剧美学意蕴。① 辽宁师范大学的两篇硕士论文，即辛昕的
《元好问在金元易代时期的诗歌创作及影响》② 和侯芳宇的《遗山"丧乱诗
词"比较论》③ 也同样从元好问的"丧乱诗词"出发，分析了元好问的心理、
情感以及诗风的嬗变。除了元好问外，也有论文关注刘因的丧乱诗。如
《论刘因的丧乱诗》，文章认为刘因作为元初由金入元的主要诗人，有其个
人的诗歌特点：注重写实、多用典故、委婉含蓄，运用丰富的修辞手法和
奇特的想象。刘因作为理学家富于理智和理性，但其有的丧乱诗还是曲折
地流露出压抑在内心的忧伤。④

其次，对南宋末年丧乱诗的研究。有学者从遗民视角进行研究，如
《南宋遗民诗人诗作研究》认为南宋的亡国导致了大量南宋遗民诗人的产
生，他们中有孤臣义士型的，如文天祥；有高蹈隐遁型的，如林景熙；有
隐于学官型的，如汪元量等。他们的诗歌创作一反前期宋季诗风的狭小
浮弱，而新变出内容充实厚重、风格慷慨沉郁的遗民诗风，诗歌理念上
也一转以诗为戏为自觉的以诗抒怀明志存史，彰显出乱世诗歌的巨大价
值。在这种转变中文天祥最具代表性。南宋遗民诗人诗歌对后世从元初
到现代都影响巨大。⑤ 有学者从诗史视角进行研究，如《论宋亡"诗史"》
一文认为："宋末士子在经历了空前的鼎革动乱之后，对杜甫'诗史'精
神有了比唐人更为深刻的认识。而在艺术形式方面，他们对杜甫'诗史'
又有了重大的突破和发展。"⑥ 尤其是汪元量用联章组诗手法创作出来的宋

---

① 张荣东、逯雪梅：《论元好问"丧乱诗"的悲剧美学意蕴》，《黑龙江农垦师专学报》
　 2001 年第 3 期。
② 辛昕：《元好问在金元易代时期的诗歌创作及影响》，辽宁师范大学 2012 年硕士
　 学位论文。
③ 侯芳宇：《遗山"丧乱诗词"比较论》，辽宁师范大学 2012 年硕士学位论文。
④ 鲍远航、王素美：《论刘因的丧乱诗》，《湖州师范学院学报》2007 年第 5 期。
⑤ 朱明玥：《南宋遗民诗人诗作研究》，上海师范大学 2007 年硕士学位论文。
⑥ 方勇：《论宋亡"诗史"》，《浙江大学学报》2001 年第 3 期。

亡"诗史"长卷，舒岳祥用以题代序手法创作出来的反映宋末元初东南沿海地区动乱现实的"诗史"巨卷，则更成了我国"诗史"发展史上的两座里程碑。

对南宋末年诗人汪元量诗歌的研究中，多会论及他的丧乱诗，当然人们一直称其为"诗史"之作。如《史的价值诗的意蕴——汪元量"诗史"探微》，认为"宋末遗民汪元量的诗歌记载和反映了当时重大的历史事件和历史人物，被誉为'宋亡之诗史'，具有'载正史之未载、补正史之不足'的史学价值。而汪元量用形象的手法反映一代之历史，其'诗史'之作亦具有诗的意蕴和美学价值。"① 与杜甫"诗史"之作相比，汪元量的"诗史"类作品明显带有自己所处时代和生活经历的印记。

对南宋末年诗人舒岳祥及其诗歌的研究中，也会涉及他的丧乱诗，如《"少陵诗史在眼前"——简论南宋遗民舒岳祥诗歌的特征》一文中指出，南宋末年，诗人们面对着民族的巨大不幸和个体的严重失落，对杜甫的"诗史"价值不断地加深了认识。其中的舒岳祥就是通过继承杜甫以序代题等艺术形式来强化他的诗歌作品的叙事功能，从而创作出全方位多角度多层次地反映宋末元初东南沿海地区动乱现实的"诗史"巨卷，使杜甫的"诗史"精神得到发扬光大。②《宋末元初四明文士与诗文研究——以舒岳祥、戴表元、袁桷为中心》③ 一文以文人心态为主，也论及了舒岳祥、戴表元在元末创作的丧乱诗歌。

最后，对元末丧乱诗的研究。关于元末的丧乱诗，学术界关注的焦点主要有两个方面，其一是对元末诗人周霆震丧乱诗的研究。孙晓宏的《周

---

① 曾小梦：《史的价值诗的意蕴——汪元量"诗史"探微》，《东南大学学报》2008年第2期。

② 方勇：《"少陵诗史在眼前"——简论南宋遗民舒岳祥诗歌的特征》，《天中学刊》1998年第4期。

③ 杨亮：《宋末元初四明文士与诗文研究——以舒岳祥、戴表元、袁桷为中心》，河南大学2007年博士学位论文。

霆震及其丧乱诗研究》比较典型。该论文以周霆震《石初集》中占主导地位的丧乱诗为研究对象，结合元末农民战争的史实，分析了周霆震丧乱诗的内容及其艺术特征。① 吴致宁《周霆震诗歌研究》一文，研究了周霆震的所有诗歌创作，在第三章中也论述了其丧乱诗，但篇幅较少。

其二是关注元末诗人的心态问题。关于元末文人的政治取向，清人赵翼曾经指出，元末很多汉族进士为元朝死节，从而得出："元末殉难者皆进士"② 的结论。在当代学者中，较早关注这一问题的是台湾学者，钱穆在《读明初开国诸臣诗文集》及《读明初开国诸臣诗文集续编》认为，元末汉族文人对元朝充满怀念之情，对于新朝之建立并没有过多的欣喜："拘君臣之小节，昧民族之大义，距孔子之春秋之义尚远。"③ 劳延煊《元明之际诗中的评论》认为元明之际的文人都尊奉元朝为正统，对其灭亡充满黍离之悲，对于张士诚有同情，而对于朱元璋则充满厌恶。④ 郑克晟《元末的江南士人与社会》⑤ 与劳氏观点基本一致。大陆学者关注这一问题，并与之观点一致的有贾继用《元明之际汉族遗民诗人考论》，文中列举了一些元末文人或为元死节或甘为遗民，不出仕明朝的事迹，也论述了元末文人如此选择的文化和历史原因。⑥ 张佳《明初的汉族元遗民》一文从北投元廷、寄迹缁羽、力绝征聘、不奉明廷正朔、元遗民的成因及对明初政治的影响等方面对此问题进行了论述。⑦ 还有一些对元末明初遗民诗人的个案分析论著，如章毅《元明易代之际儒士的政治选择：赵汸、朱升、唐

① 孙晓宏：《周霆震及其丧乱诗研究》，漳州师范学院 2008 年硕士学位论文。
② 赵翼：《廿二史札记》，王树民校正，中华书局 2001 年版，第 705 页。
③ 钱穆：《读明初开国诸臣诗文集》及《读明初诸臣诗文集续编》，《钱穆学术思想史论丛》第六册，台北东大出版公司 1978 年版。
④ 《陶希圣先生八秩荣庆论文集》，台北食货出版社 1979 年版。
⑤ 郑克晟：《元末的江南士人与社会》，《南开史学》1989 年第 1 期。
⑥ 贾继用：《元明之际汉族遗民诗人考论》，《阜阳师范学院学报》2010 年第 5 期。
⑦ 张佳：《明初的汉族元遗民》，《古代文明》2014 年第 1 期。

桂芳之比较》①、何丽娜《元遗民诗人王逢考论》②、袁宗刚《抱到之遗士：元遗民戴良文学思想研究》③、魏青《元末明初浙东三作家研究》(戴良部分)④、唐朝晖《元遗民诗人群研究》⑤ 等。

关于这一问题，也有持论相左的。最为典型的是左东岭《元明之际的种族观念与文人心态及相关的文学问题》，认为元代士人由失去仕进机会而被政治边缘化，从而产生异己感，也造成了与朝廷的疏离，从而形成了元代文人的旁观者心态：政治参与热情与政治责任感淡漠，视政治与道德为二途，闲散的生活态度与自我个性的放任等。当然这种心态，也影响了元末明初士人的政治取舍及文学创作。⑥ 也有一些学者对元末殉国进士及入仕明朝的元朝进士进行过考论，从侧面说明元末遗民的政治取向问题。如萧庆伟《元朝科举与江南士大夫之延续》考证了赵翼所论的殉国的元末进士，发现南人进士仅有 4 人，而"元朝南人进士出仕明朝者，已考知者就有 19 人"⑦，桂栖鹏《元代进士研究》中考订元代仕明的进士共有 37 人，只有 2 人为被迫；在主动仕明的 35 人中，南方进士 23 人，北方进士 12 人。⑧ 对于这一观点，武君在其博士论文《元代后期诗学研究》中提出了不同意见："如果说元代文人由失去仕进机会被政治边缘化，从而产生疏离心态，那么任何一个皇权极危时代的不遇之士都会与朝廷有些许疏离

---

① 章毅：《元明易代之际儒士的政治选择：赵汸、朱升、唐桂芳之比较》，《中国文化研究所学报》第 51 期。

② 何丽娜：《元遗民诗人王逢考论》，中南大学 2010 年硕士学位论文。

③ 袁宗刚：《抱到之遗士：元遗民戴良文学思想研究》，首都师范大学 2009 年硕士学位论文。

④ 魏青：《元末明初浙东三作家研究》(戴良部分)，齐鲁书社 2010 年版。

⑤ 唐朝晖：《元遗民诗人群研究》，海南出版社 2007 年版。

⑥ 左东岭：《元明之际的种族观念与文人心态及相关的文学问题》，《文学评论》2008 年第 5 期。

⑦ 萧庆伟：《元朝科举与江南士大夫之延续》，《元史论丛》第七辑，第 11—12 页。

⑧ 桂栖鹏：《元代进士研究》，兰州大学出版社 2001 年版，第 90—99 页。

感。以最能代表汉族正朔的汉王朝为例，'主文而谲谏'的言说方式，悲士不遇的慨叹均是这种疏离感的表现。因此就所谓疏离心态而言，元代并非特例，并不能作为元人放弃传统夷夏观念选择王朝认同的力证。如果说他们充分享受自由，追求独立的人生价值，将政治与道德判为二途，道德修持不以政治参与为目的，那么在儒家传统文化中，忠与孝、政与德就是一对孪生体。忠诚于王朝，甘作遗民不过是政治参与的另一种形式罢了。"① 唐朝晖则从理学对元末士人影响的角度认为："元遗民坚定不移地奉行君臣大节正是理学长期熏陶的结果。"②

李治安在《元史十八讲》中则从历史的角度解释这一问题。他认为元朝自世祖平定南方之后，仍然维持了江南的大地主和租佃制度。许多大地主占有的土地都是跨县、跨州的，正如《元典章》中所言："更田多富户每，一年有收三二十万石租子的，占着三二千佃户，不纳系官差发，他每佃户身上要的租子重，纳的官粮轻。"③ 李治安认为：元朝对江南富户、大地主的宽容和放纵，甚至超过了南宋。这种宽容和放纵，才令元明鼎革之际，一些汉人、南人进士为元朝殉国。元亡之后，少数江南富户和士人仍然怀念元朝。④ 蒙思明《元代社会阶级制度》一书中也认为：元末民族压迫的四等级秩序迅速向地主与农民、富豪与贫民等经济阶级对立过渡。⑤ 正是这样的阶级对立的产生，使得汉族地主、富豪包括一些汉族进士、诗人与蒙古族统治者形成了统一阵线，他们不仅帮助元廷污蔑、镇压起义军，维护元王朝的统治，甚至为之捐躯赴死、守节不仕新朝。

本书第七章在继承前人研究的基础上，主要关注由金入元和由南宋入

---

① 武君：《元代后期诗学研究》，中国社会科学院 2017 年博士学位论文。
② 唐朝晖：《元代文人群体与诗歌流派》，西安交通大学出版社 2017 年版，第65 页。
③ 《元典章》卷 24《户部十·科添二分税粮》。
④ 李治安：《元史十八讲》，中华书局 2014 年版，第 214—215 页。
⑤ 蒙思明：《元代社会阶级制度》，中华书局 1980 年版。

元的众多文人，以他们记录兵连祸结的时代、记录文人充满创伤和矛盾心理的丧乱诗为对象，研究这些诗作对家园残破、生灵涂炭的书写，研究诗人对战争的思考、对参战各方的褒贬，对蒙古族统治者接受仁民思想的称颂以及慷慨悲怆的风格。本书第七章主要关注元末的丧乱诗，研究这些诗歌对起义军的批判、对蒙元政权的认同，同时也研究了元末诗人面对朝代鼎革表现出的矛盾心态。

综上所述，中华多民族形成的历史，实际上就是一部各民族间文化交流与融合的历史。诗歌在这部历史的形成中所起的作用是独特的，是政治、经济、军事等交流手段不能比拟的。从中可以发现许多为历史陈见遮蔽的新鲜元素，研究这一时期的蒙汉诗歌交融不仅具有学术意义，也具有现实意义，能为研究汉民族与其他民族的文化、文学交流提供范式。

第2章
元代诗歌与蒙古族对儒家文化的崇尚

　　王朝鼎革之际，是文人命运最容易发生重大变化之时。前代文人要么隐居林下，要么出仕新朝。金元之际，历史重演，大量金元文人进入蒙元政权。金王朝与历代中原王朝一样，以儒家文化为道统，金元文人进入蒙元政权，也将儒家文化传播到了蒙古族上层。适应统治中原的需要，蒙元统治者逐步将尊孔崇儒演变为元朝的基本国策，建立起规范的儒学教育体系，并在民族教育中融入儒家思想。因之，蒙古族统治者及其部众借儒家文化实现其"政权的正统性"的同时，也被"儒化"或"士人化"了。①元代诗歌既演绎了蒙古族崇尚儒家文化的历史进程，也表现了蒙古族诗人的儒者情怀。我们将从六个方面进行论述：一是"河汾诸老"诗歌与文人出仕新朝的热情；二是元初诗人对蒙古族接受儒家思想的书写及其正统观念的转变；三是祭祀孔子的诗歌对儒家文化播迁的展现；四是元代诗歌对蒙古族帝王学习儒家文化的书写；五是元代诗歌对儒学教育体系的建立及科举考试实施的吟咏；六是蒙古族诗人的儒者情怀。

---

　　①　萧启庆：《元代的族群文化与科举》，台北联经出版公司2008年版，第69—80页。

一、"河汾诸老"诗歌与文人出仕新朝的热情

20 世纪的研究者一直强调元代汉族知识分子与蒙古族政权的对立和疏离，认为金末至元代产生了大量的隐士，以此表示对蒙元统治消极的对抗。[①] 实际上并非如此，在 1126 年，也就是北宋靖康元年，金人占领了两河流域后，采用"汉法"统治中原。在金朝对北方百年的统治中，很多汉族知识分子或为生计或为功名或为天下苍生，参加了金朝的科举，做了金朝的官。金元鼎革之际，金朝占领区的汉族文人，其心态是非常复杂的。北宋政权覆亡已久，南宋政权遥不可及，金朝也是少数民族政权，文人们的"华夷之辨"变得很淡薄。对于出仕同是少数民族建立的蒙古族政权，就较少有出仕二主的愧疚感。"河汾诸老"作为金末元初著名的隐逸群体，他们的诗歌记录了当时文人纷纷北上寻觅施展抱负机会的史实。

"河汾诸老"包括张宇（生卒年不详）、陈赓（1199—1274）、陈庾（1194—1261）、段克己（1196—1254）、段成己（1199—1279）、曹之谦（生卒年不详）、房暤（1199—？）、麻革（生卒年不详）等八人，金元之际，他们从元好问游于河汾之间，对北方文坛影响广泛。大德五年（1301），平阳人房祺将他们的诗辑录成《河汾诸老诗集》，"河汾诸老"之名由此而来。在此八人中，张宇、曹之谦、房暤、麻革虽然生卒年不详，但年辈上应与其他人相差不多。

段克己曾作《送李山人之燕》诗，其诗序云：

> 李生湛然，年四十，未尝从事于人，偃蹇不与时人偶。每遇杯酒间，辄击节悲歌，感慨泣下，不知者以为狂生。愈益放旷不羁，又

---

① 参见幺书仪：《元人杂剧与元代社会》，北京大学出版社 1997 年版，第 30 页；单世联、徐林祥：《中国美育史导论》，广西教育出版社 1992 年版，第 329—333 页。

好为奇诡大言以惊动流俗，人亦不知许也。戊申岁春，踵门告予曰："男儿生不成名，死无以掩诸幽。愚不佞，诚不能与草木同腐，窃有志于四方，先生许我乎？"余乃为书，告常所往来者，会饮于芹溪之上。壶酒既倾，客有执卮而前者曰："方今戎马盈郊，熊罴鸺虎之士，抚鸣剑而抵掌，投壶雅歌，未闻其人，子以儒自鸣，执古之道，求合于今之世，戛戛乎难哉！顾子之囊无十金之资，出无代步之乘，无名公巨卿为主乎其内，无相生相死之友奔走于其外，上不能激浊扬清以钓声名，下不乘机抵巇以取一时之利，奚恃而往？其果有合哉！"余应之曰："不然，夫适用之谓才，堪事之谓力。君子之论人，当观其才力何如耳，不当以势利言也。儒者事业，非常人所能知，要不过适用、堪事而已。议者至谓不能取舍于当世，岂不厚诬哉！抑不知襃衣博带者为儒乎？规行矩步者为儒乎？弹冠远游者为儒乎？以是而名其儒，岂真儒者耶！昔者百里奚自鬻于秦，管仲束缚于鲁，宁戚叩角而悲歌，冯谖弹铗而长叹，叔孙通舍枹鼓具绵蕞之仪，陆贾脱兜鍪进诗书之说，使数子者高卧于林丘，累征而不起，尚何名誉之可期，屈辱之可免哉！今之诸侯，宾位尚有缺然不满之处，肯使至宝横弃路侧，狼藉而不收？苟有好义强仁，皆将善其价而沽之，况幽燕之地，士尚意气，重然诺，习与性成者耶？生之此行，余知其必有合也。"于是乎咸赋诗以为赠。余于交游中最长，特为序以冠其首。①

就这篇诗序为我们提供的信息，可以得出如下认识：一是李湛然的为人、品行以及他要去蒙古族政权中博取功名这一行为。二是参加饯行者中一部分人认为蒙古族统治者专注于征伐，不崇尚儒家德治观念，尤其提到元初文人为谋取政治地位，奔竞名利的几种手段。沽名钓誉，近乎无耻。三是以作者为代表的另一种观念：君子用世，凭借才力而非势利，作为儒

---

① 杨镰：《全元诗》第 2 册，中华书局 2013 年版，第 278 页。

家知识分子就应该勇于任事。并举了百里奚、管仲、冯谖、叔孙通、陆贾等先贤热心任事，辅助诸侯成大事的事例，说明君子只有"知其不可为而为之"，才可功成名就。然后又分析了当前的局势"今之诸侯，宾位尚有缺然不满之处，肯使至宝横弃路侧，狼藉而不收?"蒙古族统治者需要人才，也不会埋没人才，李生作为怀璧之才，此行一定会有收获。

无论是出仕为官、勇于任事，还是热衷功名，奔竞势力，其实不过是同一件事的正反两面，界限并不分明。都表现了金末元初汉族知识分子希望借助蒙古族统治，将自己所学付诸现实，实现自己治国、平天下的儒家理想。段克己在《送李山人之燕》诗中写道：

> 与君把臂临黄河，缺壶声里度悲歌。玉缸酒半离筵起，千里东风射马耳。孰能忍饥学夷齐，看人鼻孔吹虹霓。莫道书生成事小，男儿盖棺事乃了。剑心雄壮未能伸，客舍萧条逢暮春。卢沟河上千株柳，满地杨花愁杀人。①

这首诗中最值得玩味的是中间四句，"孰能忍饥学夷齐，看人鼻孔吹虹霓。莫道书生成事小，男儿盖棺事乃了。"伯夷、叔齐耻食周粟，采薇而食，饿死于首阳山，在中国古代成为抱节守志的典范，是诗歌中永恒的意象。每逢易代之际，都有文人以此二人为楷模，成为不侍二朝的君子。段克己在金朝时曾举进士，其弟段成己也是金哀宗正大年间的进士。金朝灭亡后，二人隐居龙门，段克己去世后，段成己迁居晋宁，元世祖曾经征召他做官，未赴。作为真正的隐士，段克己却认为人们不能为学夷齐忍饥挨饿，仰人鼻息。书生能否兼济天下，成为乱世的"医国手"，盖棺才能有定论。令隐士有这样的认识与蒙古族统治者对汉族文人的任用不无关系。

张宇在《送马德新》一诗中说："马弟吾乡秀，青云正壮年。四知难自畏，六戒得师传。秦府开贤路，瀛洲列俊躔。秋风黄鹄健，老眼看高

---

① 杨镰：《全元诗》第2册，中华书局2013年版，第278页。

骞。"① 诗中前四句称赞了马德新的才华，"秦府开贤路，瀛洲列俊躔。"二句则是对忽必烈重用汉族知识分子的概况，忽必烈在蒙哥汗四年（1254），受封于秦中，所以诗中开贤路的秦府指的是忽必烈秦中的王府。"瀛洲"是古人心中最美好的仙界，这里代指蒙古族统治区。这首诗写出了金末元初蒙古族统治者及其延揽人才的政策在北方地区的影响。

正是蒙古族统治者的这种政策，所以在"河汾诸老"诗歌中送友朋寻觅功名之作为数不少，作者对这些朋友的选择是认可的。张宇在《送田茂卿赴都》中就说："黄卷可能无斗禄，青云自是有天梯。从来俊杰知时务，莫为寒鹴故纸迷。"②"识时务者为俊杰"这是《晏子春秋》中的名句，裴松之曾经引来评价诸葛亮，认为他能认清时代潮流形势，是当时最出色的人物之一。此语后来多用以规劝看不清时事、执迷不悟的人。张宇用此称颂将要赴都城的朋友，说明当时进入蒙古族统治集团已经成为潮流。段成己有诗《冯生成之自燕归平阳赖寂照先生获脱奴役复齿士列将复归燕主吾友济夫来谒诗姑序其概以答云》诗中描绘的冯生是金遗民，有远大志向，曾在燕京居三十年，一直很得意。但"自云衣冠后，家破偶不死。失身坑阱中，摇尾凡几禩。遇者日千百，貌焉不一止。"蒙古族攻陷燕京，家破身存的冯生，沦为奴隶，到处干谒，希望有人伸出援手。"忽逢盘谷翁，引手唯力致。"③在朋友的帮助下终于摆脱了奴隶身份的冯生却被当时士人的用世热情所感召，不愿隐于林下做一个普通的士人，决定再回燕京去。

儒家思想，非常重视孝道。《论语·里仁》曰："父母在，不远游，游必有方。"④这已成为古老的传统，但建功立业，荣宗耀祖又是孝的另一个方面。在士风躁竞的元初，文人为了功名选择离开需要奉养的老人。段成

---

① 杨镰：《全元诗》第 2 册，中华书局 2013 年版，第 256 页。
② 杨镰：《全元诗》第 2 册，中华书局 2013 年版，第 255 页。
③ 杨镰：《全元诗》第 2 册，中华书局 2013 年版，第 321 页。
④ 杨伯峻译注：《论语译注》，中华书局 1980 年版，第 40 页。

己《送贾德远北上并序》诗序中说："生亲老家贫，辍晨昏定省之养，以入京师，其心将有得而归，为亲荣也。虽其亲之心亦然，而一生之劳，故不暇计。忘劳以悦乎亲，生之志也。若生者，其以义养者与？于其行，乞言以为别。吾老矣，言不见用于世。虽无吾言，顾于生何缺！生意坚而无倦色，姑序其事以慰其行云。"① 段成己还在《送张世杰赴京兆幕府》诗中描写了同样的社会现实："雨雪方载涂，霜风裂肤肌。丈夫四方志，游子千里期。简书岂不畏，媚亲发如丝。恩义两相夺，欲行还迟迟。世荣岂不慕，此心难遽夷。大分既有定，俛偋安得辞。伊人遇知己，第恐负所知。去去勿重陈，扶扶良自兹。苟能以义养，犹足慰亲思。"② 贾德远、张世杰二人是在"亲老""媚亲发如丝"的境况下离家，虽然丈夫应该有四方志，但如何赡养父母？在段克己的诗及诗序中作者虽然没有明确表示不认同，但我们能看出其作为隐逸之士的褒贬倾向。

任事之勇，并非金末士人所独有，每逢易代之际，出处都是文人艰难的选择，而对于出仕新朝者，时人的态度也往往会非常矛盾。翻阅"河汾诸老"现存的诗歌，我们发现对于要去蒙古族统治集团寻觅功名的朋友，段成己的态度也是比较矛盾的，在前述《送贾德远北上并序》《送张世杰赴京兆幕府》二诗中，作者是通过谈孝亲问题，表示自己的态度。在《送李生湛然之燕》诗中作者说："惊心浩浩塞云寒，珍重儒冠莫浪弹。相府岂能容阮籍，馆人那解识冯谖。无书可上裴空敝，有梦难通刺欲漫。且好驻君千里驾，小斋如斗足容安。"③ 其中"相府岂能容阮籍，馆人那解识冯谖"两句，表明段克己对蒙古族统治者延揽人才的政策并不相信，规劝朋友"珍重儒冠莫浪弹""且好驻君千里驾"。但在其他诗中却又有对朋友的祝福和期待之词，如《送总管李侯北上》中有"万里鹏程从此始，垂天云翼看徘

---

① 杨镰：《全元诗》第2册，中华书局2013年版，第324页。
② 杨镰：《全元诗》第2册，中华书局2013年版，第321页。
③ 杨镰：《全元诗》第2册，中华书局2013年版，第336页。

徊。"①《送张器之北上》二首其一："羊角会抟溟海上，鸿毛行遇顺风前。吾军政赖君增气，万里青云稳著鞭。"其二有："千里会看黄鹄举，一枝休叹彩鸾栖。丈夫自有乘车日，司马桥名不浪题。"②另外《送娄郎中秀实北上》《送史生仲恭北上》中也有相关的诗句。之所以会有这样的矛盾，首先是因为段成己曾经是金哀宗正大年间的进士，对于金朝有君臣之义，不愿身侍二主的儒家观念促成了这样的心理；其次，蒙古族崛起于大漠朔方，征伐中原初期，屠戮百姓，毁坏良田，作为儒家知识分子，段成己很难认同这样的统治者；再次，金朝对于段成己这位汉族知识分子而言，也是异族的统治。而且金朝末年，政治腐败，统治阶层无能，亡国是必然的历史趋势，段成己于此也认识的很清楚。所以这些因素最终形成了他的矛盾心态。

"河汾诸老"中其他人都是一片祝福之声：张宇在《送马德新》诗结尾说："秋风黄鹄健，老眼看高骞。"③麻革《送申生取新赴中书》中说"一朝飞步上青云。"④陈赓在《送孟驾之赴阙》对朋友祝福："向来才力惊游刃，此去功名稳著鞭。"⑤段克己《送双白渠使梁君二子北上》中说"莺声哕哕朝天日，想有新诗夺锦袍。"⑥在《送故人子赴燕》也说"莫谓城南尺五天，此行几日到幽燕。昂霄耸壑从兹始，万里青云稳著鞭。"⑦

"河汾诸老"一直被称作隐逸诗人，但入元后个人的选择是不同的。张宇、房暤、麻革、段氏兄弟、曹之谦入元后都选择躬耕田园。而陈赓、陈赓兄弟都有出仕元朝的经历。陈赓元初曾入帅府为经历，做过盐官和河东两路宣慰司参议。至元二年（1265）辞官归隐。陈赓在金亡后，在平阳

---

①　杨镰：《全元诗》第 2 册，中华书局 2013 年版，第 328 页。
②　杨镰：《全元诗》第 2 册，中华书局 2013 年版，第 339 页。
③　杨镰：《全元诗》第 2 册，中华书局 2013 年版，第 256 页。
④　杨镰：《全元诗》第 2 册，中华书局 2013 年版，第 387 页。
⑤　杨镰：《全元诗》第 2 册，中华书局 2013 年版，第 269 页。
⑥　杨镰：《全元诗》第 2 册，中华书局 2013 年版，第 297 页。
⑦　杨镰：《全元诗》第 2 册，中华书局 2013 年版，第 298 页。

经籍所做过校雠的工作，蒙哥汗四年（1254）受到忽必烈的召见，中统初年在平阳路做过提举学校官。

二、元初诗人对蒙古族接受儒家思想的书写及其正统观的转变

文人在进入蒙古族统治集团后，积极向蒙古族帝王介绍中原文化，尤其是儒家文化，对于接受儒家文化的蒙古族帝王进行热情歌颂。如许衡（1209—1281）字仲平，号鲁斋。家世务农，自幼天资聪颖，勤奋好学。曾与姚枢、窦默共同研习程朱理学，是元初的硕儒。蒙哥汗四年（1254），忽必烈在秦中为王，许衡即为京兆提学，中统元年（1260），忽必烈即位，许衡、姚枢等同到京师。许衡任国子祭酒，因与王文统不睦，托病辞官。至元二年（1265），忽必烈再召许衡至京师，在中书省为议事官。至元八年（1271），忽必烈设立太学，任命许衡为集贤大学士兼国子祭酒，教授太学。至元十年（1273）辞归，几年后再入朝，修成《授时历》。至元十七年（1280）因病还乡，次年病逝。

许衡一生都致力于向蒙古族统治者介绍中原文化，并认为蒙古族统治要想长久必须摒弃蒙古族传统文化，至元三年（1266）他在《时务五事》的奏折中列数了"立国规模""中书大要""为君难""农桑学校""慎微"等五个方面，其中在"立国规模"[①] 中力劝忽必烈实施汉法，并且阐释了

---

① "国朝土宇旷远，诸民相杂，俗既不同，论难遂定。考之前代，北方奄有中夏，必行汉法，可以长久。故魏、辽、金能用汉法，历年最多，其他不能实用汉法，皆乱亡相继，史册具载，昭昭可见也，国朝仍处远汉，无事论此，必若今日形势，非用汉法不可也。陆行资车，水行资舟，反之则必不能行。幽燕以北，服食宜凉；蜀汉以南，服食宜热，反之则必有变异。以是论之，国家当行汉法无疑也。"李修生：《全元文》第 2 册，江苏古籍出版社 1999 年版，第 428 页。

中原思想文化在元前入主中原的北方少数民族王朝政权中所发挥的作用。他认为文化有民族性和地域性的特征，蒙古族统治者要想长治久安就必须要依靠汉法。

许衡在他的诗作中也表述了这种思想，在《送姚敬斋》诗中说："凛凛姚敬斋，风节天下奇。终焉托君侯，君侯贤可知……一祈仁政苏民疲，一祈善政赒民饥。丰功伟绩镌长碑，千年万年感激人心无了时。"①这是姚枢进入忽必烈潜邸时，他为好友的送行之作。诗中的"君侯"自然是指忽必烈，他认为好友姚枢是"风节天下奇"，而忽必烈则是贤明的王侯，姚枢与忽必烈的风云际会，必然能够为动乱中的人民带来福音。他希望忽必烈能在姚枢辅助下实施汉法，实施仁政、善政，纾解民困，建立千秋伟业。当好友窦默应忽必烈所请为幕僚时，他写了《赠窦先生行二首》，其一中有："西山山下觅幽村，水竹临居拟卜君。岂意天书下白屋，便收行李入青云。"②在中国古代社会，存在"华夷之辨"，汉族知识分子进入少数民族政权是要遭到非议的，但许衡却将蒙古族统治者召请窦默的诏书称为"天书"，说明了他的政治取向。他在其二中则解释了原因："莫厌风沙老不禁，斯民久已渴甘霖。愿推往古明伦事，用沃吾君济世心。甫治看将变长治，呻吟亦复化讴吟。千年际会真难得，好要先生着意深。"③作者说百姓望仁政如望甘霖，希望窦默能用儒家思想帮助忽必烈治国、平天下。将在一地一时实施的善政推广开来，变成持久的国策，使百姓的痛苦呻吟声变为对统治者的讴歌之声。诗中"愿推往古明伦事，用沃吾君济世心"句尤其值得关注，表达了他希望儒家治国思想与蒙古族文化相结合的理想。

仕元的汉族知识分子对于自己的选择是非常自信的，所以他们在行为

---

① 杨镰：《全元诗》第 3 册，中华书局 2013 年版，第 52 页。
② 杨镰：《全元诗》第 3 册，中华书局 2013 年版，第 56 页。
③ 杨镰：《全元诗》第 3 册，中华书局 2013 年版，第 57 页。

上和诗歌中也表现了对元蒙统治者的忠诚。郝经出使南宋被囚及其诗歌是最典型的代表。郝经（1223—1275）字伯常，山西陵川人。著名文人郝天挺是其祖父，其父郝思温与元好问一起随祖父学习。窝阔台汗四年（1232），郝思温带领家人迁居河北保定。乃马真后二年（1243），郝经被贾辅聘为家庭教师，贾辅是张柔麾下的副元帅，所以郝经也曾教授张柔家的子弟。贾辅曾重建被战火摧毁的保定城，在战争中大量搜集诗书文集，在保定建"万卷楼"藏书。乃马真后三年（1244），郝经曾作《万卷楼记》一篇称颂贾家藏书之丰："私家之藏，几逾秘监，故贾侯之书甲天下。"①郝经在贾、张两家阅读到大量的图书典籍，大大开阔了眼界。在这一时期，郝经还拜元好问、赵复为师，作为金朝文坛盟主和北方理学的主要传播者，二人对郝经的文学和哲学思想影响极大。蒙哥汗六年（1256），郝经进入忽必烈潜邸，忽必烈对他极其赏识。蒙哥汗八年（1258），郝经随忽必烈攻宋，多次劝谏忽必烈要爱惜百姓，减少杀戮。蒙哥汗去世后，郝经进《东师议》《班师议》，劝忽必烈与宋议和，班师北归，全力对付内部纷争。

中统元年（1260），元世祖即位，郝经拜翰林侍读学士，并任"国信大使"，率40人的使团出使南宋。②元与南宋的鄂州之战，南宋战败，因为蒙哥汗去世，忽必烈与南宋权相贾似道议和后北还。而贾似道却向宋理宗谎称大捷。郝经使宋，贾似道怕他泄露自己的底细，就把他软禁在真州。郝经被软禁真州16年，即著名的"郝经南囚"，时人称之为"南国苏武"。郝经在真州时创作的诗篇，如《冬至后在仪真馆赋诗以赠三伴使》《仪真馆中暑一百韵》《秋思》《幽思》（60首）等，都是鸿篇巨制，内涵丰富。

---

① 李修生：《全元文》第4册，江苏古籍出版社1999年版，第311页。
② 《元史·世祖本纪》记载中统元年四月："以翰林侍读学士郝经为国信使，翰林待制何源、礼部郎中刘人杰副之，使于宋。"宋濂：《元史》，中华书局1976年版，第65页。

诗中郝经自比为"鲁连""南八"等历史名人，来表现对元朝的忠诚，最为人津津乐道的是《帛书诗》：

> 霜落风高恣所如，归期回首是春初。上林天子援弓缴，穷海累臣有帛书。①

至元十二年（1275）九月，思乡心切的郝经受到汉代使臣苏武"雁足帛书"传说的启发，在一只准备食用的大雁的腿上，捆上了这首《帛书诗》并署上自己的名字和时间，然后将大雁放生。次年（1276）二月，南宋统治者知道了郝经之事，郝经得以北还。至元十三年（1276）三月，有人在汴梁金明池上捕获了这只传书的大雁。帛书几经辗转，被时任安丰儒学教授的王时若所得。元仁宗朝，朝廷将其装潢成卷，并让文臣在卷末题跋，保存在秘书监。袁桷《题郝伯长雁足诗》：

> 深羁孤馆鬓毛斑，猛虎摇须障海寰。玉树已歌归逝水，羽书难射隔平山。不须羝乳终回汉，肯学鸡鸣诈度关。一寸蜡丸凭雁寄，明年春尽竟生还。②

在诗后作者有跋文：

> 霜落风高恣所如，归期回首是春初。上林天子援弓缴，穷海累臣有帛书。中统十五年九月一日放雁，获者勿杀。国信大使郝经书于真州忠勇营新馆。中统十五年乃至元十一年，明年，奉使还。③

传说中元世祖看到了帛书后，感叹"四十骑留江南，曾无一人如雁"，于是兴师伐宋，使郝经这一忠臣义士形象更加突出。

汉族知识分子进入蒙古族统治集团还影响了他们的思想。宋辽金元时期是中国古代汉族与少数民族关系最为复杂的时期，尤其是金统一了北方，元又灭金。这种现象引起了当时文人的一些思考，1234年也就是金

---

① 杨镰：《全元诗》第 4 册，中华书局 2013 年版，第 334 页。
② 杨镰：《全元诗》第 21 册，中华书局 2013 年版，第 247 页。
③ 杨镰：《全元诗》第 21 册，中华书局 2013 年版，第 247 页。

灭亡当年，修端写了《辨辽宋金正统》一文，在文章中他承认辽金在北方建立的功业，认为辽宋金都可以称为正统。[①] 杨奂作为最早在北方传播程朱思想的学者，他在《正统八例总序》中提出"王道之所在，正统之所在也"[②] 的观点。这些思想都颠覆了传统的"华夷之辨"。郝经作为杨奂的学生，在正统问题上既受到杨奂的影响，也有自己的思考，他在《与宋国两淮制置使书》中提出"能行中国之道，则中国之主也"[③] 的观点。"中国"这个词语，在历史上既有区分地域的意思，也有区分文化的意思。从地域上区分就是汉族聚居的中原地区为中国，从文化上来说就是实施儒家德治思想的是中国。郝经不赞同从地域上区别夷夏的做法，认为中原王朝在以德治立国时，还有夷夏之分，在中原王朝德治已衰时，就无法与边疆政权区分夷夏了。

正是这种对于正统的新认识，使潜邸文人具有了通达的民族观念，而不再仅从自己的民族身份出发去看待问题。对于少数民族的作为也有了较为公正的评价。比如许衡在《病中杂言》其六中就有这样的诗句："直须眼孔大如轮，照得前途远更真。光景百年都是我，华夷千载亦皆人。"[④] 诗中直接批判"华夷之辨"，说明他对政治合法性的认识已经不再是地域和民族，而是文化上的。再如郝经是汉族，在金统治区长大，成年后受知于蒙古族统治者。如前所述，作者对于蒙古族在军事上取得的成就是肯定的，对于蒙古族统治者也是称赞的。但并没有因此对元蒙政权的敌人——金朝君臣进行污蔑。对金朝的灭亡更多是同情，对于金朝君臣死节的行为也是多有颂扬。如他的《金源十节士歌》颂扬为金死节

① 修端：《辨辽宋金正统》，王恽：《秋涧集》卷 100《玉堂嘉话》卷 8，文渊阁四库全书本，第 3 页。

② 李修生：《全元文》第 1 册，江苏古籍出版社 1999 年版，第 129 页。

③ 李修生：《全元文》第 1 册，江苏古籍出版社 1999 年版，第 104 页。

④ 杨镰：《全元诗》第 3 册，中华书局 2013 年版，第 53 页。

的王子明、移剌都、郭蝦蟆、完颜合达、完颜陈和尚、乌古逊道原、完颜仲德、绛山奉御、李丰亭、李伯渊等十人。在《金源十节士歌》序言中郝经称颂这些死事死国的节士："有古烈士之风，可以兴起末俗，振作贪懦。""其大节之岳岳磊磊，在人耳目，虽耕夫贩妇，牛童马走，共能称道者。"① 在《乌古逊道原》诗中作者说："都堂一夜血浸尸，瞠视国贼目不瞑。家中复有贞义女，父死于君女死父。踏户悬梁义不辱，骂贼投缳有余怒。一门忠贞古未有，名节俱全义不朽。从今莫把夷狄看，中原几人能自守。"② 郝经看中对于中国之道的推行，所以称颂这些能将中华民族传统节烈观继承并发扬的少数民族节士，希望"从今莫把夷狄看"。对于金朝的亡国之君金哀宗，郝经在《照壁堂行》中也极力称颂他诛杀蒲察官奴的行为："古来惟有敬宗奋袂诛尔朱，今朝天兴拔剑斫官奴。壮哉两君万古无，呜呼两君万古无。"③ 对于南宋联蒙灭金却是批判的。这种明显褒扬少数民族的倾向与当时北方知识分子及作者的正统观有直接关系。

忽必烈通过这些文人、儒士的帮助，获得了汉族知识分子的认可和支持，为日后统一天下奠定了坚实的基础。但中统三年（1262）发生了李璮叛乱事件，元世祖对汉人臣僚开始猜疑，重用阿合马、桑哥等人，潜邸儒臣受到排挤。尤其是儒化较深的太子真金去世后，汉法派儒臣失去了后盾，世祖朝的汉法改革基本停滞。所以李志安在《元史十八讲》中说："忽必烈建立的元朝。至少从外壳上已经有了许多汉法的因素，而核心部分仍然是蒙古本位，从而构建起独特的内蒙外汉的政治文化二元复合体制。"④

① 杨镰：《全元诗》第4册，中华书局2013年版，第272页。
② 杨镰：《全元诗》第4册，中华书局2013年版，第274页。
③ 杨镰：《全元诗》第4册，中华书局2013年版，第270页。
④ 李志安：《元史十八讲》，中华书局2014年版，第88页。

三、祭祀孔子的诗歌对儒家文化播迁的展现

孔子一直被中国历代封建王朝奉为"百王师，立万世法"① 者，历朝历代都将尊孔祭孔视为要事。在《上都孔子庙碑》中，许有壬说："太宗嗣位，修曲阜庙，孔子五十一代孙元措仍袭封衍圣公。"根据《元史·祭祀志》记载，元太宗九年（1237）② 孔子五十一代孙元措袭封衍圣公，主持孔庙祭祀事，这是蒙古族统治者任命的第一代衍圣公。孔元措大约在蒙哥汗元年（1251）去世。元太宗时期，一些地方开始修复孔庙，耶律楚材就有多首相关的诗歌，如《贾非雄修夫子庙疏》《邳州重修宣圣庙疏》《周敬之修夫子庙》《重修宣圣庙疏》《云中重修宣圣庙》《太原修夫子庙疏》等诗，这些都说明，元太宗时已经非常清楚孔子在汉文化中的重要地位，修建孔庙或者修复毁于战火中的孔庙，倡导习学儒家思想。

虽然蒙元政权在窝阔台汗时就已任命了衍圣公，但因为政治、文化、习俗及战争等多方面的原因，蒙哥汗及元世祖时期衍圣公都曾有空置，曲阜孔林的祭祀活动也无法正常举行。胡祗遹（1227—1295）曾于元世祖至元六年（1269）夏天和至元二十年（1283）两次居官济南，第一次是奉命到济南督治蝗灾。第二次是任山东东西道提刑按察使。他任官期间曾作《赠孔子五十四世孙曲阜令》："汉唐传至今，崇敬到极至。袭封衍圣公，宾礼贵无二。百家林庙户，洒扫几千祀。譬彼江与河，万古流不废。不意便斩绝，茅茨暗阶陛。兹事世共知，庙算非失计。人苟不自侮，云谁敢相戏。嗣圣既无人，勿怨虚其位。"③ 诗中回顾了汉唐以来的封建王

---

① 宋濂：《元史》卷 157，中华书局 1976 年版，第 3690 页。

② 《元史·祭祀志》记载："阙里之庙，始自太宗九年，令先圣五十一代孙袭封衍圣公元措修之，官给其费。"宋濂：《元史》卷 76，中华书局 1976 年版，第 1899 页。

③ 杨镰：《全元诗》第 7 册，中华书局 2013 年版，第 54 页。

朝对孔子的尊崇，孔庙的祭祀香火兴盛。但到了元朝，这种祭祀却"不意便斩绝"，孔林中变得荒草丛生。在《赠孔子五十七代孙曲阜尹》中也有相类似的描写："衍圣人绝袭，梦寐当忧惊。百余香火户，近亦隶编氓。"①

元成宗之后，这种状况得到了改变，许有壬在《上都孔子庙碑》② 一文中回顾自元成宗到元顺帝时期蒙古族统治者对孔子的尊崇。史料中相关的记载也颇多，如《元史·祭祀志》记载，元成宗时期在燕京修建宣圣庙，"大德十年秋，庙成。"③ 还下诏："曲阜林庙，上都、大都诸路府州县邑庙学、书院，赡学土地及贡士庄田，以供春秋二丁、朔望祭祀，修完庙宇。自是天下郡邑庙学，无不完葺，释奠悉如旧仪。"④ 虞集在《十月十六日奎章阁奏封回至李溉之学士宅宣旨行香孔林按上得佳纸因赋此诗并得其镇纸玉蟾》诗中描写了统治者派官员到曲阜修葺孔庙之事：

> 圣恩深念鲁东家，林木萧条散暮鸦。丹诏先令修古庙，彤庭即日遣皇华。阁中学士驰山驿，天上文星绚海霞。偶为传宣到书阁，就床夺得玉蝦蟆。⑤

诗人说蒙古族统治者因为对孔子的尊重，担心孔林林木萧条，颁发诏

① 杨镰：《全元诗》第 7 册，中华书局 2013 年版，第 57 页。
② "成宗首诏敦劝，且议贡举。又特诏中外百司，申世祖之制，其略曰：孔子之道，垂宪万世，有国家者，所当崇奉。而曲阜、上都、大都又专言之。圣意所注可见矣。武宗、仁宗、英宗、文宗恪守祖训，凡大播告，必首及此。而武宗加号大成，遣使阙里，祀以太牢，示万世无上之绝尊。仁宗行宾兴法，先德行，尊五经，继志述事，有加焉。今上皇帝三降德音，靡不恳切。此征诸闻见，班班有据者也。尚论历代之兴，礼乐制度，莫不相因。而我朝截然首出，为一王法，立纲陈纪，大括宇宙。细尽事物，不资载籍，动合孔子之道，非天启大圣为斯文主，以康济斯世而能然耶？"李修生：《全元文》第 38 册，凤凰出版社 2004 年版，第 310—311 页。
③ 宋濂：《元史》卷 76，中华书局 1976 年版，第 1892 页。
④ 宋濂：《元史》卷 76，中华书局 1976 年版，第 1901 页。
⑤ 杨镰：《全元诗》第 26 册，中华书局 2013 年版，第 91 页。

书，派遣使臣到曲阜督修孔庙。虞集认为尊孔、祭孔能够体现元廷对儒学的重视，可以鼓励学子学习、研究儒家思想，为朝廷培养更多治国人才，同时也可以促进儒学发展。

王沂曾作有《和苏伯修孔庙落成诗》，虞集的学生苏天爵（1294—1352），字伯修，所以这是王沂与苏天爵的唱和之作。《元史·苏天爵传》称："于是中原前辈，凋谢殆尽，天爵独身任一代文献之寄，讨论讲辩，虽老不倦。"① 苏天爵能体现"一代文献之寄"的作品是《元朝名臣事略》和《元文类》，其诗歌流传至今的仅有 10 首，余者皆散佚，其中并没有关于孔庙落成的作品，当然也就无法考证出这座孔庙建于何处。王沂在和诗中极力赞颂修葺孔庙的行为，并认为道统因之而延续，圣人的功勋因之而昭示，《鲁颂》《皇坟》《诗》《礼》等典籍得以继续播迁："道接千龄统，功昭列圣勋。铭辞严鲁颂，诏法奥皇坟。孙也传诗礼，颀然自洁重。"作者还认为元廷对孔子的祭祀典礼是自古以来最隆重的："荐诚躬奉旨，盛典古无闻。"因此作者要"诗美圣明君"。②

许有壬则在诗中描写了地方庙学释奠事：

> 营洛奠神臯，改邑民用迁。睠言兹黉舍，庙貌仍俨然。经筵余败壁，土榻寒无毡。儒服二三辈，荐享来联翩。多仪固未备，至诚即牲牷。羊存礼斯存，隆杀时有权。汉兴未绵蕝，过鲁犹拳拳。圣朝尚文治，新都萃英贤。成均不日建，道德行开延。洋洋齐鲁化，坐看周八埏。③

首先，从释奠的时间上来说，此诗题为《秋丁隆兴庙学释奠》，古代在每年的仲春月、仲秋月的上旬丁日要举行祭孔大典，这里的秋丁指的就是仲秋丁日举行的祭孔盛典。其次，诗中隆兴庙学的地理位置，在《中

---

① 宋濂：《元史》卷 181，中华书局 1976 年版，第 4224 页。
② 杨镰：《全元诗》第 33 册，中华书局 2013 年版，第 140 页。
③ 杨镰：《全元诗》第 34 册，中华书局 2013 年版，第 208 页。

国历史地名大词典》中带有"隆兴"二字的地名有"隆兴长村""隆兴寺镇""隆兴场""隆兴府""隆兴路""隆兴墟"等①，此诗中的"隆兴"具体指哪一个已无从考证。诗歌首句为"营洛奠神皋，改邑民用迁。"这是化用了周朝迁都的典故，似乎与周朝旧都丰镐相关，但诗末结句为"坐看周八埏"，古时"八埏"与"九垓"都指称天地终极之处，也就是边远地区。从诗中对此处孔庙"经筵余败壁，土榻寒无毡"的描写，也可以看出这个"隆兴"不是什么名都大邑，应该就是北方一个曾经搬迁过的边远县城。最后，在参与祭祀的人员和举行的祭祀仪式上，人员仅有"二三辈"，祭品也很简陋，但在这种偏远的地区，都有人满怀虔诚之心，举行祭孔仪式，可见儒家思想的影响之广泛，也同时说明元廷对儒家思想的重视。

　　最值得一提的是在元武宗至大元年（1308）秋七月，武宗"诏加号先圣曰大成至圣文宣王"，将孔子的荣誉提升到了更高的位置。"诏词略曰：'先孔子而圣者，非孔子无以明；后孔子而圣者，非孔子无以法。'"② 这一尊号一直沿用到清末，说明此尊号已经趋于极致。从元武宗开始还设置了代祀之礼，也就是派朝臣前往曲阜代皇帝对孔子进行祭祀，"牲用太牢，礼物别给白金一百五十两，彩币表里各十有三匹。四年冬，复遣祭酒刘赓往祀，牲礼如旧。延佑之末，泰定、天历初载，皆循是典，锦币杂彩有加焉。"③ 周伯琦在元顺帝后至元六年（1340）奉诏前往曲阜代祀孔庙，他在《七月十二日奉诏以香酒使曲阜代祀孔圣庙作》中说："温诏面宣乘驲使，明禋心报绂麟乡。"在《越五日别翰林诸友》是中称："圣主素知吾道重，颁香特遣孔林行。"④ 此年八月，周伯琦到达曲阜，举行了祭祀仪式，

① 史为乐：《中国历史地名大词典》，中国社会科学出版社 2005 年版，第 2472 页。
② （明）叶子奇：《草木子》，中华书局 1959 年版，第 60 页。
③ 宋濂：《元史》卷 76，中华书局 1976 年版，第 1899 页。
④ 杨镰：《全元诗》第 40 册，中华书局 2013 年版，第 346 页。

作《八月六日丁亥释奠孔子庙三十韵》诗，诗序说："至元六年岁在庚辰，八月丁亥，奉诏致香酒以太牢释奠宣圣庙。退赋长律三十韵。"诗歌则以时间的延展和空间的转换为序，首先描写了作者接受皇帝的诏令，自上都出发来曲阜代祀的经过，接着描绘了孔庙附近的景色、孔庙的建筑特色、祭祀孔庙的仪式等，诗末说：

> 共观周典礼，宁数汉规摹。似续于今盛，钦崇自古无。缭垣隆象魏，穹石峙龟趺。孤阁青编贮，双亭翠竹扶。山川光拱揖，泉井泽沾濡。推本尊师道，题名述庙谟。伫看戋束帛，岂复叹乘桴。制作先东鲁，朝廷用大儒。愚生深有幸，归上孔林图

汉朝尊儒家思想为"大一统"思想，对孔子的祭祀规模也最为宏大，但元王朝采用周礼进行祭祀，非常的隆重，所以作者认为元廷对孔子的敬重是"自古无"，为自己能够代祀孔庙感到非常自豪。

揭傒斯（1274—1344）曾作《孔林图诗》，在序言中说："集贤待制周侯能修礼于孔林，侍读学士商公图之，史官揭傒斯诗咏之。"[1]揭傒斯在元仁宗皇庆初年随程钜夫入朝，受到仁宗及朝中士大夫器重，延祐元年荐为翰林编修。天历二年，元文宗开奎章阁，置授经郎，揭傒斯首获其选。此后数任集贤、翰林学士，在元顺帝至正三年（1233）被委任为辽、金、宋三史的总裁官，此诗应该作于此年或此年之后。采用四言古体的形式，对孔林之胜及孔子对后代的巨大影响进行了歌咏：

> 峨峨尼山，蔽于鲁邦。笃生圣人，维民之纲。尼山之下，有洙有泗。有蔚孔林，在泗之涘。维彼圣人，教之诱之。凡厥有民，则而效之。维彼圣人，覆之载之。凡厥有民，敬而爱之。既诵其言，亦被其服。孰秣其马？于林之侧。既诵其言，亦履其武。孰秣其马？于林之下。六辔既同，周侯之东。荐之侑之，圣人之宫。其音洋洋，其趋跄

---

① 杨镰：《全元诗》第 27 册，中华书局 2013 年版，第 205 页。

跄。其临皇皇，圣人允臧。商氏图之，式昭其敬。载瞻载思，罔不由圣。①

元朝不仅对孔子进行祭祀，还增加了许多从祀的名儒，皇庆二年（1313）六月，从祀者增加了周敦颐、程颢、程颐、张载、邵雍、司马光、朱熹、张栻、吕祖谦以及元朝的许衡。延祐三年（1316）七月，仁宗下诏，以颜回、曾子、子思、孟子配享。至顺元年（1330），又增加了汉儒董仲舒。②范椁有《上巳日文宣王庙陪祀毕归西馆作奉贻儒宫诸同志》诗：

礼殿肃春荐，斋居清曙钟。斜街星斗转，阿阁雾烟重。久去金华直，暂依赤社封。非才霑教育，希世念遭逢。休风泄洙泗，治日舒黄农。深恩曷效报，彝典幸追踪。粲粲金石列，锵锵珂珮从。饮福婴多疾，高卧对千峰。③

对孔子的祭祀，分为春秋两次，这次是在上巳节，应该是春祭，诗中第一句也有"春荐"语。诗中先描绘了祭祀诸贤时隆重的礼仪，肃穆的氛围，也对诸贤的作为进行了称颂，认为他们对教育做出的重要贡献是后人对他们祭祀、尊崇的源头。此后元政府还给这些名儒和他们的父母追加了谥号，如元文宗加封颜子为兖国复圣公，曾子为郕国宗圣公，子思为沂国述圣公，孟子为邹国亚圣公；程颢为豫国公，程颐为洛国公。还敕封孟子的父亲为邾国公，母亲为邾国宣献夫人。

元朝在元上都等草原地区也兴建孔庙，并举行祭祀活动，孔子的声望和思想在更广大的领域中得到了传播。许有壬在《上都孔子庙碑》中说窝阔台汗时"辇曲阜雅乐、俎豆、祭服至日月山，王鹗以孔子像达北庭，命

---

① 杨镰：《全元诗》第 27 册，中华书局 2013 年版，第 205 页。
② 宋濂：《元史》卷 76，中华书局 1976 年版，第 1893—1894 页。
③ 杨镰：《全元诗》第 26 册，中华书局 2013 年版，第 347 页。

秋丁行释奠礼，饮福均胙，岁以为常。"① 日月山在漠北，是蒙古族祭祀天地祖先的地方，孔子的祭祀能在这里举行，可见元蒙统治者对儒家文化的尊崇。元世祖时已经在远离中原的上都修建了孔庙。许有壬在《上都孔子庙碑》②描写了元世祖至元顺帝时期，在上都修建、重葺孔子庙的历史，可见儒家文化也就被带到了草原地区。袁桷有一首《上都杨节妇》诗："吹彻玉参差，孤鸾天外飞。匣藏身后剑，箧宝嫁时衣。寿乐庞眉耸，心清鹤骨肥。诸郎新玉立，孝谨报春晖。"③ 为亡夫守节，这是儒家文化的鲜明体现，上都地区以蒙古族文化为主，通过此诗可以说明儒家文化对元代草原地区的深入影响。

四、元代诗歌对蒙古族帝王学习儒家思想的再现

在蒙古前四汗时期，将儒学传播到蒙古上层的是耶律楚材。此人深得成吉思汗的信任，在窝阔台汗时期依然受到器重。但对儒家思想主动学习始自忽必烈。在潜邸时，忽必烈就开始学习儒学，这在引言中已经论及。元世祖去世后，王恽曾作《大行皇帝挽词八首》，歌颂了忽必烈对儒家思想的学习，试看下列二首：

　　　　威破群雄胆，恩藏四海心。声明三五盛，垂拱九重深。国论多儒

---

① "世祖既城开平，寻升上都，文治益修。至元六年，命留守臣颜蒙古反作孔子庙都城东南。仁宗皇庆二年，命留守臣贺胜重葺旧殿，增廊庑、斋厅，庾廪、庖湢，闲阎垣塘，西偏为堂庐，以待国子。分学田坐云州者六十顷五十九亩，兴州又十四顷，以教以养。作人之盛，蔚乎首善之地矣。今上当宁，大臣协赞，益阐大猷，使万世之远，亿兆之众，皆知孔道之可尊。"李修生：《全元文》第38册，凤凰出版社2004年版，第310页。

② 杨镰：《全元诗》第38册，中华书局2013年版，第311页。

③ 杨镰：《全元诗》第21册，中华书局2013年版，第311—312页。

断，天机入睿临。小臣劈面血，无路洒松林。——八首其三

　　论治方尧禹，求贤到钓耕。民区无二上，庙算有奇兵。万寓风烟静，中天日月明。小臣思颂德，终了是强名。——八首其七①

所谓"国论多儒断""论治方尧禹"都是极好的说明。王恽在《和曲山题太一宫诗韵》中亦有："粉饰皇图开治道，庇庥广厦到吾曹。"在诗后作者自注说："粉饰皇图，谓创见今上时首陈修国史立台省等事。""庇庥广厦，接礼士夫也。"②

元代经筵制度的建立，极大地促进了蒙古族帝王对儒学的学习。经筵制度是中国古代一种特殊的教育制度，是为促进最高统治者对儒家经典的学习，特设的御前讲席。早在汉唐时就已存在，至宋代成为一项政治制度。元代最早倡建经筵制度的应该是雍古族人赵世延（1260—1336），也曾为经筵官的王沂有诗《题赵敬甫右丞经筵奏议稿后》，赵敬甫即赵世延，泰定四年（1327）迁中书右丞。从王沂诗题来看，赵世延曾经为建经筵给泰定帝上过奏议，这一倡议得到了泰定帝的认可，第二年即设立了经筵官。对于此事，王沂在诗中说："泰定开皇极，文星拱北辰。雍容治安策，宥密老成人。庙算推先觉，天聪断若神。"诗人对赵世延促成此项制度的设立进行了歌颂："伫看归补衮，图象在麒麟。"③

虞集曾有《进讲后侍宴大明殿和伯庸赞善韵二首》，其一云：

　　丞相承恩自九天，讲臣春殿秩初筵。养贤敢谓占颐象，陈戒犹思诵抑篇。既奏大韶兼善美，岂无后稷暨艰鲜。愿推余泽均黎庶，乐只邦基亿万年。④

诗中"丞相承恩自九天"句就是赞扬赵世延的提议获得泰定帝的认可，

---

① 杨镰：《全元诗》第 5 册，中华书局 2013 年版，第 198—199 页。
② 杨镰：《全元诗》第 5 册，中华书局 2013 年版，第 337—338 页。
③ 杨镰：《全元诗》第 33 册，中华书局 2013 年版，第 102 页。
④ 杨镰：《全元诗》第 26 册，中华书局 2013 年版，第 88 页。

设置经筵官事，"讲臣春殿秩初筵"句说明这是虞集第一次为统治者进讲。诗歌的颔联、颈联叙述了自己为统治者进讲的内容，首先是讲述敬重贤士、养育人才的重要性，其次是对《诗经》颂诗和《诗经·大雅·抑篇》的分析，第三是对《韶》乐善美特质的赏析，最后还讲述了后稷教民耕种的艰辛。尾联希望统治者能爱惜百姓，这样才能邦基稳固，长治久安。

元文宗天历二年（1329），创建奎章阁，王沂有《和苏伯修授经筵进讲诗韵》①诗，苏天爵流传下来的诗歌中没有经筵进讲诗，但从王沂的"元统千龄运，虞廷六府修"的诗句，可见苏天爵此次进讲应该是在元顺帝元统元年或二年。诗中最值得注意的是对奎章阁学士院名宿云集、为统治者进讲经史的情况进行了描述："奎躔环列宿，虎观奉宸旒。云绕蓬莱仗，春回太液流。登瀛更寓直，稽古赞谋猷。共仰天颜喜，俄传夕箭浮。"王沂说奎章阁学士院皆为名宿，他们的职务就是研究古代经典，为统治者进讲。汉朝在宫中设讲论经学的白虎观，简称"虎观"，诗人以汉代元，以虎观代指奎章阁，表现了诗人的自豪之情。

陶宗仪《南村辍耕录》卷五中有文宗与女真人经筵官孛术鲁翀的对话：

孛术鲁翀子翚公在翰林时，进讲罢，上问曰："三教何者为贵？"对曰："释如黄金，道如白璧，儒如五谷。"上曰："若然，则儒贱邪？"对曰："黄金白璧，无亦何妨？五谷于世其可一日阙哉！"上大悦。②

在这段对话中，汉化较深的女真人孛术鲁翀将蒙古族人奉为国教的佛教比作黄金，将蒙古族统治者非常信用的道教比为白璧，而将儒家思想比作日日不可或缺的五谷，可以看出孛术鲁翀对儒释道三家思想的认识，而文宗听后大悦，说明文宗也意识到儒家思想在治国、经营天下方面的重要性。

---

① 杨镰：《全元诗》第33册，中华书局2013年版，第105页。
② 陶宗仪：《南村辍耕录》，中华书局1959年版，第57页。

元代留存下来的所有关于经筵的诗作中，周伯琦的相关诗歌最多，最早的一首是《至正改元岁辛巳正月廿八日由翰林修撰特拜宣文阁授经郎兼经筵作》：

> 词垣三组叹才难，（翰林修撰、同知制诰兼国史编修官，故云三组）延阁横经益汗颜。子佩尽来宗胄贵，儒官忝后相臣班。（经筵，以左右二丞相领之）人文经纬星辰上，圣道流行宇宙间。咫尺天光如下听，刍荛敢不竭愚顽。①

此诗作于至正元年（1341）。诗歌开头是作者的自谦之词，认为自己才识有限，尤其是经筵官面对的学生都是皇族贵胄，职位也极高，所以感到汗颜。后四句是评价这一制度的意义，可以促进儒家思想的传播，促进治国政策的改善，从而获得百姓的认可和拥护。

至正是元顺帝的第三个年号，元顺帝妥欢帖睦尔（1320—1370）幼年贬谪广西时，就随大图寺长老学习《孝经》《论语》。即位后，广置经筵官，研习汉文经典，是元朝后期诸帝中汉文化修养较高者，他能诗善画，任用的宰相如马札儿台、脱脱、别儿怯不花、铁木儿塔识等，多已汉化。元顺帝还将宣文阁改为端本堂，成为皇太子接受经学教育的固定场所。《南村辍耕录》记载过这样一件事：

> 今上皇太子之正位东宫也，设谕德，置端本堂，以处太子讲读。忽一日，帝师来启太子母后曰："向者太子学佛法，顿觉开悟。今乃使习孔子之教，恐损太子真性。"母后曰："我虽居于深宫，不明道德。尝闻自古及今，治天下者，须用孔子之道。舍此它求，即为异端。佛法虽好，乃余事耳，不可以治天下。安可使太子不读书？"帝师赧服而退。②

---

① 杨镰：《全元诗》第 40 册，中华书局 2013 年版，第 350 页。
② 陶宗仪：《南村辍耕录》，中华书局 1959 年版，第 21 页。

从陶宗仪的记载中我们发现，到了元朝末年，儒家思想对于蒙古族统治者的影响已经非常深入，就连一个久居深宫的蒙古族女人都有了这样的认识。

元顺帝还有汉文诗歌传世，《全元诗》第 60 册收录了他的三首诗，即《答明主》《御制诗》（二首）。《御制诗》（二首）在概论中已经论及，再看《答明主》诗："金陵使者渡江来，漠漠风烟一道开。王气有时还自息，皇恩何处不昭回。信知海内归明主，亦喜江南有俊才。归去诚心烦为说，春风先到凤凰台。"此诗本无题目，顾嗣立《元诗选》中题为《赠吴王》，《御选元诗》中也题为《赠吴王》。《承德府志》则题为《开平答书》，近代人陈衍编的《元诗纪事》改为《答明主》。《全元诗》在此诗下引明人徐祯卿《翦胜野闻》："元君既遁，留兵开平，犹犹觊觎之志。太祖遣使驰书，明示祸福，因答诗云云。"①说明此诗是元顺帝在退守开平后，为答复明太祖的使者而作。诗歌质朴无华，既承认元朝国运已尽，江山已归明主，自己诚心禅位，但也没有亡国之君的懦弱之态。

周伯琦其他相关的诗歌，根据笔者考证主要作于至正元年（1341）到至正九年间（1349）：作于至正元年（1341）的《十一月廿八日明仁殿进讲作》；作于至正二年（1342）的《至正二年岁壬午正月明仁殿进讲易恒卦赐金织绿色对衣一袭作》《进讲纪事廿韵呈左丞许公可用》《纪恩三十韵有序》《水晶殿进讲周易二首》《水晶殿进讲鲁论作》；作于至正三年（1343）的有《七月六日上京慈仁殿进讲纪事》；作于至正四年（1344）的有《兴圣殿进讲即事是日赐酒饮杏花下》《西内进讲即事》《东便殿进讲赐酒时牡丹盛开作》；作于至正五年（1345）的有《五月八日上京慈仁宫进讲纪事》《六月七日慈仁宫进讲》《明日慈仁宫进讲毕钦承特命改授崇文监丞参检校书籍事是日同僚邀复游西山举酒为寿赋二首简谢雅意》《七月廿日钦承特

---

① 杨镰：《全元诗》第 60 册，中华书局 2013 年版，第 411 页。

命以崇文丞兼经筵参赞官进讲慈仁宫谢恩作》；作于至正九年（1349）的有《五月八日升除崇文少监兼经筵官拜觐行殿二首》《至正岁己丑仲冬兴圣西殿进讲禹谟》等。

这些诗涉及六年的时间，作于至正五年（1345）的《七月廿日钦承特命以崇文丞兼经筵参赞官进讲慈仁宫谢恩作》诗中有："两被特恩旬浃内，三登讲席五年中。"①周伯琦在此年十月廿八日被任命为广东廉访司金事，他诗中说："侍经屡得被恩纶，特命乘轺纠外臣。"②认为自己的际遇与讲经颇合圣意有直接的关系。至正八年（1348）回朝为翰林待制，至正九年（1349）升除崇文少监兼经筵官，在进讲诗中作者说："疏直承明已四年，殊恩重侍五云边。敢持橐笔依严陛，喜进诗书彻御筵。"③通过这些诗歌，我们发现"在一年中周伯琦经常多次进讲，有时候还是连续两日与皇帝讲论经史，密集的时间安排说明了进讲的频率之高，统治者对儒家经典的重视自然不言而喻。周伯琦进讲的地点有大都的明仁殿、宣文阁、兴盛殿、西内、东便殿还有上都的水晶殿、慈仁宫等，这项活动在两都的众多宫殿举行，说明元朝后期宫廷政治生活中，讲经论史是日常性、普遍性的内容。在周伯琦的这些诗歌中，我们发现他所进讲的内容主要是儒家经典和历史典籍，如《至正二年岁壬午正月明仁殿进讲易恒卦赐金织绿色对衣一袭作》《水晶殿进讲周易二首》《水晶殿进讲鲁论作》《至正岁己丑仲冬兴圣西殿进讲禹谟》等作品就传达了这方面的信息。"④周伯琦在诗中也谈及元顺帝听讲时的态度："龙旗簇仗曙光融，藻幄横经圣意隆。"（《十一月廿八日明仁殿进讲作》)⑤

---

① 杨镰：《全元诗》第40册，中华书局2013年版，第373页。
② 杨镰：《全元诗》第40册，中华书局2013年版，第373页。
③ 杨镰：《全元诗》第40册，中华书局2013年版，第379页。
④ 赵延花：《元代尊孔崇儒政策的诗歌演绎》，《内蒙古大学学报》2017年第2期。
⑤ 杨镰：《全元诗》第40册，中华书局2013年版，第354页。

"天颜每为讲经怡，锦绣丛中酒一卮。"（《东便殿进讲赐酒时牡丹盛开作》）① "香案陈群玉，彤帏对六经。精微恭奏御，渊默静垂听。"（《五月八日上京慈仁宫进讲纪事》）②

统治者对儒家思想的这种郑重态度，激发了作为儒家知识分子的周伯琦传承、复兴儒学的理想，所以他在诗中多有这样的诗句："垂拱无为犹访治，万方声教一时同。"（《十一月廿八日明仁殿进讲作》）③ "省方虞典礼，讲学汉宫庭。道统齐天地，彝伦炳日星。八荒暨声教，万国永仪刑。"（《五月八日上京慈仁宫进讲纪事》）④ "芸编缃帙分章进，玉笋金罍特诏颁。圣学有传光大业，前星在侍舞斓斑。"（《六月七日慈仁宫进讲》）⑤ 这些是作者美好的期待，也是元代蒙古族文化与儒家文化不断推动文学发展的表现。

五、元代诗歌对儒学教育体系的建立及
科举考试实施的吟咏

元蒙统治者通过对儒学的学习，充分认识到其重要性，大力恢复、兴办各级儒学。至元六年（1269），忽必烈接受张文谦和窦默的奏请，在京都设立了国子学，北方硕儒许衡是第一任国子祭酒。后又设立国子监，掌管国子学。除了国子学、国子监的兴建外，中统二年（1261）九月，"特诏立诸路提举学校官，以王万庆、敬铉等三十人充之。"⑥ 这是延续中原王

---

① 杨镰：《全元诗》第 40 册，中华书局 2013 年版，第 367 页。
② 杨镰：《全元诗》第 40 册，中华书局 2013 年版，第 371 页。
③ 杨镰：《全元诗》第 40 册，中华书局 2013 年版，第 354 页。
④ 杨镰：《全元诗》第 40 册，中华书局 2013 年版，第 371 页。
⑤ 杨镰：《全元诗》第 40 册，中华书局 2013 年版，第 371 页。
⑥ 宋濂：《元史》，中华书局 1976 年版，第 74 页。

朝官办儒学的政策，是教诲百姓、养育人才的重要举措。南宋灭亡后，元世祖在江南设置了十一道儒学提举司，加上北方较早设立的相关机构，元朝每一个行省都设有儒学提举司，掌管各省教育，在路、府、州、县都设有学校。贡奎（1269—1329）在京学落成时有诗《题京学所壁》："喜见京庠作，堂堂像素王。考工彰绝艺，施采耀灵光。配从仪刑肃，尊崇典秩常。经营出心匠，名托祀俱长。"①诗中从对京学设立及学校设置的考究入手，表达了作者的喜悦心情。"尊崇典秩常"一句既说明了元朝统治者对教学、对儒学的重视，也表达了作者对统治者这一举措的由衷赞美之情。

关于元朝教育的总体情况，胡祗遹在《题新修州学壁》诗中进行了描写：

> 守成天子扩雄图，郡县严廊半老儒。已听叔孙修礼乐，更从陆贾问诗书。弦歌里咏无殊俗，党序乡庠遍八区。乱后吾乡有今日，春风回首赋归与。②

诗歌的前两联描述的是元天子兴复儒学，延请老儒为师，学生既可以在学校学习礼仪也可以吟诵诗书。第三联中"党序乡庠遍八区"一句充分说明了元廷对教育的重视程度，最后一联表达了作者对家乡战后教育兴盛的欣悦之情。

元代不仅恢复、发展传统的官办学校，还将书院也纳入地方儒学教育体系中。书院在宋代兴盛，但其性质属于民办学堂，是独立于官办儒学之外的，元代使之具有了"半官方"化特征。方回在《赵氏鄞山书院诗》的序言中先考证了古代学校、庠、序、塾制度，论及各级各类学校的设立、生员的组成等问题，认为周代的教育体制是最为完备的。接下来作

---

① 杨镰：《全元诗》第 23 册，中华书局 2013 年版，第 166 页。
② 杨镰：《全元诗》第 7 册，中华书局 2013 年版，第 125 页。

者说：

> 今天下所至皆有学，而东南书院尤多，然风俗犹不及古，何也？
> 有学之名而无教之实故也。四明赵公伯崖父法从名门，年六十余，自
> 称最乐翁，不以世故萦怀，而独有志斯文，割大厦腴田，创鄞山书
> 院。闻于有司，设师弟子员，以学以教，以厚风俗之本。①

文中重点说明了鄞山书院的创立及发展。此书院乃是四明人赵伯崖割
大厦腴田创立，自然是民间的教育机构，但之后"闻于有司"，元廷为之
设教师及生员，使之具有了官民合办的性质，共同促进了本地教育的发
展。文中对赵伯崖有志斯文的行为也进行了表彰。

元朝建立了完善的教育体制，任用儒生担任各级教育官员："在路、
府、州、县各级学校均设有教官：路设教授、学正、学录，散府以及上、
中州设教授，下州设学正，县设教谕。这是一套成体系的制度，比宋朝的
更为规范。"②

科举不行，儒学自汉代以来形成的独尊地位丧失了。儒士和儒学被边
缘化是极其明显的，但儒士的地位并还没有达到郑思肖、谢枋得等南宋遗
民所说的仅比乞丐稍好却又不及娼妓的"九儒"地步。儒户可以免除差役
徭役，比起一般的民户还是有一些优待的。这一政策在元太宗时期就已经
实施，其后被元朝历代统治者奉行。《元史》载至元十三年（1276）三月：
"敕诸路儒户通文学者三千八百九十，并免其徭役。其富实以儒户避徭役
者为民；贫乏者五百户，隶太常寺。"③

著名诗人舒岳祥（1219—1310），字舜候，一字景薛，人称"阆风先
生"，台州宁海（今属浙江）人。宋宝祐四年（1256）进士，授奉化尉，
在南宋灭亡之际，为避战火四处流离，后得返家却生活困顿。他在《将别

---

① 杨镰：《全元诗》第 6 册，中华书局 2013 年版，第 412 页。
② 李志安：《元史十八讲》，中华书局 2014 年版，第 66 页。
③ 宋濂：《元史》卷 10，中华书局 1976 年版，第 181 页。

棠溪遗仲素季厚昆仲》中说:"我瓶无储粟,我箧无重褐。妻孥幸团圞,忘此饥与渴。"① 这样的境况下,被免除差役徭役,作者欢喜异常,在《谢御史王素行免里正之役》写道:

> 绣衣御史当霄立,星次周流到上台。万里东隅观出日,十年幽蛰听惊雷。顿令绝学知书贵,解使贪官觉贿灾。恩及老生何以报,只将颂语献行台。②

作者在诗中称赞王御史出任要职、掌握大权后,下达儒生免役的政策犹如是"万里东隅观出日,十年幽蛰听惊雷"。欣喜地感到作为儒生的荣耀,让贪官也无计可施。作为受到恩惠的老儒,作者真诚地表示了对王御史的称颂。他在《免役后登山园小饮书怀》也有:"新荷使家除户役,安居从此异征鸿"的诗句。③

进入教育体系,成为教官,这也是儒生从业和谋生的手段,可以看作是对儒士优待的另一项措施。南宋灭亡后,很多江南文人不愿出仕新朝,但为了生计一些人选择到教育机构任职。诗人舒岳祥即是如此,他在被免除差役后,到奉化县为教授。在《将别棠溪遗仲素季厚昆仲》诗中说:"乡校著我名,免我编氓列。"④ 江西庐陵诗人赵文(1239—1315),曾随文天祥反元,南宋灭亡后,遗民的故国情怀渐被消磨,对新朝的抵触情绪渐渐变淡:"急雨狂风十年梦,青灯白酒故人情。形骸改化悲欢异,岁月销磨感慨平。"(《富水曾教授夜饮有作》)⑤ 赵文入元后曾出任东湖书院山长,后被选授南雄路儒学教授。江西南丰人刘壎(1240—1319),学问广博,宋亡后选择隐居,但二十多年后,却出任了建昌路学正、延平路儒学

---

① 杨镰:《全元诗》第3册,中华书局2013年版,第239页。
② 杨镰:《全元诗》第3册,中华书局2013年版,第343页。
③ 杨镰:《全元诗》第3册,中华书局2013年版,第355页。
④ 杨镰:《全元诗》第3册,中华书局2013年版,第239页。
⑤ 杨镰:《全元诗》第9册,中华书局2013年版,第252页。

教授，因而受到时人的讥嘲。在他的诗集中有多首与学官赠答的作品，如《正心彭提举挽词》《赠辛学正》《郑学录别归三山》《送敬庵赵教谕赴新城》《月厓曾教授挽章》《赠彭学正归都昌省侍就通文平田李先生》等。"苏台四妙"之一的诗人顾逢（1240—1313），是江苏吴郡人，与陈泷、汤易、高常齐名。宋元易代，在钱塘隐居，后被选授吴县儒学教谕。对于学官生活，他在《儒学礼上公堂即事》诗中写道："明伦堂上横经日，列坐诸生酒半酣。折得一枝梅在手，几多人笑学官贪。"① 可以看出，作者的心态是积极向上的，心情也轻松愉悦。

著名诗人方回（1227—1307）没有出任元朝的官员，但其诗集中却有多首与教官交往的诗作，如《送译学靳教授》《送汪以南教授》《宿西畴曹教授宅》《十二月二十八日立春次韵王山长俊甫》《送温州学正陈希静》《送宜兴张教授彦高》《耸李际可婺源州学正》《送张古心明道山长》《送陈子振池州学正》《题译学张提举乃尊开封府尹张彦亨所藏郭熙盘车图》《送郑君举宣城教谕》《送林学正爱梅二首》《送家自昭慈湖山长》《送宋昶明仲湖州学录》《送昆山州教刘表侄》《送福州谢学正无疑归南剑州》《送广信山长赵然明》《送叶茂叔淮安教》《送鲍子寿宝庆教授》《送丘正之海盐州教授二首》《送张仲实宜兴州教授》《送江泰发晦庵书院小学教谕》《送胡端本显伯教谕二首》《送刘仲鼎浏阳教授四首》《送方仲和信州学正二首》《送康彦博文夫吉州教长句二十韵》《送张仲文教谕还宣城》等，说明其友朋出任教官人数之众。这类官职在元朝时期的境遇是非常尴尬的，虽然也是官员，但是品级极低，路、州级教官最高才有九品，升迁就更加无门，所以教官是元代最冷门的官职。方回诗中相关描写众多："职冷冰相似，心清水不如。负才宜大用，别有腹中书。"② "多士推温学，耆儒佐冷官。"③ 虽

---

① 杨镰：《全元诗》第 10 册，中华书局 2013 年版，第 99 页。

② 杨镰：《全元诗》第 6 册，中华书局 2013 年版，第 111 页。

③ 杨镰：《全元诗》第 6 册，中华书局 2013 年版，第 394 页。

然是冷官，但"为儒元非易，入仕似无难。捷疾非科第，飞腾即教官。"①作为一个读书人不种田不经商，何以为生？只能是"学而优则仕"，而没有了科举之途，只能做教官。面对这种无奈的境况，作者对教官朋友只能安慰说："独冷儒官亦独清，前贤补处讵云轻。后山三任入东观，修水七年留北京。底用过多求美宦，自应垂后保香名。赠言我竟无堪说，笑指篱边秋菊英。"②

元代教育中儒学教育体制的建立与完善，蒙古族子弟接受系统的儒学教育，这就为元中后期开科取士奠定了基础。科举考试是自隋代以来一项重要的选拔人才的政策，对于出身底层的知识分子进入统治集团创造了条件。唐代的强盛、宋代的持久都与此项政策的实施有重要的关系。但元朝直到元仁宗皇庆二年（1313）才开科取士，科举的废除使文人原有的生活方式被完全打破，舒岳祥写于至元十四年的《跋王矩孙诗》中说：

> 自京国倾覆，笔墨道绝，举子无所用其巧，往往于极海之涯，穷山之巅，用其素所对偶声韵者，变为诗歌，聊以写悲辛、叙危苦耳，非其志也。……噫！方科举盛行之时，士之资质秀敏者，皆自力于时文，幸取一第，则为身荣，为时用，自负远甚。惟窘于笔下无以争万人之长者，乃自附于诗人之列，举子盖鄙之也。今科举既废，而前日所自负者，反求工于其所鄙。斯又可叹也已！叔范于举业甚工，今当弃其所已工，得不痛惜之乎！③

自南宋灭亡后，元朝不行科举，原来在科举业上用功的文人们再不能凭借科举为世用，获得自身的荣耀。于是"无所用其巧"的人们开始关注以前所鄙视的诗歌创作，对于诗歌的繁荣科举停考可以说具有重要的作用。但同时也存在弊端，胡祗遹在山东任职时作有《登历下文庙郁文堂》

---

① 杨镰：《全元诗》第 6 册，中华书局 2013 年版，第 503 页。
② 杨镰：《全元诗》第 6 册，中华书局 2013 年版，第 167 页。
③ 李修生：《全元文》第 3 册，江苏古籍出版社 1999 年版，第 244—245 页。

诗，表现了他到任时山东地区文教衰落的真实景象：

> 科举诚陋学，在我犹饩羊，去道固云远，尚有谈文章。迩来并是废，人心悉伥伥。学校虽粗设，虚楹照空廊。朔望香火冷，老雨淋欹墙。教官窘生理，日求糊口粮。后学岂不繁，儒名行工商。小慧落胥吏，愚鄙趋耕桑。大黠巧干禄，庸懦老村庠。衰风不自振，例为饥寒忙。天恩本优渥，差税征未尝。所乏在劝激，遂使贤愚庞。人材日凌替，圣学何微茫。我岂私同侪，所系为时伤。州县四三员，字不辨张王。判署尚未闻，牧民岂知方。养贤道既废，选官路宜荒。共治二千石，何处求贤良。弦诵杳无闻，嗟哉郁文堂。[①]

胡祗遹在诗中从科举被废谈起，虽然自己也认为科举是"陋学"，但科举实行时，还有人谈文章，科举废除后，人们变得无所适从。然后描述了儒生们的求生的途径：有人到学校任教官，但生活困顿，"日求糊口粮"；有人虽有儒生之名，但已经从事了工业或商业，元朝自太宗时就设定了儒户制，世袭充任。朝廷对儒户要免除徭役、差役。就如诗中所言"天恩本优渥，差税征未尝"；小智慧者做了胥吏，资质较差的则成了农民，狡黠者能获得俸禄，愚懦者只能授徒为生。作者以为出现这种状况的原因是激励措施不够，从而导致人才"凌替"。最后诗歌中陈述了作者悲慨人才凋零的原因，州县中的办事人员很少，文化水平极低——"字不辨张王"，根本无法治理地方、管理百姓。作者为自己无处寻找到贤良的人才帮助自己治理辖区而感到深深的忧虑。

元代中期的蒙古族统治者在汉族儒臣的积极影响下，对于汉族文化的认识日益深入，元仁宗是典型的代表。邓文原在《奉题延祐宸翰》并序中说："钦惟仁宗，上承祖武，搜罗俊彦，求治靡宁。尤尊礼儒臣，务敦风化。由是治书侍御史臣郭贯擢礼部尚书，凡在选者六人，惟贯进秩有加。

---

① 杨镰：《全元诗》第 7 册，中华书局 2013 年版，第 18 页。

亲洒宸翰，昭示龙光，忝备臣僚，咸增鼓舞。集贤直学士臣邓文原谨拜手稽首而作诗曰：宵旰需贤表荐绅，秩宗首选赞华勋。官联天府璇玑象，帝阐河图琬琰文。曾听箫韶瞻晓日，仰攀弓剑泣秋云。小臣作颂称仁圣，湛露承恩未足云。"① 邓文原歌颂了元仁宗重用汉族儒臣的举措，作为大臣，邓文原在诗中的措辞难免有揄扬的成分。但皇庆二年（1313）十一月，元仁宗诏告天下，恢复唐宋以来的传统，开科取士，说明他的确对儒家文化非常重视，也希望用儒家文化选拔人才。

延祐二年（1315）三月，元朝在大都举行了首次会试。李孟、元明善是本次廷试监试官。李孟（1255—1321）在《初科知贡举》诗中描写了文人学士齐聚大都的情景，表达了诗人能够主持元朝建立以来的第一次科举考试的自豪之情，同时也期望能够择选出真正的人才：

> 百年场屋事初行，一夕文星聚帝京。豹管敢窥天下士，鳌头谁占日边明。宽容极口论时事，衣被终身荷圣情。愿得真儒佐明主，白头应不负平生。②

正如李孟所期望的，本次科举56人进士及第，中选者如许有壬、欧阳玄、黄溍、杨载、陈泰、干文传、王士元、张翔等都是元朝后期比较著名的文人。元顺帝至正五年，苏天爵作《跋延祐二年廷对拟用贴黄后》说："延祐乙卯，仁皇初测进士，登第者五十六人。今三十二年，以文词政术知名者，十余人……"③

元代自延祐二年（1315）到至正二十六年（1366）共开科考16次，其中后至元二年（1336）、后至元五年（1339）停考了两科。在至正二年（1342）恢复科举后，许有壬作有《至正壬午二月复科知贡举有感而作》，在诗的开头作者用两个比喻句来形容科举的短暂停考："文运如日月，阴

---

① 杨镰：《全元诗》第19册，中华书局2013年版，第7页。
② 杨镰：《全元诗》第18册，中华书局2013年版，第35页。
③ 李修生：《全元文》第40册，凤凰出版社2004年版，第119页。

翳容有时。""又如泉始达，有物或窒之。"然后叙述元顺帝复开科举："圣皇复文治，硕辅登皋夔。今年适大比，充赋来无遗。"作者期望主考官们能够："主文巨具眼，妍媸析毫釐。"期望这项政策可以："一朝混沌出，万古流不衰。"①

蒙古族统治者也仿效唐宋殿试的形式，亲自考核进士，张昱《辇下曲》第四十八首中咏叹道："文明天子念孤寒，科举人才两榜宽。别殿下簾亲策试，唱名才了便除官。"②这首诗中一方面颂扬蒙古族统治者开科举悯孤寒士子的仁心，同时也说明了统治者要在别殿亲自考核两榜士子，对获得名次者，马上会赐予官职。

关于元代的科举考试问题，还需要一提的是元朝还在草原都城——上都设有考场，在这一文化政策上充分体现了蒙汉文化的交融程度。周伯琦在至正二年（1342）作《是年复科举取士制承中书檄以八月十九日至上京即国子监为试院考试乡贡进士纪事》："上国兴王地，神州避暑宫。规摹三代廓，声教万方隆。至正儒科复，留司造士充。周南麟趾厚，冀北马群空。……驿程心历历，雅奏日汎汎。圣统乾坤久，人文日月崇。滦河天上出，银汉定相通。"③在这首五言排律的开头作者就点明诗歌创作的地点是国朝隆兴之地，是帝王避暑的上都。接着赞扬元顺帝重视文治、恢复科举的政策。诗中还描写了上都地区士子踊跃参加考试、试场严肃、主考官认真负责以及考中者获得的荣耀等内容，对于元顺帝的赞美之情溢于言表。许有壬在前往上都监考时也曾作诗《监试上都次柳道传途中韵二首》。

恢复科举，蒙古族士子参加科考、中举，在蒙古族蕃息的草原地区开科取士，这些事实说明，到元朝中后期，蒙古族统治者已经对儒家文化乃至汉文化重要性的认识有了巨大的提高，与儒家学者基本趋于一致，这既

---

① 杨镰：《全元诗》第34册，中华书局2013年版，第211页。
② 杨镰：《全元诗》第44册，中华书局2013年版，第51页。
③ 杨镰：《全元诗》第40册，中华书局2013年版，第351页。

是蒙汉文化相互影响的表现，也是蒙汉文化交流的直接结果。

六、蒙古族诗人的儒者情怀

蒙古族文人受儒家思想熏陶和教育，对儒家文化有充分的认同，经常与汉族文人交游酬唱，在他们的汉文诗歌创作中也表现出明显的儒者情怀。

（一）蒙汉文人的交游

元代蒙古族文人与汉族文人诗酒唱和、雅集聚会，创作活动丰富多彩，交往应酬之间，送别、赠答、酬和诗作大量产生。可以这样说，蒙汉文人以汉文为媒介酬唱、雅集是民族文化交融的较高阶段，比生产生活、风俗习惯等方面的交融更自觉。

首先我们来谈蒙古族文人参与汉族文人主持的雅集。顾瑛主持的玉山草堂雅集，是元代后期最著名的文人聚会，曾经名动江南。顾瑛（1310—1369）是昆山巨富，一生没有入仕。痴迷于诗歌创作，是被文坛公认的吴中诗坛盟主。他凭借家中资财在昆山之西修筑园林"玉山佳处"，延揽宾朋雅集聚会，即便是在战乱中依然多次集会，参会人很多，涉及多个民族，顾瑛将诗友唱和之作编成《玉山草堂雅集》《玉山名胜集》《玉山名胜外集》《玉山纪游》等。

最早拜访顾瑛的蒙古族诗人是泰不华，顾瑛在《拜石坛记》中描写自己有爱石癖，后至元戊寅（1338）四月在东城之庵得一奇石，上有"老坡题识觞咏之语"。第二年"御史白野达兼善来观"，为此石"作古篆'拜石'

二字于坛又隶寒翠以美其所，石之名由是愈重。"① 由顾瑛文中可知，泰不华是在顺帝后至元五年（1339）造访玉山草堂。除了为顾瑛所宝奇石题诗外，《全元诗》中收录四首泰不华为顾瑛所藏名画的题诗，包括《题梅竹双清图》《题柯仲敬竹》（二首）和《题玉山所藏水仙画卷》等。

泰不华之外还有两位蒙古族诗人参加过草堂雅集。其一是聂镛，字茂先，号太拙生。占籍蓟丘（今北京市），故题咏多署蓟丘聂镛。擅写诗歌，游学江南，曾在至正间参加草堂诗酒觞咏。《全元诗》中收录他参加觞咏的诗歌五首，包括从《玉山名胜集》选录的诗歌《可诗斋题诗》《碧梧翠竹堂题诗》两首，从《玉山名胜外集》录其诗歌《律诗二首寄怀》《席间口联》两首。诗歌中明显有参加草堂雅集的诗句，如"玉山丈人才且贤，玉山池台清且妍。"聂镛在诗中将顾瑛比作顾况、顾虎头，"久知顾况好清吟，结得茅斋深复深。""虎头公子最风流，只著仙人紫绮裘。"②

其二是旃嘉间，也作旃嘉问，他也大约在至正间到访玉山草堂，作诗《听雪斋分韵得夜字》，诗歌开篇即介绍了写作背景："我从高书记，穷冬走吴下。江湖风雪夜，千里一税驾。玉山有佳处，风物美无价。"诗中还描写了顾瑛对作者的热情招待，宾主相得的情景："起坐影零乱，酣眠相枕藉。厌厌竟终宵，鸡鸣不知夜。"③

元末著名诗人杨维桢发起的"西湖竹枝词"集咏活动，与草堂雅集一样在元代后期的文坛影响空前，数百人参与其中。《西湖竹枝集》编入120人的同题作品，杨维桢作品9首，其余119人的和诗，徐哲作品最多，有5首。和诗者有"元诗四大家"中的虞集、杨载、揭傒斯等诗坛泰斗，也有曹妙清、张妙净等女子，还有三位蒙古族诗人也参与了集咏活动。

不花帖木儿是祖籍西域北庭的蒙古人，只有三首诗歌传世，其中之一

---

① 李修生：《全元文》第52册，凤凰出版社2004年版，第550页。
② 杨镰：《全元诗》第50册，中华书局2013年版，第123页。
③ 杨镰：《全元诗》第46册，中华书局2013年版，第270页。

就是他参与杨维桢"西湖集咏"的《西湖竹枝词》："湖上春归人未归，桃红柳绿黄莺飞。桃花落时多结子，杨花落处祗沾衣。"① 聂镛也有一首集咏之作《西湖竹枝词》："劝郎莫系苏堤柳，好踏新沙宰相堤。"② 同同是状元出身，杨维桢在《西湖竹枝集》中说同同："诗多台阁体，天不假年，故其诗鲜行于世。"《全元诗》仅收录了他的《西湖竹枝词》诗："西子湖头花满烟，谩郎日日醉湖边。青楼十丈钩帘坐，箫鼓声中看画船。"③ 此诗没有台阁体味道，写景清丽自然，具有民歌洗练流畅的特色。

其次，我们来谈蒙汉文人间的酬唱。酬寄唱和，自曹魏邺下文人集团以来，一直为士大夫文人所推重。酬唱不仅是一般的吟诗活动，"可以说是集审美功能、社交功能、娱乐功能于一体。"④ 元代蒙汉文人间的酬唱诗歌作为沟通两族文人关系的重要媒介，形成了中国文学史上比较独特的民族文化交融现象。

《全元诗》收泰不华诗 32 首，其中 17 首是酬唱诗。如《赋得上林莺送张兵曹》（二首）《春日次宋显夫韵》《上尊号听诏李供奉以病不出奉寄》等诗作。在这些作品中，作者酬赠、送别的对象也可能有非汉族文人，比如萧存道有可能是契丹人，而琼州万户也有可能是色目人或蒙古人，但绝大多数还是汉族儒家知识分子。

泰不华早年受教于儒士周仁荣，后来师事著名文人李孝光。进入奎章阁后，与文坛耆宿、著名儒家知识分子虞集为同僚。泰不华在当时文坛上诗文名颇著，书法也得到文人们的肯定，所以与泰不华酬唱的汉族文人比较多。《全元诗》中收录的相关诗歌有虞集的《为达兼善御史题墨竹》，李孝光的《寄达兼善》《送达兼善典金》，朱德润的《送达兼善元帅赴浙东》，

① 杨镰：《全元诗》第 46 册，中华书局 2013 年版，第 18 页。
② 杨镰：《全元诗》第 50 册，中华书局 2013 年版，第 122 页。
③ 杨镰：《全元诗》第 43 册，中华书局 2013 年版，第 218 页。
④ 汤吟菲：《中唐唱和诗述论》，《文学遗产》2001 年第 3 期。

杨维桢的《挽达兼善御史》，钱惟善的《奎章典签达兼善除南台监察御史因寄小诗奉贺并简大龙翔笑隐长老》《送著作兼善赴奎章典签》及《奉送前御史监察河南金事达兼善移官淮西三十韵》等，郑元祐的《送泰兼善总兵》《至元丁丑夏五宣城汪叔敬吴人干寿道丹丘柯敬仲国人泰兼善同仆游天平次往灵岩有作奉和》《寄泰兼善总制》等，傅若金的《奉题达兼善御史壁闲刘伯希所画古木图》《寄浙江省郎中泰不华兼善兼简赵郎中》《奉送达兼善御史赴河南宪金十二韵》等。

在元代蒙古族诗人中萨都剌存诗最多，《全元诗》收录萨都剌诗794首。萨都剌的汉文化修养极好，而且在进士及第后，长期在江南做官，曾任镇江录事司达鲁花赤、江南行御史台掾史（南京）、燕南河北道肃政廉访司照磨（真定）、福建闽海道廉访司知事（福州）等职。萨都剌交游、酬唱的诗人除了其弟萨天宇和蒙古族诗人泰不华，几乎全部是汉族诗人，共创作酬唱诗266首，占其诗歌总数的33%左右。除与僧道诗人的酬唱作品，与汉族儒家知识分子酬唱的作品也有《次韵与德明小友》《送石民瞻过吴江访友》《和学士伯生虞先生寄韵》等180多首，占其诗歌总数的21%左右。

与萨都剌酬唱的汉族知识分子也很多，李孝光存留的相关诗歌最多，有《和萨郎中秋日海棠韵》《送萨郎中赋得新亭》《陪萨使君志能游城西光孝院得茶字》等42首；其他诗人如虞集有《寄丁卯进士萨都剌天锡》《与萨都剌进士》，郑元祐有《和萨天锡留别张贞居寄倪元镇》，倪瓒有《次萨天锡韵寄张外史》，杨维桢对元代宫词创作及萨都剌的宫词进行了评价："为本朝宫词者多矣，或拘于用典故，又或拘于用国语，皆损诗体。天历间，余同年萨天锡善为宫词，且索余和什，通和二十章。今存十二章。"[1]

与汉族儒家知识分子酬唱的蒙古族诗人还有四人，其一是燮元溥，名

---

[1] 杨镰：《全元诗》第39册，中华书局2013年版，第89页。

爕理普化，字元溥，是蒙古斡剌纳儿氏，泰定四年进士及第，《全元诗》收录其汉语创作《寓锦湾望岳亭》《寓杨梅洲书舍》两首。虞集与之酬唱，留有《别爕元溥后重寄》《闻爕元溥除御史》《爕元溥除御史后寄萧性渊巡检》等诗。

其二是察伋，在其现存的 9 首诗中，有 3 首题画诗，即《题赵承旨番马图》《题张溪云勾勒竹卷》《题钱选秋江待渡图》，赵承旨就是元代著名画家、文学家赵孟頫（1254—1322），张溪云是元代画家张逊，生卒年不可考，大约在元成宗大德年间在世。钱选（1239—1299）是宋末元初著名画家。察伋选择题咏其作品，本身就有对其画作的肯定，在诗中也称颂道："嗟哉今人画唐马，艺精亦出曹韩下。玉堂学士重名誉，一纸千金不当价。"①

其三是答禄与权，《全元诗》录其诗 56 首，其中与汉族儒家知识分子酬唱的作品有《赠故人任志刚》《送徐知府赴京洛阳》《寄赵可程》《送宋承旨还金华》，这些诗歌酬唱的对象可考者是宋承旨，也就是明初著名文人宋濂。其他人虽然不可考，但从诗意可以看出其儒家知识分子的身份，《赠故人任志刚》诗中说此人与自己"红颜同受业"，而且"试卷在行囊"。②《送徐知府赴京洛阳》诗中称颂自己的朋友爱民如子，具有儒家知识分子那种"博施于民而能济众"的儒者情怀，获得百姓拥戴。《寄赵可程》诗中表达了自己对朋友的期望："作吏要循三尺法，为儒不负五车书。"③

其四是完逊溥化，他只存诗一首，即作于至正六年的《挽宋显夫》，宋显夫即宋褧，在诗中作者对朋友的逝去寄托哀思"赢得哀诗挍泪看"，④可见二人友情深厚。

①　杨镰：《全元诗》第 45 册，中华书局 2013 年版，第 295 页。
②　杨镰：《全元诗》第 49 册，中华书局 2013 年版，第 478 页。
③　杨镰：《全元诗》第 49 册，中华书局 2013 年版，第 479 页。
④　杨镰：《全元诗》第 50 册，中华书局 2013 年版，第 284 页。

　　还值得注意的是，元代还出现了蒙汉诗人的联句诗，联句诗即多人同场联合作成的诗歌，一般每人一句或两句诗。在汉代称为连句诗，齐梁以后改称联句诗。一首联句诗在主题、格律、用韵、用典、语言等方面能否高度一致、和谐完美，既考校诗人声气承接的能力，同时诗人之间也可以面对面进行切磋。在元代，蒙汉族诗人的联句诗很少，《道山亭联句》是比较典型的。此诗作于至正九年（1349）八月，参与者有三位蒙古族诗人：僧家奴，也作僧家讷、僧嘉讷，字元卿，号嶂山野人。为蒙古术里歹氏，他的曾祖父杰烈曾跟随成吉思汗南征北战，后子孙三代镇守山西。僧家奴年轻时做过元武宗的侍卫，至正初年任广东宣慰使都元帅、江浙行省参政，作此诗时任福建宪使，僧家奴有《嶂山诗集》，已佚。奥鲁赤，字文卿，赫德尔，字本初，进士出身，当时二人与申屠駉皆为福建廉访佥事。申屠駉，字子迪，寿张（今山东）人，诗文皆佳。道山亭位于福建乌石山，《道山亭联句》诗及后序云：

　　　　追陪偶上道山亭，叠嶂层峦绕郡青。（子迪）万井人家铺地锦，九衢楼阁画帷屏。（元卿）波摇海月添诗兴，坐引天风吹酒醒。（本初）久立危栏频北望，无边秋色杳冥冥。（文卿）

　　　　右宪使嶂山僧家奴元卿公、佥宪奥鲁赤文卿公、申屠駉子迪公、赫德尔本初公，暇日燕集联句也。谭棽备宪幕，重惟诸公皆文章名士，南北隔数千里，同仕于闽，以道义相处，文字为娱，诚一时之佳会。因勒岩石以纪我元文物之盛云。至正九年八月望日，经历赵谭识。知事任允书。宪副朵儿只班善卿公，继登斯亭，览山川之胜概，睹群公之赋咏，曰：此盛事也。遂题于后。①

　　正如此诗后序所说，这的确是一时之盛，体现了元代蒙古族作家汉语创作达到的至高水平，也是元代蒙汉文人关系和谐友好的见证。

---

　　① 杨镰：《全元诗》第36册，中华书局2013年版，第154页。

（二）蒙古族诗人的儒者情怀

首先，"奉儒守官"的入仕精神。子路曾言："不仕无义。长幼之节，不可废也；君臣之义，如之何其废之？欲洁其身，而乱大伦。君子之仕也，行其义也。道之不行，已知之矣。"① 长幼的人伦道德尚且不可废止，君臣之义更不可废，君子必须出仕，去承担社会责任。"仕"才是君子行义的基本方式，所以"孔子三月无君，则皇皇如也，出疆必载质。"② 孔子一生都在积极谋求出仕，无论是在鲁国，还是"周游列国"时期在卫国、宋国、齐国、郑国、晋国、陈国、蔡国、楚国，都没有停下追求仕途、弘扬儒道的脚步。孟子也同样强调出仕以尽君臣之节、天下之义，"士之仕也，犹农夫之耕也。"他把士人出仕比作农夫耕耘，而且认为"士之失位也，如诸侯之失国家也。"③ 自春秋战国之后，积极入仕一直是儒家知识分子的人生理想，蒙古族文人接受了系统的儒学教育，这种理想也根植进每个士子的心中。如著名蒙古族诗人萨都剌，在泰定四年进士及第时作有两首相关诗歌：

> 禁柳青青白玉桥，无端春色上宫袍。卿云五彩中天见，圣泽千年此日遭。虎榜姓名书敕纸，羽林冠带竖旌旄。朝回龙尾频回首，玉漏花深紫殿高。——《丁卯年及第谢恩崇天门》

> 内侍传宣下玉京，四方多士预恩荣。宫花压帽金牌重，舞妓当筵翠袖轻。银瓮春分官寺酒，玉杯香赐御厨羹。小臣涓滴皆君泽，惟有丹心答圣明。——《敕赐恩荣宴》④

从诗中的描写我们可以体会到诗人心情的激动、对统治者的感激和忠

---

① 杨伯峻译注：《论语译注》，中华书局 1980 年版，第 196 页。
② 杨伯峻译注：《孟子译注》，中华书局 2005 年版，第 142 页。
③ 杨伯峻译注：《孟子译注》，中华书局 2005 年版，第 142 页。
④ 杨镰：《全元诗》第 30 册，中华书局 2013 年版，第 179 页。

诚，这些正是儒家思想中积极入世精神的形象表达。萨都剌及第后，一直沉于下僚，但对于自己能够进士及第还是非常自豪的，多年后，诗人还在梦中重温昔日的荣耀："禁柳青青白玉桥，无端春色暖宫袍。蓬莱云气红楼近，阊阖天风紫殿飘。士子拜恩文物盛，舍人赞礼旺声高。小臣虽出江湖远，马上听莺梦早朝。"（《殿试谢恩次韵》）①

文人拥有积极入仕、建功立业的理想，但因为种种原因，在封建社会中很多文人却得不到重用，"怀才不遇"就成为了诗文中常见的主题。萨都剌虽然是蒙古人，但进士及第后长期沉沦下僚，基本没有机会任高官、要职。所以他常常在与友朋的酬唱中书写自己的愤懑、痛苦。如在《和学士伯生虞先生寄韵》诗中就用对比的手法表达了这种情感："才俊贾太傅，行高元鲁山。独怜江海客，樽酒夜阑珊。"②答禄与权在《寄赵可程》诗中也是通过描写自己的朋友"新登汴省庐"，仕途上有了较大的发展，是"乾坤再造""日月重明"，于是感慨自己"衰朽浑无用"，③恐怕不是作者衰朽，也不是无用，而是统治者没有识人的慧眼，从而造成了作者的愤懑和自惭形秽。

其次，以天下为己任的社会责任感。儒家以"仁"为核心，主张"亲亲而仁民，仁民而爱物"④，"博施于民而能济众"⑤"以天下为己任"的精神是儒家文化的根本精神。在蒙古族的汉文诗歌中，这种责任感表现在诗人们对民生的关注。萨都剌的《早发黄河即事》具有代表性：

> 晨牵大河上，曙色满船头。依依树林出，惨惨烟雾收。村墟杂鸡犬，门巷出羊牛。炊烟绕茅屋，秋稻上陇丘。尝新未及试，官租急征

---

① 杨镰：《全元诗》第 30 册，中华书局 2013 年版，第 196 页。
② 杨镰：《全元诗》第 30 册，中华书局 2013 年版，第 112 页。
③ 杨镰：《全元诗》第 49 册，中华书局 2013 年版，第 479 页。
④ 杨伯峻译注：《论语译注》，中华书局 1980 年版，第 109 页。
⑤ 杨伯峻译注：《论语译注》，中华书局 1980 年版，第 26 页。

求。两河水平堤，夜有盗贼忧。长安里中儿，生长不识愁。朝驰五花马，暮脱千金裘。斗鸡五坊市，酣歌最高楼。绣被夜中酒，玉人坐更筹。岂知农家子，力穑望有秋。短褐长不充，粝食长不周。丑妇有子女，鸣机事耕畴。上以充国赋，下以祀松楸。去年筑河防，驱夫如驱囚。人家废耕织，嗷嗷齐东州。饥饿半欲死，驱之长河流。河源天上来，趋下性所由。古人有善备，鄙夫无良谋。我歌两岸曲，庶达公与侯。凄风振枯槁，短发凉飕飕。①

诗中采用对比的手法，用"长安里中儿"与黄河边上的百姓对比，用百姓的衣食无着与官府"官租急征求"对比，用百姓即便"秋稻上陇丘"与"短褐长不充，粝食长不周"对比，用"人家废耕织"与"去年筑河防，驱夫如驱囚"对比，谴责了统治者的骄奢淫逸，批判了"无良谋"的鄙夫，从而表达了作者对百姓的同情。再如萨都剌《鬻女谣》中的部分诗句："道逢鬻女弃如土，惨淡悲风起天宇。荒村白日逢野狐，破屋黄昏闻啸鬼。……人夸颜色重金璧，今日饥饿啼长途。悲啼泪尽黄河干，县官县官何尔颜。金带紫衣郡太守，醉饱不问民食艰。传闻关陕尤可忧，旱荒不独东南州。枯鱼吐沫泽雁叫，嗷嗷待食何时休。"②诗中也使用了对比手法，描写关陕、两河、东南发生旱灾后，难民四处逃难，背井离乡，无奈卖儿卖女的悲惨状况。与《早发黄河即事》一样批判了统治者的骄奢淫逸，表达了对苦难百姓的无限同情。萨都剌这样的描写，还有"飞骑将军朝出猎，打门县吏夜催徭。"(《大同驿》)③"去岁干戈险，今年蝗旱忧。关西归战马，海内卖耕牛。"(《谩兴》)④"又不闻，田家妇，日扫春蚕宵织布。催租县吏夜打门，荆钗布裙夫短裤。"(《题寿监司所藏美人织锦

---

① 杨镰：《全元诗》第30册，中华书局2013年版，第134页。
② 杨镰：《全元诗》第30册，中华书局2013年版，第254页。
③ 杨镰：《全元诗》第30册，中华书局2013年版，第202页。
④ 杨镰：《全元诗》第30册，中华书局2013年版，第262页。

图》）① 等。

脱脱（1314—1355）蒙古蔑里乞人。曾为御史中丞、枢密院事。至正元年，官居中书右丞相，时誉为贤相，是辽、宋、金史的总裁官。被权臣哈麻中伤，在流放大理的路上被毒死。作为汉化程度很高的贤相，脱脱同情百姓遭遇，关怀民生疾苦，他有诗《六月过安次遇大水复留题》："安次城南水没路，波涛滚滚人南渡。沧浪番去又复来，田家何日得耕布。"② 诗中描写安次城多次受到洪水的袭击，城南已洪水滔滔，行人无法渡过，表达诗人对农民无法耕种田地的忧虑。

从爱民思想出发，蒙古族诗人对关怀人民的官员进行了赞颂。萨都剌《寄朱县尹》："地僻民安乐，官清县少衙。江东贤令尹，心地似梅华。"③《寄志道张令尹》描写春天张令尹带领百姓依时耕种："青山行不断，绿野尽开耕。令尹张公子，儿童知姓名。"④《次繁昌县宰梅双溪韵》中赞扬梅双溪："抚字三年政，歌谣百里民。"⑤ 答禄与权在《送徐知府赴京》一诗中也歌颂了自己的好友的德治："下车吊黎庶，豺狼咸绝踪。至今洛下氓，颂声归茂功。"认为这位徐知府能将仁爱施于百姓，如果天下官员都以之为榜样，整个社会都将变成王道乐土："坐令尧舜泽，熙熙四海同。"⑥

诗人关注社会政治，也是他们以天下为己任的责任感的表现。元代汉化程度最高的文宗在驾崩后，萨都剌曾作《宣政同知燕京闻报国哀时文皇晏驾》《鼎湖哀》两诗，前者只是记录文宗驾崩的历史事实，后者则涉及较广：

　　　　荆门一日雷电飞，平地竖起天王旗。翠华摇摇照江汉，八表响应

① 杨镰：《全元诗》第 30 册，中华书局 2013 年版，第 227 页。
② 杨镰：《全元诗》第 56 册，中华书局 2013 年版，第 123 页。
③ 杨镰：《全元诗》第 30 册，中华书局 2013 年版，第 118 页。
④ 杨镰：《全元诗》第 30 册，中华书局 2013 年版，第 129 页。
⑤ 杨镰：《全元诗》第 30 册，中华书局 2013 年版，第 130 页。
⑥ 杨镰：《全元诗》第 49 册，中华书局 2013 年版，第 478 页。

风云随。千乘万骑到关下，京师亦睹龙凤姿。三军卵破虎北口，一箭血洗潼关尸。五年晏然草不动，百谷稼穑风雨时。修文偃武法古道，天阁万丈奎光垂。年年北狩循典礼，所有雨露天恩施。宫官留守扫禁阙，日望照夜随金羁。西风忽涌鼎湖浪，天下草木生号悲。吾皇骑龙上天去，地下赤子将焉依。吾皇想亦有遗诏，国有社稷燕太师。太师既受生死托，始终肝胆天地知。汉家一线系九鼎，安肯半路生狐疑。孤儿寡妇前日事，况复将军亲见之。①

此诗前八句描述的是元文宗图帖睦尔（1304—1332）从江南入大都登基事，元文宗是元武宗次子，元明宗弟。关于他的即位，明初人瞿佑在《归田诗话》（卷中）说："盖泰定帝崩于上都，文宗自江陵入据大都，而兄周王远在沙漠，乃权摄位，而遣使迎之。下诏四方云：'谨俟大兄之至，以遂固让之心。'及周王至，迎见于上都，欢聚一夕，暴卒。复下诏曰：'夫何相见之倾？宫车弗驾，加谥明宗。'"②元明宗是在天历二年（1329）八月来到上都，元文宗宣布逊位，而元明宗却在前往大都的途中暴卒，一般认为是被燕铁木儿毒死的。萨都剌在《纪事》一诗中记载了此事："当年铁马游沙漠，万里归来会二龙。周氏君臣空守信，汉家兄弟不相容。只知奉玺传三让，岂料游魂隔九重。天上武皇亦洒泪，世间骨肉可相逢。"③这首诗写在此事发生后不久，秉笔直书文宗兄弟相残之事。本诗中"三军卵破虎北口，一矢血洗潼关尸"一句也是暗写文宗夺权的历史。此诗9到16句是第二层，概括地描述了文宗在位期间的善政。文宗是元朝诸帝中最倾向汉文化的，在位期间皇室内部斗争虽然很激烈，但社会还是比较安定，所以萨都剌诗中说他在位的五年百谷丰登、风调雨顺，偃武修文，用儒家古道治理国家，在位期间创建奎章阁学士院，修《经世大典》，延揽

①　杨镰：《全元诗》第30册，中华书局2013年版，第219页。
②　瞿佑：《归田诗话》，《历代诗话续编》本，中华书局1983年版。
③　杨镰：《全元诗》第30册，中华书局2013年版，第295页。

名儒，讲授儒学。遵从祖制年年北狩，安边定塞，但在至顺三年（1332），他却病死上都。此诗最后的 12 句是第三层，主要描述文宗晏驾后，皇室内部与权臣燕铁木儿斗争的史实。顾嗣立在《元诗选》中收录此诗，并在诗后有评述："此诗为文宗晏驾时作也，文宗之立也，燕铁木儿有力焉。文宗崩，燕铁木儿请立皇子，燕帖古思皇后不可，乃立明宗幼子鄜王，一月殂，后命迎明宗长子妥懽帖睦尔于静江，至京师，久不得立，燕铁木儿死，后乃与大臣定议立之，是为顺帝。"① 萨都剌在诗歌中认为文宗会有遗诏，也就是让自己兄长之子继位，但肯定不是鄜王这位幼子，然后用文宗即位之事与如今情状进行比较，对这位蒙古权臣左右朝政进行评论，明褒实贬。

萨都剌还有一首《威武曲》和十二首《如梦曲哀燕将军》是描写燕铁木儿逝世的历史史实，其中《威武曲》云："桓桓燕将军，威武天下一。赤面注丹砂，虬髯如插戟。当年意气何鹰扬，手扶天子登龙床。五年垂拱如尧汤，白日骑龙升上苍。桓桓燕将军，威武何可量。熹微日色出东方，早令一出照八荒。毋使三月人皇皇，毋使三月人皇皇。"诗中对燕铁木儿的形象、政绩都做了叙述，也谈到了他拥立文宗的史实。顾嗣立认为萨都剌这一类诗歌"得古人诗史之意矣。"②

还值得一提的是达溥化的《读班叔皮王命论》：

　　丹凤黄龙降自天，玉皇金鼎在遗编。汉王未必从陈胜，秦帝何曾愧鲁连。尧圣善推行揖让，启贤能继事相传。叔皮宏论终天在，好为群雄一再宣。③

班叔皮就是班彪，他曾写作《王命论》。在这首诗中可以看出作者明显接受了儒家所主张的皇权受命于天的理论，承认历代王朝存在的历史必

---

① 顾嗣立：《元诗选》初集中，中华书局 1987 年版，第 1187 页。
② 顾嗣立：《元诗选》初集中，中华书局 1987 年版，第 1187 页。
③ 杨镰：《全元诗》第 51 册，中华书局 2013 年版，第 257 页。

然性，但同时又认为人事在历史发展中具有重要作用。所以作者认为统治者就应该广开贤路，任用贤才，造福百姓，这样才可以长治久安，代代相继。元代后期，阶级矛盾和民族矛盾日益激化，农民起义遍及南北，称雄割据此起彼伏，战祸连绵。诗人在此时创作这样一首作品，既有对本民族统治的深切忧虑，也体现了儒家知识分子关怀现实政治的精神。

最后，蒙古族诗人对儒家提倡的某些道德观念也极为推崇。第一，对孝义思想的推崇。儒家把孝作为封建伦理道德的基础，提出"百善孝为先"。在元代，浙江浦江县郑宅镇郑宅村的郑氏家族因为几百年来一直合食义居，受到世人的推崇，元廷也对其家族多次旌表。如元武宗至大四年（1311），元朝廷旌表其为"孝义门"；元顺帝后至元元年（1335）再次旌表其为"孝义郑氏之门"。对此，朝廷上下，颂声如沸，上自皇太子爱猷识理达腊、丞相脱脱，下至文人学士如虞集、柳贯、黄溍、揭傒斯、危素、欧阳玄、陈旅等都作书、文、诗、词以美其行。元代蒙古族诗人也加入了"咏郑氏孝义"的行列，如诗人察伋有《郑氏义门诗》，诗歌开头先从历史说起：尧舜时的大同世界已经是遥远的历史，儒家美好的道德理想经常受到冲击，"纷纭竞势力，何由正三纲。"这里既是历史的阐释，也是现实的反映。元朝自世祖忽必烈去世到最后一位皇帝顺帝登基，期间的 39 年，一共有 9 位皇帝执政，在位时间最短的元英宗、元明宗均是被谋杀身亡，其他帝王也多是踩着反对者的鲜血登上大位。这样的时代背景下，郑氏家族"一门蔼雍睦，九世同联芳"的孝义行为就显得尤为可贵："温温琏瑚器，皎皎如珪璋。"① 诗人期望郑氏家族的这种孝义的行为能够世代相传，也希望史官们能将之载入史册，遗美于后世。别儿怯不花（？—1350）只存诗一首，即《咏郑氏义门》，此诗从赞美郑氏家族的孝义发端："白麟溪上有旌门，九世邕邕孝义民。"第二、三两联记录

---

① 杨镰：《全元诗》第 45 册，中华书局 2013 年版，第 295 页。

了郑氏家族在元代两受旌表的史实："晋鄙多沾荆树雨，朝章两被墨花春。传家已见存诗礼，瑞世何惭比凤麟。"最后一联推衍开去，赞美江南民风的淳朴："莫道江南风土异，从兹民俗定还淳。"①

萨都剌在诗歌《寄舍弟天与》《九月七日舟次宝应县雨中与天与弟别》《将至大横驿舍舟乘舆暮行二首》等诗中通过描写自己四处宦游，表达了自己无法尽孝悌之义的无奈、痛苦；在《溪行中秋玩月并序》等诗中表现自己得以尽孝的快乐；在《哭同年进士李竹操经历》等诗中通过描写朋友或早逝或宦游无法尽孝，表达了自己的孝义思想。

第二，对儒家提倡的安贫乐道思想的践行。《论语·雍也》说："一箪食，一瓢饮，在陋巷，人不堪其忧，回也不改其乐。"②孔子的得意门生颜回，一生安贫乐道，成为后世儒家知识分子推重的典范人物。元代后期著名蒙古族诗人答禄与权有《杂诗四十七首》，留存下来43首，其中抒发自己这一人生追求的诗歌有4首，分别是第39首、第40首、第41首、第42首，这些作品中他以颜回自比，表明自己的理想："中年衰且贫，独抱固穷节。倾壶有醴浆，葱菁俨成列。人情贱清素，门无长者辙。我本渊宪徒，商歌心自悦。""恶服非吾惭，狐貉非吾慕。""颜渊与原宪，饭蔬还餔糟。""我亦固穷节，踽踽在蓬蒿。""黾勉思先哲，异世为同抱。"③

八礼台在顺帝至正年间曾居住在江南，有诗《题吴仲圭诗画》，《元诗选》戊集下题为《题梅花道人墨菜图》。在这首题画诗中表达了作者安贫乐道的思想："时人尽说非甘美，咬得菜根能几人。莫笑书生清苦意，比来食澹更精神。"④

其三是歌颂"抱节守志"思想。伯夷、叔齐兄弟互让天下，商亡后耻

① 杨镰：《全元诗》第40册，中华书局2013年版，第215页。
② 杨伯峻译注：《论语译注》，中华书局1980年版，第59页。
③ 杨镰：《全元诗》第49册，中华书局2013年版，第476—477页。
④ 杨镰：《全元诗》第53册，中华书局2013年版，第172页。

食周粟，采薇而食，饿死于首阳山，成为儒家标榜的抱节守志的典范。月鲁不花的弟弟笃列图彦诚（1310—?），有一首《题范文正公书伯夷颂》表明了作者的态度："韩文称颂伯夷贤，黄素真书庆历年。月照明珠还合浦，春风长共义庄田。"① 答禄与权《杂诗四十七首》中最后一首也是称颂伯夷、叔齐："夷齐志高洁，守经终不移。遁迹首阳阿，长吟薇蕨词。清风起顽懦，百世同一时。君子贵中庸，试用此道推。"② 儒家也提倡女子为亡夫"抱节守志"，这种思想与蒙古族的传统文化颇有不合之处，但深受儒家思想影响的诗人萨都剌也写有《题潭州刘氏姊妹二孀节妇》，歌颂"嫁作儒家妇"的"刘氏好姊妹"在各自丈夫去世后，相依为命，一起为夫守节的事迹。

李泽厚在《中国古代思想史论》中说："由孔子创立的这一套文化思想，在长久的中国奴隶制和封建制的社会中，已无孔不入地渗透在广大人们的观念、行为、习俗、信仰、思维方式、情感状态……之中，自觉或不自觉地成为人们处理各种事务、关系和生活的指导原则和基本方针，亦即构成了这个民族的某种共同的心理状态和性格特征。值得重视的是，它由思想理论已积淀和转化为一种文化——心理结构。"③ 从元代蒙古族的汉语诗歌中，我们可以感受到传统知识分子积极入仕、刚健有为的人生理想，关心民瘼、以天下为己任的精神境界以及崇尚儒家传统美德等值得称道的儒家风范。

---

① 杨镰：《全元诗》第 49 册，中华书局 2013 年版，第 283 页。
② 杨镰：《全元诗》第 49 册，中华书局 2013 年版，第 477 页。
③ 李泽厚：《中国古代思想史论》，人民文学出版社 1994 年版，第 34 页。

第**3**章

元代诗歌与蒙古族对道教文化的青睐

　　道教文化是汉文化体系中重要的组成部分，与远古巫术、民俗、先秦道家思想、秦汉时期的神仙方术等有着渊源。道教文化在汉文化中不仅不像儒家思想那样地位尊崇，还经常受到佛教的冲击。宋辽金时期，中原地区社会动荡，人民的生产、生活遭到了严重破坏，传统的儒家思想和佛教威望下降，道教迎合了人们逃避现实的颓废心理，乘势而起，受到了中原百姓的青睐，还吸引了一些具有较高文化修养的儒生加入。所以在金元之际，道教成为了中原地区影响力最大的宗教势力，涌现出了全真、正一、大道、太一等新的道教派别。这些教派将儒、佛思想融入道教之中，与之前的传统道教有了较大的区别。其中全真教的势力主要在金统治区，山东、河北、山西等地都建有其道教组织，得到巨大发展。

　　蒙元王朝占领金宋故土的同时，也据有了金宋人民。金宋故地的道教掌教及弟子进入蒙元政权，道教文化获得蒙古族的青睐，直接推动蒙汉文化及文学的交融。元代诗歌既表现了全真、正一等道派受到蒙古族的青睐，同时也表现了蒙古族诗人对道教文化的接受，具有重要的史学价值和文学价值，值得研究者关注。

一、元代诗歌对全真教受到蒙古族器重的描写

全真教兴起于宋高宗偏安杭州之后，因为长江以北沦为金人的统治区，遗民无以归附，王重阳怀着"不食周粟"的信念和对异族统治的反抗情绪，创立了全真教。所谓"全真"就是保全个人高洁的贞操的意思，与太一教、真大道教相比，其遗民隐逸性质更鲜明。在宋金元时期的战乱中，全真教不搞符箓烧炼、祭醮禳禁，而是提倡保持质朴纯真之心，不慕荣利，不出卖灵魂，符合了北方民众尤其是知识分子的思想，风行一时。但金朝时并未占有绝对优势，直到此教与蒙元政权结合，在北方，一度达到极盛局面，全真教教主、教徒用他们的诗歌记录了这些历史细节。

（一）丘处机奉诏西行及创作

1219 年，72 岁的丘处机（1148—1227），接受了成吉思汗的召请，于 1220 年带领赵道坚、尹志平、夏志诚等 18 名弟子，前往西域谒见成吉思汗。1224 年丘处机与弟子们回到汉地，居燕京太极宫（后改名长春宫），受命掌管天下道教，全真教开始在北方蒙古族占领区走向繁荣。成吉思汗赐丘处机玺书，并免除各地道士的差发负担。1227 年丘处机逝世后，由其弟子宋道安、尹志平先后袭掌其教。窝阔台汗十年（1238），尹志平推荐《长春真人西游记》的作者李志常继任。在丘处机及其弟子主持全真教期间，积极协助蒙元统治者实现安定北方的任务，比如招谕抵抗蒙古军的汉族民众，在蒙元统治区举行祭祀醮祭活动，为蒙古汗国宣扬天命，笼络汉族民心，还代替元蒙统治者祭祀五岳四渎，请求神祇

护佑蒙元统治。这些活动都向时人宣示：蒙古统治者顺天应命，已经是北方真正的统治者。丘处机著有《磻溪集》六卷，其中诗歌四卷。他西行途中所作的诗歌并未收入此集中，存于其弟子李志常所著之《长春真人西游记》二卷中。此外，其弟子尹志平、李志常等人也都有诗歌传世，表现了全真教受到蒙古族的青睐以及全真教在蒙古族统治区的发展、壮大。

丘处机并不是真的活了三百岁的"丘神仙"，他将奉诏无奈西行变为主动传道也有一个过程。丘处机在成吉思汗邀请自己前往西域之前曾经拒绝了金和南宋的邀请，对此《元史·释老传·丘处机》言："金、宋之际，俱遣使来召，不赴。"[①] 陶宗仪在《南村辍耕录·丘真人》中亦有相似记载，金朝时，丘处机曾于"戊申，召见阙下，随还终南山。"此后"贞祐乙亥，太祖平燕城，金主奔汴。戊子，复召，不起。己卯，居莱州，时齐鲁入宋，宋遣使来召，亦不起。"[②] 这里的"戊子"是1216年，"己卯"是指1219年。而同在己卯年，成吉思汗的使者也来邀约，为什么丘处机不赴金、宋之约，而远赴西域？《元史·释老传·丘处机》的记载颇有些神秘色彩："处机一日忽语其徒，使促装，曰：'天使来召我，我当往。'"[③]《长春真人西游记》记载较为详细：首先，刘仲禄持成吉思汗的手诏前来征召丘处机；其次，丘处机面对这次征召也曾颇为踌躇，但是刘仲禄很聪明，历数了自己一路所经，既表示了自己的至诚，同时也说明自己是不达目的不罢休的；最后，刘仲禄的诚恳让丘处机"知不可辞"，承诺前往西域。也就是说丘处机的"西游"也存在着被动的成分，但丘处机在选择接受征召之后，就不再犹疑，从而变被动

---

① 宋濂：《元史》卷202，中华书局1976年版，第4524页。
② 陶宗仪：《南村辍耕录》卷10，中华书局1959年版，第120页。
③ 宋濂：《元史》卷202，中华书局1976年版，第4524页。

为主动。①

丘处机在西游纪行诗中将自己的西行比作老子西行"化胡"。成吉思汗十五年（1220）二月，丘处机跟随成吉思汗的使者到达燕京时所作的《答宣抚王巨川》："旌旗猎猎马萧萧，北望燕师渡石桥。万里欲行沙漠外，三春遽别海山遥。良朋出塞同归雁，破帽经霜更续貂。一自玄元西去后，到今无似北庭招。"②在燕京期间，他作有《跋阎立本太上过关图》："蜀郡西游日，函关东别时。群胡若稽首，大道复开基。"③次年十二月，在河北宣化龙阳观过冬的丘处机作《以诗寄燕京道友》："此行真不易，此别话应长。北蹈野狐岭，西穷天马乡。阴山无海市，白草有沙场。自叹非元圣，何如历大荒。"④"玄远""元圣"都是对老子的敬称。这三首诗中丘处机虽自谦说自己的行为不过是"狗尾续貂"，无法与老子西行传道相比，也无法预知自己的身体能否承受得住万里劳顿，但仍然很自豪，觉得自己是继老子之后唯一一个能够有这种际遇，可以传道异族的人。

除了这种直接表述自己的西行目的外，在其他诗歌中还有间接的表

①　《长春真人西游记》：师踌躇间，仲禄曰："师名重四海，皇帝特诏仲禄，逾越山海，不限岁月，期必致之。"师曰："兵革以来，此疆彼界。公冒险至此，可谓劳矣。"仲禄曰："钦奉君命，敢不竭力？仲禄今年五月，在乃满国兀里朵得旨。六月至白登北威宁，得羽客常真谕。七月至德兴，以居庸路梗，燕京发士卒来迎。八月抵京城，道众皆曰：'师之有无未可必也。'过中山，历真定，风闻师在东莱，又得益都府安抚司官吴燕、蒋元，始得其详，欲以兵五千迎师。燕曰：'京东之人，闻两朝议和，众心稍安。今忽提兵以入，必皆据险自固，亦将乘桴海上矣。诚欲事济，不必尔也。'从之，乃募自愿者，得二十骑以行。将抵益都，使燕、元驰报其帅张林，林以甲士万郊迎。仲禄笑曰：'所以过此者，为求访长春真人，君何以甲士为？'林于是散其卒，相与按辔以入，所历皆以是语之，人无骇谋，林复给以驿骑。次潍州，得尹公。冬十有二月同至东莱，传皇帝所以宣召之旨。"李志常：《长春真人西游记》，河北教育出版社2001年版，第6—7页。
②　杨镰：《全元诗》第1册，中华书局2013年版，第47—48页。
③　杨镰：《全元诗》第1册，中华书局2013年版，第48页。
④　杨镰：《全元诗》第1册，中华书局2013年版，第50页。

露,如同样作于河北宣化龙阳观的《复寄燕京道友》:

> 十年兵火万民愁,千万中无一二留。去岁兴逢慈诏下,今春须合
> 冒寒游。不辞岭北三千里,仍念山东二百州。穷急漏诛残喘在,早教
> 身命得消忧。①

诗歌首联描述了宋金元时期战火频仍,给百姓带来的痛苦。颈联艺术
地阐发了丘处机西游的目的,期望能够为山东二百州带来福音,充分体现
了丘处机关怀苍生、仁爱万民的情怀。而要想实现为民解除灾难的目的,
就要传播中原文化,改变战争的性质。他的诗歌中相似的表达还有"河南
一别升黄鹄,塞北重宣钓巨鳌。"(《一日至故宫中遂书凤栖梧词于壁又诗
二首》)②"我之帝所临河上,欲罢干戈致太平。"(《八剌山势险固三太子之
医官郑公途中相见以诗赠云》)③ 前一联运用了《列子·汤问》中的典故,
神话中说天地用十五只巨鳌轮番驮着五座仙山,而伯龙国巨人一钓可连六
鳌。丘处机借这一典故说明了自己的抱负,那就是借应诏之机实现传道
的理想。后一句丘处机又阐明自己的目的:播文化,变胡俗,罢干戈,致
太平。

李志常的《长春真人西游记》成书于窝阔台汗二年(1230),书中记
载丘处机师徒在西域之行中,一路上有成吉思汗的使者护送,衣食住行照
顾得极为周到。丘处机师徒东归后,在燕京设立总坛,主要活动在蒙古族
统治的两山两河地区。但丘处机师徒的诗歌中却基本没有蒙古人的正面形
象出现,只在《至阿里马城自金山至此以诗纪其行》一诗中,在描写金山
的险峻难行时顺便提到了成吉思汗的二太子:"前年军兴二太子,修道驾
桥彻溪水。"(《至阿里马城自金山至此以诗纪其行》)④

---

① 杨镰:《全元诗》第 1 册,中华书局 2013 年版,第 50 页。
② 杨镰:《全元诗》第 1 册,中华书局 2013 年版,第 53 页。
③ 杨镰:《全元诗》第 1 册,中华书局 2013 年版,第 55—56 页。
④ 杨镰:《全元诗》第 1 册,中华书局 2013 年版,第 52 页。

在丘处机的这些诗歌中，我们发现他将自己视为传播汉文化的使者，对道教文化的影响力极为自信，"华夷之辨"思想非常浓厚，所以面对蒙古族的风俗时，他感叹的也是"圣贤不得垂文化"。(《又行十日所见以诗叙其实》) ①

丘处机这种传播中原道教文化至异域、异族，促进蒙汉文化融合的目的最终还是基本达成了，欲说明这一点，需要从成吉思汗邀请丘处机前去西域的原因说起。刘仲禄持成吉思汗的手诏② 聘请丘处机，这封手诏录自目前收藏于山东烟台博物馆新馆的《元太祖成吉思皇帝召请长春真人丘处机圣旨》石碑。此碑刻于元代，原镶嵌于山东栖霞太虚宫丘祖殿的墙壁上。手诏中的确显示了成吉思汗对中原文明的认同意识，尤其是对中原文化体系中统治者选贤任能，从而实现天下大治的认同，手诏中引用的"渭水同车""茅庐三顾"等典故都体现了这一思想。手诏中的用语也极符合中原文化的特点，比如"且夫刳舟剡楫，将欲济江河也；聘贤选佐，将以安天

---

① 杨镰：《全元诗》第 1 册，中华书局 2013 年版，第 50—51 页。

② 《召丘神仙手诏》："天厌中原，骄华太极之性；朕居北野，嗜欲莫生之情。返朴还淳，去奢从俭。每一衣一食，与牛竖马圉，共弊同飧。视民如赤子，养士若弟兄。谋素和，恩素畜。练万众以身人之先，临百阵无念我之后。七载之中成大业，六合之内为一统。非朕之行有德，盖金之政无恒。是以受之天佑，获承至尊。南连炎宋，北接回纥，东夏西夷，悉称臣佐。念我单于国千载百世以来，未之有也。然而任大守重治平，犹惧有阙。且夫刳舟剡楫，将欲济江河也；聘贤选佐，将以安天下也。朕践祚以来，勤心庶政，而三九之位，未见其人。访闻丘师先生，体真履规，博物洽闻，探赜穷理，道冲德著，怀古君子之肃风，抱真上人之雅操。久栖岩谷，藏声隐形。阐祖师之道化，坐致有道之士，云集仙经，莫可称数。自干戈而后，伏知先生犹隐山东旧境，朕心仰怀无已。岂不闻渭水同车、茅庐三顾之事，奈何山川悬阔，有失躬迎之礼。朕但避位侧身，斋戒沐浴，选差近侍官刘仲禄，备轻骑素车，不远千里，谨邀先生暂屈仙步，不以沙漠悠远为念，或以忧民当世之务，或以恤朕保身之术。朕亲侍仙座，钦惟先生将咳唾之余，但授一言斯可矣。今者聊发朕之微意万一，明于诏章，诚望先生既著大道之端，要善无不应，亦岂违众生小愿哉！故兹诏示，惟宜知悉。五月初一日。"李修生：《全元文》第 1 册，江苏古籍出版社 1999 年版，第 5 页。

下也。……朕践祚以来，勤心庶政，而三九之位，未见其人……"就出自《后汉书·郎顗传》。手诏一般来说应该是出自皇帝的亲笔，所以就有学者据此说明成吉思汗当时已经有了极高的汉文化修养。但我们觉得这封诏书不太可能是成吉思汗亲笔所书，因为在 1204 年，成吉思汗才命畏兀儿人塔塔统阿以畏兀儿字为基础创制了蒙古文字，蒙古族的早期历史与文化完全依靠口耳相传得以承续。所以成吉思汗时期，包括窝阔台汗、蒙哥汗时期，虽其部下亦有来自汉地的人才，但蒙古族统治者对于文化并不以为意，对于中原文化就更加陌生。也不可能是侍臣根据他的蒙古语诏书翻译而成，他在丘处机东归之后还有三道圣旨，《全元文》分别题为《免丘处机等出家人差发税赋圣旨》《优待丘处机诏》《慰问丘处机诏》等，如《优待丘处机诏》：

> 丘神仙奏知来底公事，是也，然好。我前时已有圣旨文字与你来，教你天下应有底出家善人都管著者，好底歹底。丘神仙你就便理会，只你识者，奉到如此。癸未年（1223）九月二十四日。①

与《元典章》《通制条格》《永乐大典》《经世大典》等典籍中所收录的元代法律文献相比，发现这则圣旨才符合元代汉语公牍语言的特点，而像前引手诏中的写法则极为少见。另外在《长春真人西游记》中记载，丘处机见到成吉思汗后，"师有所说，即令太师阿海以蒙古语译奏，颇惬圣怀。"②可见，成吉思汗是听不大懂汉语的，需要懂汉语的官员翻译。所以这则手诏绝非成吉思汗所书，而是由汉文化素养极好的耶律楚材或者其他汉族文人代笔而成，其中对于汉文化的认同也不一定是成吉思汗的原意。

成吉思汗铁木真生于 1162 年，1206 年建立大蒙古国，此后多次发

---

① 李修生：《全元文》第 1 册，江苏古籍出版社 1999 年版，第 7 页。
② 李志常：《长春真人西游记》，河北教育出版社 2001 年版，第 83 页。

动对外征服战争，至 1219 年不仅统一了蒙古各部落，征服的地域南达燕京（北京）、东到大海、西达中亚、东欧的黑海海滨。此时的铁木真也已经 57 岁，年逾花甲，正如丘处机所说："二十、三十为之下寿；四十、五十为之中寿；六十、七十为之上寿。陛下春秋已入上寿之期，宜修德保身，以介眉寿。"① 在人的平均寿命还比较短的古代，成吉思汗当时已算高寿了。他对于短暂的生命难免忧惧，这个时候他听说丘处机已经三百多岁，修成长生不老之身，自然钦慕不已。特命刘仲禄携带他的诏书，前往山东莱州昊天观，邀请丘处机前往行在，传授长生不老之术。在耶律楚材所作的《玄风庆会录》中记载："逮乎壬午（1222）之冬十月既望，皇帝畋于西域雪山之阳。是夕御行在，设庭燎，虚前席，延长春真人以问长生之道。"②《元史》丘处机本传中也记载说："问长生久视之道，则告以清心寡欲为要。"③ 由此可见，成吉思汗邀请丘处机前往西域的初衷并不是对汉文化的仰慕。但丘处机在向他传授养生之道外，还阐述了道教以慈悲为怀的思想："处机每言欲一天下者，必在乎不嗜杀人。及问为治之方，则对以敬天爱民为本。"④ 丘处机在成吉思汗（元太祖）十八年（1223）五月，启程东归，作《东行书教语一篇示众》：

> 万里乘官马，三年别故人。干戈犹未息，道德偶然陈。论气当秋夜，还乡及暮春。思归无限众，不得下情伸。⑤

"干戈犹未息"句表达了作者忧心时事的情怀，而"道德偶然陈""论气当秋夜"两句则陈述了自己此行的作为，也就是向成吉思汗陈述了儒家、道教德治方略及道家的养生方法。从《元史》的记载和诗中的表述可以看

① 李志常：《长春真人西游记》，河北教育出版社 2001 年版，第 159 页。
② 李修生：《全元文》第 1 册，江苏古籍出版社 1999 年版，第 266 页。
③ 宋濂：《元史》卷 202，中华书局 1976 年版，第 4525 页。
④ 宋濂：《元史》卷 202，中华书局 1976 年版，第 4524 页。
⑤ 杨镰：《全元诗》第 1 册，中华书局 2013 年版，第 56 页。

出，丘处机欲向蒙古族统治者宣传中原儒道思想的目的是达成了。《元史》记载成吉思汗二十二年（1227），"六月，金遣完颜合周、奥屯阿虎来请和。帝谓群臣曰：'朕自去冬五星聚时，已尝许不杀掠，遽忘下诏耶。今可布告中外，令彼行人亦知朕意。'"① 从中可见丘处机的传道效果还是很明显的。张昱在《辇下曲》第六十五首中也称赞道："运际昌期不偶然，外臣豪杰得神仙。一言不杀感天听，教主长春亿万年。"②

（二）尹志平等人对全真教在蒙古族统治区走向繁荣的书写

经过丘处机、宋道安、尹志平、李志常等几任全真教掌教的努力，加之蒙古族统治者的扶持，全真教在蒙元统治区获得了巨大发展。

首先，道观数量多，遍及山东、燕京、河北、山西等当时蒙古族统治的北方各省。全真教创始人王重阳是陕西终南县人，1169 年王重阳去世，丘处机、马钰等王重阳的大弟子送其灵柩到终南山，直至 1174 年各自离开。丘处机在磻溪（今陕西宝鸡县境内）隐居了十二年，后到龙门山（今陕西陇县西北），开创了全真教龙门派。马钰在陕西中部传教也获得较大成效。李志常《终南山甘河镇遇仙宫诗》描写了陕西的道观。

1191 年丘处机从终南山到山东栖霞县太虚观，一直到 1219 年离开山东，他与弟子一直在山东地区活动，所以山东全真教势力很大。尹志平《秋阳观作》描写的就是山东石门山的秋阳观。

尹志平的《宝玄堂作》《宝玄堂下得房二间》《宝玄堂月下闻雁》《天长观作》《宝玄堂偶得》等诗作于燕京，丘处机回到燕京后居太极宫。太极宫的前身是始建于唐代的天长观，金正隆五年（1160）、泰和二年

---

① 宋濂：《元史》卷 1，中华书局 1976 年版，第 24 页。
② 杨镰：《全元诗》第 44 册，中华书局 2013 年版，第 52 页。

（1202），天长观两度遭遇大火，泰和三年（1203）重修后，改称"太极宫"。丘处机自西域回到燕京后，带弟子对太极宫又进行了整修，成吉思汗二十二年（1227）五月，成吉思汗因丘处机道号"长春子"，敕改太极宫为"长春观"，也就是今天的白云观。观中有宝玄堂，丘处机就是在此处去世的。

河北省离燕京最近，丘处机师徒在河北省大量吸收道众，兴建道观。尹志平相关诗作《重午日与德兴府道众游白贴山灵境寺》，德兴府辖境即今河北省怀来、涿鹿、赤城及北京市延庆等地，尹志平描写延庆等地道观的如《苦辞真人往缙山》《甲申年十一月二十四日辞师会刘便宜留数日以数骑送至缙山道院》《深入峡里游团山道院留题》等，缙山位于延庆县东北，团山在延庆中部。而《攀山先天观住夏因时劝众》《别攀山道友》《咏先天观殿后涌金池作木牌于池面戒物触秽耳》等作品中涉及的攀山位于河北省张家口市涿鹿县中部。

山西的道教也得到了很大的发展，尹志平的《崞州南阳村紫微观和移剌中书陈秀玉韵》《崞州神清观有道判庄公谈玄之次因赠言激发之耳》描写的是今山西省原平市北崞阳镇的道观，《因得平遥县清虚观》《乙未季秋至介休县洪山明霞观作》描写的是山西太原市附近的平遥、介休的道观。

其次，道观分布范围广，遍及都市、县城和乡村。太极宫在燕京，《通仙观作寄燕山冯公辈》中的通仙观也在燕京；缙山道院、团山道院、攀山先天观、平遥县清虚观、介休县洪山明霞观等都位于县城中；村庄中也有道观，如崞州南阳村紫微观、《题新张村庵》中庵院都建在乡村中。

最后，蒙古族早期统治者及统治集团的官员都信奉道教，道教受到蒙古族统治者的保护。丘处机获得成吉思汗颁发的玺书，李志常有《代行礼毕醮罢题》诗：

> 历世干戈百战馀，东渐徐究已无虞。德音元自新天子，祀礼重申古帝谟。灵岳载瞻祈圣寿，神明恩格为民苏。默知人事皆天意，祈祷

齐诚代国输。①

这首诗一直被认为具有重要的意义。第一，李志常代表蒙元新天子作醮代祀泰山，说明全真教在元初受到的特殊礼遇，也说明元初统治者对道教的认可。第二，这首诗一直被看作是记录蒙元统治者首次祀岳大典的作品。在全真教的影响下，金亡后中断的祭祀五岳的大典得以举行，诗中说"祀礼重申古帝谟"，认为重申祀礼就是对中原文化的继承，所以这次活动也被看作是蒙古族统治者接受中原礼仪文化的重要信号。第三，诗中有"德音元自新天子"句，在汉族作为统治者的中原王朝中，每逢帝王登基都要祭祀山川，李志常也是代"新天子"进行祭祀。李志常是在窝阔台汗十年（1238）继任全真教掌教的，窝阔台汗在位十二年，之后的贵由汗与其母乃马真后并不是很认同中原文化，所以这位新天子应该是1251年登基的蒙哥汗。李志常称蒙古族统治者接受中原文化为"德音"，说明了作为中原人士对蒙古汗廷的政治认同。

上有所好下必从之，蒙古族统治者重视道教，其部下自然也多信奉。尹志平有《刘宣差病索诗》：

欲求轻健得安然，试伴长春向宝玄。百日消疏如肯受，他年骨壮自神全。②

诗题中的刘宣差应该就是到山东传成吉思汗旨意请丘处机西行的刘仲禄，诗歌中尹志平认为只要信奉道教，在长春宫斋戒修行百日就可祛病消灾，可见刘仲禄应该是道家信众。尹志平还有《庚寅年通仙观醮罢复回以诗别道友元帅监军》诗，尹志平在诗题中称这位元帅监军为道友，他也必然是道教信徒。

全真教的教主还有蒙古将士护卫，尹志平有《西关外与大使华宗选庵

---

① 杨镰：《全元诗》第 1 册，中华书局 2013 年版，第 339 页。

② 杨镰：《全元诗》第 1 册，中华书局 2013 年版，第 65 页。

地》诗,其中"数骑翩翩关外来"[1]中的"数骑"应该就是保护选择庵址的尹志平的。尹志平还有《甲申年十一月二十四日辞师会刘便宜留数日以数骑送至缙山道院》[2]诗,从诗题中可知,尹志平去缙山道院得到了刘便宜的数骑护送。

因为元初佛道之争尤其是道教在两次佛道辩论中败北,全真教在元初的政治地位下降,但全真道在元朝的显赫地位仍然是令人瞩目的。比如元世祖曾经三次召见全真教的张志伟,并为他改名张志纯,赐号崇真保德大师,授紫服。

二、元代诗歌对正一教受到蒙古族垂青的表现

元朝统治者尤其是自忽必烈开始将佛教确立为国教,但在政策上还是对所有教派一视同仁。全真教虽然慢慢淡出统治者的视野,但传统道教派别正一教却乘势而起。

(一)正一教教主受到器重

正一道教是传统的道教派别,也被称为"符箓派"。正一教继承了东汉以来的传统,主要的道教活动就是画符念咒、驱鬼降魔、祈福禳灾等。金元时期,主要活动在南宋统治区。蒙哥汗八年(1258),忽必烈进军鄂州,渡江成功后,派道士王一清到江西龙虎山拜见正一天师教教主张可大。张可大给忽必烈带回一个预言"后二十年天下当混一"。而这一预言

---

[1] 杨镰:《全元诗》第1册,中华书局2013年版,第70页。
[2] 杨镰:《全元诗》第1册,中华书局2013年版,第71页。

竟然成真。至元十三年（1276）忽必烈统一南北，认为张可大预言灵验，请其子第三十六代天师张宗演（1244—1291）北上大都，并让他统领江南道教。《元史·释老传》记载元世祖见到张宗演后对他说："昔岁己未，朕次鄂渚，尝令王一清往访卿父，卿父使报朕曰：后二十年当混一。神仙之言验于今矣。"①赵孟頫在《大元敕赐开府仪同三司上卿辅成赞化保运玄教大宗师志道弘教冲玄仁靖大真人知集贤院事领诸路道教事张公碑铭》中也有相关记载：

> 岁己未，世祖军武昌，已闻嗣汉天师张宗演名，使通问。及得江南，亟召之。从其徒数十人以来，皆美材奇士。②

在赵孟頫的文章中，世祖通问的对象虽与历史记载有些出入，但记载的史实却是基本相同的。张宗演有诗一首传世，即《至元壬午暮春既望游洞霄伏睹虚靖留题次韵》，至元壬午即至元十九年（1282），洞霄宫是道教著名宫观，在今浙江省余杭县余杭镇西南的大涤山中峰下大涤洞旁，始建于汉武帝时，在元世祖至元年间（1264—1294），多次扩建，规模日见宏大，极盛时占地面积达80余亩，此宫曾总摄江、淮、荆、襄诸路道教。张宗演作为首位统领江南道教的天师，对提升该道观的地位做出了重要贡献。张宗演去世后，程钜夫作有《三十六代天师挽词二首》，其中称扬了元蒙统治者对他的敕封："千年汉日玉章在，万里燕云锡命殊。""嗣师入侍金炉侧，生死荣哀近代无。"程钜夫还以为，天师教能够被蒙古族统治者信用，这与老子西游化胡具有同样的意义："有言白鹤东归者，何许青牛西度哉。"③

至元十九年（1282），元世祖命第三十七代天师张与棣（？—1294）掌管江南道教，张与棣是张宗演之子。成宗元贞二年（1296）二月，命三十八

---

① 宋濂：《元史》卷202，中华书局1976年版，第4526页。
② 李修生：《全元文》第19册，江苏古籍出版社2001年版，第312页。
③ 杨镰：《全元诗》第15册，中华书局2013年版，第205页。

代天师张与材（约 1257—1316）统领江南道教。张与材也是张宗演之子，是张与棣之弟，一家四代为正一教教主，两代三人总领江南道教，其祖父张可大的作用可见一斑。张与棣、张与材兄弟与其父一样都曾游洞霄宫并作诗，极力提高此宫的声望。张与棣在诗中极力称赞这一道观的地理形胜："洞天福地岂仙乡，一派丹泉落涧长。山锁九重尘不到，楼高百尺鹤来翔。"① 张与材在《游洞霄》二首中既有对洞霄宫的称颂，亦有对自己家族遭逢的自豪：

奇石玲珑古洞天，苍云九锁翠蛟泉。仙翁白发颜如铁，自说居山八十年。

虚室无尘结篆香，雷驱急雨送新凉。山中诗卷如仙谱，此是吾家第四章。②

这两首诗描写了大涤山洞霄宫的山形水势，突显此地美丽的风光，并用康健的八十老翁衬托其仙境特色。第二首诗最后两句尤其值得探究，张家自可大到与材承袭正一教四代教主，这仙谱也如诗卷，可歌可泣。

大德五年（1301）道士马臻随天师张与材到燕京行内醮，并前往上都。作有纪行诗《大德辛丑五月十六日滦都棕殿朝见谨赋绝句三首》《开平寓舍》《滦都寓兴》《开平即事》《滦都旅夜》《龙门道中》《李陵台怀古》《经怀来驿》《大德辛丑冬内醮礼成天师真人亲奉上旨祈雪继沐感通谨赋七言律诗称贺》《渡滦河》等。最能表现蒙古族统治者对正一教天师尊崇的当数《大德辛丑五月十六日滦都棕殿朝见谨赋绝句三首》：

黄道无尘帐殿深，集贤引见羽衣人。步虚奏彻天颜喜，万岁声浮玉座春。

殿中锡宴列诸王，羽褐分班近御床。特旨向前观妓乐，满身雨露

---

① 杨镰：《全元诗》第 8 册，中华书局 2013 年版，第 199 页。

② 杨镰：《全元诗》第 18 册，中华书局 2013 年版，第 164 页。

湿天香。

　　清晓传宣入殿门，箫韶九奏进金樽。教坊齐扮神仙会，知是天尊朝至尊。①

第一首诗描写了蒙古族统治者接见道教领袖的地点以及皇帝喜悦的情绪；第二首描写蒙古族统治者为张与材举行了诸王作陪的盛大宴会，宴会上张与材的座位还排在皇帝近旁；第三首描写张与材朝见帝王时的音乐、仪式的隆重，场面的宏大。这些都充分说明蒙古族统治者对正一教的尊崇。

大德八年（1304），张与材领三山符箓，给银印，视二品。至大（1308—1312）初年，特授金紫光禄大夫，封留国公，给金印，视一品。皇庆（1312—1313）初年，特赐宝冠。延祐三年（1316）张与材去世后，柳贯曾作《天师留国公挽词二首》：

　　袭美神明胄，游玄造化徒。万灵观受印，九斗直飞符。御气今安在，迎年故岂诬。唯余室中尘，光景见悬珠。

　　斋祠承画法，汤沐启仙乡。观物将齐化，成真已坐忘。空瞻朱鸟影，不见碧鸡祥。天上飞廉馆，还应从武皇。②

诗歌中柳贯称誉张与材是"神明胄""造化徒"，对其逝去表示了哀悼之情，第二首诗最后一句"天上飞廉馆，还应从武皇。"表面上是说张与材去世后升为神仙，在天宫还会受到"武皇"的重用，实际上是衬托他生前受到蒙元统治者器重的史实。

贡奎也作有《挽张天师》诗：

　　三乘鹤驾去朝天，际会风云岂偶然。丹诏大元天子命，玉符西汉祖师传。名驰异国三千里，孝尽慈闱十九年。不是鉴斋归去早，紫薇

---

① 杨镰：《全元诗》第 17 册，中华书局 2013 年版，第 45 页。
② 杨镰：《全元诗》第 25 册，中华书局 2013 年版，第 146 页。

宫里欠真仙。①

贡奎在诗中用"际会风云岂偶然"，说明了张与材与元朝统治者的契合并非偶然，而是在元朝统治者对中原文化重视的大背景下的必然选择。而"丹诏大元天子命"一句既是对张与材受到皇封的描写，也表现了元蒙统治者对中原传统文化的重视。

张与材的长子张嗣成（？—1344），号太玄子，延祐三年（1316）嗣位三十九代天师，领江南道教、三山符箓。正一教四十代天师是嗣成弟嗣德（？—1352），元顺帝至正四年（1344）开始掌管正一教事，封为教主，赐号太一明教广元体道大真人，依旧领江南道教、三山符箓。至正十二年（1352）去世。张嗣德存诗九首，其中组诗《滦京八景》八首，分别题为《凤阁朝阳》《龙岗晴雪》《敕勒西风》《乌桓夕照》《滦京晓月》《松林夜雨》《天山秋猎》《陵台晚眺》，描绘的是上京地区著名景观。在其五《滦京晓月》中有诗句："夙德祀臣劳扈从，恩承紫诰又春泥。"可见他是扈从皇驾来到元朝龙兴的上都地区，观赏到了塞上草原美景。在组诗中作者认为巡幸的意义是"岂但荐毛供俎豆，要知阅武固金汤。"也对元朝的统治进行了歌颂：百姓"毡庐处处人长乐"，朝廷中"文星光挹泰阶平"，所以他这个方外人士也要"赓歌尚拟颂尧天"。②从张宗演到张嗣德，张家、正一教所受荣宠几乎与元朝国运相始终。

在正一教的弟子中，张留孙（1248—1321）受到了至高的荣宠。张留孙，是张宗演的弟子，至元十三年（1276）随张宗演北上大都，被忽必烈留在身边，成为他的道教侍从。赵孟頫在文章中说：

> 世祖圣德神功文武皇帝受命上玄，混一四海，拔豪杰异材，以自辅翼，盖不惟处之将相大臣。则有若开府仪同三司、上卿、辅成赞化

---

① 杨镰：《全元诗》第23册，中华书局2013年版，第172页。

② 杨镰：《全元诗》第37册，中华书局2013年版，第370页。

保运玄教太宗师张公，则以方外显矣。公讳留孙，字师汉，系出文成侯，至唐之宰相文瓘之子孙。始居江南，其分居信州贵溪者，世为士族。公生宋之季年，因从伯兄闻诗学道龙虎山上清宫，受黄帝老子之书，及正一符箓，祠祀天地百神之法。羽衣高冠，修髯广颐，状貌甚伟。有相者过之，曰："异哉贵人！九分神仙，三分宰辅也。"……上独目公而伟之，于是宗演归而公留。①

张留孙在张宗演众多弟子中脱颖而出，不仅是有贵人之貌，还因为他具有广博的知识和治理天下的思想。赵孟頫在文中说张留孙曾用祝祷之法为裕宗（真金）和昭睿顺圣皇后（察必）治愈疾病。文中还提到他常常用"虚心正身，崇俭爱民"的话劝谕元世祖，很符合忽必烈的心意。《元史·释老传》记载："是时天下大定，世祖思域民休息，留孙待招尚方，因论黄老治道贵清净、圣人在宥天下之旨，深契主衷。"②可见张留孙还是很有政治眼光的。在元世祖时期，张留孙即被赐玉剑，赐号"上卿元教宗师"，"总摄道教。服宝冠金织衣裳，玉佩珠履，执圭以奉祠祀。即家起其父九德为信州治中，佐郡以愿谨闻，超拜浙西宣慰同知，又改江东，以便家。进其高弟门人，皆给馆传车马，行幸无所不从。公或留禁中，至夜即辍乘辇使归，导以卫士，虽固却，不听也。"③元成宗、元武宗都给他继续加封："大德中（1297—1307）（张留孙）加号玄教大宗师，同知集贤院道教事，且追封其三代皆为魏国公，官阶品俱第一。武宗立，召见，赐坐，升大真人，知集贤院，位大学士上。旬又加特进。"④张留孙去世后影响还在，元文宗在天历元年（1328），追赠他为道祖神德真君。

在张留孙七十岁时，赵孟頫奉敕为其画像作《开府仪同三司辅成赞化

①　李修生：《全元文》第 19 册，江苏古籍出版社 2001 年版，第 312 页。
②　宋濂：《元史》卷 202，中华书局 1976 年版，第 4527 页。
③　李修生：《全元文》第 19 册，江苏古籍出版社 2001 年版，第 313 页。
④　宋濂：《元史》卷 202，中华书局 1976 年版，第 4528 页。

保运玄教大宗师张公画像赞》：

> 道德之全，玄之又玄。时而出之，溥博渊泉。其动也天游，其静也自然。人皆谓我智，而我初无言。人皆谓我贵，而我不敢为天下先。赞化育而不居，宝慈俭而乾乾。故位三公，揖万乘，独立乎方之外，而坐阅乎大椿之年。微臣作颂，承命自天。穆如清风，万古其传。①

在这篇赞文中，赵孟頫赞颂了张留孙道家思想的精深，为人的清廉谨慎，生活的勤俭，位至三公的荣宠。张留孙去世时，程端礼在《挽特进太师张真人》诗中说：

> 赤松黄石元兼学，宰相神仙世有人。一品无官酬道德，五朝申命见丝纶。俭慈外至宁为宝，明哲终能独保身。化鹤归来城郭是，存惟冠剑总成尘。②

诗的首联称誉张留孙所学并非仅仅是道教的符箓、祷祈等内容，还有黄石公的兵法韬略，因而是宰相、神仙兼于一身。在《元史·释老传》中记载张留孙："少时入龙虎山为道士，有道人相之曰'神仙宰相也'。"③颔联中对其一生与统治者的风云际会做了概括：虽然不是朝廷正式的官员却有一品的职衔，张留孙历元世祖、元成宗、元武宗、元仁宗、元英宗五朝，在英宗元年去世，所以程端礼诗中说他五朝见"丝纶"。颈联中"俭慈外至宁为宝"句与赵孟頫赞文中提到张留孙"宝慈俭"一样，说明"慈俭"的确是张留孙做人的原则也是他劝荐统治者的理论出发点。

张留孙的弟子吴全节（1269—1346）也受到元蒙统治者的器重，在大德十一年（1307）被授予玄教嗣师，赐银印，官阶二品。至大元年（1308）又赐其七宝金冠，织金文之服。至治元年张留孙去世，至治二年（1322）

---

① 李修生：《全元文》第19册，江苏古籍出版社2001年版，第218页。
② 杨镰：《全元诗》第25册，中华书局2013年版，第348页。
③ 宋濂：《元史》卷202，中华书局1976年版，第4527页。

五月，制授特进、上清、玄教大宗师、崇文弘道玄德真人，总领江淮荆襄等地道教。著名色目诗人赵世延有《特进上清玄教大宗师吴公画像赞》诗：

> 冠芙蓉兮玉比德，云霞衣兮绚五色。谈大道兮坐填席，流琼音兮达宣室。贯义文兮妙得一，相箕畴兮广敷锡。论天人兮天咫尺，言谔谔兮帝心格。进泰阶兮总仙籍，著赞书兮表清直。事孔圣兮如一日，显祖父兮饶封国。信行藏兮古是式，从赤松兮师黄石。玄中之玄兮太虚无迹，洞烛万变兮凌厉八极。①

诗歌题目中有"特进上清玄教大宗师"的尊号，诗题下有作者的自注："泰定四年丁卯，代祀江南三山，还朝，醮于崇真宫，作上清像。"说明此诗作于泰定帝四年也就是 1327 年。诗歌开头两句是对吴全节画像的描写，并称颂了其品节。3 到 8 句描绘吴全节讲道时的风采：讲授大道、讲授道教教义时能够义理文采兼备，又能够广作敷锡，所以其效果极好，谈天人关系时似乎天在咫尺，最重要的是他的思想能够"达宣室"。他还敢于同蒙元统治者直言争辩，并且令"帝心格"，也就是让皇帝接受。9 到 12 句描写了蒙元统治者对吴全节的封赠，其中"进泰阶兮总仙籍"指的是吴全节进入统治集团并总领江淮荆襄等地道教事，而"显祖父兮饶封国"句指的是至大三年（1310）元武宗赠其祖父为昭文馆大学士，封其父为饶国公，封其母为饶国夫人，连他居住的乡里都荣称为"荣禄""具庆"。贡奎在吴全节父去世时作有《挽吴饶国公》诗二首，其一中有："人知生子贵，世比学仙成。达德居全福，高年享盛名。"描写了吴全节之父父凭子贵，年老得皇封的史实。其二中有："季子观周礼，番君启汉封。世家千载绍，时代一朝逢。"②季子指的是春秋时吴王第四子季札，他是著名的政治家和外交家，曾在鲁国品评周朝时的乐舞。"番君"指的是秦末汉初的吴芮，

---

① 杨镰：《全元诗》第 19 册，中华书局 2013 年版，第 340 页。
② 杨镰：《全元诗》第 23 册，中华书局 2013 年版，第 165 页。

秦朝时曾任番阳（今江西波阳东北）令，非常得民心，被称为"番君"。秦末起兵反秦，领兵从刘邦入关，项羽封其衡山王，汉朝建立，改封长沙王。作者将吴全节与其远祖季札、吴芮并列，对他本人及其家族在元朝的遭逢有钦敬和颂扬。张雨在吴全节去世后作《吴大宗师挽诗》开头就也提到蒙古族统治者对他的恩宠："饶国恩封大，番君世德优"。① 诗歌最后四句是对吴全节的赞颂，说他的行止皆以古人为楷模，他师法的对象都是赤松子、黄石公这些道教神仙，认为他能洞烛万变、凌厉八极，参悟到了道家思想至高的玄中之玄、太虚无迹的境界。

至大三年（1310），吴全节家族受到皇封，他持诏还家省亲。范梈写下长诗《送吴真人持诏宁亲》："还家拜封君，玉册珊瑚钩。笑问游子衣，不独五色优。门县朱雀旃，坐拥金明裘……尔归奉天子，万岁更千秋。番君大国寿，贺老清湖愁。"② 诗人说吴真人还家拜望父母，带来了受皇封的"玉册"。"衣锦还乡"是人们对游子的期望，而像吴全节虽衣"道服"，却奉天子命还乡，也令家门生辉。

正一教道士薛玄曦也受到蒙古族统治者的封赏。薛玄曦（1289—1345）字玄卿，号上清外史，十二岁入道，随张留孙、吴全节修行。元仁宗延祐四年（1317），被授予大都崇真万寿宫提举，并提点上都崇真万寿宫。泰定三年（1326），辞归龙虎山。元顺帝至正三年（1343），制授弘文祐德崇仁真人，佑圣观主持，兼理杭州各宫观。虞集有一首《寄薛玄卿》的诗："碧落曾看沈侍郎，旋簪冠玉谒虚皇。风流外史浑相似，淡月疏星上建章。"③ 诗歌来自《神仙传》中的故事：吴郡沈羲学道有成，救济百姓，功德感动上天，被天帝召见，封为"碧落侍郎"。虞集借用这一典故比喻薛玄卿被蒙古统治者召见，封为道教宗师。建章即建章宫，是汉代武帝所

---

① 杨镰：《全元诗》第 31 册，中华书局 2013 年版，第 327 页。
② 杨镰：《全元诗》第 26 册，中华书局 2013 年版，第 354 页。
③ 杨镰：《全元诗》第 26 册，中华书局 2013 年版，第 307 页。

建，也是他举行朝会之所，这里代指薛玄卿拜见蒙古族统治者的宫殿。

薛玄曦不仅是一代道教宗师，而且与当时文人多有交往，有《上清集》，但没有传本。《全元诗》根据《皇元风雅》《元风雅》《茅山志》等书收其诗 29 首。其中有一首扈从诗《大驾度居庸关》：

> 居庸雄踞万重山，南北门分作汉关。鼓角动时森虎卫，旌旗行处识龙颜。禅宫路转风烟合，御苑春深草树闲。待得长杨围猎罢，又随车骑此中还。①

元朝皇帝每岁到上都巡幸，中书省、枢密院、御史台的重要官员都会随行，一些僚属也会跟从。薛玄曦这首诗也应该是扈从的作品，说明他与统治者比较密切的关系。诗歌主要内容是描绘居庸关作为军事要冲的奇险地势，以及扈从车驾穿行山中所见所闻，最后一句"待得长杨围猎罢，又随车骑此中还"，说明了此诗创作的背景，因元帝北巡期间要沿袭蒙古旧俗，举行大型的射猎活动，所以诗歌用汉代统治者到长杨宫围猎的典故代指巡幸。

（二）兴建正一教道观

张留孙为元世祖皇后察必治愈疾病，世祖"乃诏两都各立上帝祠宇，皆赐名曰'崇真'之宫，并以居公。"②《元史》中也有相同记载："建崇真宫于两京，俾留孙居之，专掌祀事。"③

大都和上都的崇真宫在元代不但香火极盛，还成为文人吟咏、雅集的场所。邓文原曾作《崇真宫观梅》，诗中说："燕雪堕指唾成珠，暖玉价

---

① 杨镰：《全元诗》第 35 册，中华书局 2013 年版，第 262 页。
② 李修生：《全元文》第 19 册，江苏古籍出版社 2001 年版，第 313 页。
③ 宋濂：《元史》卷 202，中华书局 1976 年版，第 4527 页。

重百车渠。仙人移根蓝田旧，能令火鼎回冰壶。"①"燕"字说明诗中描写
的是大都的崇真观，用燕地天寒与崇真观梅花绽放对比，称赞观主法力
无边。

上都的崇真宫是在元成宗元贞元年（1295）世祖驾崩后竣工的。袁桷
《上京杂咏》十首其十描绘了夏季崇真宫的景象：

> 长夏崇真馆，疏帘洒静便。支颐推万古，止息契重玄。月窟窗如
> 雪，天瓢酒似泉。主人怜老客，下榻不曾愚。②

上都的崇真宫，静静地矗立在夏季的夜空下。疏帘低垂，月光如雪照
在窗前，天上银河闪闪如酒泉，北斗七星如同舀酒的"天瓢"，这样美丽
的月夜，这么幽静的道院正适合谈玄说道。

揭傒斯也有《题上都崇真宫陈真人屋壁李学士所画墨竹走笔作》：

> 玉京滦水上，仙馆白云乡。虚壁数竿竹，清风生满堂。微吟弄寒
> 影，静坐仁幽香。有客仍无事，澹然方两忘。③

诗的首联即点明此崇真宫是建在上京，在滦河边上；领联描绘了李学
士在屋壁所画墨竹的生动，有满堂生清风的效果；颈联表现的是宫中陈真
人生活的雅趣，焚香、吟诗、打坐；尾联描绘的是主客相得，澹然两忘的
道家情趣。

描写上都崇真宫的作品中，虞集《题上都崇真宫壁继复初参政韵》，
范梈《崇真宫陈真人院会宿四之二》等都是非常著名的作品。除了汉族诗
人，还有色目诗人也有相关作品，如马祖常的《崇真宫西梨花》，廼贤的
《次上都崇真宫呈同游诸君子》《崇真宫夜望司天台》等。

元英宗时期，张留孙和其弟子吴全节修建了今北京朝阳门外的东岳
庙，此庙被称为正一教在华北地区的第一大丛林。在东岳庙的大殿旁，至

---

① 杨镰：《全元诗》第 19 册，中华书局 2013 年版，第 25 页。
② 杨镰：《全元诗》第 21 册，中华书局 2013 年版，第 314 页。
③ 杨镰：《全元诗》第 27 册，中华书局 2013 年版，第 198 页。

今还矗立着元代著名书法家赵孟頫亲笔书写的《张天师神道碑》。贡奎曾经在东岳庙落成时作《京城东岳庙落成诗简吴宗师》二首，其一云："尊岳开新庙，高承万雉翔。宝花严像设，玉烛耀龙光。野润春浮霭，斋严千积香。真人端杰见，卫道岂微茫。"①诗中描绘这座正一教的新庙高达万雉，古代计算墙体的面积，长三丈，高一丈为一雉，贡奎这里有些夸张，但也说明此庙的高大雄伟。诗人还描绘了新庙中"宝花""严像""玉烛"等精美的陈设，足以说明正一教的至高地位。

虞集有《四用韵寄吴宗师奉祠城东岱祀其一谢夏真人送海棠一枝》二首，在此诗前作者作有《谢吴宗师惠墨》《再和》《三用韵答巢翁就以奎章赐墨赐之》诗，所以这二首诗题为四用韵。诗题中说是吴宗师奉祠城东岱祀，而第一首诗开头一句是"休奉东封远献书，神宫咫尺九重居。"②说明此次吴全节奉旨祭祀的地点就在东岳庙。

（三）正一教道士被派往各地代替皇帝祭祀山岳河渎

元朝皇帝对正一教的器重还体现在，张留孙及其弟子吴全节等人连年被派往各地代替皇帝祭祀山岳河渎。元代蒙古族统治者不仅关注儒释道三家文化，对于不能归入这三家主流文化的其他汉民族的信仰崇拜文化也有关注，山川崇拜即为其中之一。汉族的山川崇祀文化历史悠久，最早可以追溯到夏商时期。每逢帝王登基、节日或者发生重大灾害，统治者都会祭奠山川禳灾祈福。蒙古族入主中原后，也继承了这一传统，在中统二年，元政府祭奠了19处名山大川。至元二十八年（1291）和大德二年（1298）敕封了一批名山为王。如封东岳为大生仁圣帝，南岳为司天大化昭圣帝

---

①　杨镰：《全元诗》第23册，中华书局2013年版，第150页。
②　杨镰：《全元诗》第26册，中华书局2013年版，第219页。

等。每年由当地的官员进行祭祀或者由皇帝派遣使臣前去祭祀，虞集在《送赵虚一奉祀南海序》中说："国家尝以岁正月，遣使者分道出，礼祀嵩岳、岱、衡、华、恒、霍、会稽、吴岳、翳无闾之山，江、河、淮、济、渎四方之海，与汾阴之后土，凡十有八处。"①元世祖在至元二十八年有专门的遣使代祀岳渎的圣旨：

> 五岳四渎祀事，朕宜亲往，道远不可。大臣如卿等又有国务，宜遣重臣代朕祠之，汉人选名儒及道士习祀事者。②

在这封圣旨中，专门提到了代祀的人员：汉人名儒及道士。

汉人名儒虞集曾代祀西岳，有《代祀西岳至成都作》《代祀西岳答袁伯长王继学马伯庸三学士》（二首）等诗歌，其中涉及代祀内容的一首如下：

> 紫禁沈沈曙色低，奉祠群使已肩齐。承恩归院迷烟树，赐传开关踏雪泥。蹀躞共怜骑苑马，委蛇不若听朝鸡。山川有事宁辞远，咫尺成都是国西。③

诗中描写自己奉旨出京代祀西岳，路途遥远，旅途艰难，不如在朝堂上轻松。作者也表示自己为国代祀，不畏艰难，连遥远的成都也似乎近在咫尺。

虞集的诗歌中还有送著名儒士代祀岳渎的诗歌，如《送贡仲章学士奉祀岳渎》《送宋诚甫大监祀天妃》《送甘太史祀名山大川》等，贡仲章就是贡奎（1269—1329），字仲章，宣城（今属安徽）人。曾任江浙行省池州齐山书院山长、太常奉礼郎、翰林国史院编修、翰林院待制、集贤直学士等职。宋诚甫即宋本（1281—1334），字诚甫，大都人，至治元年（1331）状元，授翰林修撰后除监察御史，在任艺文大监时曾祭漕道沿途各天妃

---

① 李修生：《全元文》第26册，凤凰出版社2004年版，第252页。
② 李修生：《全元文》第3册，江苏古籍出版社1999年版，第419页。
③ 杨镰：《全元诗》第26册，中华书局2013年版，第83页。

庙,同朝僚友为之送行。除了虞集外,马祖常也有《送宋诚甫大监祠海上诸神》诗。甘立(生卒年不详),字允从,西夏人,曾任奎章阁照磨。参与修《经世大典》,官至中书检校。与汉族文人柯九思、虞集、倪瓒、陈旅等人有交往酬唱。

在代祀的汉族名儒中,年辈较早、身份也较特殊的是汪元量。作为南宋宫廷乐师,他随南宋皇室北上大都、上都,据说元世祖忽必烈很欣赏他的音乐才能。至元二十三年(1286)奉旨代祀北岳。在离开大都时他有诗《北岳降香呈严学士》:

> 万里溟濛起战埃,翩翩勒马出金台。同君远使山头去,如朕亲行岳顶来。野庙横斜挨老树,古碑颠倒枕荒苔。瞻天只有丹心在,香篆炉熏达九垓。①

从诗歌中可以看出,严学士是与汪元量同行的文人,"如朕亲行岳顶来"句说明此行为代祀,"瞻天只有丹心在"句既可以理解为自己对蒙元朝廷的一片丹心,也可以理解为自己会将蒙元统治者对神祇的一片丹心代为表达。一路上他作有《太华峰》《商山庙》《孟津》《少室山》《天坛山》《阿房宫故基》《洛阳桥》《马嵬坡》《北邙山》《天津桥》《华清池》《终南山馆》《函谷关》《潼关》《秦岭》《蓝田》《嵩山》《七月七夜渡黄河》《汴都纪事》《夷山醉歌》《济渎》《孔子旧宅》《泰山》《降香回燕》等二十多首诗歌。在最后一首诗歌中作者说:"一从得玉旨,勒马幽燕起。河北与河南,一万五千里。"②

至大三年(1310)吴全节代祀茅山,作《至大三年代祀茅山宿玉晨观》诗,诗中末句说:"青石坛高天只尺,绿草封事答吾皇。"③"答吾皇"三字既表现了吴全节此行乃是代行天子之意,另外也看得出吴全节对元朝统治

---

① 杨镰:《全元诗》第 12 册,中华书局 2013 年版,第 25 页。
② 杨镰:《全元诗》第 12 册,中华书局 2013 年版,第 30 页。
③ 杨镰:《全元诗》第 23 册,中华书局 2013 年版,第 24 页。

的认同。

皇庆二年（1313）吴全节作《中岳投龙简并序》诗，诗序言：

> 皇庆二年岁在癸丑四月甲子，诏玄教太宗师张留孙醮大长春宫，弭星芒、祷雨泽也。圣天子敬天爱民，一诚之发，其答如响。礼成，命玄教嗣师真人吴全节、正议大夫太常卿李允中，奉金龙玉节投诸嵩洞。入山之初，一雨遄霁，藏藏之际，轻阴护凉。咸谓使命必当有纪。谨赋五言诗一章，以彰圣治云。①

皇庆是元仁宗第一个年号，元仁宗即位初期，创造了历史上有名的"皇庆之治"，对汉文化非常重视。当然他也延续了之前统治者对道教的政策，命宗师作醮、祭祀山岳为国祈福。在诗中作者先描绘了嵩州的地理方位及形胜景色，"阳城天地中，坤灵奠神岳。积翠千层霄，元气远盘礴。降神生申甫，形势控伊洛。"接着作者说："皇皇圣帝居，历代重封爵。老柏浮苍烟，古殿蚀丹臒。天朝混华夏，秩礼特优渥。"中原文化中，有悠久的祭祀山岳的历史，中岳自然历朝历代都享受香火，作者说元朝在统一华夏后，祭祀山岳尤其隆重。为此，他"歌诗勒嵩珉，用替圣人作"。

延祐元年（1314）吴全节再次代祀茅山，作《延祐元年五月重祀茅山瑞鹤诗二首并序》诗，诗序曰：

> 至大庚戌秋，百余鹤集大峰一宿，宗归刘君以其明年入觐，尝图以献。兹以上命再祀宗坛，比至下泊，有鹤十二若相迎导。遂赋二绝，并纪之。②

至大是元武宗年号，武宗在位四年，至大庚戌就是至大三年（1310）。延祐是元仁宗第二个年号。吴全节在武宗时代祀茅山，仁宗皇庆二年（1313）到中岳投龙简，仁宗时再度来到茅山代祀，说明元朝统治者对

---

① 杨镰：《全元诗》第23册，中华书局2013年版，第31页。
② 杨镰：《全元诗》第23册，中华书局2013年版，第26页。

道教政策的一贯性。而诗序中所言的祥瑞:"百余鹤集大峰一宿""有鹤十二若相迎导",以及二绝其一中的"茅君闻道天香至"句,虽然不排除作假、恭维统治者等因素,但也表现了统治者与道教信徒之间互为信用的关系。

前述著名雍古部诗人赵世延的《特进上清玄教大宗师吴公画像赞》,诗题下有作者的自注:"泰定四年丁卯,代祀江南三山,还朝,醮于崇真宫,作上清像。"说明吴全节曾于泰定帝四年代祀江南三山。邓文原也有与吴全节代祀有关的诗歌《送吴宗师南祀归二首》:

> 国老分茅社,祠官从使星。鹤书来涧谷,羽节动仙灵。寸草春逾碧,黄花晚独馨。真人犹五采,归受蕊珠经。
>
> 草木南熏候,神仙上界官。平生修月斧,万里御风翰。江雨鸣星剑,凉空忆露盘。白鸥秋水外,相与醉凭阑。①

第一首诗开头"国老分茅社,祠官从使星。鹤书来涧谷,羽节动仙灵。"点明吴全节是国之重臣,是代替皇帝到三山五岳的涧谷祭祀的使节。第二首诗中的"神仙上界官"句也点明了这一题旨。

张留孙的另一个弟子朱思本(1273—1336年以后)字本初,道号贞一,江西临川人,八岁即在龙虎山出家,成为张留孙的弟子。大德年间他曾从道教宗师吴全节居京师,辅助其处理教内事务。元英宗至治元年(1321),主持江西玉隆万寿宫。揭傒斯在朱思本离京时作《送朱本初之玉隆宫》诗,开头即点明他此行的目的:"奉祀南去领群仙,渺渺行舟路五千。"②

朱思本曾三次入京师,留居时间长达二十余年,与当时著名文人多有交往。朱思本还是古代少有的地理学家,因多次奉旨代祀五岳,得以遍游九州,绘成《广舆图》二卷,是自元至清地理学名作,但他的诗歌中很少

---

① 杨镰:《全元诗》第19册,中华书局2013年版,第4—5页。

② 杨镰:《全元诗》第27册,中华书局2013年版,第347页。

描写自己代祀之事，只有一首诗以题代序，叙述自己 39 岁代祀海岳之事：
"至大四年辛亥，予年卅九，承应中朝，奉诏代祀海岳，冬十二月还京师，
与欧阳翰林同舍守岁，赋诗和东坡龙钟卅九劳生已强半韵。至治元年辛
酉，又与欧阳偕留京师，除夕用韵述怀。迩来十年春秋五十有九矣，感今
怀昔，追和前韵呈秦古闲、喻山雨诸友。"①

三、元代诗歌对受到蒙古族关注的其他道派的描写

道教的分宗立派始自宋元，在元朝初年有五大主要派别，除了前述全
真道、正一道外还有太一道、真大道教、净明道等新道派，而这些道派又
形成许多枝系。元蒙统治者对待道教的实用态度，决定其宗教政策的包容
性，所以在元代文人笔下除了记述统治者对正一天师教的垂青外，也描写
了许多其他道教派系受到封赠或道士受到垂青的史实。

（一）敕封道派领袖

太一道（太一教）在三大新道派中创立最早，创始人为萧抱珍（？—
1166）。② 太一教擅长符咒仪法，这与蒙古族萨满祭祀有许多相同之处，
从而获得蒙古族统治者的重视和保护。诗人虞集还为我们留下了一首记述

---

① 杨镰：《全元诗》第 27 册，中华书局 2013 年版，第 61 页。
② 《元史·释老传》记载："太一教者，始金天眷中道士萧抱珍，传太一三元法箓
　之术，因名其教曰太一。元世祖忽必烈在潜邸闻其名，命史天泽召至和林，赐
　对称旨，留居宫邸。以老，请授弟子李居寿掌其教事。""至元十一年（1274），
　建太一宫于两京，命居寿居之，领祠事，且禋祀六丁，以绩太保刘秉忠之
　术。""十三年（1276），赐太一掌教宗师印。"宋濂：《元史》卷 202，中华书局
　1976 年版，第 4530 页。

蒙古族人入太一教为道士的诗歌，此诗以题代序："太一道士张彦辅，族本国人，从玄德真人学道，妙龄逸趣，特精绘事，为其友天台徐中孚用商集贤家法作江南秋思图，东观大隐蜀虞翁生为赋此诗。"诗题中说张彦辅"族本国人"，在元朝"国人"即指蒙古人。这位擅长作画的蒙古族道士与汉族天台道人徐中孚是好友，为之画《江南秋思图》。虞集在诗中描绘画中景色："石壁苍松含爽气，江沙翠竹弄晴晖。"[1]说明张彦辅绘画的技艺还是很高超的。

沧州乐陵人刘德仁（1122—1180）开创了真大道教，在金世宗时赐号"东岳先生"，主持中都天长观。元宪宗时，真大道教在北方的势力已经很大，宪宗封时任掌教郦希诚（五祖）"太玄真人"，赐其教名为"真大道"。真大道教的六祖孙德福、七祖李德和都被元朝帝王赐封真人称号。八祖岳德文（1235—1299）掌教时期，真大道教开始兴盛，元世祖赐其称号为"崇玄广化真人"，赐给玺书，命其掌管诸路真大道教。据传他曾为宰相安童治愈疾病，得到蒙古王公贵族信任，出资为其教兴建宫观，购买田产。元贞元年（1295），真大道教历代祖师都得到加封，并给以丰厚的赏赐。《元史·释老传》也有相关记载：

> 真大道教者，始自金季，道士刘德仁之所立也……五传而至郦希诚，居燕城天宝宫，见知宪宗，始名其教曰真大道。授希诚太玄真人，领教事……至元五年（1268）世祖命其徒孙德福统辖诸路真大道，赐铜章……又三传而至张清志，其教益盛，授演教大宗师，凝神冲妙玄应真人。[2]

上清派属于形成于魏晋时期的旧符箓道派，活动中心在茅山。传至四十三代宗师许道杞，因祷雨有验，被元世祖召见，赐法服宝冠。第

---

① 杨镰：《全元诗》第 26 册，中华书局 2013 年版，第 214 页。
② 宋濂：《元史》卷 202，中华书局 1976 年版，第 4529 页。

四十四代宗师王道孟也因祈雨驱蝗，被统治者赐真人称号。元代著名的道士诗人张雨就出自此派。张雨（1283—1350）字伯雨，又名天雨，号贞居子，句曲外史，钱塘人，原名张泽之，道名嗣真。二十岁时游历天台、括苍诸名山，在茅山拜许道杞的徒弟周大静为师，出家入道。陪开元宫王真人（王寿衍）入京，王寿衍颇受元蒙统治者爱重，曾奉诏到江南访求遗逸，"成宗时，两宫眷顾，宠赉甚厚。仁宗呼为眉叟而不名。"[1] 因为王寿衍的缘故，加之张雨的才华，统治者让他还俗入仕。张雨拒绝还俗，与京中名士如赵孟𫖯、范梈、袁桷、虞集、马祖常、黄溍、揭傒斯等唱和，声名鹊起，曾主持西湖福真观、茅山崇寿观、元符宫、开元宫等，至正十年卒。

除了张雨，虞集在《送刘宗师归茅山》诗中还提到茅山另一位刘宗师入京朝拜的史实。这位刘宗师"十月暂离句曲洞，早春还谒大明宫。"茅山本名句曲山，相传汉代的茅盈与其弟茅固、茅衷在此修道，所以后人也称其为茅山。茅山上有蓬壶、玉柱、华阳三洞天。"大明宫"，本来是唐朝的宫殿，建在唐京师长安（今西安）北侧，是当时的政治中心和国家象征，这里是借唐喻元，说明刘宗师此次来京城是拜谒皇帝的。拜谒的效果如何呢？诗歌接下来说"君王旧识苍龙剑，图画新传白发翁。"[2] 统治者用"图画"的形式"宣传"这位白发仙翁，说明是得到了统治者的认可的。

宋元时期还兴起一些新符箓道派，比如由唐末广西零陵人祖舒创立的清微派，据说此派能够召雷唤雨，第十代宗师黄舜申被元统治者封为"雷渊广福普化真人。"元代清微派最著名的道士是武当的张守清，他曾在元武宗至大三年（1310）及元仁宗皇庆元年（1312）、皇庆二年（1313），奉诏入京，祈祷雨雪，并在元仁宗延祐元年（1314）被封为"体玄妙应太和真人。"

---

[1]　顾嗣立：《元诗选·癸集》，中华书局 2001 年版，第 1363 页。

[2]　杨镰：《全元诗》第 26 册，中华书局 2013 年版，第 218 页。

《元史》中还有一些相关的零星记载：中统二年（1261）七月，己丑，命炼师王道妇（一作"归"字）于真定筑道观，赐名玉华。[①] 至元十八年三月丙申，"车驾还宫。诏三茅山三十八代宗师蒋宗瑛赴阙。"[②] 由此可见，元蒙统治者对于道教派别的关注是广泛的。

（二）对道教法术的认同

不管是形成于东汉、魏晋时期的道教派别，还是宋元时期形成的新道派，都有一些驱邪禳灾的法术和本领。这些今天被称为迷信的方术，蒙元统治者却看其实效加以区别对待，凡是有验者都会受到重视和封赏。清微派的张守清连续几次到京城祈祷雨雪，皆有验，所以受到统治者的认可，赐予众多赏赐，成为元代蒙汉文化交流史上的一段佳话。程钜夫作有《送武当张真人赴召祈雨南归》、赵世延有《赠张洞困祈雨诗》、袁桷有五言古诗《武当张道士京师祷雨回山中》、杨载有七律《武当山张真人》、范梈有五言长诗《送张炼师归武当山》。杜本的诗集中也存有《武当山张真人奉诏祷雨有应》一诗，这首诗只比赵世延的诗多了"祈祷致风雨，传说自古先"的开头，还有第三句中赵世延诗是"京师大旱连三年"，[③] 而杜本诗中则是"京师大旱连二年"，余者皆相同。赵世延是色目人，曾经历事八朝而且一直是高居省台的重臣，存诗较少，《全元诗》仅收其诗 15 首，而杜本诗文皆有声名。这首诗到底谁是原作者，还有待考证。当时著名文人都写有相关的诗歌，希望通过自己所赋喜雨诗篇，将这件史实"勒之金石传千年"。[④]

---

① 宋濂：《元史》卷 4，中华书局 1976 年版，第 72 页。
② 宋濂：《元史》卷 10，中华书局 1976 年版，第 230 页。
③ 杨镰：《全元诗》第 28 册，中华书局 2013 年版，第 157 页。
④ 杨镰：《全元诗》第 19 册，中华书局 2013 年版，第 340 页。

在这些诗中，诗人们一般都会涉及这样几方面的内容：第一是歌颂统治者关心民瘼的仁君情怀，描述他们对旱灾的忧虑，对张守清的召请。程钜夫《送武当张真人赴召祈雨南归》中有"圣主忧凶岁"①的诗句；赵世延在古诗《赠张洞囨祈雨诗》中说皇帝召请张守清前来祷雨纾解民艰："天子有诏承相宣，诏君祷雨纾烦煎。"②范梈《送张炼师归武当山》中写蒙元统治者为缓解旱灾做了各种努力："朝廷亦不爱，牺牲与圭璧。僵巫暨瘗史，歌舞无消息。"当听说张守清可以祷雨时，即"一朝传天语，问以济旱策。"只要能解决旱灾，贡品、祭祀的方式都任凭张守清选择："已敕京兆尹，取足输粟帛。此如解倒悬，祀事惟所择。"③

第二是描绘旱灾的严重。赵世延诗中说："京师大旱连三年，地蒸热气如云烟。林林佳木尽槁死，毋论禾黍生秋田。"④连续三年的大旱，不仅农民无法播种禾黍，就连树木都已经枯死。范梈诗中说："元年踰冬旱，朱火烧四国。野谷方焦熬，六月畿甸赤。"⑤这四句诗中使用了"朱火""焦熬""赤"等字词描绘了旱灾造成的极度炎热。

第三是描绘张守清祷雨的效果。程钜夫只说："雨入蓟门深"，赵世延则从雷电写起，写到雨量的丰沛，植物获得雨水浇灌后的勃勃生机，最后还写到了百姓对他的称颂："将吏驱蛟龙，雷电相后先。垂垂雨脚昼夜喧，平地涌水如通川。稚禾出吐芃芃然，小草大草争芳妍。都人士女喜欢愿，谓君有道真神仙。"⑥杨载的七律《武当山张真人》也有同样的表达："感召上天垂雨露，指挥平地起风雷。槁苗再发还堪刈，枯木重逢不假栽。"⑦袁

---

① 杨镰：《全元诗》第 15 册，中华书局 2013 年版，第 284 页。
② 杨镰：《全元诗》第 19 册，中华书局 2013 年版，第 340 页。
③ 杨镰：《全元诗》第 26 册，中华书局 2013 年版，第 342 页。
④ 杨镰：《全元诗》第 19 册，中华书局 2013 年版，第 340 页。
⑤ 杨镰：《全元诗》第 26 册，中华书局 2013 年版，第 342 页。
⑥ 杨镰：《全元诗》第 19 册，中华书局 2013 年版，第 340 页。
⑦ 杨镰：《全元诗》第 25 册，中华书局 2013 年版，第 282 页。

桷在五言古诗《武当张道士京师祷雨回山中》中也描摹说："良畴已怀新，燥露滋明星。涤涤原野焰，回风转尘腥。"①范椁除了描写了"动荡十日泽"的效果，还想象了他祷雨的过程：

> 夜分请命既，昧爽大施设。为坛东市门，经纪法灵册。庭中玄武旗，飘飘墨黍黑。君临一挥手，怒发上霄直。指挥东方龙，卷水东海侧。指挥西方龙，卷水略西极。北南暨中央，各以方率职。某日某甲子，漏下五十刻。我在坛上伺，不得忤区画。丰隆与飞廉，列缺与辟历。汝将汝风驰，汝遣汝雷击。汝云冯勿漓，汝雨必三尺。汝不从誓言，不畏上帝敕。②

这里既描绘了祷雨的时间、地点，使用的法器、"誓言"，还想象了张守清指挥龙王、风神、雨伯的情景，极具宗教色彩。袁桷也描摹张守清祷雨的法术，但与范椁的却不相同："手持九九文，蜿蜒合扬灵。维斗司其纽，习坎鞭流霆。"③

第四是歌颂张守清虽为出世之人却关怀民情的品格。程钜夫《送武当张真人赴召祈雨南归》："独抱回天力，常存济物心。"④杨载的七律《武当山张真人》："张公披发下山来，欲为神州救旱灾。"⑤范椁诗中还褒扬了张守清功成不受赏的贤士之风："公卿奏天子，是必有褒锡。可以宠号名，可以蕃服裼。君曰天子圣，卿从诚所格。臣敢贪天功？"⑥袁桷诗中也称赞了张守清不慕俗尘荣华的道行修养："浮侈不足慕，趣使归岩扃。"⑦

最后这些诗中也描述统治者对张守清的认可及封赠。程钜夫《送武当

---

① 杨镰：《全元诗》第21册，中华书局2013年版，第126页。
② 杨镰：《全元诗》第26册，中华书局2013年版，第342页。
③ 杨镰：《全元诗》第21册，中华书局2013年版，第126页。
④ 杨镰：《全元诗》第15册，中华书局2013年版，第284页。
⑤ 杨镰：《全元诗》第25册，中华书局2013年版，第282页。
⑥ 杨镰：《全元诗》第26册，中华书局2013年版，第342页。
⑦ 杨镰：《全元诗》第21册，中华书局2013年版，第126页。

张真人赴召祈雨南归》：“两宫宣赐罢，归鹤杳沉沉。”①

（三）祭祀道教名山

武当道士张守清奉诏祷雨有应，皇帝对于清微派所在的武当山非常重视，元仁宗以后，武当山被蒙元统治者视为“告天祝寿”的圣地，年年派遣道士致祭。袁桷《送华道士降香武当》中说：“神君寿与玉皇同，岁岁香传第一峰。龙虎使来红日拥，龟蛇灵在碧苔封。万年松子天风奏，九节蒲根洞底春。博士文工成故事，石床为采玉芙蓉。”②因为华道士是在皇帝天寿节时前往武当的，所以诗歌第一联说武当神君与皇帝同寿，“岁岁香传”说明统治者每年都会派使臣祭祀武当。揭傒斯也有长诗《送华尊师以天寿节奉诏礼武当》，诗中最后几句说：“祈祷无岁年，会节方纷衍。既协时君降，又乐明祀遍。圣历齐堪舆，丰泽周宇县。还归报天子，独往奚所羡。”③蒙元统治者不仅年年定期祭祀武当，还在一些节日增加祭祀的次数，作者对于华尊师奉诏祭祀也表示了钦羡。

袁桷、柳贯、胡助、黄溍、杜本、马祖常在道士祝丹阳前往武当祭祀时，都曾作诗相送。柳贯在《送道士祝丹阳祠武当山》诗中借送行，描述了崇拜山川，对山岳进行祭祀时导源于道教的问题：“双童白鹤导锋车，上到天池楚望舒。崇祀第从方士法，宝慈元有道家书。”④胡助在《送祝丹阳炼师祠武当山三首》其一开头说：“仙宫通籍奉天香，万寿贞符应武当。”⑤袁桷《送祝丹阳使武当》也有“乘车升武当”⑥句，开篇点题，说

---

① 杨镰：《全元诗》第 15 册，中华书局 2013 年版，第 284 页。
② 杨镰：《全元诗》第 21 册，中华书局 2013 年版，第 211 页。
③ 杨镰：《全元诗》第 27 册，中华书局 2013 年版，第 197 页。
④ 杨镰：《全元诗》第 25 册，中华书局 2013 年版，第 168 页。
⑤ 杨镰：《全元诗》第 29 册，中华书局 2013 年版，第 131 页。
⑥ 杨镰：《全元诗》第 21 册，中华书局 2013 年版，第 128 页。

明祝丹阳此行是前往武当致祭。在其三中说:"断崖苍树水洞洞,鹤迹年年印古苔。"①"年年"说明元蒙统治者对武当的祭祀是每年都要举行的。马祖常在《祝丹阳祠武当》诗中首先也是点明祭祀的地点是在武当山:"东窥禹穴西龙门,狎虎豹兮观鱼龙。中有武当神所宫,扪摩光景凭云风。"然后说:"丹阳道人绀发古,走马北来致天语。"这句诗说此次主持祭祀的是丹阳的道士,他是奉诏前去传递天子的意旨。最后诗人还对统治者进行了歌颂,也期望能在皇帝的仁政下,可以风调雨顺:"延祐天子圣明主,万岁千秋作风雨。"②杜本在《送丹阳代祀武当》中也表达了自己的期望:"九重每遣天香至,万里今看驿骑过。只待祀官传好语,圣皇垂拱镇山河。"③

送道士祭祀武当的组诗还有王沂和胡助送道士徐中孚祭祀武当的诗以及柳贯、袁桷送道士唐升可祭祀武当的诗。王沂和胡助在诗中都赞扬了徐中孚的仙风道骨,王沂的《送道士徐中孚之武当》中说:"桃花流水绝尘嚣,绛节霓旌到沆寥。"④胡助《送徐中孚祠武当归桃源》诗中有:"霓旌绛节穿云去,春水桃花出洞来。"⑤王沂、柳贯、揭傒斯三人的诗中都写到了道士奉诏祭祀,王沂诗中说:"后会皇帝祝釐事,为君骑鹤过山椒。"⑥柳贯《送唐可升法师奉香祠武当山》诗中第一联即说明此意:"黄帕封香御手题,荧光一道紫云随。"⑦揭傒斯《送唐尊师祀武当》开头第一联也是如此:"龙衮分香下绛霄,羽衣承诏出清朝。"揭傒斯诗歌的结尾是:"蕃厘更为吾皇祝,下界时丰雨露饶。"⑧与前述马祖常诗有相同的意旨。

① 杨镰:《全元诗》第 29 册,中华书局 2013 年版,第 131 页。
② 杨镰:《全元诗》第 29 册,中华书局 2013 年版,第 303 页。
③ 杨镰:《全元诗》第 28 册,中华书局 2013 年版,第 172 页。
④ 杨镰:《全元诗》第 33 册,中华书局 2013 年版,第 95 页。
⑤ 杨镰:《全元诗》第 29 册,中华书局 2013 年版,第 58 页。
⑥ 杨镰:《全元诗》第 33 册,中华书局 2013 年版,第 95 页。
⑦ 杨镰:《全元诗》第 25 册,中华书局 2013 年版,第 174 页。
⑧ 杨镰:《全元诗》第 27 册,中华书局 2013 年版,第 208 页。

除了组诗外，送道士降香武当山的诗作还有袁桷的《送华道士降香武当山》《送李希白降香武当山》，黄溍《送王法师祀武当山》等。

由以上所论可见蒙元统治者任用道士祭祀武当山已经成为惯例，而且引起了文坛耆宿们的高度重视，一一行之于诗。

四、蒙古族诗人对道教文化的接受及书写

蒙古族文人除了萨都剌外，存留下来的诗歌数量都非常有限，表现在与道士交往或者吟咏道教宫观圣地的也很少，所以本节我们只能以萨都剌的诗歌为例进行论述。①《全元诗》共收录萨都剌诗歌794首，涉道之作有80多首，占其诗歌总数的十分之一，充分体现了诗人与道教徒交游广泛的历史事实。

（一）描写蒙古族统治者与道教的关系

萨都剌在他的诗歌中描写了统治者与道教的密切关系。虽然前文论述了自成吉思汗开始蒙元帝王与道教的密切关系，但并没有诗人描写帝王游览道观的作品，萨都剌通过对元文宗游览道教宫观的描写，做了补充。

元文宗图帖睦尔（1304—1332）出生、成长在汉族地区，四岁就开始跟随汉族儒士学习经史，诗、画、书法都很见功力，所以他的汉文化水平

---

① 关于萨都剌与宗教的关系，龚世俊有两篇相关文章：《萨都剌与僧道的交游酬唱述论》，《南京师范大学文学院学报》2012年第3期。《萨都剌的诗歌与元代宗教》，《宁夏大学学报》2004年第1期。本节内容及第四章中有关萨都剌对汉传佛教文化的接受部分有所借鉴。

也是蒙古诸帝中的翘楚。《全元诗》第45册中选录了他的4首汉文诗歌:《自集庆路入正大统途中偶吟》《青梅诗》《望九华》《登金山》。图帖睦尔在未登帝位前,被封为怀王,潜邸在金陵(今南京)。在江南生活时,他常常游览钟山、茅山等地道观。萨都剌的五言律诗《夜宿升龙观》云:

旧日宸游地,朱栏护辇纹。龙飞九天雨,鹤梦一龛云。

神火丹炉见,仙音客枕闻。殷勤谢道士,深夜礼茅君。①

"宸"本指北极星的所在,也代指帝王。"辇"指皇帝坐的车子。这首诗歌写的是文宗在江南潜邸时,曾经游览茅山升龙观,留下"辇纹"。"龙飞九天雨"是指文宗自金陵入正大统。萨都剌有一首《酹江月·游钟山紫薇观赠谢道士其地乃文宗驻跸升龙之处》词,描写文宗图帖睦尔在江南时驻跸紫薇观的史事。上片开头说文宗的游历都将金陵的王气带到了道观中:"金陵王气,绕道人丹室"。对于文宗登基离去作者描述为"一夜神光雷电转,江左玉龙飞去。"文宗虽然离开了,但是这里"总是神游处",连观中的草木"承恩犹代风雨"。下片是写紫薇观的"野服黄冠"的"落魄"道士因为与文宗的因缘,在他即位后获得了"榻前赐号"的荣宠。②

　　如前所述,在蒙元时期,道教的各个派别都受到统治者的重视,南北各派的掌教及著名的道士常常被皇帝召见,或被赐以道号或被委任为使者,甚至成为道官。蒙元帝王、官僚集团对道教的法术也颇为认同,常请道士祈祷、驱邪、禳灾,提高了道教的地位,促进了道教在元代的发展,也使蒙汉文化不断交融。萨都剌的诗歌中相关作品也很多。比如关于吴全节与统治者的互动关系,萨都剌在《和闲闲吴真人》二首其一开头一句是:"几度驱车上京国",说明吴全节与统治者的密切关系;第二首中描写吴全节进宫为皇帝讲授养生之法,称吴全节为居于天上的神仙,

---

① 杨镰:《全元诗》第30册,中华书局2013年版,第114页。

② 唐圭璋:《全金元词》,中华书局1979年版,第1090页。

可以在"丹凤楼"也就是皇宫前驾驭"鹿车",诗中作者将吴全节比作修道成仙的周灵王太子晋,也就是"王子晋",① 表达了作者对吴全节的敬重之意。

吴全节在京城时间很长,得到蒙元几朝皇帝的信用,时间长达40年之久,这是一般文臣也无法获得的宠遇,所以萨都剌在多篇诗中都称他是"天上吴夫子"。吴全节与一般大臣一样参与"扈从行幸",萨都剌有《寓升龙观时吴宗师持旨先驾至大都度湾川遂次韵赋此以寄并柬顺咨先生》开头即点明吴宗师是扈从的道官:"扈跸千官取次行,道人先踏雪泥晴。"②

不仅掌教会得到统治者重用,道教中著名道士得到蒙元统治者召见的例子也不一而足,仅就茅山派道士获得的荣宠,萨都剌相关的诗歌就很多。如《送王习灵新授宗师朝京》,诗中的王习灵是茅山道士,被统治者封为"宗师",并被授以道官。再如《送李恕可随王宗师入京》中说的王宗师就是王习灵,诗的开头一联是:"借得茅山鹤,乘风飞上天。"最后一联为:"待闻金马诏,复见玉堂仙。"③诗人说李恕可获得了统治者的求贤诏书,所以乘风而去,进入青霄之途。还如《句曲赠清玄道士陈玉泉朝京还山复拜广灵观》中描写的是茅山道士陈玉泉骑黄鹤离山,"曾向春班趁早朝"。④ 正是有感于茅山道士的际遇,一直官居下僚的萨都剌在《赠刘尊师》诗中,先说刘宗师获得了"天上赐衣沾雨露"礼遇,然后写自己"拟借茅君三日鹤","乘风骑到玉皇家。"⑤ 由此可见,蒙元统治者对道教宗派的尊崇,虽然不排除统治者加强其政治统治的目的,但客观上促进了道教文化的发展,也加速了蒙汉文化的融合。

---

① 杨镰:《全元诗》第30册,中华书局2013年版,第276页。
② 杨镰:《全元诗》第30册,中华书局2013年版,第266页。
③ 杨镰:《全元诗》第30册,中华书局2013年版,第117页。
④ 杨镰:《全元诗》第30册,中华书局2013年版,第181页。
⑤ 杨镰:《全元诗》第30册,中华书局2013年版,第191页。

（二）萨都剌与道士的交往和友谊

蒙元时期，许多道士是由儒入道，具有较高的文化修养，能和文人诗酒唱和，结成友朋。一些身处高位的道教领袖还能利用自己与统治者的关系，为一些士人入仕提供帮助，比如吴全节就"雅好结士大夫，无所不倾其交，长者尤见亲而敬，推毂善类，唯恐不尽其力。至于振穷周急，又未尝以恩怨异其心，当时以为颇有侠气云。"①在如此背景下，萨都剌也喜好与道士往来，在江南任职期间，与许多汉族道士过往深厚。

与萨都剌有来往的道士，除了前面我们已经提到的吴全节、王习灵、陈玉泉、李恕可、刘宗师外，我们再来看萨都剌的这些诗歌题目：《题紫薇观冯道士房》《赠茅山道士胡琴月》《送道士良豸冠还楚丘》《紫薇观道士冯友直与予同宿苗阁次日予过元符宫友直同僧安上人过五云观写诗赠友直》《茅山玄洲精舍有道士号紫轩又号木通生白日坐解遗书其徒许道民者至今坐墙尚存为题其卷》《春日过丹阳石仲和宅会茅山道士石山辉》《赠道士陈华隐》《题舒真人仙山楼观园》《答茅山道士见寄》《寄新原林道士》《升龙观招道士谢舜咨饮柏台赐酒》《赠谢舜咨羽士》《题茅山梅石道士卷》《送湖州彭元明道士入茅山》《赠张道士》等。从诗题中可以看到的道士有胡琴月、良豸冠、冯友直、紫轩道人、石山辉、陈华隐、谢舜咨、彭元明等人，另外还有没有名字的舒真人、茅山道士、新原林道士、茅山梅石道士、张道士等。

而与萨都剌关系最好的道士是张伯雨。如前所述，张伯雨是著名的道士诗人，萨都剌非常敬重其学识，在《寄句曲外史》诗中，萨都剌评价了张伯雨的人品："霞佩翩翩出洞天，当时仿佛见臞仙。几年海上张公子，今日山中葛稚川。沧海尘飞丹已熟，玉堂人去榻空悬。林间载酒来相觅，

---

① 宋濂：《元史》卷202，中华书局1976年版，第4529页。

乞写丹经与世传。"①诗中称赞了张伯雨的翩翩风度，说他如同是清瘦的神仙，经过多年的修炼，他认为张伯雨可以与西汉的葛洪相比拟。最后萨都剌希望张伯雨可以写出传世的经书留名青史。后来萨都剌到茅山访张伯雨，二人成为好友，经常一起诗词赠答，也一起游览名山大川。萨都剌有关张伯雨的诗有：《将游茅山先寄道士张伯雨》《同伯雨游凝神庵因观宋高宗赐蒲衣道士张达道白羽扇》《寄良常伯雨》《次韵寄茅山张伯雨二首》《和韵三茅山呈张伯雨外史》《经姑苏与张天雨杨廉夫郑明德陈敬初同游虎丘山次东坡旧题韵》《宿玄洲精舍芝菌阁别张伯雨》《张外史菌阁》等，可见二人的密切交往，在张伯雨去世后，萨都剌在《梦张伯雨》中表示了对他的深切怀念之情。

　　萨都剌除了和男道士交往外，他的诗歌中还有一首《赠吴山紫阳庵女道士》，诗歌的序言中介绍了这位女道士及其丈夫的基本情况：

　　　武林吴山紫阳庵湘民有丁姓者，弃俗为全真。一日，忽召其妻入山，书诗四句云：懒散六十三，妙用无人识。顺逆两俱忘，虚空镇常寂。坐抱一膝而逝，俗谓之骑鹤化。其妻束发簪冠为女道士，奉其夫尸二十年不下山，几于得道。神仙渺茫，姑不暇论，其妇一节乃可尚也。妇年七十，王其姓，讳守素，亦湘人云。登览之余，因为赋诗。

　　小序中，萨都剌叙写了丁姓道士预见自己将要寿终，召妻子入山及仙去的经过，作者还从儒家思想出发表彰了丁道士妻子王守素为丈夫守节二十年的事迹。在诗中作者也从这种思想出发，议论说："石竹泪乾斑雨在，玉箫声断彩云飞。洞门花落无人迹，独坐苍苔补道衣。"②运用舜之二妃泪竹成斑的典故，赞扬了王守素对其夫的深厚感情及守节终老的节义。

---

① 杨镰：《全元诗》第30册，中华书局2013年版，第192页。
② 杨镰：《全元诗》第30册，中华书局2013年版，第176页。

（三）萨都剌对道教典故及相关意象的灵活运用

道教在长期的发展演变过程中，形成了特色鲜明的宗教文化。不管是哪个道派、不管是修炼哪种道术，道教教义的核心就是养生、修炼以求长生不死、修道成仙。为自神其教，道教将上古的神话人物和其后历代长寿者、修道者都拉入其神仙谱系，这些神仙往往都会有一个曲折离奇的修道故事，这些人物及其故事经过历代文人的运用、加工，慢慢成为了诗词中常用的典故。道教徒在修炼过程中，往往要通过炼制丹药延年益寿，为了除情去欲喜欢隐遁深山，与清泉、云霞为伴，成仙时往往是化鹤而去或者骑鹤升天，所以又形成了众多相关的意象。萨都剌在其涉道诗歌中也描写众多道教典故，运用了许多独具道教文化特色的意象。

道家思想重视养生，尤其是庄子的著作中还有很多关于神仙的描述，所以老庄也就成为了道教的神祇，他们的相关故事成为了文学中涉道的典故。萨都剌在《题舒真人仙山楼观园》诗中有："光流汉殿青鸾舞，霞拥函关紫气明。"这里的"函关紫气"就与老子有关。传说，函谷关总兵尹喜很崇敬老子，听说他要经过函谷关西去，于是日日向东眺望，一天发现日出的地方紫气浩荡，不久老子骑青牛而至，便拜老子为师，请老子写下了《道德经》。在《梦张伯雨》一诗中则有关于庄子的典故："政恐梅花即是君，一床蝴蝶两床分。"① 运用了《庄子·齐物论》中庄周梦蝶事："昔者庄周梦为蝴蝶，栩栩然蝴蝶也。自喻适志与！不知周也。俄然觉，则蘧蘧然周也。不知周之梦为蝴蝶与？蝴蝶之梦为周与？周与蝴蝶则必有分矣。此之谓物化。"②

在道教仙话中黄帝是比老庄年代更久远的神仙，萨都剌《升龙观九

---

① 杨镰：《全元诗》第 30 册，中华书局 2013 年版，第 298 页。

② 孙雍长注释：《庄子》，花城出版社 1998 年版，第 35 页。

日海棠杏花开二首》其二中开头即说:"鼎湖龙去御床空,辇路花开旧日红。"① 据说远古时期,黄帝汲取小秦岭北侧、荆山脚下的一处湖泊中的水铸鼎,此湖因此得名鼎湖。传说黄帝就是在鼎湖乘龙升天,但关于茅山升龙观的传说中又言皇帝是在这里骑鹤升天,萨都剌接受的是后者。

秦汉的神仙传说中,萨都剌诗中提到了武夷君、淮南王刘安、丁令威的故事,《宿武夷》诗说:

> 舣舟山水间,借宿武夷观。月挂水晶帘,风吹紫霞幔。鸡犬过云间,笙乐度天半。传语武夷君,酒熟幸相唤。②

道教的第 16 洞天是武夷山,据说在秦始皇二年八月十五日,武夷君曾经在武夷山幔亭峰上建幔亭,置美酒佳肴,邀请乡人聚会,这也是幔亭峰之名的由来。萨都剌诗中"风吹紫霞幔"和"传语武夷君,酒熟幸相唤"这三句就是来自这个传说。"鸡犬过云间,笙乐度天半"一联则是运用了淮南王的典故:刘安是汉高祖刘邦之孙,袭封为淮南王,他喜欢神仙之道,常与一些方士研究长生之术。有一天来了八位老者,有的能腾云驾雾、有的能移山填海、有的能点石成金……他们后来煮了神药,刘安一家饮后一起升天,连他家中的鸡犬舔食了药汁后也飞升天界,因而有了"一人得道,鸡犬升天"的典故。《赠吴山紫阳庵女道士》中提到的丁令威本是汉代辽东人,在灵虚山修道,成仙后化鹤归来,落在城门华表上,成为道教中著名的神仙。

曾经被封为关内侯的东晋道教学者葛洪,字稚川,是著名的炼丹家、医药学家,他曾隐居罗浮山炼丹,还著有对道教神仙谱系及神仙理论具有重要影响的《神仙传》《抱朴子》等著作,也被称为道教的神仙。萨都剌在《寄句曲外史》诗中将张雨比作葛洪:"几年海上张公子,今日山中葛

---

① 杨镰:《全元诗》第 30 册,中华书局 2013 年版,第 280 页。

② 杨镰:《全元诗》第 30 册,中华书局 2013 年版,第 141 页。

稚川。"①

　　萨都剌对唐宋以来以及当代一些道教名流的故事也很关注。比如《梦张伯雨》中"邀予悟读玄真子，与君偕升太素云"②一联中的玄真子就是唐代的会稽山阴人张志和，他博学能文，曾考中进士。传说他修真得道，一次与好友颜真卿饮酒时，在水上铺了一张席子，独坐其上，席子来去自由如同小舟，还有一些白鹤伴其左右。后在水上挥手与颜真卿道别，飞升而去。《升龙观夜烧香印上有吕洞宾老树精》诗中的"兰风吹动吕仙影"，以及"铁笛一声吹雪散，碧云飞过岳阳楼"③三句运用的是唐宋元时期产生的"八仙"故事中有关"吕洞宾"的传说。

　　除了萨都剌，元代蒙古族诗人中只有答禄与权（约1311—1380）有一首涉道诗《洞中歌》：

　　　　山中道士来天津，霞为鹤氅云为巾。潜居土室著道论，丹炉茶灶常相亲。心如皎月照秋水，苍鬓短发颜生春。辞粟不让伯夷饿，箪瓢有似颜渊贫，尔来雪落满空谷，洞门静掩傍无邻。炊烟久绝釜杨尘，萧然安坐双眉伸。一生坎坷长苦辛，东道主者知何人。④

　　虽然答禄与权相关诗歌只有一首，但我们发现他这首诗中着意运用了道教中的语言和意象，比如"道士""霞""云""鹤氅""道论""丹炉"等。而在这方面萨都剌的诗也极具代表性，如他的《题舒真人仙山楼观图》：

　　　　瑶花琪树间霓旌，十二朱楼接五城。台上吹箫秦弄玉，云边度曲许飞琼。光流汉殿青鸾舞，霞拥函关紫气明。方丈蓬莱俱咫尺，不须东望问长生。⑤

---

① 杨镰：《全元诗》第30册，中华书局2013年版，第192页。
② 杨镰：《全元诗》第30册，中华书局2013年版，第298页。
③ 杨镰：《全元诗》第30册，中华书局2013年版，第274页。
④ 杨镰：《全元诗》第49册，中华书局2013年版，第479页。
⑤ 杨镰：《全元诗》第30册，中华书局2013年版，第192页。

诗中可谓无一句不涉道,如"瑶花琪树"常指仙境中的琼花、玉树;"霓旌",传说仙人出行以霓虹为旌旗;"秦弄玉""许飞琼"都是仙女,传说秦弄玉是春秋时期秦穆公的女儿,嫁给萧史为妻,萧史善吹箫,二人吹箫作凤鸣,后夫妻成仙,乘凤离去;许飞琼是神话传说中西王母美艳绝伦的侍女;"青鸾"是传说中像凤凰一类的神鸟,多为神仙坐骑;"函关紫气"是与老子有关的典故;"方丈"、"蓬莱"是古代道教传说中三神山之二;"长生"是道教徒修炼的终极追求。

捡拾萨都剌的诗集,我们发现萨都剌的涉道诗中特别喜欢使用一些极具道教文化色彩的词汇或意象,比如道人(士)这一词就出现了几十次:如"道士爱幽居,年来一事无。"①"殷勤谢道士,深夜礼茅君。"②"踏雪何处去,清溪道士家。"③等等。如果说像道人这样的词汇,只是直接表明这是涉道诗,而没有深入道教文化内核的话,那么"鹤"这个意象似乎可以解决这一问题。在道教文化中,有道之人往往可以化鹤成仙,鹤也是仙人的坐骑,连道士的衣服也被称为是"鹤氅"。可以说"鹤"这个意象象征着养生长寿、修道成仙、飞升天界等诸多内涵。在萨都剌的涉道诗中也有大量包含"鹤"字的诗句,如"白日莫放鹤,清溪闲钓鱼。"④"龙飞九天雨,鹤梦一龛云。"⑤"借得茅山鹤,乘风飞上天。"⑥从中可以看出萨都剌对道教文化的熟悉和热爱。

道教文化中长生的途径除了修炼还要服食丹药,所以涉道诗歌中往往会出现"丹""丹炉""丹砂""丹灶"等意象。萨都剌诗歌中含有这些词汇的也不少:如"沧海尘飞丹已熟,玉堂人去榻空悬。林间载酒来相觅,

---

① 杨镰:《全元诗》第30册,中华书局2013年版,第108页。
② 杨镰:《全元诗》第30册,中华书局2013年版,第114页。
③ 杨镰:《全元诗》第30册,中华书局2013年版,第109页。
④ 杨镰:《全元诗》第30册,中华书局2013年版,第109页。
⑤ 杨镰:《全元诗》第30册,中华书局2013年版,第114页。
⑥ 杨镰:《全元诗》第30册,中华书局2013年版,第117页。

乞写丹经与世传。"①"神火丹炉见，仙音客枕闻。"②"丹砂出鼎无余火，白发翻经有太玄。"③"云护烧丹灶，泉香洗药池。"④ 等等。

　　萨都剌诗歌中具有鲜明道教文化烙印的意象不仅这些，还有如"云""云霞""仙人""仙家"等，说明在蒙元时期，由于统治者政治上对道教文化的尊崇，道教文化深入人心，在这种环境下产生的诗歌也会濡染上宗教文化色彩，同时也能看到蒙汉文化在这一背景下交融的历史轨迹。

　　综上所述，元蒙统治者利用道教笼络中原民心，鼓励其发展，对其教主、教众进行敕封，既促进了道教的发展，同时也使道教文化融入蒙古族传统文化之中。元代诗歌将蒙汉文化交流中出现的这种新气象纳入作品，具有重要的意义。

---

① 杨镰：《全元诗》第 30 册，中华书局 2013 年版，第 192 页。
② 杨镰：《全元诗》第 30 册，中华书局 2013 年版，第 114 页。
③ 杨镰：《全元诗》第 30 册，中华书局 2013 年版，第 196 页。
④ 杨镰：《全元诗》第 30 册，中华书局 2013 年版，第 119 页。

第 4 章
元代诗歌与蒙古族对汉传佛教的认同

　　蒙元政权虽以藏传佛教为国教，但对汉传佛教——禅宗也优礼有加。耶律楚材作为禅宗居士，是最早将禅宗思想传播到蒙古族上层的诗人，其诗歌中对元初佛道之争的描写，具有重要的意义；刘秉忠是忽必烈重要的谋士，也是禅宗临济宗的僧人，他在描写忽必烈征讨大理的诗歌中，书写了蒙古族对佛禅戒杀思想的接受；元代的诗僧描写了蒙古族对汉文化的重视，蒙古族诗人与诗僧多有交往也留下诸多涉佛创作。本章以这些内容作为论述的重点，阐明蒙汉诗歌的交融与演进。

一、耶律楚材对元初佛道之争的书写及影响

　　耶律楚材精通汉地佛教，《元史·耶律楚材传》开篇即说："楚材生三岁而孤，母杨氏教之学。及长，博极群书，旁通天文、地理、律历、术数

及释老、医卜之说，下笔为文，若宿构者。"① 他在《琴道喻五十韵以勉志忘忧进道》诗的序言中说："余幼而喜佛，盖天性也。壮而涉猎佛书，稍有所得，颇自矜大……后见琴士弭大用，悉弃旧学，再变新意，方悟佛书之理未尽。遂谒万松老人，旦夕不辍，叩参者且三年，始蒙见许。"② 耶律楚材年幼即喜佛禅思想可能与其民族出身有关系，辽统治者重儒崇佛，大兴佛寺，因而自公卿至平民皆喜佛。耶律楚材谒见的万松老人即金元时期禅宗曹洞宗著名禅师行秀，三年后尽得其道，万松行秀赠号湛然居士，法名从源，耶律楚材从此正式成为在家修行的居士。耶律楚材作于太祖十九年的《万松老人评唱天童觉和尚颂古从容庵录序》、行秀禅师作于太宗六年的《领中书省湛然居士文集序》中也提到了耶律楚材跟行秀学佛得道的问题，如在行秀文中说道："湛然居士年二十有七受显决于万松，其法忘死生，外身世，毁誉不能动，哀乐不能入。湛然大会其心，精究入神，尽弃宿学，冒寒暑、无昼夜者三年，尽得其道。万松面授衣颂，目之为湛然居士从源。自古宗师，印证公侯，明白四知，无若此者。湛然从是自称嗣法弟子从源。自古公侯，承禀宗师，明白四知，亦无若此者。"③ 文中说耶律楚材入佛时是 27 岁，耶律楚材在《为子铸作诗三十韵》中有诗句："禅理穷毕竟，方年二十七。"④ 也说明他 27 岁已经开始参究禅理，而这一年是 1214 年，正是蒙古军围攻金之中都燕京之时，金末北方连年的战火给百姓造成巨大的灾难与伤害，也让文人进退失据，他选择此时学佛，也是一种无奈的选择。

耶律楚材自入佛后，无论是在西征戎马倥偬之时，还是在为中书令日理万机之际，都以佛家戒律自我约束。行秀禅师在《领中书省湛然居士文

---

① 宋濂：《元史》卷 146，中华书局 1976 年版，第 3455 页。
② 杨镰：《全元诗》第 1 册，中华书局 2013 年版，第 310 页。
③ 李修生：《全元文》第 1 册，江苏古籍出版社 1999 年版，第 21—22 页。
④ 杨镰：《全元诗》第 1 册，中华书局 2013 年版，第 320 页。

集序》中谈到已经是中书令的耶律楚材，生活极为简朴："万松一日过其门，见执菜根蘸油盐，饭脱粟。"① 连万松也觉得他生活"太俭"。耶律楚材精通儒释道三家之说，进入蒙古族统治集团直至成为中书令，这是受儒家积极入仕思想的影响；在成吉思汗西征中，丘处机前往西域弘扬道教思想，与耶律楚材有无关系，无据可考，但通过丘处机在西域与他的唱和诗来看，他对于道教思想也是认同的。他在《题西庵归一堂》诗中也持三教合一说：

> 三圣真元本自同，随时应物立宗风。道儒表里明坟典，佛祖权实透色空。曲士寡闻能异议，达人大观解相融。长沙赖有蓬峰掌，一拨江河尽入东。②

作为一个政治家，他是要兼顾思想文化界各方意见的，三教并行是中国古代政治常态，也符合成吉思汗多教并行的宗教政策。

但另一方面，他又是诚挚的佛教信徒，所以在他的文章中也有褒佛贬儒贬道教的言论。如在《寄万松老人书》中，针对行秀禅师批评他"以儒治国，以佛治心"的行为，他说自己之所以"屈佛道以徇儒情"，是一种权宜之计，因为世上都是一些"庸儒"，对他们"无为小乘人而说大乘法"，不能对他们语"大道"，只好以这种言语作"饵"。并认为儒家思想"不足以治心，仅能治天下，则固为道之余滓矣。"至于儒家思想中的"五常之道，已为佛教之浅者，"而孔子表彰的夷齐之"求仁得仁，死而不怨"的德行，他也认为不过是"衲僧之余事耳"。③ 耶律楚材作于元太宗元年的《西游录序》中则批判了道教：

> 全真、大道、混元、太一、三张左道之术，老氏之邪说也。至于黄白、金丹、导引、服饵之属，是皆方技之异端，亦非伯阳之正道。

---

① 杨镰：《全元诗》第 1 册，中华书局 2013 年版，第 22 页。
② 杨镰：《全元诗》第 1 册，中华书局 2013 年版，第 207 页。
③ 李修生：《全元文》第 1 册，江苏古籍出版社 1999 年版，第 217 页。

畴昔禁断，名著典常。第以国家创业，崇尚宽仁，是致伪妄滋彰，未及辩证耳。①

耶律楚材认为道家思想是正，而自称以道家思想为旨归的道教各派都是邪，属于左道旁门，而因为蒙古族政权处于创业阶段，拔擢道教，是未及辩证的结果。从以上所论可见耶律楚材对佛教的态度。

耶律楚材随成吉思汗西征，颇得信任，但他随侍期间的作为，史无记载，他是否曾向成吉思汗阐扬佛教思想也不得而知。但以他的身份和思想，他的言论和行为中应该会融入佛教观念的。比如《元史》中就记载他曾向成吉思汗进言约束蒙古贵族，禁止乱杀百姓。② 元太宗南伐金之汴都时，他"请制旗数百，以给降民，使归田里，全活甚众。"尤其是大将速不台上奏太宗，要屠汴城时，他极力劝阻，救活一百七十余万民众。③"戒杀"是儒释道思想中都极力提倡的观念，我们说他这是用佛家思想影响元蒙统治者也似乎并无不妥。

翻阅耶律楚材的诗文集可以发现，他的文集中有大量涉佛的作品，不涉佛教的仅 15 篇，占其作品总数的八分之一；而他涉佛的诗歌也有近百首，是其诗歌的五分之一。这种奉佛的观念肯定会影响到他对政事的处理，也一定会对朝夕相处的蒙古朝臣及统治者产生影响。窝阔台汗时期，耶律楚材将佛教事务上升为朝政，窝阔台汗二年（1230），其师万松行秀禅师奉敕主持万寿寺，恐怕与他有一定的关系。窝阔台汗九年他建议汰选三教，虽然遭到海云禅师反对，考试中也有不严格的现象，但考试僧道却

---

① 李修生：《全元文》第 1 册，江苏古籍出版社 1999 年版，第 219 页。
② 《元史·耶律楚材传》记载："帝自经营西土，未暇定制，州郡长吏，生杀任情，至拿人妻女，取货财，兼土田。燕蓟留后长官石抹咸得卜尤贪暴，杀人盈市。楚材闻之泣下，即入奏，请禁州郡，非奉玺书，不得擅征发，囚当大辟者必待报，违者罪死，于是贪暴之风稍戢。"宋濂：《元史》卷 146，中华书局 1976 年版，第 3456 页。
③ 宋濂：《元史》卷 96，中华书局 1976 年版，第 2459 页。

自此开始。

耶律楚材的诗文中还记载了元初的佛道之争。佛道之争是随着蒙古族统治者对道教的尊崇出现的，丘处机奉成吉思汗圣旨前往西域谒见，经燕京时曾传道，据说当时有五只仙鹤盘旋空中，燕京文人以为是祥瑞之兆，题诗唱和，成一卷《瑞应鹤诗》。这些题诗的文人中很多是耶律楚材的朋友，奉佛的耶律楚材见到这些诗后，非常气愤，作了多首诗歌，表明自己的态度。当时燕京宣抚王巨川是耶律楚材的旧友，此人在丘处机到达燕京时曾率兵到卢沟桥迎接。耶律楚材看到王巨川称颂全真教的诗歌后作《寄巨川宣抚》诗，诗序中说："巨川宣抚文武兼资，词翰俱妙，阴阳历数无所不通。尝举《法界观序》云：'此宗门之捷径也。'今观《瑞应鹤诗》，巨川首唱焉。叹其多能，作是诗以美之。"诗歌如下：

> 历数兴亡掌上看，提兵一战领清宫。马前草诏珠玑润，纸上挥毫风雨寒。昔日谈禅明法界，而今崇道倡香坛。诸行百辅君都占，潦倒鲰生何处安。[1]

耶律楚材在诗序和诗歌中似乎都在称赞王巨川的"多能"，但细细品味，其中用对比的手法，描述王巨川昔日谈禅，认为《法界观序》是"宗门之捷径"，似乎对佛学颇有研究；现在又题诗对道教表示认同，作者明显是对王的信仰不坚定、朝秦暮楚的行为进行了讥讽。

同样讥讽的态度还体现在他的《寄南塘老人张子真》诗中，张子真曾经"抵死解官违北阙，达生遁世钓南塘。"但在丘处机获得蒙古族统治者召请到达燕京时却"作赋能陈瑞鹤祥"[2]，耶律楚材对他的前后不一也进行了讥讽。对于没有参与唱和的朋友，作者进行了赞扬，如《观瑞鹤诗卷独子进治书无诗》：

---

[1]　杨镰：《全元诗》第 1 册，中华书局 2013 年版，第 251 页。
[2]　杨镰：《全元诗》第 1 册，中华书局 2013 年版，第 251 页。

丁年兰省识君初，缓步鸣珂游帝都。象简常陪天仗立，玉骢曾使禁臣趋。只贪酾酒长安市，不肯题诗瑞应图。我念李侯端的意，大都好事不如无。①

耶律楚材在诗歌前两联中称赞了李子进的学识、人品，是燕京士大夫的楷模，后两联对于他不趋附道教，不随众唱和进行了颂扬。

在蒙古前四汗（成吉思汗、窝阔台汗、贵由汗、蒙哥汗）时期，因为全真教有蒙古统治者的庇护，在北方宗教派系中达到了鼎盛的局面，传播发展极为迅速。尹志平在诗中自豪地说："教在幽燕大阐开，度人千万会中来。"（《燕京刘会首出家要住西山上方云峰观赠诗二首》）②"信士盈郊接，沉烟满路香。随方皆道化，无处不仙乡。"（《出京寄长春宫教众》）③ 耶律楚材的朋友陈秀玉，号清溪居士，本是佛教信徒，但自从全真教得势，他也开始推崇道教。耶律楚材有《戏陈秀玉》诗，在诗序中说："万寿堂头自汴梁来，远寄万松老师偈颂旧本，有《和节度陈公》一绝云：'清溪居士陈秀玉，要结莲宫香火缘。赚得梢翁摇橹棹，却云到岸不须船。'噫！三十年前，已有此段公案，湛然目清溪为昧心居士者，厥有旨哉！仆未参万松时，秀玉盛称老师之德业，尔后少得受用，皆清溪导引之力也。每欲报之，秀玉竟不一染指，故作是诗以戏之。"④ 从序言中我们可以了解到，陈秀玉很早就已开始参研佛理，而且还是耶律楚材参禅的导引者，但之后却又变了志向，难怪耶律楚材称他是"昧心居士"。

全真教在幽燕地区发展最为迅速，所以在尹志平的诗歌中有大量诗歌描述自己或信徒在华北地区大量建造道观的史实，这一问题在第二章有专门论述，不再赘述。全真教不仅新建庵观，甚至劫夺佛寺，改为道观，气

① 杨镰：《全元诗》第1册，中华书局2013年版，第251页。
② 杨镰：《全元诗》第1册，中华书局2013年版，第68页。
③ 杨镰：《全元诗》第1册，中华书局2013年版，第88页。
④ 杨镰：《全元诗》第1册，中华书局2013年版，第285页。

焰极为嚣张。耶律楚材《过太原南阳镇题紫薇观壁三首》其三中说：

> 三教根源本自同，愚人迷执强西东。南阳笑倒知音士，反改莲宫作道宫。①

尹志平有和诗《崞州南阳村紫薇观和移剌中书陈秀玉韵》：

> 三教虽同人不同，既言西是必非东。目前便是分明处，了一真通不二宫。②

耶律楚材诗中认为三教同源，没有什么太大分别，不用强分伯仲，所以对于全真教教徒强改佛寺为道观进行了批评。而尹志平作为志得意满者却非常强硬，认为一定要有分别，并且认为自己这方取得了绝对的胜利。这样的态度、这样强势的行为，让身为朝中重臣的耶律楚材非常不满，当邵薛村陈道士向其求诗时，他的答复表明了自己的立场：

> 玄言圣祖五千言，不说飞升不说仙。烧药炼丹全是妄，吞霞服气苟延年。须知三教皆同道，可信重玄也似禅。趋破异端何足慕，纷纷皆是野狐涎。③

耶律楚材从道家思想说起，认为道教尊奉的祖师老子在《道德经》中并没有成仙之说，至于道教的修炼方式"烧药""炼丹""吞霞""服气"都是妄言。在第三联他又重申三教同源的观点，认为道家思想和禅学思想都应该受到人们的重视，而像道教却绝对是"异端"是"野狐涎"，不值得追慕。

统治者对于佛道思想的论争并不一定感兴趣，但全真教的不法行为，与蒙古族统治者多种宗教并行不悖的政策抵触，尤其是数量庞大的教众，引起了统治者的猜忌。蒙哥汗五年（1255）八月，少林寺长老福裕北上和林，通过阿里不哥向蒙哥汗状告全真教侵占寺庙，损毁佛塔，蒙哥汗改变

---

① 杨镰：《全元诗》第 1 册，中华书局 2013 年版，第 257 页。
② 杨镰：《全元诗》第 1 册，中华书局 2013 年版，第 79 页。
③ 杨镰：《全元诗》第 1 册，中华书局 2013 年版，第 261 页。

了之前三汗对全真教的庇护政策，有圣旨曰：

> 那摩大师少林长老奏来：先生毁坏了释迦牟尼像底经教，做出假
> 经来有。毁坏了释迦牟尼像底圣像，塑著老君来有。把释伽牟尼佛塑
> 在老君下面坐有。共李真人一处对证问来。李真人道：我并不理会得
> 来。今委布只儿众断事官，那造假经人及印板木，不拣是谁跟的，有
> 呵，与对证过。若实新造此说谎经，分付那摩大师者。那造假经的先
> 生，布只儿为头众断事官一处当面对证倒时，决断罪过。要轻重，那
> 摩大师识者。又毁坏佛像及观音像，改塑李老君底，却教那先生依前
> 旧塑释迦观音之像，改塑功了。却分付与和尚每者，那坏佛的先生，
> 依理要罪过者。断事官前立下证见，交那摩大师识者。若是和尚每坏
> 了老子塑著佛像，亦依前体例，要罪过者。①

从圣旨中可以看出蒙哥汗对待佛道之争是公正的，没有偏袒当时势力
如日中天的全真教，要求在断事官和那摩国师的主持下，全真教清退侵占
的寺院和寺产。全真教虽然接到圣旨，却不肯退还寺院寺产，而且他们经
过多年的经营，在蒙汉统治者中都有较高威望，所以他们通过游说上层人
物，企图挽回败局。为了彻底解决此事，蒙哥汗八年（1258），蒙哥汗命
忽必烈主持了佛道间的大辩论，这是中国传统三教论衡的延续。此次辩论
共有 700 多人参加，包括八思巴、那摩国师和汉地佛教代表福裕、刘秉忠
等高僧 300 余人；道教方面有时任全真教掌教张志敬等著名道士 200 多人；
儒家方面有忽必烈潜邸的文士姚枢、窦默等 200 多人参加。辩论的主题就
是《老子化胡经》的真伪问题。这次辩论佛教方面取得完胜，17 名道士
被削发为僧，道教经书 45 部被焚毁，全真教侵占的佛寺及寺产 230 多处
被收回，这是蒙古族统治者对汉传佛教的有力支持。至元十七年（1280），
大都的全真教徒与佛教徒又因为争夺寺观发生冲突，第二年作为大元皇帝

---

① 李修生：《全元文》第 2 册，江苏古籍出版社 1999 年版，第 406 页。

的忽必烈又主持了一次佛道辩论。忽必烈此时已经皈依佛教，所以倾向性十分明显。他在圣旨中说："令人商贾倍利，夫妻和合有如鸳鸯，子嗣蕃息，男寿女贞，诳惑万民，非止一端，意欲贪图财利，诱说妻女。其有教人非望佩符在臂，男为君相，女为后妃，入水不溺，入火不焚，刀剑不能伤害等语。又令张天师、祁真人、李真人、杜真人试之于火，皆求哀请命，自称伪妄，不敢试验。"① 因为道士不敢亲验其术，所以忽必烈下令几乎焚毁了除《道德经》以外的所有道教经书，就连全真教的祖庭——大都长春宫也被多年禁止举行法事活动。在处理此事的圣旨中，忽必烈特意提道："今后先生每依著老子《道德经》里行者，如有爱佛经的，做和尚去者，若不愿僧，娶妻为民者。"② 此后，虽然道教依然得到统治者的信用，但汉传佛教受其压制的情况已不复存在，这对于元代汉传佛教的发展具有重要作用。

二、临济宗僧人刘秉忠对忽必烈的辅佐及相关创作

在中国古代历史上，汉传佛教往往能够在社会动荡、民不聊生的乱世发挥作用，对于安定社会局势、纾解民困具有重要意义。忽必烈较早接触了中原文化，对于这一点也自然会意识到，所以他在潜邸时就非常注意招揽汉传佛教的领袖及优秀人才。前面提到的海云印简禅师，就是在蒙古乃马真皇后称制元年（1242）被忽必烈召请到漠北潜邸的，程钜夫在《海云简和尚塔碑》中说：

> 世祖在潜邸，数延问佛法之要、在家出家异同。对曰："佛性被

---

① 李修生：《全元文》第 3 册，江苏古籍出版社 1999 年版，第 372 页。

② 杨镰：《全元诗》第 3 册，中华书局 2013 年版，第 373 页。

一切处，非染非静，非生非灭，何有同异？殿下亲为皇弟，重任藩寄，宜稽古审得失，举贤错枉，以尊主庇民为务。佛法之要，孰大于此。"①

从这段对话可以看出，忽必烈对于佛法有着浓厚的兴趣，而海云为其解释佛法时既有佛经中的语言，还有儒家提倡的"举贤错枉"、爱惜百姓的内容，可见海云禅师的思想并不局限于佛教一家，而是与耶律楚材一样是融汇多家思想的。程钜夫接下来写道："裕皇始生，师摩顶训之名。"②"裕皇"指的是忽必烈的皇子，也就是后来的太子真金，他未即位就已去世，其子元成宗即位后，追尊真金为皇帝，上庙号裕宗。"壬子夏，授以银章，领天下宗教事。"壬子夏也就是蒙哥汗（元宪宗）二年（1252），他开始主持中原佛教事务。同一年，忽必烈将燕京普济禅院赐名为"海云禅寺"。

海云禅师在前往漠北时，邀请云中南堂寺的刘秉忠一起前往。刘秉忠（1216—1274），字仲晦，初名侃，出家时法号子聪。祖籍瑞州（秦皇岛），后迁居邢州（邢台）。刘秉忠年少聪慧，十三岁被送到帅府为质子，十七岁在邢台节度使府任令史，后出家为僧。赵孟頫奉敕作《临济正宗之碑》，文中列数了临济宗的传承情况，其中涉及了海云印简禅师和刘秉忠的史实：

縣临济而上，至于诸佛，縣诸佛而下，至于临济，前圣后圣，无间然矣……自能后禅分为五，唯师所传号为正宗。一传为兴化奖，再传为南院颙，三传为风穴昭，四传为首山念，又五传为五祖演。演传天目齐，齐传懒牛和，和传竹林宝，宝传竹林安，安传海西堂容庵，容庵传中和璋，璋传海云大宗师简公。海云性与道合，心与法冥，细

① 李修生：《全元文》第 16 册，江苏古籍出版社 2001 年版，第 347 页。
② 李修生：《全元文》第 16 册，江苏古籍出版社 2001 年版，第 347 页。

无不入，大无不包。师住临济院，能系祖传，以正道统。佛法盖至此而中兴焉。当世祖圣德神功文武皇帝在潜邸，数屈至尊，请问道要。虽其言往复绅绎，而独以慈悲不杀为本。师之大弟子二人，曰可庵朗、赜庵偈。朗公度辈庵满及太傅刘文贞。①

文中可以为我们提供这样一些信息：临济宗是禅宗的一个分支，号为禅宗正宗；临济宗传演到海云印简大师时，因为他的佛法高深，从而达到了中兴；元世祖忽必烈曾多次向海云禅师询问佛法，表现出对于汉传佛教的浓厚兴趣；刘秉忠也就是文中的刘文贞乃是海云禅师弟子可庵朗的再传弟子。

忽必烈非常赏识刘秉忠的才学，在海云禅师南归后，仍留刘秉忠在潜邸，与之一起研讨治国安邦之术。《元史·刘秉忠传》②、王磐《刘太保碑铭》③都有相关的记载。刘秉忠博学多能得到忽必烈的信任，被称为"聪书记"。后来刘秉忠父亲去世，忽必烈赐金百两，让他回家奔丧。"服除，复被召，奉旨还和林。"刘秉忠回到和林后，"上书数千百言"④，提出改革朝政、减轻百姓赋税、开言路、办学校、养人才、修典章、礼乐、昌明法度等多个方面的建议，世祖对此多加采纳。刘秉忠曾随忽必烈西征大理，

---

① 李修生：《全元文》第 19 册，江苏古籍出版社 2001 年版，第 285 页。

② 《元史·刘秉忠传》记载："世祖在潜邸，海云禅师被召，过云中，闻其博学多材艺，邀与俱行。既入见，应对称旨，屡承顾问。秉忠于书无所不读，尤邃于《易》及邵氏《经世书》，至于天文、地理、律历、三式六壬遁甲之属，无不精通。论天下事如指诸掌。世祖大爱之，海云南还，秉忠遂留藩邸。"宋濂：《元史》卷157，中华书局 1976 年版，第 3688 页。

③ 王磐《刘太保碑铭》："天宁寺虚照禅师闻之，遣其徒招致，与披剃为僧。仍以公知经书、工翰墨，命掌书记。后游云中，住南堂寺，值海云禅师被召北觐，过云中，闻公博学多艺能，求相见。既见，约公俱行，公不可，海云固要之，不得已遂行。既至，谒公上于潜邸，一见应对称旨，自是屡承顾问。"李修生：《全元文》第 2 册，江苏古籍出版社 1999 年版，第 300 页。

④ 宋濂：《元史》卷 157，中华书局 1976 年版，第 3688 页。

一路上的诗歌创作既描写了蒙古大军的征伐战争，也表现了忽必烈对禅宗戒杀、仁民思想的认可。

大理国辖今云南全境，贵州、广西及四川的一部分，也包括越南、缅甸、泰国的部分地区，汉武帝时被纳入汉朝版图，宋朝时又成为与宋并立的政权。13 世纪中期，国王段兴智势微，世袭宰相高氏独揽大权，大理国内部矛盾重重。1251 年蒙哥汗即位后，忽必烈主持漠南军政事务。通过总结自窝阔台汗以来对中原战争的经验，忽必烈认为应该先攻取大理，从西南包抄南宋。蒙哥汗同意了忽必烈的建议，令其带兵借道吐蕃远征大理。蒙哥汗二年（1252）7 月，忽必烈率军从漠北出发，谋士张文谦、刘秉忠、姚枢等随行。在随行的诗人中，刘秉忠留下了二十多首相关诗歌。姚枢在忽必烈驻军的满陀城（今四川汉源北）也作有与刘秉忠的唱和之作，这些诗作能勾画出这次军事行动的某些细节。

蒙哥汗三年（1253）忽必烈大军在六盘山度夏，刘秉忠作有《六盘会仲一饮》，诗歌前四句是："青云自笑误归期，回首关山满别离。礼乐诗书君负苦，东西南北我成痴。"[1]张文谦字仲卿，与刘秉忠是同窗，元初邢州学派的代表人物之一，他在元朝统一、恢复元初经济、制订历法等方面发挥了重要作用。诗中表现了即将远行的二人对于故乡的思念之情。古代一般称甘肃、青海等黄河以西地区为河西，七夕节时，刘秉忠作有《宿河西沙陀》："黄云山外接黄埃，归路漫漫没草莱。马上弯弧皆尚勇，机头锦织孰怜才。星珠千颗彻银汉，月镜半圆横玉台。寂寞沙陀逢七夕，西风萧瑟梦中来。"[2]作者借助七夕的景色和独特的文化蕴含表现自己的思乡情，尤其第二联"马上弯弧皆尚勇，机头锦织孰怜才"非常值得玩味，元初蒙古族统治者尚武、尚征伐，虽然忽必烈对刘秉忠很倚重，但仍然让诗人有

---

① 杨镰：《全元诗》第 3 册，中华书局 2013 年版，第 178 页。
② 杨镰：《全元诗》第 3 册，中华书局 2013 年版，第 178 页。

生不逢时、怀才难遇的落寞情怀。

蒙哥汗三年（1253）八月，忽必烈驻军临洮（今属甘肃），兵分三路进攻大理。当时四川还在南宋控制下，本次南征是取道吐蕃，吐蕃与中原相距甚远，自古以来就是绝域，关山险恶。正如刘秉忠在《吐蕃道中》中所说："鞍马平生四远游，又经绝欲入蛮陬。荒寒风土人皆怆，险恶关山鸟亦愁。"[1] 九月，忽必烈大军到达满陀城，建立大本营。满陀即满底，也叫满坦，是吐蕃语地名，在今青海与云南交界的群山中。刘秉忠作《满坦北边》《九日满坦山》，在前一诗中描绘了忽必烈大军的恢宏气势："风急旌旗高卷日，夜长刁斗寂无声。阵云垂作中军幕，萤火点成元夜灯。"[2]"旌旗高卷日"表现白天行军时蒙古大军高昂的士气，"刁斗寂无声"表现了夜晚蒙古大军严肃的军纪；"阵云垂作中军幕，萤火点成元夜灯"句表现了蒙古大军宿营时，营帐众多，夜间灯火通明的景象。《九日满坦山》在描绘思乡之情的同时描写了满坦地区"万里岚光乘马背，一川红叶上鳌头"[3] 的秋日风光。次年，忽必烈回军途中再次路经满底，姚枢曾经与刘秉忠唱和，作《聪仲晦古意廿一首爱而和之仍次其韵》，在组诗中姚枢从儒家学者的视角思考了世事沧桑和时事发展，组诗结尾处有自注："甲寅春，二月廿有七日，书于吐蕃满底城东北二百里荒山行帐中，为子益恳求故也。敬斋姚枢识。"[4]

忽必烈亲率的中路军渡过大渡河，一路招降了许多部落。刘秉忠作《乌蛮道中》《乌蛮》《过白蛮》《南诏》《驴湫道中》《玷食山前》等诗，诗中有对云贵地区山水形胜的描写："曾闻仙阙多官府，足信人寰有洞天。万木岁寒青不落，乔松古柏想长年。"有对战前紧张气氛的描写："重劝小

---

[1]　杨镰：《全元诗》第 3 册，中华书局 2013 年版，第 144 页。

[2]　杨镰：《全元诗》第 3 册，中华书局 2013 年版，第 145 页。

[3]　杨镰：《全元诗》第 3 册，中华书局 2013 年版，第 145 页。

[4]　杨镰：《全元诗》第 3 册，中华书局 2013 年版，第 19 页。

心防暗箭，深知老将识兵机。"也有对蒙古大军势如破竹的军事进展的描写："脊背沧江面对山，兵踰北险更无艰。""已升虚邑如平地，应下诸蛮似激湍。"①

蒙哥汗三年（1253）十一月，忽必烈大军抵金沙江畔，收降摩娑蛮主、丽江（今金沙江）东部北胜府酋高俊，刘秉忠作《灭高国王》表达"愿戢干戈熄征伐"②的反战思想。忽必烈大军渡过金沙江继续南下，十二月初包围大理城。大理杀忽必烈的招降使，准备抵抗。兀良合台的西路军，抄合、也只烈的东路军陆续抵达大理城，月底大理被攻陷。因大理国杀招降使，忽必烈欲屠城，张文谦、刘秉忠和姚枢力劝："杀使据命者高祥尔，非民之罪，请宥之。"③忽必烈于是命姚枢："裂帛为旗，书止杀令，分号街陌，由是民得相完保。"④在此阶段刘秉忠作有《乌蛮江上》《江上寄别》《江边梅树》《过梅户》《过玲珑山》《山寺》《峡西》《云南北谷》《鹤州南川》《过鹤州》《下南诏》等诗歌。在《下南诏》诗中作者说：

　　天王号令迅如雷，百里长城四合围。龙尾关前儿作戏，虎贲阵上象惊威。开疆弧矢无人敌，空壁蛮酋何处归。南诏江山皆我有，新民日月再光辉。⑤

大理国在唐朝时被称为"南诏"。唐朝初年云贵地区部落林立，较大的部落有六个，被称为六诏。其中蒙舍诏在最南面，称为"南诏"。在唐朝的支持下，南诏征服诸部，统一云贵地区。937 年，通海节度段思平灭南诏建大理国。此诗第一联表现忽必烈大军兵围大理城的速度之快；第二

---

①　杨镰：《全元诗》第 3 册，中华书局 2013 年版，第 144—146 页。
②　杨镰：《全元诗》第 3 册，中华书局 2013 年版，第 145 页。
③　宋濂：《元史》卷 157，中华书局 1976 年版，第 3696 页。
④　宋濂：《元史》卷 158，中华书局 1976 年版，第 3713 页。
⑤　杨镰：《全元诗》第 3 册，中华书局 2013 年版，第 145 页。

联描写唐朝天宝十年（751）和天宝十三年（754），唐将鲜于仲通、李宓
两征南诏，皆败于虎尾关的史实；第三联描写蒙古军南下无人能敌，攻灭
大理，二、三两联将唐、元史实进行对比，表现了作者身为王府谋士的自
豪感。

　　在这些诗中我们还可以看到一个汉族诗僧对于战争的无奈："干戈绝
扰程程酒，景色堪怜户户梅。"（《过梅户》）"箪食壶浆迎马首，汤征元不
弄干戈。"（《峡西》）"一川风物撩诗兴，满地干戈破客愁。"（《鹤州南川》）①
对于大理灭国他也有自己的思考："兵还失律难依险，国既无人可立平。"
（《云南北谷》）② 对于忽必烈采纳自己的意见，不嗜杀的行为，刘秉忠进行
了热情地歌颂："士庶何曾避戎马，总知仁主惜生灵。"（《山寺》）③"伐罪令
行元不杀，远蛮归服感仁声。"（《过鹤州》）④

　　蒙哥汗四年（1254）春，忽必烈命兀良合台为总督军留云南，亲率
一部班师。归途中刘秉忠作《云内道中》，诗中说："万里经年走风雨，一
身无计卧烟霞。来朝又上居延道，怀古思君改鬓华。"古代的"居延"指
的是今内蒙古最西部的阿拉善盟地区。从阿拉善盟往东路过今内蒙古鄂
尔多斯市及陕西与内蒙古交界区，刘秉忠作《过东胜》《过盐州》诗。然
后经由今内蒙古呼和浩特回到金莲川，呼和浩特时称丰州，刘秉忠在《过
丰州二首》诗中描写了行程："马上青山长万里，镜中华发已三年。又经
黑水还沙漠，才自乌蛮出瘴烟。""出塞入塞动千里，去年今年经两秋。"
元代，在今呼和浩特城南有三条河，分别是大黑河、小黑河、黄水河。
这里的"黑水"指的是大小黑河。诗人也描写了古丰州重要的建筑，那
就是建于辽代的藏经塔，"晴空高显寺中塔，晓日平明城上楼。"结束了战

---

① 杨镰:《全元诗》第 3 册，中华书局 2013 年版，第 146 页。
② 杨镰:《全元诗》第 3 册，中华书局 2013 年版，第 147 页。
③ 杨镰:《全元诗》第 3 册，中华书局 2013 年版，第 147 页。
④ 杨镰:《全元诗》第 3 册，中华书局 2013 年版，第 148 页。

争，归途对于诗人是非常欣喜的，所以诗中说："车马喧阗尘不断，吟鞭斜袅过丰州。"①

对于刘秉忠在此战役中的贡献，《元史》中评价说："癸丑，从世祖征大理。明年，征云南。每赞以天地之好生，王者之神武不杀，故克城之日，不妄戮一人。"此后在1259年的伐宋战争中，刘秉忠"复以云南所言力赞于上，所至全活不可胜计。"②王磐在《刘太保碑铭》中这样评述："上神武英断。每临战阵前无坚敌。而中心仁爱。公尝赞之。以天地好生为德。佛氏以慈悲济物为心。方便救护。所全活者。不可胜计。"③

蒙哥汗六年（1256），忽必烈命刘秉忠在金莲川北面，桓州以东、滦河（今称闪电河）以北建新城，命名为开平府（后称上都，又称为上京、滦京、滦阳，遗址在内蒙古自治区锡林郭勒盟正蓝旗东北）。中统元年（1260）忽必烈在开平府建元登基，"问以治天下之大经、养民之良法，秉忠采祖宗旧典，参以古制之宜于今者，条列以闻。于是下诏建元纪岁，立中书省、宣抚司。朝廷旧臣、山林遗逸之士，咸见录用，文物粲然一新。"④在中统二年，王恽作《上太保刘公诗》极力赞颂了刘秉忠在建元立制方面的贡献：

> 闲云出岫便从龙，羽翼高于四皓功。黄石有书开两汉，黑头无地避三公。金轮散影连沙界，太一浮光动竹宫。瓶钵不妨聊尔耳，人间桃李满春风。⑤

商山四皓是古代著名的贤士，汉高祖曾请他们出山被拒，后来刘邦想

---

① 杨镰：《全元诗》第3册，中华书局2013年版，第176页。

② 宋濂：《元史》卷157，中华书局1976年版，第3693页。

③ 李修生：《全元文》第2册，江苏古籍出版社1999年版，第300页。

④ 宋濂：《元史》卷157，中华书局1976年版，第3693页。

⑤ 杨镰：《全元诗》第5册，中华书局2013年版，第246页。

废太子刘盈改立赵王如意为太子，于是吕后遵从张良意见请四皓出山辅佐太子刘盈。据说刘邦见刘盈有如此著名的贤臣辅佐，从而放弃了废太子的想法。黄石就是黄石公，传说他是汉初的著名隐士，为避战乱，隐居东海下邳。张良在下邳桥上遇到黄石公得其所授兵书，帮助汉高祖刘邦夺得天下。诗歌的前两联，借助这两个典故，称颂刘秉忠在元朝建立过程中的重要作用。第三联中的"金轮"是佛教法器，"沙界"是佛教用语，是指称多如恒河沙数的世界；"太一"的意义比较多，这里是泛指作为僧人的刘秉忠信仰的佛界，"竹宫"是上都一座非常神奇的宫殿——失剌斡耳朵，所以这一联是说因为有刘秉忠在元廷为官，使得佛界和人间、天上与宫廷连在了一起，也说明了刘秉忠在汉传佛教与蒙古族统治者之间建立的桥梁作用。最后一联中的"瓶钵"是僧人出行携带的食具，用瓶盛水，用钵盛饭，这两句是作者劝诫刘秉忠暂时放弃佛家的修行，尽力辅佐皇帝，建设美好的人间。

至元元年（1264），王鹗上奏章，称"秉忠久侍藩邸，积有岁年，参帷幄之密谋，定社稷之大计，忠勤劳绩，宜被褒崇。圣明御极，万物惟新，而秉忠犹仍其野服散号，深所未安，宜正其衣冠，崇以显秩。"①忽必烈接受了王鹗的建议，让刘秉忠还俗，拜光禄大夫、太保，参领中书省事。②至元八年（1272），取《易经》"大哉乾元"之意，建议蒙古建国号为大元，并以中都为大都（北京市）。九年迁都大都，开平府改称上都，仍为皇帝夏季驻地，并确立了两都巡幸制度。《元史》中说："颁章服，举

① 宋濂：《元史》卷157，中华书局1976年版，第3693页。
② 元世祖《拜光禄大夫太保参领中书省事制》："咨尔刘秉忠，气刚以直。学富而文。虽晦迹于空门。每潜心于圣道。朕居藩邸，卿实宾僚。侧闻高谊，余二十年。出从遐方，几数万里。迨予嗣服，须汝计安。不先正名，何以压众。宜崇师位，兼总政机。可特授光禄大夫、太保，参领中书省事。卿其勉辅朕躬，率先乃属。察朝夕之勤惰。审议论之是非。凡有施为，并听裁决。仁看成绩，别示宠章。"李修生：《全元文》第3册，江苏古籍出版社1999年版，第294页。

朝仪，给俸禄，定官制，皆自秉忠发之，为一代成宪。"刘秉忠作为一位政治家，时刻以汉传佛教的教义约束自己，无论是从政还是做人，都体现了一个佛教徒的良好品质，虽然还了俗，"位极人臣，而斋居蔬食，终日淡然，不异平昔。"①这对于忽必烈及整个蒙古统治集团认识汉传佛教，并制定优礼汉传佛教的政策具有重要意义。

至元十一年（1275）刘秉忠扈从上都，卒于上都南屏精舍。元世祖特颁圣旨，赠其谥号为文贞，其中有众多褒扬之词，尤其提到了刘秉忠以戒杀相劝之事："学窥天人，识贯今古，邃冲而有守，安静而无华。昔侍潜藩，稔闻高论。适当三接之际。恳上万言之书。盖将举天下而措诸安。以戒为人主者过于杀。朕嗣服而伊始。卿尽力以居多。盖得卿实契于朕心。而独朕悉知于卿意。事皆有验。人匪他求。"②

王磐在《刘太保碑铭》序言中称颂他的人品，同时也对他与元世祖的君臣相得表示了钦敬：

　　盖天下之士，惟自重者可与有为，而轻进者必非令器。是以古之明王，取士不以悦媚易亲者为可佳，而以闲远高洁难致者为可贵。圣天子之用太保刘公，其审是道欤？公以高洁之资，慕空寂之教，轻富贵如浮云，等功名于梦幻，曷曾有一毫荣利之念动于心乎？圣天子邂逅一见，即挽而留之，待以腹心，契如鱼水，深谋密画，虽耆宿贵近不得预闻者，悉与公参决焉。此其精诚骨会，志意交孚，与夫渭滨之同载，商巴之阿衡，盖异世而同符矣。③

可以这样说，刘秉忠与元世祖的君臣相得，就是蒙古族文化与汉传佛教文化融合的显证。

---

① 宋濂：《元史》卷157，中华书局1976年版，第3694页。
② 李修生：《全元文》第3册，江苏古籍出版社1999年版，第337页。
③ 李修生：《全元文》第2册，江苏古籍出版社1999年版，第299—300页。

三、元代诗僧对蒙古族帝王重视中原文化的表现

元蒙统治者重视汉传佛教，支持其发展，所以元代僧人众多，诗僧人数也蔚为大观。仅《全元诗》收录的诗僧就有 321 人，元初的僧人如释常、释存诚、释道存、释德钦、释克振、释觉恩、释觉性、释净伏、释盘古、释希坦、释习、释行魁、释有在、释圆丘、释圆照、释月庭、释志冲、释智圆、释自如、释子温等。这些僧人生平多不可考，存诗较多者如释觉恩，字以仁，号断江，又号四明樵者。曾主持云门寺、天平白云寺、平江开元寺，颇有诗名。《全元诗》根据《茅山志》《诗渊》《农田余话》《元诗体要》等书录其诗 12 首。释希坦是宋元之际的诗人，号率庵，曾主持池州九华山净信寺，有诗名，著有《九华集》，《全元诗》根据《四库全书》本《九华诗集》附录编其诗 11 首。

元代中后期诗僧较多，声名最著者如释原妙（1238—1295）及其弟子释明本（1263—1323）。释原妙俗姓陈，南宋末，元兵南下，僧徒奔散，他在天目山建立起一个弘扬临济宗的中心，弟子众多，但他只留存下诗歌两首。释明本，号中峰，俗姓孙。他云游四方，不求闻达。延祐五年（1318），元仁宗想召见他，他拒绝前往。他的俗家弟子中有宰相脱欢、丞相别不花等王公，也有赵孟頫、冯子振等著名文人。元仁宗先后赐给他"法慧禅师""佛慈圆照广慧禅师"的尊号，赐给他锦襕袈裟，并敕翰林学士撰写了《敕建西天目山狮子正宗禅寺碑记》。他留存下诗歌 252 首，其中包括 100 首梅花绝句，100 首梅花七律，都是冯子振《梅花百咏》的唱和之作，受到冯子振推重。

还有被称为"三隐"的圆至、大忻、本诚。大忻我们会专门论及，释圆至（1256—1298）字天隐，是元代诗僧"三隐之一"，19 岁受戒，曾住持建昌能仁寺。圆至父兄皆为南宋进士，他年少时亦遍读儒学经典。出家

后，精研佛学，希望融合儒释道三教。《全元诗》选其诗 51 首，诗歌多清明秀逸，圆至是宋元之际的高士，言及亡国之悲的作品不多，但故国之思常存于诗句之中。释本诚，号觉隐，生卒年不详，但明初犹在，字道厚，嘉兴人，早年拜胡长孺为师，至正年间任嘉兴兴圣、本觉二寺住持。其诗作清丽俊拔，擅长书画，善绘兰、竹。《全元诗》据《元诗选》《元诗纪事》录其诗 20 首。

刘秉忠去世之后，汉传佛教的传人再没有人像他那样出将入相，但由于元蒙统治者诸教平等的政策，汉传佛教名刹也和藏传佛教寺庙一样获得统治者众多的赏赐，占有大量的田产。汉传佛教诸多领袖人物受到统治者召见，被委任为僧官，管理教派，修复寺庙。

（一）释希陵对元成宗接受汉族文化的反映

元世祖在至元三十一年（1294）去世，元朝历史和文学进入中后期，但在崇信佛教方面，中后期的皇帝与忽必烈相比有过之而无不及。元成宗铁穆尔（1294—1307 年在位）佞佛，对时任帝师胆巴无比崇信，胆巴奉诏为大护国仁王寺主持，成宗赐他使用驾前仪仗，文武百官护送。成宗北狩，胆巴乘象舆行于御前。元成宗虽然虔诚地信仰藏传佛教，却仍然能够关注汉传佛教，既是统治政策的需要，也是蒙汉文化融合的必然选择。

在南宋时，江南禅宗有著名的五山十刹，五山即径山兴盛万寿禅寺（杭州市余杭径山）、景德灵隐寺（杭州市灵隐路法云弄）、净慈山报恩光孝禅寺（杭州市南山路）、天童山景德寺（宁波市鄞州区）、阿育王山广利禅寺（宁波市鄞州区）；十刹指中天竺寺、道场山护圣万寿寺、蒋山太平兴国寺、万寿山报恩光孝寺、雪窦山资圣寺、江心山龙翔寺、雪峰山崇圣寺、云黄山宝林寺、虎丘山灵严寺、天台山国清教忠寺等位于今浙江、江苏、福建等江南地区的十大禅寺。宋元易代之后，蒙古族统治者不但赏赐这些寺庙田产，还经常召见这些禅寺名僧，或赐其法号，或任为某寺住持，或有封赏。如释净伏（？—1284）淮安人，卓锡径山。至元二十一年正月，作为南方禅宗代表，受到元世祖的接见。释祖闇（1234—1308）南康人，宋末时为庐山东林寺的住持。元贞元年入觐元帝"称旨"，赐号通慧禅师。大德九年，为灵隐寺住持。释祖闇只有一首诗歌流传下来，没有反映蒙汉文化交融的问题。最值得一提的是大辨禅师释希陵。释希陵（1247—1322），俗姓何，今浙江义乌人，十九岁出家于东阳资寿院。《元诗选》说他在资寿院："依东叟颖于净慈，掌内记。侍石林鞏，兼外记。后至径山云峰，高禅师尤敬之。分座说法，凛凛然诸老之遗风。"①虞集曾作《大辨禅师宝华塔铭》，其中谈到元代帝王对他的荣宠："世祖皇帝时，尝召见说法，称旨，赐号佛鉴禅师。大德中，新作大仰山太平兴国禅寺，事闻。成宗皇帝嘉之，敕翰林学士承旨程钜夫制文勒石，加赐大圆之号。其来径山也，仁宗皇帝又加号曰慧照。"②他圆寂后，统治者赐谥号大辨，赐其塔曰宝华。他在元贞元年，元成宗即位大典上北上京城观礼，作有《正元祝赞诗》：

　　皇帝践祚，圣同尧禹。纂承丕基，光显宗祖。载宏洪烈，继离照午。昭德惟新，民物咸睹。明视达聪，通今博古。登龙庸贤，左右规矩。克剪奸凶，靡遗细巨。服德畏威，蹄踣伏俯。海夷毕臣，罔敢违拒。天锡皇元，混一寰宇。绥厥黎庶，德滂仁煦。岛壤蛮陬，无远弗溥。元贞元日，百典具举。龙戟鸾旗，排执而伍。百辟跄跄，拜笏蹈舞。众乐奏和，凤翼应拊。地产百祥，天将百祜。贡璧献琛，摩肩踵武。天锡皇元，作万邦主。如日之升，下照九土。箙矢橐弓，式偃兵旅。国既阜丰，民亦无窭。愿永万年，惟馨德辅。祚与天长，无坠厥

① 顾嗣立：《元诗选·癸集下》，中华书局 1987 年版，第 1380 页。
② 李修生：《全元文》第 27 册，凤凰出版社 2004 年版，第 87 页。

绪。臣作歌诗，播诸乐府。①

这是一首乐府诗，关于此诗的写作背景，诗序中说："皇帝即位之明年，改元元贞。海宇乂宁，万邦欣戴，罔敢违拒，太平之兆见于斯矣。臣幸逢元日，诣阙祝赞，序立殿陛之左，亲瞻穆穆之光，而又获睹礼乐之盛，混一气象之雄，私窃踊跃作诗，称咏圣德。炳同日月之丽天，用垂万世无斁。"元成宗是忽必烈之孙，至元三十一年（1294）登基，第二年改元元贞。释希陵获准观礼，自然是极大的荣宠，他在诗序和诗歌中自然有歌功颂德之意，称颂了元朝一统海宇、四夷宾服的武功，安定海内、恩泽百姓的仁政。诗歌也对元朝统治寄予了美好的期望。这首诗歌最值得我们关注的有三点：

第一，作为一个汉传佛教的禅师，能够参加皇帝的改元盛典，说明了元朝统治者对汉传佛教的重视。

第二，诗歌中有大量的文字是对蒙古族统治者的歌颂，歌功颂德在文学上本来没有什么意义。但在元朝，作为异族的统治，加上民族歧视政策的存在，元人对蒙古族统治集团的态度就比较复杂，像元代杂剧中就有很多抨击其统治的篇章。同时我们也发现，汉族文人对于蒙元统治者的一些作为也是真心歌颂的，比如说他们统一大江南北，使中原与岭北不再隔绝；比如他们向西亚甚至欧洲开拓疆域，梯航四海，四夷宾服；比如他们面向海洋，打通海路等。释希陵的诗歌中歌颂的主要部分也集中在这些方面，是元代僧俗文人达成的共识。

第三点也是最为重要的一点是诗歌中描绘了元成宗的改元朝仪，体现了蒙汉文化的交融。如诗中所写成宗的仪仗是"龙戟鸾旗，排执而伍。""龙"作为中华民族的图腾，最早是在汉文化传统中传承，中原帝王一直称自己是"真龙天子"，所以其服饰、仪仗中必须有龙。蒙古族入主

---

① 杨镰：《全元诗》第 13 册，中华书局 2013 年版，第 343 页。

中原后，并没有像北魏和金王朝的统治者那样完全汉化，而是竭力保护自己的民族传统，力图存留"祖宗旧制"。《元史·高志耀传》记载，世祖朝"会西北藩王遣使入朝，谓'本朝旧俗与汉法异，今留汉地，建都邑城郭，仪文制度，其故何如?'"① 而在朝仪上与中原王朝的趋同，说明中华民族文化的向心力，今天的中华民族和中华民族文化，不是某一个民族及其文化的单一因子，而是多民族及其文化的交响。再如释希陵诗中描绘朝堂上文武大臣"百辟跄跄，拜笏蹈舞"，是说大臣依次入见，手拿笏板进行朝拜。大臣上朝面君要手执笏板，以记录皇帝的旨意，这一传统也由来已久，《礼记》中已经有对笏板功用的记录，这一中原的文化传统在元代应用下来，也是蒙古族统治者接受中原朝仪文化的例证。

释希陵还有一首《观郊礼》诗：

> 帝阙开嵯峨，衣冠捧赭袍。金飙动龙斾，玉露裛鸾镳。礼乐出大国，袞旒拜南郊。天仪瞻穆穆，日彩见熛熛。卤瓒芬柜鬯，凤凰来箫韶。于昭帝德广，陟配昊天高。乾健育万物，离明位六爻。尧风清海寓，弓矢尽韔囊。②

"郊礼"也就是郊祀祭天地的礼仪。释希陵诗中说"礼乐出大国，袞旒拜南郊。"说明这描写的是蒙元统治者在南郊祭天的史实，释希陵来京城是参加元成宗的登基大典的，至元三十一年（1294）正月，元世祖忽必烈驾崩，四月，元成宗即位。《元史·祭祀志》记载："三十一年，成宗即位。夏四月壬寅，始为坛于都城南七里。甲辰，遣司徒兀都带率百官为大行皇帝请谥南郊，为告天请谥之始。"③ 所以我们可以推知此诗就是作于元朝首次为大行皇帝请谥的祭天活动时。诗中对于祭祀的规格之高、场面之肃穆、仪礼之庄严等方面都做了充分的描绘，尤其是"金飙""龙斾""玉

---

① 宋濂：《元史》卷125，中华书局1976年版，第3073页。

② 杨镰：《全元诗》第13册，中华书局2013年版，第340页。

③ 宋濂：《元史》卷72，中华书局1976年版，第1781页。

露""鸾镖""礼乐""衮旒""卤瓒""秬鬯""凤凰""箫韶"等词汇的出现，充分说明此次的祭天活动是充满中原传统文化色彩的。

祭祀一直都是封建王朝的大事，史书中也会专门设有"祭祀志"。《元史·祭祀志》开篇即说："礼之有祭祀，其来远矣。天子者，天地宗庙社稷之主，于郊社祗尝有事守焉。以其义存乎报本，非有所为而为之。故其礼贵诚而尚质，务在反本修古，不忘其初而已。"①皇帝作为宗庙社稷之主，主持大型的祭祀是职责所在、是理所当然的。古代中原王朝的帝王要在郊外祭祀天地，祭天在南郊，祭地在北郊。帝王通过对天地的祭祀，沟通神圣世界与世俗世界，表示自己拥有王权的合法性，因此郊祀祭天就成为了中国古代国家宗教的中心。但元朝统治者对这一传统却并不完全认同，史官在《元史·祭祀志》写有一段充满了疑惑的文字：

> 元之五礼，皆以国俗行之，惟祭祀稍稽诸古。其郊庙之仪，礼官所考日益详慎，而旧礼初未尝废，岂亦所谓不忘其初者欤？然自世祖以来，每难于亲其事。英宗始有意亲郊，而志弗克遂。久之，其礼乃成于文宗。至大间，大臣议立北郊而中辍，遂废不讲。然武宗亲享于庙者三，英宗亲享五。晋王在帝位四年矣，未尝一庙见。文宗以后，乃复亲享。岂以道释祷祠荐禳之盛，竭生民之力以营寺宇者，前代所未有，有所重则有所轻欤？或曰，北陲之俗，敬天而畏鬼，其巫祝每以为能亲见所祭者，而知其喜怒，故天子非有察于幽明之故、礼俗之辨，则未能亲格，岂其然欤？②

所谓五礼是古代汉族礼仪的总称。祭祀之礼称为吉礼，丧葬之礼称为凶礼，军旅之礼称为军礼，宾客之礼称为宾礼，与冠婚相关之礼称为嘉礼。《元史》认为这五种礼俗，在元朝只有祭祀还沿袭了汉族礼仪传统，

---

① 宋濂：《元史》卷 72，中华书局 1976 年版，第 1779 页。
② 宋濂：《元史》卷 72，中华书局 1976 年版，第 1779—1780 页。

但却又掺杂蒙古旧俗，而且帝王多不亲自参加。史官有几个猜测性解释，一个是元蒙统治者重视佛道之术，所以对此轻视；第二个是蒙古敬天而畏鬼的旧俗及其萨满信仰所致。史官的疑惑说明了元朝统治者对这一汉族传统文化的态度。

翻阅元代诗歌，发现关于元朝皇帝亲自参加郊祀的并不多，周伯琦描写元顺帝亲郊的排律《郊祀庆成纪事三十韵》是最为详尽的：

圣皇严报本，盛典谨升烟。练吉三冬首，凝衷半载前。治仪遵简质，变食致清蠲。玉路依辰出，帷宫宿次迁。六龙扶日御，八骏转星躔。周陛舭符偶，穹坛象体圜。反初共鉴煡，视涤庀牲牷。碧汉银河丽，清宵璧月妍。大裘华衮袭，端冕璪旒延。济济簪缨从，将将佩绶联。虎贲环卫复，驹首荐坛先。稿秸重蒲越，陶匏间豆笾。崇牙钟在簨，列玺案张毡。高燎馨香彻，全烝体物虔。邸圭明缫藉，雅奏动宫悬。爵献牺先浑，尊澄酒尚玄。英茎歌飒飒，干羽舞蹁跹。六变灵歆矣，三登礼肃然。升中诚意格，昭配孝思宣。祝史恭承俎，神釐答自天。祥光通夕烛，熙事告晨竣。汉时卑巫俗，周官最史编。天移金阙近，云拥翠华旋。笔篱晴雷殷，旂常采凤鸯。千官班拱北，兆姓颂尊乾。敛福敷同宇，流恩荡八埏。明堂朝正盛，宝鼎笑方绵。天保赓新雅，思文咏旧篇。灵祗诃社稷，符瑞效山川。景命齐天运，垂休亿万年。①

从诗歌中描写祭祀结束后，"千官班拱北"的描写可以看出这是在南郊举行的祭天郊祀。诗中开头6句是描写皇帝为亲郊所做的准备工作，包括"练吉""凝衷""治仪""变食"等；从第7句到第12句描写皇帝的车驾前往北郊，既有对皇帝车驾、护卫的描写，也有对皇帝的装束、准备的祭祀物品等的描摹；从第13句到第44句描写的是皇帝祭祀的情景，这一

①　杨镰：《全元诗》第40册，中华书局2013年版，第365页。

部分也充分表现了元代祭天时对汉文化的吸纳：第23句中的"稿秸""蒲越"是指用禾秆、蒲草编织成的草席，是古代祭天所用之物。《礼记·郊特牲》："莞簟之安，而蒲越稿秸之尚，明之也。"郑玄注："蒲越、稿秸，藉神席也。"① 第24句中的"陶匏"是祭祀用的陶制的尊、簋、俎豆和壶等器皿的总称。《礼记·郊特牲》："扫地而祭，于其质也，器用陶匏，以象天地之性也。"孔颖达疏："陶谓瓦器，谓酒尊及豆簋之属，故《周礼》旅人为簋。匏谓酒爵。"②"豆笾"也是祭祀用的器皿。木制的叫豆，竹制的叫笾。《书·武成》："丁未，祀于周庙，邦甸侯卫，骏奔走，执豆笾。"③ 第25句中的"崇牙"是指在悬挂编钟编磬之类乐器的木架上端所刻的锯齿，也代指悬挂钟磬的架子。《诗·周颂·有瞽》："有瞽有瞽，在周之庭。设业设虡，崇牙树羽。"孔颖达疏："虡者立于两端，栒则横入于虡。其栒之上加施大板，则著于栒。其上刻为崇牙，似锯齿捷业然，故谓之业。牙即业之上齿也。"④ 第26句是说将玺放在铺在地上的毛毡上。第27、28句是说祭祀时柴薪燃起的火焰冲天，天地间充满香气，把整头的牲畜放在俎上作为祭品，对天生成万物的恩德进行虔诚的奉祭。第29句中的"缫藉"指的是垫在祭祀用的礼玉下的丝织品。《周礼·春官·典瑞》："执镇圭，缫藉五采五就。"郑玄注："缫有五采文，所以荐玉。"⑤ 第30句是说典雅的音乐响彻天空。第31、32句说的是祭祀用的动物乳和黑色的澄酒。第33、34句中描述的是祭祀中的乐舞，音乐时"英茎"，据《汉书·礼乐志》记载颛顼曾作《六茎》乐，帝喾作《五英》乐，后人用"英茎"泛指古代的雅乐。"干羽"则是指的舞者所执的舞具。接下来的8句说乐章变换了6次，

---

① 阮元：《十三经注疏》，中华书局影印1980年版，第1455页。

② 阮元：《十三经注疏》，中华书局影印1980年版，第1452页。

③ 阮元：《十三经注疏》，中华书局影印1980年版，第183页。

④ 阮元：《十三经注疏》，中华书局影印1980年版，第594页。

⑤ 阮元：《十三经注疏》，中华书局影印1980年版，第776页。

神灵开始享用祭品，这样恭敬的祭祀礼仪一定能带来明年的五谷丰登、天下太平。皇帝亲自对列神表示真诚心志，并宣告祭祀成功。祝官、史官恭敬地献上俎中的祭品，神灵以整夜呈现的祥瑞之光来回应，祭祀的整个过程宣告结束。通过以上分析我们发现，此次郊祀，从祭祀用的器皿、献祭的祭品、礼玉到乐舞，完全是根据汉文化的礼仪进行的，所以这一部分最后两句说此次的祭祀完全符合汉朝的礼俗，也符合周代史官在史书中的记载。诗歌最后 16 句是描绘祭祀结束之后皇帝及大臣返回皇城，同时对于祭祀的意义进行了阐发。

除了周伯琦的作品，其他仅有的几篇作品都描写得很粗略，如张昱《辇下曲》第 24 首中也写道："前月太常班卤簿，安排法驾事南郊。"① 柯九思也有《应制赋郊祀大礼庆成二首》描写的是元文宗朝郊祀的盛典，其二中有"亲祀甘泉除秘祝，受厘宣室问苍生。"②

（二）释大忻对元文宗与汉传佛教关系的书写

元成宗之后的元武宗、元仁宗、元英宗、泰定帝也都是虔诚的佛教信徒，对藏传佛教和汉传佛教都很重视，在佛教方面的花费已经威胁到了国家的正常行政。泰定帝三年十二月，中书省的大臣奏言："养给军民，必籍地利。世祖建大宣文弘教等寺，赐永业，当时已号虚费。而成宗复构天寿万宁寺，较之世祖，用增倍半。若武宗之崇恩福元、仁宗之承华普庆，租榷所入，益又甚焉。英宗凿山开寺，损兵伤农，而卒无益。夫土地祖宗所有，子孙当共惜之，臣恐兹后藉为口实，妄兴工役，徼福利以逞私欲，福未至而祸已集矣。"③

---

① 杨镰:《全元诗》第 44 册，中华书局 2013 年版，第 50 页。
② 杨镰:《全元诗》第 36 册，中华书局 2013 年版，第 49 页。
③ 宋濂:《元史》卷 30，中华书局 1976 年版，第 674 页。

　　泰定帝之后的元文宗图帖睦尔是元朝诸帝中最倾向于汉文化者，他虽然前后在位仅五年，但文治颇多，比如建奎章阁学士院、大量任用汉儒、纂修《经世大典》等。他精通汉语汉文，留下了4首汉语诗歌。18岁时，因为与朝臣交往过密，被英宗勒令出居海南琼州。作为一个有远大抱负的亲王，对于自己的遭遇，他将失落的心态颇为自嘲地表现在《青梅诗》中："自笑当年志气豪，手攀银杏弄金桃。滇南地僻无佳果，问着青梅价也高。"①诗歌采用对比手法，写出今昔遭遇之落差，开头一句表现了元文宗的志向。泰定元年（1324）被诏回京，封为怀王，第二年又被遣居建康（南京），在建康期间作《登金山》诗，作者采用比喻的手法，自称是"擎天真柱石"、是"潭底久潜龙"②，对于皇位的期望已经溢于言表。致和元年（1328）被徙居江陵（今属湖北），途中路过九华山，他写有一首七言绝句："昔年曾见九华图，为问江南有也无。今日五溪桥上见，画师犹自欠工夫。"③诗中对比九华山的美景与自己昔年所见的九华画，认为画工画得还不够逼真。元文宗多才多艺，不但能诗，而且善画，释大忻在《恭题文宗皇帝御画万寿山画》中说："今上居金陵潜邸时，尝命臣房大年画京都万寿山于屏，大年辞以未尝至其地，上索纸运笔布，布画位置，令按稿图上。大年得稿，敬藏之。意匠经营，格法遒整，虽积学专工所莫能及。"④释大忻文中之语难免有阿谀之嫌，但也足以说明文宗在《望九华》诗中的评价是中肯的。致和元年七月，泰定帝驾崩。《元史》记载：八月，元文宗图帖睦儿自江陵赶往大都，诏见镇南王铁木儿不花、威顺王宽彻不花、高昌王铁木儿补化等多位藩王，而且命人赶造帝王乘舆、仪仗等物。在匆匆赶往大都途中，他作有《自集庆路入正大统途中偶吟》诗，塑造了

① 杨镰：《全元诗》第45册，中华书局2013年版，第185页。
② 杨镰：《全元诗》第45册，中华书局2013年版，第184页。
③ 杨镰：《全元诗》第45册，中华书局2013年版，第185页。
④ 李修生：《全元文》第35册，凤凰出版社2004年版，第411页。

一位穿着羊毛大衣，顶着残月、繁星，脚踏晨露的早行者形象。最后一句："须臾捧出扶桑日，七十二峰都在前。"①一直广被评论家称赞，认为写出了作者的帝王气象。②

虽然元文宗留存下的这四首诗歌中没有涉及汉传佛教的内容，但他自幼习学汉族文化，长大后又在内地生活多年，非常熟悉中原王朝将宗教作为巩固统治的方略，也很了解南方汉传佛教的实际情况。于是他在至顺元年（1330），将金陵潜邸改建为大龙翔集庆寺，位列五山之上，总辖天下僧尼。虞集在《大龙翔集庆寺碑》中说："钦天统圣至德诚功大文孝皇帝，自金陵入正大统，建元天历，以金陵为集庆路，使传旨行御史台大夫阿尔斯兰海牙，命以潜龙之旧，作龙翔集庆寺云。明年，诏中天竺住持禅师大忻于杭州，授太中大夫主寺事。设官隶之。"③这里提到了禅宗另一名僧释大忻。

释大忻（1284—1344）是元代诗僧"三隐之一"的"笑隐"。俗姓陈，17 岁出家，师从百丈山释元熙，最早住持湖州乌回寺，移杭州报国寺，又迁中天竺寺。天历元年（1328），元文宗将其金陵潜邸诏改为大龙翔集庆寺，大忻被选为首任住持，卒于集庆寺。虞集作有《大元广智全悟大禅师太中大夫住大龙翔集庆寺释教宗主兼领五山寺笑隐忻公行道记》，文中记载：他也是临济宗的传人，佛理精深，元代禅宗"中外信向甚盛"的明本中峰禅师也对他极为推崇。大忻虽为释子，但精研佛经之外，又涉猎儒道及诸子之说，学贯古今，虞集说他与当时的士大夫如赵孟頫、邓文原、袁桷、高彦敬、胡长孺、仇远、杨载、黄溍、杜本等，都是文学之友。虞集文中也谈到大忻被选为大龙翔集庆寺首任主持事："天子以金陵潜邸，

---

① 杨镰：《全元诗》第 45 册，中华书局 2013 年版，第 185 页。
② 顾奎光：《元诗选》卷 1，文宗，清乾隆十六年刻本，第 1 页评价说："真情本色，不雕饰而饶有诗意，赋早行者，无以逾此，结语尤见帝王气象。"
③ 李修生：《全元文》第 27 册，凤凰出版社 2004 年版，第 187 页。

作大龙翔集庆寺，命江南行御史台督视其成。尝有旨曰：'江南大刹，皆前代所为；甲乙之次，颇有定品；今日之作，规制位望，宜无加焉。'方大臣难于开法主者，师之器瞳久在渊衷，命为太中大夫，号曰：广智全悟大禅师，为开山第一代师。"①

    龙翔寺是在文宗潜邸基础上修建而成，规模宏大，释大忻诗集中有一首联句诗，即《秋夜同太原张（翥）仲举永嘉李（孝光）季和龙翔寺联句》开头八句是："先皇日潜邸，梵宫冠东南。金碧丽绀宇，旌幢覆琼极。六龙驻神驭，百灵护鸾骖。地蟠龙虎气，殿拥貂蝉簪。"②此诗作于元顺帝时，所以诗中说龙翔寺本是先皇的潜邸，充满龙虎之气。如今作为寺庙名冠东南，庙中建筑金碧辉煌，旌旗招展，遮天蔽日。释大忻在《次韵王继学侍御金陵杂咏十首》其二《龙翔寺》开头一句则说因为龙翔寺的兴建，都使这里王气倍增，国家出现中兴的态势："潜宫楼观颂中兴，王气东南百倍增。"③在其十《潜宫》中也有描写龙翔寺与文宗关系的诗句："御榻当年小殿西，龙光照地起红霓。蓬莱珠馆珊瑚树，花月瑶台白玉梯。"④诗中采用工笔手法，细腻地刻画了小殿西侧的景象，这是当年放置御榻之地，龙光照地，红霓满天，这里装饰着珊瑚树、白玉梯，犹如"蓬莱""瑶台"仙境。元代后期比较著名的诗人丁复（约1274—1345），一生不仕，寓居金陵，与释大忻多有交往。他在《天寿节龙翔寺习仪次韵铦上人》中也有类似的描写："金甲绕缠龙拥座，彩章掀舞凤交旗。"⑤

    元文宗天历二年（1329），释大忻奉诏进京，为元文宗讲说佛法。丁

---

① 李修生：《全元文》第27册，凤凰出版社2004年版，第40—41页。
② 杨镰：《全元诗》第32册，中华书局2013年版，第189页。
③ 杨镰：《全元诗》第32册，中华书局2013年版，第174页。
④ 杨镰：《全元诗》第32册，中华书局2013年版，第176页。
⑤ 杨镰：《全元诗》第27册，中华书局2013年版，第400页。

复在《挽忻笑隐》诗的开头就写道:"亲对先皇讲法筵,人间独住十三年。将同鸣凰瑞下世,恰道飞龙招上天。"①诗中说释大忻曾经为已故的元文宗讲佛法,大忻在文宗去世后,又生活了十三年。元文宗是在1332年驾崩,释大忻是1344年圆寂,二者相差约为十三年。丁复说释大忻的去世既可以看作是进入涅槃的凤凰,也可以看作是文宗思念大忻,招他前去相伴。关于释大忻为文宗讲说佛法事,虞集在其文中说:

> 又明年,与蒋山昙芳忠俱召至京师。京师之为禅宗者,出迎河上曰:"国家尚教乘,塔庙之建,为禅者寂然;禅刹兴于今代自师始,吾徒赖焉。"师谢曰:"遵其行之为律,宣其言之为教,传其心之为禅;有言有行,皆所以明是心也;吾徒无负祖师西来意,它不足论也。"日召对奎章阁,赐坐说佛心要,深契上旨。②

虞集文中提到了一个细节,就是释大忻到京城后,京城的禅师出迎河上,他们认为释大忻为禅宗的兴盛带来了希望。可见释大忻对于元代汉传佛教的发展的重要性。

释大忻在京城为皇帝说法,"深契上旨"。"馆于太禧宗禋院,敕设伊蒲妙馔,赐貂裘金衲衣,及诸金币,皆内府珍异。"③元文宗因为释大忻讲说佛法深合己意,赐以"金衲衣",僧人本来着黑衣,自此后其徒皆穿黄色衣。萨都剌《赠忻笑隐长老》诗云:"佛宫天上有,人世见应稀少。客遇钟鸣饭,僧披御赐衣。"④此诗中"僧披御赐衣"句说的即是此事。

释大忻作为龙翔寺的住持,地位在五山之上,这种荣宠一直延续到元顺帝时。黄溍《龙翔集庆寺笑隐禅师塔铭》中说:"今天子(元顺帝)至元元年,太中大夫、广智全悟大禅师、住持大龙翔集庆寺公上谢事之

---

① 杨镰:《全元诗》第27册,中华书局2013年版,第414页。
② 李修生:《全元文》第27册,凤凰出版社2004年版,第41页。
③ 李修生:《全元文》第27册,凤凰出版社2004年版,第41页。
④ 杨镰:《全元诗》第30册,中华书局2013年版,第121页。

请，御史大夫撒迪公以闻，上不允，遣使特诏，加释教宗主，兼领五山寺，敕台臣谕旨，俾安居以终老。"① 丁复有一首排律《寿龙翔长老忻笑隐》，诗中极力称颂了释大忻受到统治者的重用，诗歌的前 8 句是：

> 玄雨高秋集九龙，东天震旦主诸峰。青蜺座踞黄金筑，紫凤书衔白玉封。赐到履鸣官寺鼓，召归兼听御楼钟。雄文独步专三氏，大法全提正五宗。②

"震旦"是古代印度对中国的称呼，"五宗"是指禅宗中慧能一系的南宗所分化的五个宗派，包括临济宗、沩仰宗、曹洞宗、云门宗、法眼宗。这几句诗歌说释大忻是南宗诸派的宗主，其位置尊贵，是皇帝钦赐，有御封的诏书。大龙翔寺是官修寺庙，释大忻是太中大夫，是僧官，经常会被皇帝诏见，他的文章独步当代，而他的佛法精深，是五宗之正。

由于统治者对汉传佛教的重视，大量兴建寺庙，其中任用的住持就会鱼龙混杂，元朝统治者也会派人审核。释大忻《送简上人》诗反映的就是这一问题，在此诗的序言中，作者说："分院官按行吉安诸山，取妄庸主持十数人革去。令简持咨赴行院投之。简求诗，赠此。"可以看出，这是一首反映元朝佛教管理人员巡查寺宇、惩办不称职的住持、加强对汉传佛教管理的诗歌。元朝为了扶植佛教，促进其发展，在中央特设掌管佛教的机构——宣政院，灭南宋后，设置江南释教都总统管理江南佛教；至元二十八年（1291），在杭州设置行宣政院，掌江南各省佛教，其后也曾两度废而复置。在各路、府、州、县置僧录司、僧正司、都纲司，管理各地佛寺、僧徒、寺产。这里所说的"分院"应该就是宣政院设在吉安的地方机构，而"行院"指的应该是行宣政院。释大忻对于这些庸妄的住持很不齿，在诗中说："使命文仍重，宗纲纲未疏。烦君驰驿急，感激壮怀孤。"③

---

① 李修生：《全元文》第 30 册，凤凰出版社 2004 年版，第 263 页。

② 杨镰：《全元诗》第 27 册，中华书局 2013 年版，第 400 页。

③ 杨镰：《全元诗》第 32 册，中华书局 2013 年版，第 172 页。

作者站在宗教管理人员的角度，认为只有不断加强管理，宗教才会健康
发展。

在释大忻的《送秦元之参议赴太禧宗禋院二首》以及《送太禧宗禋院
观志能照磨监造御黼还朝》等几首诗歌中还涉及了元文宗在宗教管理方面
的一项新举措，那就是太禧宗禋院的设置。天历元年（1328），元文宗废
会福、殊祥二院，改置太禧院总管二院事务，天历二年（1329）改太禧宗
禋院，下设隆禧、会福、崇祥、寿福诸总管府，既掌管神御殿朔望岁时讳
忌日辰禋享礼典，也分管寺庙事务。释大忻在《送秦元之参议赴太禧宗禋
院二首》其一中写道："圣皇思孝治，禋祀答鸿灵。文祖尊虞典，祀官肃
汉仪。"①这四句诗既称颂了文宗重视祭祀，以孝治天下的政治方略，也说
明了太禧宗禋院的一项重要职能——祭祀。三四两句尤其值得注意，释大
忻说文宗的这项举措上尊《虞典》，《虞典》即《尚书·虞书》，"五经"之一，
是汉文化的源头著作；而祭祀的礼仪是汉仪，既可以说是汉朝的仪礼，在
元代背景下，也可以解释为汉族仪礼。不管是哪种解释，这两句都体现了
元文宗对于汉文化的偏爱。

总之，我们可以从元文宗兴建龙翔寺，任用汉传佛教僧人担任第一任
住持，并赐他极高的官阶，看出他对汉传佛教的重视。而他在与汉传佛
教领袖的交往中，能够比较深入地理解佛教文化，并与本民族文化实现
融合。

四、蒙古族诗人与诗僧的交游及涉佛诗歌创作

元代蒙古族统治者对汉传佛教很重视，给予优惠政策，促进其发展。

---

① 杨镰：《全元诗》第 32 册，中华书局 2013 年版，第 170 页。

蒙古族诗人也喜欢游览佛寺、与名僧交游、唱和、参禅学佛，创作出具有禅趣的诗作。元代蒙古族诗人萨都剌、泰不华、月鲁不花、笃列图、察伋、察罕不花、达溥化、朵只、童童、埜剌、答禄与权、伯颜景渊等十几位蒙古族诗人都有涉佛诗作，他们的作品中既反映了元代汉传佛教的流传情况，也反映了蒙古族诗人对汉传佛教的认同。

（一）蒙古族诗人与禅僧的交游

在元代后期有一位著名的诗僧释来复（1319—1391），字见心，俗姓王，受法于径山南楚悦禅师，属于临济宗名僧。他早年曾北游大都，与公卿权贵来往密切，与虞集、欧阳玄、张翥、黄溍、萨都剌等文人唱和。萨都剌有《赠来复上人》四首：

> 北口雪深毡帐暖，紫驼声切夜思盐。上人起饮黄封酒，可胜醍醐乳酪甜。
>
> 燕山风起急如箭，驼马萧萧首蓿枯。今日吾师应不念，毳袍冲雪过中都。
>
> 手持一钵走京华，乞食王侯宰相家。今日归来如作梦，自锄明月种梅花。
>
> 五云楼阁碧玲珑，口吐莲花入紫宫。十二珠帘卷秋月，霏霏凉露下梧桐。①

在元朝，由于宗教的重视政策，很多僧道都期望获得统治者的器重，释来复的这次京城之行，恐怕多少也有点这种想法。从萨都剌诗歌中描写的"雪深的北口"（古北古）"急如箭的山风""枯萎的首蓿"还有"梅花""凉露""秋月"等意象，我们可以看出释来复到京城的时间应该是秋冬时节；

---

① 杨镰：《全元诗》第 30 册，中华书局 2013 年版，第 281 页。

而从"手持一钵走京华，乞食王侯宰相家"一句，可以看出释来复此行的目的；从萨都剌诗中的"五云楼阁碧玲珑，口吐莲花入紫宫"的诗句来看，释来复到京城后，应该还是得到了统治者、至少是王侯将相的青睐的。但是释来复并没有获得自己想要的结果，于是离开京城，航海至鄞县，止于慈溪定水寺，后住持天宁寺。明洪武初年，受到明太祖召请入京，赐金襕袈裟，还曾与蜀王朱椿论法，被封为僧官，荣宠一时。但后来却被牵扯进胡惟庸案，凌迟处死。

释来复所在的慈溪定水禅寺，《元诗选·癸集下》记载了一个相关典故："庐陵双峰定水禅寺，自唐以来，主僧往往知名。宋庐陵僧德璘与杨文节公为方外交，寺有古桂二章，至秋花最蕃。德璘尝蒸花为香以饷公，公酬以诗，有'天香来月窟'之句。见心来主是寺，念前辈之流风，辟室而名之曰天香。"[1] 杨文节就是宋代著名诗人杨万里，他有《双峰定水璘老送木犀香五首》，其二是："万杵黄金屑，九烝碧梧骨。诗老坐雪窗，天香来月窟。"[2] "木犀"是桂花的别称，释来复将这样一个典故坐实，元代诗人们也在这个"天香室"上大作文章，借助"同题集咏"，牵动了社会不同层面人群的关注，蒙古族诗人们也加入其中，创作出众多相关作品。如笃列图的《奉题见心禅师天香室》：

> 双峰深处有禅房，桂树团团历岁长。每喜璘公作清事，犹传相国报佳章。月明天上开金粟，风动山中闻妙香。遥想竺昙方宴坐，秋高露气不胜凉。[3]

诗歌首联点明地点和写作的对象，在定水双峰山上有见心禅师居住的禅房，那里有一株古桂，历久年深，枝繁叶茂。颔联中吟咏了宋代德璘与

---

[1] 顾嗣立原编，席世臣校刊：《元诗选》癸集下，中华书局2001年版，第1406页。
[2] 北京大学文献研究所编：《全宋诗》卷2295，北京大学出版社1998年版，第26360页。
[3] 杨镰：《全元诗》第49册，中华书局2013年版，第282—283页。

诗人杨万里的故事。颈联中的"金粟"是指桂花，因为桂花色黄如金，花小如粟，故有此称，传说月宫有桂树，所以此联说月宫中桂花开放，随风将花香送到了山中。尾联中的"竺昙"，是见心禅师的别号，作者遥想了见心禅师正在这深秋的山寺宴客的情景。笃列图的诗主要是为我们解读了"天香室"的典故，而从伯颜景渊的同题诗则能看出蒙古族诗人对佛教文化的熟悉：

　　清泉兰若傍慈溪，满室秋香种木犀。金粟任从禅子采，锦囊多得故人题。每疑蘑卜临风吐，或听频伽绕树啼。莫道旃檀无异种，灵根移自梵天西。①

首联中的"兰若"是阿兰若的省称，佛教名词，本意是森林，引申为"寂静的地方""远离人间热闹的地方"。颈联中的"蘑卜"是梵语的音译，也译作瞻卜伽、旃波迦、瞻波等，是佛经中记载的一种花，色黄，香味浓郁，树身高大，有人认为就是桂树。"频伽"是梵语"迦陵频伽"的省称，也音译为歌罗频伽、羯逻频迦、羯罗频伽等，是一种产于印度的鸟，据说此鸟鸣声清脆悦耳，所以意译为好声鸟、美音鸟、妙声鸟等。在佛教经典中，常用此鸟的鸣声比喻佛音的胜妙。尾联中的"旃檀"是香木名，古有旃檀树，用来做佛像，这里指的是佛教世界。"梵天"也称造书天、婆罗贺摩天、净天等，是印度教的创造之神，这里借指佛教的发源地——印度。在佛教中有五树六花之说，其中之一即为桂花，所以这里说桂树的"灵根"移自西面的"梵天"。

除了吟咏"天香室"，蒙古族诗人也在诗歌中描写与见心禅师的友谊，月鲁不花一共流传下来十三首诗，其中有十二首诗与见心禅师有关，可见二人的关系非比寻常。在《次韵答见心上人二首》的诗序中作者说：

---

① 杨镰：《全元诗》第42册，中华书局2013年版，第314页。

至正甲辰冬，余备员南台，因怀见心禅师，为赋《天香室诗》，有相过有约待秋风之句。越明年，避地四明，见心以诗见招。适近秋期，将赴前约。先次高韵，用答雅意云。①

从诗序可见月鲁不花与见心禅师是老友，序中提到的至正甲辰(1364)冬，月鲁不花为释来复所赋《天香室诗》，指的是《四明定水寺天香室见心禅师居之吾弟彦诚御史为索诗勉赋一首以寄》，此诗开头四句说："昔年曾到广寒宫，桂树团团月正中。影落人间千里共，香分林下四时同。"回忆了自己曾经在定水禅寺所见的景色：桂树团团，香分林下。诗歌最后一句是与禅师的约定："相过有约待秋风"。诗序中所谓的"避地四明"，与元末张士诚的起义军有关。至正二十三年（1263），假意降元的张士诚完全领有浙西，自封为吴王。月鲁不花被任命为浙西肃政廉访使，他深知自己无法和反复无常的张士诚相处，于是藏在一个大木柜中逃到仍然为元廷控制的沿海城市四明。

在这两首韵诗中，作者表明自己准备赴约，所以其一中有"秋风欲赴云泉约，一榻清风万虑除"的诗句。月鲁不花如期赴约，见心禅师派人迎接，月鲁不花以诗题代序说："余来四明，见心禅师以诗见招。既至山中，使人应接不暇。见心相与数日，抵掌谈笑，情好意恰。故再倡秋风之句，为他日双峰佳话云。"诗云：

相过有约待秋风，今到招提八月中。已遂登临陪杖锡，不烦来往寄诗筒。双峰对立开金粟，两涧交流贯玉虹。政好云泉共清赏，江头归棹又匆匆。②

"相过有约待秋风"句，是对甲辰年之约的回顾，而今日的相会恰恰是八月中，遂了二人的心愿。此次相会作者还得知，见心禅师曾为朋友

---

① 杨镰：《全元诗》第46册，中华书局2013年版，第405页。

② 杨镰：《全元诗》第46册，中华书局2013年版，第406页。

买地安葬事。在《谢见心上人》的诗序言中说："至正乙巳秋八月，访见心禅师于定水。出翰林欧、虞诸公往来诗文，皆当代杰作也。叹赏久之。因语及同年鼎实监州，将挈家赴任，客死于鄞，贫不能丧。见心买山以葬，使其存殁皆有所托。感其高义，因成一律以谢。"[1]诗中说自己与见心禅师盘桓七日有余，在闲览翰林书时，见心提及了这件往事，作者感慨说："买山葬友开神道，度子为僧奉母居。方外高僧敦薄俗，同年感激更何如。"[2]见心禅师还带月鲁不花游览了杜若湖，游湖后月鲁不花写有《余来定水见心禅师登临未暇又邀试舟湖上相欢竟日遂成一律以谢》。

在至正乙巳（1265）闰十月，月鲁不花邀请见心禅师与同僚一起游天童山，在《题天童寺兼简元明长老》诗的跋文中写道："至正乙巳闰十月八日，余携伯防工部、仲能宪使、定水见心禅师，游天童山，夜宿元明禅师方丈。初十日，至大慈寺，十二日泛舟东湖，留憩月波。而见心先归湖心。余与伯防、仲能复同宿育王寺。历览三山之胜，遂各赋诗一首，以纪曾游。因录奉见心禅师印可。"[3]作者此次与见心禅师等友朋游览的"三山"，即天童寺所在的天童山、大慈寺所在的雪窦山以及（阿）育王寺所在的育王山，都位于浙江省宁波鄞县附近，皆为禅宗名山，而这几座禅寺尤其是育王寺名气颇大，是禅宗五山十刹之一。月鲁不花此行所作诗作除了前述一篇，还有《夜宿大慈山过史卫王祠下次金左丞》和《游育王山并怀见心禅师》。分别后，月鲁不花还有三首诗歌寄给见心禅师，分别是《近以口占奉寄》《余尝遣仆奉商学士山水图一幅为见心禅师寿又尝与师同宿大慈山和金左丞壁间所题诗韵而师有白河影落千峰晓碧海寒生万壑秋之句故末章及之》《简见心上人》。这些诗中作者一再回忆两人的交谊，展现了蒙古族文人对汉传佛教文化的热衷，同时也描绘了元末江南动荡的社会现

---

[1] 杨镰：《全元诗》第 46 册，中华书局 2013 年版，第 405 页。

[2] 杨镰：《全元诗》第 46 册，中华书局 2013 年版，第 406 页。

[3] 杨镰：《全元诗》第 46 册，中华书局 2013 年版，第 406 页。

实："避地东鄞郭外居，坐无斋阁出无舆。云山满眼常观画，烽火连年近得书。"①

月鲁不花的弟弟笃列图（1310—？）共有六首诗歌传世，有三首诗与见心禅师有关，大约也作于至元二十三年（1363）前后，分别是《蒲庵为见心禅师题》《至正二十三年三月予以使事自闽还越道过慈溪访见心禅师于定水天香室论文叙旧欢聚累日漫成唐律四韵以为后会张本云》《定水寺述怀奉呈见心方丈》，在这三首诗中言及二人友情、聚会的欢畅，也谈到了江南的烽火。

察伋（1305—1360年以后）流传下来的诗歌有九首，其中四首为《奉题见心禅师天香室》和《蒲庵诗三首奉寄见心上人》。如此可见见心禅师在元末江南佛教界的影响，同时也说明蒙古族诗人尤其是世居江南的蒙古族诗人所受汉传佛教的影响之深。

与禅僧交游的蒙古族诗人中，萨都剌不但诗歌流传下来得最多，涉及的禅僧也最多。萨都剌进士及第后，最早任镇江录事司达鲁花赤，历南御史台掾史、淮西北道经历、福建闽海道廉访司知事，晚年寓居杭州。半生的江南经历，萨都剌与多位江南禅僧结下友谊。在镇江录事司达鲁花赤任上的三年，萨都剌与京口鹤林寺长老了即休禅师交往频繁。了即休也是一位诗僧，萨都剌在《寄鹤林休上人》诗中盛赞其才华："上人才思塞胸次，强欲禁之无不鸣。一日相望吐奇句，满林光彩照山精。"②二人有相同的志趣，所以在清明节萨都剌到鹤林寺："且伴山僧煮新茗"（《清明游鹤林寺》）；③新笋初绽，了即休便"棕鞋桐帽"顶风冒雨前来送笋；④萨都剌则以老胡桃一裹茶三角回赠："胡桃壳坚乳肉肥，香茶雀舌细

---

① 杨镰：《全元诗》第 46 册，中华书局 2013 年版，第 407 页。
② 杨镰：《全元诗》第 30 册，中华书局 2013 年版，第 285 页。
③ 杨镰：《全元诗》第 30 册，中华书局 2013 年版，第 258 页。
④ 杨镰：《全元诗》第 30 册，中华书局 2013 年版，第 205 页。

叶奇。枯肠无物不可用，寄与说法谈禅师。"（《送鹤林长老胡桃—裹茶三角》）① 当萨都剌卧病在床，感叹世态炎凉："主人病久来车少，门巷秋深落叶多。金帐人趋新党项，尘寰谁识老维摩。"（《休上人见访》）② 于是寄信给了即休："狂邻卧病在江城，怀抱思君空作恶。"（《次韵休上人见寄》）③"衲子清游处，何妨问病人。"④ 了即休随即便来看望："京口参军门不出，鹤林老子轿相过。"（《休上人见访》）⑤ 作者病刚好，马上来鹤林寺："病起借禅榻，高眠避市喧。"（《忆崔林即休翁》）⑥ 这种友谊让萨都剌难以忘怀，分别之后，经常寄诗给了即休，倾诉自己的思念之情："遥忆题诗旧游处，夜深东壁月苍苍。"（《寄京口鹤林寺长老了即休》）⑦"苔老应无屐齿痕，旧游历历眼中存。""秋径山风多落叶，隔林疑是马蹄声。"（《寄即休翁》）⑧

除了了即休，与萨都剌交游的还有很多，如早年在南京结识的长老珪白岩，《秋日雨中登石头城访长老珪白岩不遇》《偕赵逢吉避暑石头城日暮余归逢吉留宿山中次日寄逢吉并长老珪白岩》《未归》等三首诗与之有关。《赠钦师》中提到雪岩祖钦禅师，还有《宿延陵昌国寺书于上人房》《题隐上人房》《送闻师之五台》《送僧归庐山》《赠学古澹上人》《送镜中圆上人游钱塘》《寄金山长老》《和清凉寺长老韵》《送约上人归宜兴湖洑寺》《柬东龙江上人》等诗歌中提到的禅僧。

---

① 杨镰：《全元诗》第 30 册，中华书局 2013 年版，第 239 页。
② 杨镰：《全元诗》第 30 册，中华书局 2013 年版，第 188 页。
③ 杨镰：《全元诗》第 30 册，中华书局 2013 年版，第 240 页。
④ 杨镰：《全元诗》第 30 册，中华书局 2013 年版，第 263 页。
⑤ 杨镰：《全元诗》第 30 册，中华书局 2013 年版，第 188 页。
⑥ 杨镰：《全元诗》第 30 册，中华书局 2013 年版，第 264 页。
⑦ 杨镰：《全元诗》第 30 册，中华书局 2013 年版，第 168 页。
⑧ 杨镰：《全元诗》第 30 册，中华书局 2013 年版，第 283 页。

（二）蒙古族诗人对禅寺的吟咏

汉传佛教在汉地民间一直拥有雄厚的基础和巨大的势力，陈垣在《释氏疑年录》中录有 231 位僧人，其中 158 位僧人主持的寺庙在江南，主要是福建和长江沿线。蒙古族诗人受到佛教思想的影响，经常游览寺观、吟咏庙宇，而这些多数是江南的汉传佛教寺庙。

在蒙古族诗人中，萨都剌吟咏寺庙的诗歌最多，有 50 多首。他笔下的寺庙大多数都在福建和长江沿线。属于今江苏镇江市的如《清明游鹤林寺》《夏日游鹤林寺》《花山寺投壶》《丹阳普宁寺席上》《宿丹阳普照院》《宿经山寺》等诗中描写的鹤林寺、花山寺、普宁寺、普照院、经山寺等；属于江苏南京市的如《宿龙潭寺》《投宿龙潭道林寺》《寄贺天竺长老忻笑隐召住大龙翔集庆寺》《偕侍御郭翰卿过钟山大崇禧万寿寺文皇潜邸所建御榻在焉侍御索诗因为赋此》《再过钟山大崇禧万寿寺有感》《题半山寺》《和清凉寺长老韵》等诗中提到的龙潭寺、大龙翔集庆寺、大崇禧万寿寺、半山寺、清凉寺等；属于江苏省丹阳的如《宿延陵昌国寺书于上人房》《宿陵口寺》等诗中的延陵昌国寺、陵口寺等；属于今江苏无锡的如《过鹅湖寺》中的鹅湖寺；属于今江苏常州的如《正觉寺晚归赠益山长老》中的正觉寺；属于今浙江省的如《宿台山寺绝顶》中提到的金华台山寺，《游金山寺》《夜宿金山题金山图》《寄金山长老》等诗中提到的杭州金山寺，以及《游崇国寺》中写到的浙江温岭崇国寺等；属于今福建的有《过光孝寺》《再游崇禧寺》种描写的光孝寺和崇禧寺；属于安徽的有《宿淮南长芦寺》中描写的长芦寺；还有属于湖北随州的如《游铁塔寺》《铁塔寺寓怀》等诗中描写的铁塔寺。

除了萨都剌，其他吟咏佛寺的蒙古族诗人还有三位，其一是童童，他是蒙古开国功臣速不台之后，母亲是汉族人，其父不怜吉歹是许衡的弟子，延祐元年出镇河南。童童在泰定年间任河南行省平章，至顺二年为太禧宗裡院使。因为他曾为集贤院侍讲学士，时人称其为"童童学士"。童童存诗四首，有一首《代祀嵩岳夜宿少林》描写了河南少林寺的景物和历史渊源。其二是垫剌，生卒年不详，曾任右丞相，游览云南，隐于澄江华藏寺以终，有一首《华藏寺》诗存世。云南的华藏寺始建于南北朝齐梁年间，属于澄江十景之一，据说殿前无须打扫，灰尘不染，蛛丝绝影。还值得一提的是察罕不花《千佛崖》诗中的千佛崖，虽然不是寺庙，但形同佛寺。千佛崖国内有多处，但无论是山东、山西还是四川的都开凿于唐朝时期，也属于汉传佛教一脉。

蒙古族诗人在描写汉传佛寺时，不仅描写佛寺附近的风光，还会涉及许多佛教典故，表现出诗人对佛教文化的熟稔。比如"生公说法，顽石点头"，是汉传佛教中著名的典故。晋末15岁就登坛讲法的高僧竺道生，20岁时到庐山讲授佛法，名镇江南。当时《涅槃经》刚传入中国，他潜心研究其中的奥妙，参悟到"人人皆可成佛"的境界，因此被逐出庐山。他流浪到苏州虎丘山讲法，顽石都为之点头。萨都剌《登乌石山仁王寺横山阁》诗中就用了这一典故："深堂说法夜，应有石头听。"①

学士童童有《代祀嵩岳夜宿少林》诗：

西来碧眼一胡僧，曾渡寒芦隐少林。半夜传衣逢断臂，当年面壁悟安心。一庭雪积山犹在，五叶花开月未沉。奉命颁香瞻只履，菩提树底得幽寻。②

此诗前四句是关于达摩祖师与二祖慧可的传说，开头一句中的"碧眼胡僧"指的就是达摩祖师，禅宗本来是印度佛教与中国传统的道教以及魏晋隋唐社会发展相结合的产物，与印度佛教并没有很直接的渊源。但出于弘扬宗派的考虑，禅宗在创立之后也为自己追溯了一个漫长的形

---

① 杨镰：《全元诗》第30册，中华书局2013年版，第116页。
② 杨镰：《全元诗》第36册，中华书局2013年版，第439页。

成过程。其初祖追溯到在灵山会上见佛祖拈花而微笑的摩诃迦叶，其后传到 28 祖菩提达摩。其实菩提达摩是禅宗真正的东传者，其他 27 祖都不能深究。"半夜传衣逢断臂，当年面壁悟安心"两句说的是菩提达摩到中土后，在嵩山少林寺面壁九年，期间，僧人神光来访，终日服侍在大师身边，达摩一直面壁并不理会。寒冬之际，大雪没膝，神光整夜立在雪中相候。天快亮时，达摩问神光如此坚持要求什么？神光以广度终生之法相对。达摩说这种无上妙法需要艰苦修持方能达到，认为神光不过是小德行、小智慧，不一定能做到，神光听后挥刀砍断左臂以示赤诚。达摩感动，为其更名慧可，慧可跟随达摩参禅期间曾向达摩请教安心法门。

　　蒙古族诗人笔下也会使用一些汉族历史文化方面的典故，了即休主持的镇江鹤林寺是萨都剌常去的地方，这座小桥流水环绕的古寺，位于镇江（古名京口）南郊磨笄山北麓，始建于东晋元帝大兴四年，原名竹林寺。南朝宋武帝刘裕即位前曾游竹林寺，有黄鹤在上空飞舞，刘裕即位后，即改名为鹤林寺。萨都剌除了有《清明游鹤林寺》《夏日游鹤林寺》之外，还有一首《游竹林寺》诗，开头四句即道明了此寺原名及改名的由来："野人一过竹林寺，无数竹林生白烟。江左玉龙埋碧草，月明黄鹤下青田。"①

　　萨都剌在《登乌石山仁王寺横山阁》诗中有"山川几緉屐"②句，魏晋阮氏家族名士众多，其中阮孚因收藏癖为人所知。刘义庆《世说新语》："祖士少好财，阮遥集好屐，并恒自经营。同是一累，而未判其得失。人有诣祖，见料视财物，客至，屏当未尽，馀两小簏，著背后，倾身障之，意未能平。或有诣阮，正见自吹火蜡屐，因叹曰：'未知一生当着几

---

① 杨镰：《全元诗》第 30 册，中华书局 2013 年版，第 196 页。
② 杨镰：《全元诗》第 30 册，中华书局 2013 年版，第 116 页。

緉屐?'神色闲畅,于是胜负始分。"① 这里的"緉"字是量词,专用于鞋,相当于"双"。萨都剌之前苏轼诗中有:"人生当著几緉屐,定心肯为微物起。"(《次韵答舒教授观余所藏墨》)② 辛弃疾有:"此生能著几緉屐,何处高悬一缕丝。"(《诸葛元亮见和复用韵答之》)③

任何宗教都是人们逃避现实的工具,所以涉佛作品往往都会表达诗人厌倦尘俗,向往超脱的思想感情。蒙古族诗人也是如此,如萨都剌诗中的:"石床茶灶如招隐,还许闲人一半分。"(《过鹅湖寺》)④"何日挂冠寻旧隐,山中应有故人招。"(《宿经山寺》二首其一)⑤"回首人间春又老,将军白马几时归?"(《兴圣寺即事》)⑥ 这些诗句中都流露出作者希望有朝一日挂冠归隐,与山水清音、梵寺钟鼓相伴的情趣。朵只有一首诗《水帘泉》传世,此诗虽描写的不是佛寺,但当作者写到"隔断红尘飞不到,水晶帘作老龙吟"⑦ 句时,我们也感受到作者热爱自然,厌倦红尘的思绪。萨都剌和朵只还仅仅是向往,以诗寄意。埜剌生逢元明易代,有感于"浮世已更新态度,青山不改旧容颜。"于是他说:"法钟声远透禅关,华藏招提烟雾间。""拟欲敲开名利锁,洗心常伴老僧闲。"(《华藏寺》)⑧ 就不是寄寓理想了,而成为他出家为僧的誓言。

与其他南下中原的少数民族相比,蒙古族在守护本民族文化传统方面是非常坚定的。蒙古族退回漠北后,立即恢复了本民族的制度和文化传

---

① 刘义庆著,龚斌校释:《世说新语校释》,上海古籍出版社 2011 年版,第 703—704 页。
② 苏轼:《苏轼诗集》卷 16,中华书局 1982 年版,第 837 页。
③ 傅璇琮:《全宋诗》第 48 册,北京大学出版社 1998 年版,第 30008 页。
④ 杨镰:《全元诗》第 30 册,中华书局 2013 年版,第 177 页。
⑤ 杨镰:《全元诗》第 30 册,中华书局 2013 年版,第 289 页。
⑥ 杨镰:《全元诗》第 30 册,中华书局 2013 年版,第 276 页。
⑦ 杨镰:《全元诗》第 68 册,中华书局 2013 年版,第 13 页。
⑧ 杨镰:《全元诗》第 68 册,中华书局 2013 年版,第 15 页。

统，汉族文化基本没有了存续的余地。但从蒙古族诗人的汉语诗歌中，我们发现汉族文化，尤其是蒙古族统治者极力推行的儒释道三家文化已经成为了蒙古族文化的一部分，成为蒙古族人民生活的一部分，体现了民族间文化的融合。这也说明中华民族文化在历史发展过程中，不断地将一个或几个单一民族文化，整合为所有民族共同的精神财富，而诗歌恰恰就是这种文化整合的历史见证。

第 5 章
元代诗歌对两都巡幸制的书写

　　"20世纪40年代以后，格鲁塞等中外学者有关'蒙汉二元'政策的讨论将忽必烈及元王朝统治制度的评价提升到了一个新的境界，即相继从政策二元的角度，审视忽必烈和元王朝的统治，尽管学者们的认识视角和见解不完全相同，但逐渐形成了基本共识：忽必烈创建的元帝国及其政治文化二元政策，既行汉法，又存蒙古旧俗，与其祖辈父兄明显不同。"①忽必烈及其子孙推行的"蒙汉二元"政策涉及政治、经济、军事、文化等诸多方面，但元代诗歌最津津乐道的是两都巡幸制。元代诗歌重点描写了两都巡幸的意义、驿路风情还有巡幸期间元朝皇帝在上都举行的皇家宴会。

一、元代诗歌对两都巡幸意义及驿路风情的展现

　　元宪宗六年（1256），忽必烈在今内蒙古自治区锡林郭勒盟正蓝旗

---

① 李治安：《元代"内蒙外汉"二元政治制度简论》，《史学集刊》2016年第3期。

东北建开平府，中统元年（1260）忽必烈在开平府建元登基。中统四年（1263），忽必烈升开平府为上都，又名上京或滦京，取代了哈剌和林。当忽必烈政权的统治重心由草原转移到中原汉地后，上都作为草原都城，离中原地区较远，于是在至元元年（1264）改燕京为中都（今北京），至元九年改中都为大都，并定为首都，开平府改称上都，作为避暑的夏都。自忽必烈开始实施的两都巡幸制度，一直是整个元代重要的政治制度之一，也成为诗人关注的重要对象。

（一）元代诗歌对上都的吟咏

大都的皇城在城市的南部，宫城在皇城的东部。主要的建筑是汉式的宫殿，宫中的正殿是大明殿，这是皇帝办公和居住的主要宫殿，落成于至元十年（1273）。欧阳玄有《大明殿早朝》诗："扶摇万里上青霄，凤阙龙池步步摇。"① 杨载也有《七月九日大明殿早朝》诗，此外还有延春阁、玉德殿、宸庆殿等。宫城外，皇城之内，还建有隆福宫和兴圣殿，建筑布局与大明殿、延春阁基本一致。大都的建筑没有多少蒙汉文化交融的特色，诗人吟咏较少，而位于草原腹地的上都城，诗人吟咏颇多。

上都建在金莲川。金莲川是指今正蓝旗闪电河沿岸，原名曷里浒东川。金世宗大定八年（1168）五月，金世宗策马来到这里时，看到满川耀眼的金莲花，于是将之更名为金莲川。金莲花颜色金黄，七个花瓣环绕花心，一枝花茎上常开花数朵，像朵朵小莲花，一般在夏历的五、六月盛开。元代诗人陈孚描写金莲花诗：

> 茫茫金莲川，日映山色赭。天如碧油幢，万里罩平野。埜中何所有，深草卧羊马。昔人建离宫，今存但古瓦。秋风吹白波，犹似衰泪

---

① 杨镰：《全元诗》第 31 册，中华书局 2013 年版，第 225 页。

洒。村女采金莲,芳草红满把。①

这是一首写景怀古诗。作者陈孚(1259—1309)字刚中,号勿庵,浙江临海县人。元世祖至元年间,上《大一统赋》受到时人关注,曾任国史院编修、礼部郎中。诗歌开篇写景,描写茫茫无际的金莲川,天空湛蓝,太阳明亮,万里原野上,群山在太阳映照下变成了赭红色。空气清新,草地碧绿,悠闲的羊马卧在深深的草丛中。接着作者追忆金世宗曾于此处建避暑的离宫,但已经毁于金末的战火中,只剩下古砖和残瓦,秋风吹起滦河的微波,犹如人们悲伤的泪水。诗歌以作者所见之乡村小女在原野上采得满把红艳的金莲花作结,首尾圆合。整首诗融写景、抒情、怀古于一体,既描绘了眼中所见,又抒发了心中所感。既有对金莲川整体环境的概括,也有对金莲花的细腻描摹。

诗人廼贤在《塞上曲》五首其五中也吟咏说:"乌桓城下雨初晴,紫菊金莲漫地生。最爱多情白翎雀,一双飞近马边鸣。"②乌桓城,即桓州城,汉时,乌桓族曾游牧于此,故名。诗歌采用白描、工笔结合的艺术手法,由远及近,从描写雨后金莲川上紫色的菊花和红色的金莲花遍地盛开之景,推出一个特写镜头:一双可爱、多情的白翎雀,在马群边和鸣。

精通阴阳术数的刘秉忠,之所以选择在此建城,据说是因为这里曾有龙池。隐喻此处为世祖的龙兴之地。还传说建城时,龙池的水总不干涸,于是奏明世祖,向龙借地。当晚三更,雷声大震,龙自动让地飞升而去。元代诗人杨允孚在《滦京杂咏》第三十首中吟咏了这一传说:

　　圣祖初临建国城,风飞雷动蛰龙惊。月生沧海千山白,日出扶桑万国明。③

诗歌开篇即描述传说:元世祖初临金莲川,要在这里建立都城,蛰龙

---

① 杨镰:《全元诗》第 18 册,中华书局 2013 年版,第 410 页。

② 杨镰:《全元诗》第 48 册,中华书局 2013 年版,第 37 页。

③ 杨镰:《全元诗》第 60 册,中华书局 2013 年版,第 404 页。

闻讯主动让地，乘风雷而去。接着颂扬了元世祖的历史功绩：世祖在此建都之后，国家面貌大变，犹如是月亮从沧海中升起，照亮了千山万壑；又像是太阳自东方升起后，天下一片光明。

关于上都城周围的山水形胜，伍良臣的《上京》诗描写得最为详尽：

> 龙岗秀色常青青，年年五月来上京。上京城阙连幽阴，长夏炎日凉风生。平沙远塞旷万里，毡车蕞幕罗群星。时巡王会骋雄俊，控抚荒朔绥邦宁。锦鞍合沓千万骑，宝镫铿戛声锵鸣。驼峰马湩美奇绝，金兰紫菊香轻盈。缅怀昔日争占地，岂谓今作邦畿城。铁竿屹立海水竭，卧龙飞去空冥冥。①

上都有山名"龙岗"，在元上都以北，今天被称为卧龙山山脉。龙岗地势比较平坦，东西都是广阔的草原，北依南屏山，南临金莲川，景色优美，地理位置优越。陈孚《开平即事》中说"龙岗势绕三千陌"②，伍良臣诗中言龙岗上草木茂盛，青翠欲滴，一派秀丽景色。元朝皇帝每年五月都会来到上都。上都的宫城与优美的龙岗融为一体，即使是在夏天，炎炎烈日之下，仍然有凉风习习吹来。上都城建在塞外，这里地势开阔，平沙万里。空旷阔大的草原上，布满了朝圣者的穹庐和毡车，圆形的帐幕像天上的群星。按照惯例，皇帝的车驾来到上都后，漠北及四大汗国的亲王们都会齐聚上都，参拜皇帝，商讨国家大计。也会举行大规模的宴会和狩猎活动，在猎场上诸王都能各逞本领，献技御前。通过这样的巡狩，使边境得以安宁，诸王可以齐心，国家得以太平。上都城内外常常汇集千骑万骑的良马，马匹上装饰着精美的雕鞍。将军们上马时，脚踏马镫发出铿锵之声。上都地区有风味独特、颇具地域特色的食物，包括鲜香无比的驼峰，醇厚甘甜的马奶酒；这里的景物也与众不同，金莲花叶绿如黛，芳香

---

① 杨镰：《全元诗》第 24 册，中华书局 2013 年版，第 270 页。

② 杨镰：《全元诗》第 18 册，中华书局 2013 年版，第 411 页。

浓郁，深紫色的菊花更娇润可爱。缅怀历史，昔日的上都地区，处于中原农耕文化和草原游牧文化交锋的地带，常常是战争的发生地，有谁会想到今天却成了国家的京畿地区。诗歌的最后一句还是引用蛰龙让地的传说，增强了诗歌的神秘色彩。同时诗中还提到了"铁幡竿"，据说是刘秉忠为了镇龙而立的法器。后世便将立"铁幡竿"的山称为"铁幡竿山"，位于上都城的西北面。杨允孚在《滦京杂咏》其一中也写到了铁幡竿："铁幡竿下草如茵，淡淡东风六月春。高柳岂堪供过客，好花留待踏青人。"①

上都西北的铁幡竿山，城北面的龙岗，城东的小元山，西南的乌兰台山，连同城南东西横亘的南屏山，形成了四山拱形环卫之势。中国传统的风水理论认为这样的地形最符合建立都城。古人修建都城还一定要临水，在上都城南、距上都城三四百米的距离，有滦河。滦河，即闪电河，亦称上都河，古称濡水，发源于今河北省北部的巴彦古尔图山北麓，向北流入内蒙古自治区，在草原蜿蜒前行200多公里后再折回河北省丰宁县，最后注入渤海，因内蒙古河段河水曲折，称为闪电河。不少诗人都描绘了这条曲折如带的滦河景色。如宋本《滦河吟》："滦河上游陋，涓涓仅如带。偏岭下横渡，复绕行都外。"②滦河的上游补给水源少，河水清浅，涓涓细流缓缓流淌在茫茫草原上，远远望去水面狭窄得就像一条带子。河水的流向无定，依照地势曲曲弯弯向前流动。诗人在偏岭下横渡了滦河，来到行宫外，又见到它的倩影。张翥《上京即事》描写滦河："滦河东出水萦回，叠坂层冈拥复开。金柱镇龙僧呪罢，玉舆驭象帝乘来。中天星斗朝黄道，塞漠云山绕紫台。欲儗两京为赋颂，白头平子愧无才。"③诗歌首联写景：滦河萦回曲折，蜿蜿蜒蜒向东流去，沿着滦河前行，那拥护着上都，重重叠叠

---

① 杨镰：《全元诗》第60册，中华书局2013年版，第404页。

② 杨镰：《全元诗》第31册，中华书局2013年版，第103页。

③ 杨镰：《全元诗》第34册，中华书局2013年版，第62页。

的山峦时而环抱时而如大门般洞开。颔联先书写刘秉忠以金柱镇龙修建城池的传说，然后描写元朝的两都巡幸制：皇帝每年都会坐着象辇驾幸上都。颈联描写当时的天象及时令：从中天星斗所指的方向看，又到了黄道吉日，环绕上都山峦云气蒸腾，紫气冲天，皇帝的大驾将来。尾联以自谦作结：本想写一篇如张衡的《两京赋》般的作品称颂元朝的两京，可惜自己是个平庸之辈，没有这样的才华。

滦河不仅是上都城外的一处风景，也是上都地区最大的河流，滋润着草原，是一条生命之河。吴师道《闻危太仆王叔善除宣文阁检讨四首》中描写在滦河水的滋润下，金莲川上草木葱郁："藻水萦回草满川，皇都佳气郁浮天。"① 滦河还是牧民和牲畜冬天饮水的主要水源，廼贤《塞上曲》其二中就描写了一个寒冷的清晨，迁徙的部落来到滦河边，一个老妪敲开冰层饮骆驼的情景。滦河作为生命之源的特点让诗人生发开去：

> 行人驱车上滦河，滦河水浅人易过。北入太液流恩波，润泽九州民物和。天子清暑宫峨峨，两都日骑如飞梭。穹庐畜牧草连坡，青鸾白雁秋风多。劝君马酒朱颜酡，试听一曲敕勒歌。②

这是胡助的《滦河曲》，诗歌前两句描写诗人的游踪，驾着马车来到滦河边上，滦河之水清浅易过。接着从滦河滋润草木的特点生发开去，说元统治者的善政犹如这条流经帝京的河水一样，福泽九州百姓，使人民安居乐业，万物调和。五六两句是对三四两句诗意的阐发，虽然天子来上都是为避暑，但依然忙于政事，为君主与大臣传递信息的驿马在两都间穿梭。因为有勤政爱民的君主，有为民不懈操劳的大臣，必然有安定祥和的太平盛世。诗歌后四句，先描写秋日草原上水草肥美、牛羊肥壮，青鸾白

① 杨镰：《全元诗》第32册，中华书局2013年版，第95页。
② 杨镰：《全元诗》第29册，中华书局2013年版，第30页。

雁悠然栖息的景象，然后以饮醇香的马酒，吟唱敕勒歌作结，化用北朝民歌《敕勒歌》入诗，扩大了诗歌的容量。

滦河水也并不是所有的河段所有的时间都是这样清浅、窄小，也有河面宽阔、河水浩大的河段。许有壬诗中说："万事浮云一瞬过，何劳辩口似悬河。北风卷雨城南去，明日滦江水又多。"①诗人感慨人间万事犹如浮云，一瞬即过，留不下多少痕迹，没有必要为之劳心劳神，口若悬河般争辩不休。北风卷着大雨向城南吹去，估计明天滦河的水会暴涨。那么滦河涨水或说滦河水多时是什么境况呢？据说元顺帝妥懂帖睦尔喜欢龙船，南方苏州有一位姓王的漆匠，专门为元顺帝制造了一艘船，他内外用漆涂饰拆成数节后，运到了上都城。这艘能容纳 20 人的船，常常在闪电河上往来游弋，使当时的上都人大开眼界。能浮起乘坐 20 人的船，可见滦河水大时也是相当可观的。

通过考古发掘，发现上都皇城城墙是用黄土板筑，表层用石块堆砌。上都宫城也是用黄土板筑而成，外层在地基处铺上半米厚的石条，上面用青砖砌起，在青砖表层和土墙之间，还夹有一层残砖。正因如此，元朝诗人也称上都城为"石城"。陈旅在《苏伯修往上京王君实以高丽笠赠之且有诗伯修征和章因述往岁追从之惊与今兹睽携之叹云耳》诗，以题代序，讲述了作诗的缘由。苏伯修将要前往上京，王守诚（1296—1349，字君实）赠给他一顶高丽笠，并写有送别的诗。苏伯修请友人和诗，陈旅写作了这首和作，追述了昔日一起工作、游玩结下的情谊，也表达了将要分离的惜别之情。诗歌开头有："往年饮马滦河秋，滦水斜抱石城流"②的诗句，说明了上都以石为城的史实。王士熙在《上京次李学士韵》五首其一中描写元朝君臣在上都城的大安阁中举行宴饮，大家用

---

① 杨镰：《全元诗》第 34 册，中华书局 2013 年版，第 430 页。
② 杨镰：《全元诗》第 35 册，中华书局 2013 年版，第 11 页。

玉碗斟满醇香的美酒按照礼制敬给皇帝。文臣们还将观看梨园教坊乐舞的观感写成诗词，用碧笺呈送给皇帝："山拥石城月上迟，大安阁前清暑时。玉碗争呼传法酒，碧笺时进教坊诗。"①诗歌开头一句中有"山拥石城"的语言。周伯琦诗中也写有"禁垣金笋阁，朝市石为城"（《上京杂诗》十首其一）②的诗句。

对于上都石城的整体规模，周伯琦《次韵大学士康里子山公见寄二首》其一作了介绍：

> 龙庭四面翠连峰，碧草银沙掩映中。十二天街清似水，门前琪树动秋风。③

上都城外四面环山，山峰间有一望无际的草原和白色的沙漠。上都城内有十二条严整的大街。这里的数字不一定是实指，唐代的长安城有十二条大街，这里是借长安的宏大壮观比喻上都城的恢宏气势。

上都宫城的主要建筑是具有汉族文化特色的宫殿。宫城中央建有大安阁，虞集说："世祖皇帝在藩，以开平为分地，即为城郭宫室，取故宋熙春阁材于汴，稍损益之以为次阁，名为'大安'。"④周伯琦说此阁乃："故宋汴熙春阁也，迁建上都。"⑤汴京的熙春阁："高二百二十有二尺，广四十六步有奇，从则如之。"（王恽《熙春阁遗制记》）⑥迁建到上都后，除了殿基外，全阁分上中下三层，因为上都"宫城之内，不作正衙，此阁岿然遂为前殿矣。"（虞集《题大安阁图》）⑦作为上都的正殿，"大安御阁势岩亭，华阙中天壮上京。"（周伯琦《次韵王师鲁待制史院题壁二首》其

①　杨镰：《全元诗》第21册，中华书局2013年版，第19页。
②　杨镰：《全元诗》第40册，中华书局2013年版，第343页。
③　杨镰：《全元诗》第40册，中华书局2013年版，第345页。
④　李修生：《全元文》第26册，凤凰出版社2004年版，第289页。
⑤　杨镰：《全元诗》第40册，中华书局2013年版，第357页。
⑥　李修生：《全元文》第6册，江苏古籍出版社1999年版，第91页。
⑦　李修生：《全元文》第26册，凤凰出版社2004年版，第289页。

一)①"大安阁是广寒宫，尺五青天八面风。"（许有壬《竹枝十首和继学韵》）②"大安阁是延春阁，峻宇雕墙古有之。"（张昱《辇下曲》第一百首）③等诗句，充分表现了大安阁的瑰丽无比、雄伟壮观，以及精雕细琢的建筑风格。

在上都城中，同大安阁一样具有汉族建筑文化特色的宫殿还有："水晶行殿玉屏风"（萨都剌《上京即事》十首其一）④——水晶殿；"洪禧殿上因裴回"（周伯琦《是年五月扈从上京宫学纪事绝句二十首》其十）——洪禧殿；"睿思阁下琐窗幽"（周伯琦《是年五月扈从上京宫学纪事绝句二十首》其六）——睿思阁；"榜题仁寿睿思东"（周伯琦《是年五月扈从上京宫学纪事绝句二十首》其九）⑤——仁寿殿；"香殿昼闲云气合"（许有壬《和闲闲宗师至上京韵二首》之一）⑥——香殿；"玉德殿前红杏树"（周伯琦《宣文下直四绝句》其二）⑦—玉德殿；"北阙岩峣号穆清"（周伯琦《是年五月扈从上京宫学纪事绝句二十首》第二十首）⑧——穆清阁；"君王夜过五花殿"（王世熙《上都柳枝词七首》其二）⑨——五花殿等，这些宫殿是皇帝在上都处理政事、接待蒙古诸王以及宴饮的主要场所。

上都与大都不同之处在于，除了有汉式宫殿，还有蒙古族传统的居住形式——斡耳朵。大蒙古国时期，蒙古大汗和后妃也住在穹庐中，但他们的穹庐规模比较大，称为"宫帐"或"行宫"。蒙古语称之为"斡耳朵""斡

---

① 杨镰：《全元诗》第 40 册，中华书局 2013 年版，第 342 页。
② 杨镰：《全元诗》第 34 册，中华书局 2013 年版，第 428 页。
③ 杨镰：《全元诗》第 44 册，中华书局 2013 年版，第 54 页。
④ 杨镰：《全元诗》第 30 册，中华书局 2013 年版，第 148 页。
⑤ 杨镰：《全元诗》第 40 册，中华书局 2013 年版，第 357 页。
⑥ 杨镰：《全元诗》第 34 册，中华书局 2013 年版，第 334 页。
⑦ 杨镰：《全元诗》第 40 册，中华书局 2013 年版，第 362 页。
⑧ 杨镰：《全元诗》第 40 册，中华书局 2013 年版，第 358 页。
⑨ 杨镰：《全元诗》第 21 册，中华书局 2013 年版，第 18 页。

里朵""兀鲁朵"等。成吉思汗时建立了四大斡耳朵。斡耳朵可以分为两种形式，一种是可以移动的，这种宫帐的规模比较小。一种是固定不动的，一般规模都比较大。上都也修建了这种规模巨大的宫帐——失剌斡耳朵，因这种大帐以黄金抽丝与彩色织物作为内饰，柱与门以金裹，钉以金钉，失剌斡耳朵译为汉语是金帐或黄色的宫帐。柳贯有《观失剌斡耳朵御宴回》诗：

> 毳幕承空拄绣楣，彩绳亘地掣文霓。辰旗忽动祠光下，甲帐徐开殿影齐。芍药名花围簇坐，葡萄法酒拆封泥。御前赐酺千官醉，坐觉中天雨露低。[①]

《马可波罗行纪》中记载："此草原中尚有别一宫殿，纯以竹茎结之，内涂以金，装饰颇为工巧。宫顶之茎，上涂以漆，涂之甚密，雨水不能腐之。茎粗三掌，长十或十五掌，逐节断之。此宫盖用此种竹茎结成……此宫建筑之善，结成或折卸，为时甚短，可以完全折成散片，运之他所，惟汗所命。给成时则用丝绳二百余系之。"[②] 柳贯在诗歌的开头就描写了毡帐承空而立，雕梁画柱，牵曳毡殿的彩绳遍地，像一道道彩虹的景象。元代常在这里举行盛大的皇家宴会，诗歌颔联和颈联描写的就是大宴宗王的场面：旌旗猎猎，大帐徐徐拉开，里面人影憧憧，鲜花团簇，美酒罗列。尾联以大汗赐宴，千官取醉，歌颂皇恩作结。这座宏大的宫帐是元朝皇帝宴请朝廷重臣和前来觐见的蒙古王公贵族、各行省主要官员的地方，可同时容纳上千人。柳贯诗中自注："车架驻跸，即赐近臣洒马奶子御筵，设毡殿失剌斡耳朵，深广可容数千人。"因为防雨而在帐顶铺设厚厚的棕毛，所以失剌斡耳朵也俗称为棕殿或棕毛殿。袁桷《伯庸开平书事次韵七首》其一说："沉沉棕殿内门西，曲宴名王舞

---

① 杨镰：《全元诗》第 25 册，中华书局 2013 年版，第 166 页。
② ［意］马可·波罗：《马可·波罗行纪》，［法］沙海昂注，冯承均译，商务印书馆 2012 年版，第 158 页。

马低。"① 杨允孚《滦京杂咏》中也有："有时金锁因何掣，圣驾棕毛殿里回。"② 尤其是萨都剌《上京即事》其二咏叹了棕毛殿高出云表，巍峨高耸的磅礴气势："上苑棕毛百尺楼，天风摇拽锦绒钩。"③

（二）元代诗歌对两都巡幸及其意义的吟咏

一般认为，忽必烈在中原汉地建立都城，是他接受汉族政治文化的重要举措之一。但忽必烈对于龙兴的草原并不愿放弃，柯九思《宫词一十五首》其二中说："黑河万里连沙漠，世祖深思创业难。数尺阑干护春草，丹墀留与子孙看。"在诗后注文中即说明忽必烈对草原的感情："世祖建大内，命移沙漠莎草于丹墀，示子孙勿忘草地也。"④ 张昱诗歌中也描写了这件史实："墀左朱栏草满丛，世皇封植意尤浓。艰难大业从兹起，莫忘龙沙汗马功。"（《辇下曲》其二十二）⑤ 于是忽必烈基于草原四时"纳钵"的传统习俗，确立了两都巡幸制度，蒙汉礼俗文化交融始于忽必烈，并贯穿了整个元代。

两都巡幸作为贯穿整个元代的政治制度，历时近百年，大量文武官员扈从各代皇帝处理国事，还有一些诗人与朋友相伴来到上都观礼。柳贯诗中说："朔方窦宪留屯处，上郡蒙恬统治年。今日随龙看云气，八荒同宇正熙然。"（《滦水秋风词四首》其二）⑥ 诗人张翥在《上京秋日三首》之三中也写道："远山平野浩茫茫，曾是当时古战场。饮马水干沙窟白，射雕尘起碛云黄。中郎节在仍归汉，校尉城空罢护羌。今日车书逢混一，不辞

① 杨镰：《全元诗》第 21 册，中华书局 2013 年版，第 250 页。
② 杨镰：《全元诗》第 60 册，中华书局 2013 年版，第 405 页。
③ 杨镰：《全元诗》第 30 册，中华书局 2013 年版，第 148 页。
④ 杨镰：《全元诗》第 36 册，中华书局 2013 年版，第 2 页。
⑤ 杨镰：《全元诗》第 44 册，中华书局 2013 年版，第 49 页。
⑥ 杨镰：《全元诗》第 25 册，中华书局 2013 年版，第 207 页。

垂老看毡乡。"①上都地区曾经是中原王朝和少数民族政权争夺领地的古战场，东汉的窦宪、秦朝的蒙恬都在这里征战过，苏武和李陵的故事也发生在这里，前代文人根本没有机会到达。元朝四海归一，八荒同宇，而且交通发达，"梯航际穷发"（袁桷《开平昔贤有诗片云三尺雪一日四时天曲尽其景遂用其语为十诗》）②，许多文人不辞艰辛都要来这里观赏塞外都城的奇景。所以元代出现了中国历史上第二次文人出塞高潮，如号称元诗"四大家"的虞集、杨载、范梈、揭傒斯等都留下众多上都纪行诗，在这些作品中，诗人为我们展现了两都巡幸的基本情况，也阐释了其意义。

　　一般情况下，元朝皇帝都会在每年天气转暖的二三月离开大都，八九月天气转凉时返回。张昱的《塞上谣》八首其六描写道：

　　　　虽说滦京是帝乡，三时闲静一时忙。驾来满眼吹花柳，驾起连天降雪霜。③

　　元朝皇帝在上都的时间超过半年，但因为皇驾到上都时正是柳絮飘飞的暮春，大驾离开时，上都的秋天尚未结束，元朝皇帝在上都度过的完整季节只有夏季，所以张昱在诗中说上都"三时闲静一时忙"。

　　皇帝北狩，京城留守的官员要送行，一般都是送到龙虎台驿站。龙虎台也叫新店，在今天的昌平境内，距离大都约百里，是京城的门户。"翠华行殿拂明开，北狩南巡此往回。"（王恽《龙虎堂》二首其一）④说明皇帝北往上都和南还大都都要经过龙虎台。廼贤是以平民身份与朋友结伴前往上都观礼的，也留有《龙虎台》诗，作者在诗题后自注说"大驾巡幸，往返皆驻跸台上。"廼贤没有机会亲眼目睹皇帝驻跸于此的情景，让人感到非常遗憾。于是他在诗中想象了百官云集、万骑如飞、帐殿华丽、依仗

① 杨镰：《全元诗》第34册，中华书局2013年版，第60页。
② 杨镰：《全元诗》第21册，中华书局2013年版，第331页。
③ 杨镰：《全元诗》第44册，中华书局2013年版，第57页。
④ 杨镰：《全元诗》第5册，中华书局2013年版，第545页。

盛大的情景："翠华有时幸，北狩甘泉宫。千官候鸣跸，万骑如飞龙。帐殿驻山麓，羽葆罗云中。"①

龙虎台还是送迎皇驾举行仪式的地方，杨允孚记载了当时送行的情景：

> 纳宝盘营象辇来，画帘毡暖九重开。大臣奏罢行程记，万岁声传龙虎台。（《滦京杂咏》其二）②

诗歌前两句描写大臣们在龙虎台行宫，早早准备了送行的宴席，皇帝乘坐的象辇自京城迤逦而来。后两句描写皇帝在龙虎台的主要活动，与大臣们告别，了解此次巡幸的路线，处理各项朝政事宜。

为什么元朝皇帝选择在龙虎台驻跸举行迎送仪式？这与龙虎台的地理位置有极大的关系，周伯琦在《龙虎台》诗中进行了说明："巍巍百尺台，荡荡昌平原。隆隆镇天府，奕奕环星垣。居庸亘北纪，隩区敛全燕。苍龙左蟠挐，白虎石踞蹲。斯名岂易得，天以遗吾元。"龙虎台，是最接近京城的重镇，护卫着大都，巍峨的高台可以摩抵苍穹。龙虎台离居庸关也不远，都是大都附近的制高点，能够将整个燕地收入眼底。关于此台的得名，诗中认为首先是"巍巍百尺台"，其次是"苍龙左蟠挐，白虎石踞蹲。"高台不仅巍然耸立在川原之上，而且左右各有一巨石，一者如苍龙，一者如白虎，大有虎踞龙盘之势。这样富有象征意味的环境，在古人那里都被神圣化，成为"王气"的象征。诗中也对皇帝出行举行盛大的典礼进行了规箴："章华民力竭，柏梁侈心存。岂若因自然，张设一旦昏。雄伟国势重，简敛邦本敦。年年举盛典，宫中奏云门。"③周伯琦认为皇帝仪仗华美致使民力虚耗，巍峨的宫殿说明帝王存在奢侈之心。希望统治者能顺应自然之道，周伯琦还认为虽然雄伟的建筑是国家兴盛的象征，但节俭爱民则

---

① 杨镰：《全元诗》第48册，中华书局2013年版，第32页。

② 杨镰：《全元诗》第60册，中华书局2013年版，第402页。

③ 杨镰：《全元诗》第40册，中华书局2013年版，第396页。

是国家长盛不衰的根基。

元朝作为少数民族政权，为了强化政治统治，实施了众多压制汉民族的政策，但在扈从诗中，文人们较少涉及这些方面，反而写到了统治者关心民瘼的德政。关于龙虎台的诗歌也有这方面的描写，如袁桷《龙虎台》："群山朝辰居，层台纳灵秀。百泉暗东西，千嶂明左右。先皇雄略深，省方岁巡狩。翠华悬中天，问俗首耕耨。沉沉貔貅壘，濯濯鹰犬数。前行节驼鼓，执御各在手。侍臣仰天威，长跪四方奏。往闻父老言，罗拜上万寿。山桃与黍酒，启齿时一嗅。乘云去无踪，过者必稽首。登坡望储胥，紫气徹牛斗。"①此诗中至少有四方面的内容值得我们关注：一是五六两句对两都巡幸制度的评价，作者认为这是世祖为安边定塞，经过深谋远虑后，才制定的一项意义深远的措施；二是描写了皇帝驻跸龙虎台询问百姓耕种之事；三是作者描写了元朝帝王欣然接受百姓呈送的山桃、黍酒，与民同乐的场景；四是描绘了皇驾离开时，百姓稽首相送的景象。后三个方面为我们塑造了元朝帝王关心民生、仁爱百姓的贤君形象。

夏历八九月份，皇帝从上都返回大都，留守百官要到龙虎台迎接皇驾。吴当有《大驾南归至龙虎台迎候者皆于昌平胄监岁馆旧县何氏之争九年八月监丞吴当独来馆人持祭酒司业旧题索赋》诗，记载此年元朝皇帝巡幸上都回銮是在八月："当关龙虎拥层台，此地年年翠辇回。八月千官瞻候日，旧陪词馆小臣来。"②王恽《龙虎堂》诗题下自注说："甲午秋九月廿八日迎谒，自怀来四过其下。"③甲午年是指至元三十一年（1294），此年九月二十八日皇帝自上都返回龙虎台。

送行时，朝臣们要作诗颂圣，皇帝归来官员们依然要吟诗作赋，褒扬统治，如马祖常《龙虎台应制》诗："龙虎台高秋意多，翠华来日似滦

① 杨镰：《全元诗》第21册，中华书局2013年版，第322页。
② 杨镰：《全元诗》第40册，中华书局2013年版，第172页。
③ 杨镰：《全元诗》第5册，中华书局2013年版，第545页。

坡。天将山海为城堑，人倚云霞作绮罗。周穆故惭黄竹赋，汉高空奏大风歌。两京巡省非行幸，要使苍生乐至和。"① 诗歌首联即点明创作的时令是秋天，说明这是为皇帝从上都巡幸归来而作的应制诗；颔联采用对比的手法，彰显人的力量之伟大：可以将上天赐予人类的山、海变成城池的屏障，可以将云霞裁为绮罗；颈联用典，一个典故是周穆王见天大寒，北风雨雪中有百姓冻馁而赋《黄竹》悯农，另一个典故是汉高祖刘邦衣锦还乡，作《大风歌》，期望可得猛士封疆守土。而作者对于周穆王的作为着一"惭"字评价，于刘邦的作为则着一"空"字，作者认为周穆王并没有真正做到关怀民生、纾解民困，而刘邦也没有获得守土安邦的勇士。尾联由此生发而来，元朝帝王采用两京巡幸制安边定塞，实现了四海一统，百姓和乐。与颔联形成鲜明对比，褒扬之意不言自明，可谓"不着一字，尽得风流"。

　　元朝皇帝选择在春、夏季率领重要大臣到上都巡幸，原因之一是避暑。杨允孚说："北顾宫廷暑气清，神尧圣禹继升平。"（《滦京杂咏》其一）诗后自注："行幸上京，盖避暑也。"② 周伯琦说："省方绳祖武，清暑顺天时。"（《上京杂诗十首》其二）③ 张昱诗云："皇舆清暑驻滦京。"（《辇下曲》其三十）④ 以这样的方式安边定塞、震慑朔漠诸王是其中更重要的原因，杨允孚说："羽猎山阴射白狼，太平天子狩封疆。"（《滦京杂咏》其五）⑤ 同时向天下表明皇帝勤于国事，不避辛劳。吴师道诗中言："大驾时巡震北庭，皇风万里畅威灵。"（《次韵张仲举助教上京即事六首》）⑥ 这一意义，元代诗人在咏居庸关的诗歌中进行了更充分的阐释。

　　居庸关，又名军都关、蓟门关，是"天下九塞之一"，自古就是兵家

① 杨镰：《全元诗》第 29 册，中华书局 2013 年版，第 340 页。
② 杨镰：《全元诗》第 60 册，中华书局 2013 年版，第 402 页。
③ 杨镰：《全元诗》第 40 册，中华书局 2013 年版，第 343 页。
④ 杨镰：《全元诗》第 44 册，中华书局 2013 年版，第 50 页。
⑤ 杨镰：《全元诗》第 60 册，中华书局 2013 年版，第 402 页。
⑥ 杨镰：《全元诗》第 32 册，中华书局 2013 年版，第 94 页。

必争之地。早在春秋战国时期，燕国就扼控了此处，时称"居庸塞"；秦始皇修筑长城时，大量迁徙百姓于此；汉朝时，已经修建了规模宏大的居庸关城；南北朝时，关城建筑已经与长城连在一起；唐、辽、金、元等朝，也都在居庸峡谷设有关城。居庸关本是建都中原的王朝防御北方民族政权南进的重要关塞，在诗歌中也成为展现民族矛盾、斗争的重要意象。本书第七章中阐释了郝经的《居庸行》，此诗为我们展示了金元交替时居庸关见证的历史烽烟。萨都剌在至顺癸酉岁（1333），写下《过居庸关》一诗，与郝经的写法相似，都是咏史，却有自己的特色："居庸关，山苍苍，关南暑多关北凉。天门晓开虎豹卧，石鼓昼击云雷张。关门铸铁半空倚，古来几度壮士死。草根白骨弃不收，冷雨阴风泣山鬼。道旁老翁八十余，短衣白发扶犁锄。路人立马问前事，犹能历历言丘墟。夜来锄豆得戈铁，雨蚀风吹失颜色。铁腥惟带土花青，犹是将军战时血。前年人复铁作门，貔貅万灶如云屯。生者有功挂玉即，死者谁复招孤魂。居庸关，何峥嵘，上天胡不呼六丁，驱之海外休甲兵。男耕女织天下平，千古万古无战争。"①萨都剌诗中先描绘了居庸关的险峻悲凉景象，渲染气氛：居庸关，莽莽苍苍，横断南北，气候也由此分界，关南暑热，关北凉爽。山势高耸入云，山峰犹如虎豹横卧山间，即使是白天击打石鼓，仍然有云雷之气。铸铁的关门横倚在半空中，自古以来守关战士，出生入死，不知有多少为国捐躯。白骨满山无人收拾，阴风冷雨中，山鬼哀号。继之通过老翁口述，回顾了古往今来此地频繁进行的残酷战争。道旁短衣白发的八十老翁，扶犁种地。向路人回忆前尘往事，还能历历在目：除豆时还能找到战争遗留下的戈铁，经过雨蚀风吹已半棱折，但铁上犹腥，那是将军战士之血。最后描述如今的居庸关，前年关口又做了铁关门，驻扎了无数勇猛的士兵。作者想到每次战后，有功且生还者都能加官晋爵，而那些战死者却无人招

---

① 杨镰：《全元诗》第30册，中华书局2013年版，第217页。

魂。作者期望上天能派遣六丁神将，将入侵者驱赶到海外，使战争停息，士兵卸甲归田，从此男耕女织，天下太平。萨都剌作为深受儒家思想影响的蒙古族诗人，在诗歌中表达了他的反战思想。

元朝时，居庸关北是元朝的"腹里"地区，而此时在居庸关陈兵，说明了元朝统治者与漠北诸王之间既亲密又疏离的关系。这种关系始自忽必烈与其弟阿里不哥的汗位之争。蒙哥汗死后，忽必烈在上都登基，阿里不哥则在和林称汗，两人均获得了一部分蒙古贵族的支持，于是战争不可避免。这场战争表面上是帝位之争，其实也是阿里不哥代表的蒙古草原部落政治传统与忽必烈为代表的中原化政治模式的斗争。这场战争导致了蒙古帝国的分裂，此后四大汗国虽然还尊元朝皇帝为大汗，将自己汗国的户册交给元朝廷，元廷也会将诸汗在中原的食邑送给他们，但诸汗在自己的属地是各行其是，元朝只是诸汗国名义上的宗主国。① 正是元廷与蒙古诸汗国的这种关系，所以元朝的居庸关一直是作为蒙古族政权内部斗争的防御阵地，"居庸千古翠屏环，飞骑将军驻两关。万里车书来上国，太平弓矢护青山。"（杨允孚《滦京杂咏》其六）②"数骑朝还驿，千夫夜守关。"（贡师泰《居庸关观新寺》）③ 居庸关虽然是天堑，但历史经验说明这也并不是固若金汤，正如袁桷《居庸关》所云："石皮散青铜，云是旧战铠。天险不足凭，历劫有成败。"④ 石头上布满青铜，那是旧日战争所赐，虽然是天险，却见证无数成败。这说明地理形胜也罢，雄关天堑也罢，都不足凭。所以元朝诸帝从不敢懈怠，年年巡幸上都，大宴诸王宗戚，力图缓和矛盾，加强沟通，避免战争。

---

① 李漫：《元代传播考——概貌、问题及限度》，北京大学出版社 2013 年版，第 159 页。
② 杨镰：《全元诗》第 60 册，中华书局 2013 年版，第 402 页。
③ 杨镰：《全元诗》第 40 册，中华书局 2013 年版，第 269 页。
④ 杨镰：《全元诗》第 21 册，中华书局 2013 年版，第 307 页。

元朝虽然有漠北诸王的威胁，但在其他朝代常发生的中原王朝与北方民族政权间频繁的战争，却比较少见。正如周伯琦在《过居庸关二首》诗中所言："炎凉顷刻成殊候，华夏于今共一天。""桑麻旆旆村无警，榆柳青青塞有程。却笑燕然空勒石，万方今日尽升平。"①居庸关不仅见证了战乱、朝代的更迭变迁，在元朝还见证了龙行仪仗的豪奢，也见证了百姓安居乐业的美好图景。黄溍在前往上都途中，作有组诗《上京道中杂诗》，在《居庸关》诗开头也描写了居庸关所处的"万古争一门"的地理位置，接着作者描写元代南北统一后，居庸关地区因为没有了战乱而呈现出崭新图景：

> 车行已方轨，关吏徒击柝。居民动成市，庐井互联络。幽龛白云聚，石磴清泉落。地虽临要冲，俗乃近淳朴。政须记桃源，不必铭剑阁。②

诗中描述元朝南北统一，守关将吏徒劳地敲击着金柝。居庸关地区人烟稠密，房舍众多，村落相连，形成一个个市镇。幽静的佛塔直插云霄，高高的石崖间有泉水洒落。居庸关虽然是要塞，但民俗淳朴。作者期望官吏把这里视作陶渊明笔下的桃花源，而不是一座防御入侵者的雄关。虽然作者有美好的希冀，但在诗歌结尾处借与仆人的问答，还是表达了对战争的担心："仆夫踉谓我，无为久淹泊。山川岂不好，但恐风雨恶。"黄溍的这组诗作于至顺二年（1331）秋，元朝末年，表面上还是政通人和，但作者已经敏感地体悟到"山雨欲来"的信息。

总之，在元代诗人笔下，居庸关是沟通两都的一个要塞，更是沟通南北的交通要道，对于经济发展具有重要作用。正如柳贯在《晨度居庸至南关门》诗中认为居庸关："两都扼喉南北镇，九州通道东西行。"③诗人们借之咏史怀古，目的是希望统治者能够摒弃战争，发展经济，让百姓过上安

---

① 杨镰：《全元诗》第40册，中华书局2013年版，第342页。
② 杨镰：《全元诗》第28册，中华书局2013年版，第242页。
③ 杨镰：《全元诗》第25册，中华书局2013年版，第202页。

稳的生活。

（三）元代诗歌对驿路风情的吟咏

两都巡幸得以实现，与元代发达的驿站有直接的关系。窝阔台汗时期开始设置驿站，及世祖忽必烈在位，驿站已经在全国普遍建立，制度更加完备。因为皇帝巡幸的需要，大都、上都间驿（辇）路是有元一代最重要的。一共有三条：

第一条是驿路。全长800余里，途经大都健德门、昌平县、新店、南口、居庸关、榆林、怀来、统幕店、洪赞、枪杆岭、李老谷、龙门、赤城、云州、独石口、偏岭、牛群头、察罕脑儿、李陵台、桓州、望都铺（南坡店）、滦河等。

第二条是东路。东路有两条，"一由黑谷，一由古北口。"（周伯琦《扈从集前序》）黑谷路是专供皇帝北赴上都的路线，也叫"辇路"，全长750余里。途径的驿站有：大口、黄堠店、皂角、龙虎台、棒槌店、官山、车坊、黑谷、色泽岭、程子头、颉家营、沙岭、失八儿秃、郑谷店、泥河儿、双庙儿、六十里店、南坡店等。古北口路是专供御史台官员和军队使用，从大都出发经过今天北京的顺义、密云、古北口到河北省滦平一带，然后沿着滦河直到上都。

第三条是西道。元朝皇帝巡幸上都，通常由东道赴上都，经由西道返回大都。西道全长1000余里。路过的驿站有：南坡店、六十里店、双庙儿、泥河儿、郑谷店、盖里泊、遮里哈喇、苦水河儿、回回柴、忽察秃、兴和路、野狐岭、得胜口、沙岭、宣德府、鸡鸣山、丰乐、阻车、统幕店、妫头、龙虎台、皂角、黄堠店、大口等。①

---

① 李治安：《元史十八讲》，中华书局2014年版，第118页。

这三条驿路在上百年的时间中，成为连接两都之间的大动脉和移动中的朝廷。辇路和西路都是皇帝巡幸的专用路，随行人员都是皇帝的近臣，"每岁扈从，皆国族、大臣，及环卫有执事者，若文臣，仕至白首，或终身不能至其地也，实为旷遇。"① 普通官员和百姓只能走驿路。元代诗人的笔下，绝大多数描写的都是驿路风情，从大都一直到独石口驿站，都具有中原农耕文化特色。比如榆林驿（位于今北京延庆），诗人笔下是官柳夹路之景："昔人多种榆，今人惟种柳。"（周伯琦《榆林》）② "两行官柳夹长堤，缕缕青丝拂面齐。"③（贡师泰《榆林道中》）枪杆岭驿站在怀来县，贡奎说这里犹如江南："经行绝似江南路，落日青林杜宇啼。""川净白云起，郊平红树微。"（《枪杆岭》）④ 到了河北省赤城县北的独石口驿站已经接近草原："今朝过岭一纵目，无穷平野无穷天。"（刘敏中《偏岭》）⑤ 而到了担子窝（檐子洼），已经完全进入了草原，景色与之前的其他驿站完全不同。黄溍《担子窝》中描写道："连天暗丰草，不复见林木。行人烟际来，牛羊雨中牧。"⑥ 廼贤的《檐子洼》诗自注说："昔多盗贼，今置巡检司于山椒，其山无林木，皆蔓草。"诗中也有"黄云翳日脚，草色浮天涯"⑦ 的诗句。在这些驿站诗歌中，李陵台诗最具特色。

李陵台传说是汉将李陵所建。李陵是李当户之子，是"飞将军"李广的孙子。据《史记·李将军列传》载：

> 李陵既壮，选为建章监，监诸骑。善射，爱士卒。天子以为李氏

---

① 周伯琦：《扈从集前序》，李修生：《全元文》第 44 册，凤凰出版社 2004 年版，第 531 页。
② 杨镰：《全元诗》第 40 册，中华书局 2013 年版，第 395 页。
③ 杨镰：《全元诗》第 40 册，中华书局 2013 年版，第 286 页。
④ 杨镰：《全元诗》第 23 册，中华书局 2013 年版，第 176 页。
⑤ 杨镰：《全元诗》第 11 册，中华书局 2013 年版，第 291 页。
⑥ 杨镰：《全元诗》第 28 册，中华书局 2013 年版，第 244 页。
⑦ 杨镰：《全元诗》第 48 册，中华书局 2013 年版，第 34 页。

世将，而使将八百骑。尝深入匈奴二千余里，过居延，视地形，无所见虏而还。拜为骑都尉，将丹阳楚人五千人，教射酒泉、张掖以屯卫胡。数岁，天汉二年（前99年）秋，贰师将军李广利将三万骑击匈奴右贤王于祁连天山，而使陵将其射士步兵五千人出居延北可千余里，欲以分匈奴兵，毋令专走贰师也。陵既至期还，而单于以兵八万围击陵军。陵军五千人，兵矢既尽，士死者过半，而所杀伤匈奴亦万余人。且引且战，连斗八日，还未到居延百余里，匈奴遮狭绝道，陵食乏而救兵不到，虏急击招降陵。陵曰："无面目报陛下。"遂降匈奴。其兵尽没，余亡散得归汉者四百余人。①

从这简短的记载可以看出，李陵在擅于骑射和关爱士卒方面颇有其祖父遗风。不幸的是所率汉卒五千人遭到八万匈奴兵的围困，又没有救兵援助，兵败投降。单于因李陵的家室及其在战场上的表现，"乃以其女妻陵而贵之。汉闻，族陵母妻子。自是之后，李氏名败，而陇西之士居门下者皆用为耻焉。"李陵投降偷生，最初可能也像司马迁在《报任安书》中所说的：想在匈奴寻找机会报答汉朝。但结果却造成了包括母亲、妻子在内的家族中上百口人被杀，李陵成为了不忠不孝的典型，成为了陇西人耻辱的象征，永远无法得到亲族的谅解。李陵无法再回到汉朝，思乡情切，便筑高台遥望家乡，后人称为李陵"望乡台"。关于此台所在的地理位置，元人的诗歌中有大致的说明，周伯琦《纪行诗》第十九首曰："汉将荒台下，滦河水北流。岁时何衮衮，风物尚悠悠。"② 曹溍《李陵台》诗说："日暮官道旁，土室容小憩。汉将安在哉，荒台独仿佛。"③ 岁月悠悠，相继不绝，多少风云人物都成为历史中的匆匆过客，不复存在，就像李陵，无论功过，都已成为过往，而这座高台依旧仁立在风雨之中，凭后人感慨。周

---

① 司马迁：《史记》卷109，中华书局1959年版，第2877—2878页。
② 杨镰：《全元诗》第40册，中华书局2013年版，第392页。
③ 杨镰：《全元诗》第28册，中华书局2013年版，第244页。

伯琦和黄溍借助李陵台表达了人生短暂的感伤，但二人的诗中也描写了李陵台的大致位置：李陵台建在滦水畔，位于驿路旁。《中国历史地名大辞典》"李陵台"条载："为上都南驿路第二站。在今内蒙古正蓝旗南闪电河旁之黑城子。明初为开平卫驿站，名威虏驿。后废。"① 可见元朝时的李陵台驿站，为帖里干驿道与木怜驿道之交汇处，是漠南、漠北蒙古草原最为重要的驿站之一。李陵台地区已经具有了金莲川特有的自然风光，许有壬在《李陵台谒左大夫二首》其二说这里"红药金莲偏地开"②，红色的芍药和黄色的金莲花装点了这里美丽的草原。

李陵台是扈从皇帝北狩必经之处，距离上京不足百里，已是京畿地区。元朝时，上都是丝绸之路的起点之一，也是当时北方草原地区的商业中心，来自世界各地的商人络绎不绝，宋本《上京杂诗》描写上都城："西关轮舆多似雨，东关账房乱如麻。"③ 就连李陵台地区也显露了一派繁华的景象。贡师泰《滦河曲》中描写道：

> 椎髻使来交趾国，橐驼车宿李陵台。遥闻彻夜铃声过，知进六宫瓜果回。④

交趾国就是现在的越南，外国的使者来上都进献瓜果，要住在李陵台，可见此处距离上都很近。

马祖常作为元廷重要官员，常到上都，并写有描述上都风光的诗词多首。在鬓发斑白的年纪，身裹素袍，冒着滂沱大雨，来到桓州城下，看到当时滦河、桓州、李陵台的繁华景象，于是在《车簇簇行》中感叹：

> 李陵台西车簇簇，行人夜向滦河宿。滦河美酒斗十千，下马饮者不计钱。青旗遥遥出华表，满堂醉客俱年少。侑杯少女歌竹枝，衣上

---

① 史为乐：《中国历史地名大辞典》，中国社会科学出版社 2005 年版，第 1238 页。
② 杨镰：《全元诗》第 34 册，中华书局 2013 年版，第 412 页。
③ 杨镰：《全元诗》第 31 册，中华书局 2013 年版，第 97 页。
④ 杨镰：《全元诗》第 40 册，中华书局 2013 年版，第 316 页。

翠金光陆离。细肋沙羊成体荐，共诧高门食三县。白发从官珥笔行，
毳袍冲雨桓州城。①

　　李陵台西侧就是通往大都的驿路，行人车辆络绎不绝。晚上行人就住
在滦河边的酒店中。酒店供应上好的美酒，美味的沙羊，价格昂贵，但是
富商却毫不吝惜。少年喝得烂醉如泥，坐在他们身旁陪酒、唱着竹枝词的
歌妓，衣服华丽，金银闪烁。

　　这首诗中最值得注意的是"侑杯少女歌竹枝"句。"竹枝"也就是竹
枝词，产生于唐初的巴蜀地区，是底层劳动者在从事生产劳动过程中所歌
唱的民歌，竹枝词古称"竹枝""竹枝歌""竹枝子""竹枝曲""巴渝曲"
等，这种民歌样式与巴渝地区盛产竹子关系密切。经唐代著名诗人杜甫、
刘禹锡、白居易等人的仿作和推广，流传地区逐渐扩大。唐圭璋在《竹枝
纪事诗·序》中写到"长庆中刘梦得于建平见联歌《竹枝》，作《竹枝词》
九篇，善歌者飏之。《花间集》载孙光宪《竹枝》二首，声辞并录。宋元
以降，作者寖多，形式与七言绝句无异，内容则以咏风土为主，无论通都
大邑或者穷乡僻壤，举凡山川胜迹，人物风流，百业民情，岁时风俗，皆
可抒写。非仅诗境得以开拓，且保存丰富之社会史料。"②这种濡染了中原
文化特色的诗歌样式经过汉族文人的努力在塞外得到发扬，许有壬在《竹
枝十首和继学韵》第十首中就谈及自己在大安阁向统治者进献竹枝词："阁
中敢进竹枝曲，万岁千秋文轨同。"③

　　李陵台不仅是一个地名、一处驿站，更牵扯着重要的文化问题，这就
是气节。气节历来被中华民族所看重，孔子就有"志士仁人，无求生以害
仁，有杀身以成仁"④之说，将气节看得比生命还重要；孟子也说："居天

---

① 杨镰：《全元诗》第29册，中华书局2013年版，第392页。
② 丘任良：《竹枝词纪事》，暨南大学出版社1994年版，第1页。
③ 杨镰：《全元诗》第34册，中华书局2013年版，第428页。
④ 杨伯峻译注：《论语译注》，中华书局1980年版，第163页。

下之广居，立天下之正位，行天下之大道，得志，与民由之，不得志，独行其道。富贵不能淫，贫贱不能移，威武不能屈，此之谓大丈夫。"①"大丈夫"精神与后世所说的气节异曲同工。李陵的投降，在"华夷之辨"非常严重的封建社会，就是失节败德。正如司马迁所说："自是之后，李氏名败，而陇西之士居门下者皆用为耻焉。"班固在《汉书·李广苏建传》中讲李陵曾奉单于之命去劝羁留在匈奴多年的汉朝使节苏武投降，遭到苏武拒绝。后苏武归汉，李陵"榷心而泣血"，起舞作歌曰："'径万里兮度沙幕，为君将兮奋匈奴。路穷绝兮矢刃摧，士众灭兮名已隤。老母已死，虽欲报恩将安归！'陵泣下数行，因与武决。"② 这之后苏武成为了尽忠守节的代表，元代周应极在《宿李陵台》诗中就说："持节苏卿真壮士，开边汉武亦奇才。"③ 李陵却成为失节辱身的典型。至元代，昔日的夷狄成为了统治者，汉族文人们也与李陵一样侍奉了异族之君。所以在李陵台诗中，批评李陵失节的作品并不多，汉族诗人中只有柳贯的《望李陵台》：

> 覆车陷囚虏，此志乃大妄。一为情爱牵，皇恤身名丧。缕缕中郎书，挽使同趺踢。安知臣节恭，之死不易谅。④

柳贯从李陵兵败说起，认为不管他是怕死，还是像司马迁猜测的那样是要寻找机会报答汉朝，都是错误的。何况，李陵娶了单于的女儿，陷入情爱的牵绊中，损毁了自己的生前身后名。所以柳贯认为作为人臣，要守节操，否则即便是死后也将无法得到别人的谅解。

值得关注的是三位少数民族诗人在诗歌中也涉及了节操问题。一位是元代庸古部诗人马祖常，他在《李陵台二首》之一中说："故国关河远，

---

① 杨伯峻译注：《孟子译注》，中华书局 2005 年版，第 141 页。
② 班固：《汉书》第 24 卷，中华书局 1962 年版，第 2464—2466 页。
③ 杨镰：《全元诗》第 23 册，中华书局 2013 年版，第 8 页。
④ 杨镰：《全元诗》第 25 册，中华书局 2013 年版，第 100 页。

高台日月荒。颇闻苏属国，海上牧羝羊。"①开头两句说李陵的故国距离遥远，他修筑的望乡台也日渐荒芜。后两句没有评价李陵，却提到了苏武被羁押在匈奴，坚决不降，被流放到北海牧羊的故事。昭帝始元六年（公元前81年），苏武在牧羊十九年之后，回到了汉朝。作者将二人进行对比，虽然没有任何评价，但其观点已经寄寓其中。

另一位是突厥葛逻禄诗人廼贤，他的批评是非常直接的："落日关塞黑，苍茫路多岐。荒烟淡暮色，高台独巍巍。呜呼李将军，力战陷敌围。岂不念乡国，奋身或来归。汉家少恩信，竟使臣节亏。所愧在一死，永为来者悲。千载抚遗迹，凭高起遐思。褰裳览八极，茫茫白云飞。"（《李陵台》）②廼贤在诗中首先描绘了日暮时分李陵台畔的景色，接着描写李陵的遭遇：李陵奋勇抵抗匈奴，结果身陷重围，战败被俘。对于李陵的投降，廼贤认同司马迁的观点，认为他绝不会弃故国真心投降异族，他是要保全性命寻找机会逃脱，或者是寻找机会为汉朝做一番大事，但汉武帝刻薄寡恩，杀害了李陵全家，最终造成了他的失节。柳贯认为李陵不能杀身成仁，又为情爱所牵，终身抱憾。而廼贤却提出了一个全新的观点，他认为是汉武帝的残暴，造成了臣子的失节。廼贤是元代的"色目人"，不是"汉家"子民，他批判"汉家"统治者自然毫不客气。

廼贤虽然在民族身份上与汉人不同，但他的家族已移居汉地多年，他自己在浙江出生，在汉地长大，自幼接受儒家文化教育。所以他在诗中说："所愧在一死，永为来者悲。"认为李陵不管因为什么原因没有自杀成仁，都会让后人悲慨。元蒙统治者统一海宇，众多少数民族移居汉地，接受了汉族文化，对于扩大汉文化的影响，增进各民族间的关系意义非凡。

第三位是蒙古族诗人萨都剌，他诗中说："降入天骄愧将才，山头空

① 杨镰：《全元诗》第29册，中华书局2013年版，第359页。
② 杨镰：《全元诗》第48册，中华书局2013年版，第34页。

筑望乡台。苏郎有节毛皆落，汉主无恩使不来。"（《过李陵墓》）① 萨都剌称匈奴为天骄，认为李陵所愧的不是投降毁节，而是作为将军之才能。萨都剌认为苏武的确是有节操的士人，但却遭遇悲惨，最终批判了汉朝统治者的"无恩"。萨都剌完全是站在少数民族的立场上来观照李陵投降的问题，称颂匈奴为天骄、批判汉朝统治者实际上也是在称颂自己的民族。

李陵台也是寄托诗人乡关之思的意象，几千年的农业经济造就了中国人浓重的乡土情怀，安土重迁，依恋土地、依恋家乡。李陵在匈奴多年，远离故园，他的乡愁一定是浓烈的，李陵台就是寄托这种情感的载体。而元朝诗人扈从皇帝来到边远的塞外，也有大半年的时间无法与家人相聚，蒙古人这种夏、冬两营地迁徙的习俗也催生了诗人的乡关之思，于是他们借李陵台、借助描写李陵的思乡之情也发抒自己的心中垒块。比如多次扈从皇帝的袁桷，在《李陵台》诗中说无论是白雪茫茫的冬天，还是黄沙滚滚的春秋，李陵"眼穿犹上望乡台"，但因为家人都已经被统治者残害，"陇西可是无回雁？不寄平安一字来。"② 在这类作品中，最典型的要数陈孚的《李陵台约应奉冯昂霄同赋》③，诗歌前四句："落日悲笳鸣，阴风起千嶂。何处见长安，夜夜倚天望。"钱钟书在《管锥编》中解读《诗经·君子于役》：日夕是当归之时，并引用了"最难消遣是昏黄""断送一生憔悴，只消几个黄昏""愁因薄暮起""暝色起春愁"等众多的诗句说明：暝色是起愁之因。④ 而陈孚此诗设计的时间点就是日落时分，在悲凉的胡笳声中，李陵怎不生思归之情！于是他登台遥望家乡，却被晚风中的"千嶂"隔绝。乡关之思形成的一个重要的心理动因就是隔绝机制。李陵与家乡的隔绝，不仅是自然环境的山高路远，更重要的是两个政权间无法消弭的敌对

---

① 杨镰：《全元诗》第 30 册，中华书局 2013 年版，第 266 页。

② 杨镰：《全元诗》第 21 册，中华书局 2013 年版，第 311 页。

③ 杨镰：《全元诗》第 18 册，中华书局 2013 年版，第 411 页。

④ 钱钟书：《管锥编》第一册，中华书局 1979 年版，第 100—102 页。

形势。隔绝越严重，人的思归情绪就越强烈，所以李陵夜夜登台遥望长安方向，希望可以缓解内心的痛苦。

回忆是乡情的基础，而最容易勾起回忆的，往往是过去的美好和荣耀。陈孚在诗中说："臣家羽林中，三世汉飞将。尚想甘泉宫，虎贲拥仙仗。"李陵的祖父李广、父亲李敢当还有他自己都曾经是汉朝安边定塞、征讨匈奴的重要将军，受到皇帝的重视。所以身处逆境的李陵，在异地他乡遥想到的就是在长安的甘泉宫，拥立在皇帝左右时的那份荣光。

陈孚在诗中为李陵的投降做了辩解："臣岂负朝廷，忠义夙所尚。汉天青茫茫，万里隔亭障。"用李陵的口吻申明自己素来崇尚忠义，从未想要背叛汉朝。但这份赤子之心却因为自然的、政治的原因以及国恨家仇造成的隔绝，永远无法向汉皇表达了，当然回到故乡也变成了绝望。所以陈孚诗歌尾联说李陵对家乡"可望不可到"，于是"血泪堕汪漾"。

人是群体生活的动物，在某一群体之中生活久了，就会对这一群体产生归属感。李陵出生在汉地，成长在汉人群体中，并深受汉族文化的影响，所以虽然他投降了匈奴，娶了匈奴女子为妻，但他并不能将塞外看作自己的故乡，不能融入匈奴人的群体，孤独、寂寞就成为他恒久的情绪，思乡、望乡恰恰是这种寻觅认同感、安全感的表现。作为一个汉族知识分子，陈孚对于传统的"华夷之辨"非常清楚，自己的身后之名如何尚不可知。所以他同情李陵的不幸遭遇，在诗歌的结尾处感叹"空有台上石，至今尚西向。"强化了这种亘古无法释怀的无奈、悲凉。

作为臣子都希望统治者能成为自己的知音、要对自己深信不疑，但遗憾的是这样互为知音的君臣历史上并没有多少，更多的是臣子"忠而被谤""信而见疑"的史实。李陵的祖父李广曾经被迫自杀，李陵失败被俘是由于主力部队没有及时援助，贰师将军李广利的失职是主要责任。汉武帝诛杀了李陵全家却没有去追究主帅的责任，就连为李陵说了几句公道话的司马迁也遭受了腐刑。元朝诗人同时也是元帝王的臣子，尤其是元朝帝王对汉族臣子多数不是很信用，即便是元世祖忽必烈也是如此。所以汉族诗人们也在李陵台诗中表达了自己对李陵、对司马迁的同情。曹潨《李陵台》诗即是如此："常怜司马公，予夺多深意。奏对实至情，论录存大义。史臣司述作，遗则敢失坠。"① 一个"怜"字，表明了作者对司马迁的同情。接着作者赞扬司马迁能明辨是非，在李陵遭到众口一词的诋毁的时候，通过分析李陵的家世，体悟臣子的忠心，从而秉持正义，为李陵开脱。司马迁的想法最终没有得到统治者的理解，身受大刑，即便如此，他还秉持史家精神和正义人格，在《史记》中坚持了自己最初的观点，这是一般儒家知识分子所追求的境界，因而得到他们的认可和敬重。

二、元代诗歌对上都"皇家宴会"的描绘

元代诗人王恽说："国朝大事，曰征伐，曰搜狩，曰宴飨，三者而已。虽矢庙谟，定国论，亦在于樽俎餍饫之际，故典司玉食，供億燕犒，职掌视前世为重。"（《大元故关西军储大使吕公神道碑铭》）② 王恽所说虽然不免夸张，但也说明征战、狩猎、宴飨在元朝廷政治生活中的重要意义。

元代统治者巡幸上都期间，诸王、嫔妃、公主、驸马和文武百官都要扈从，声势浩大，蔚为壮观。可以说，在这段时间，整个元代朝廷搬到了上都。而且元朝统治者还要在上都会见漠北诸王，举行"忽里台"贵族会议。所以巡幸上都期间，蒙古族的宫廷宴会也是最为重要的活动之一。叶新民在《两都巡幸制与上都的宫廷生活》一文中，论述蒙元统治者在上都的生活内容，主要有朝会、宴飨、祭祀、游猎、宫廷歌舞、角抵与放走、

---

① 杨镰：《全元诗》第 28 册，中华书局 2013 年版，第 244 页。

② 李修生：《全元文》第 6 册，江苏古籍出版社 1999 年版，第 497 页。

游皇城。① 陈高华、史为民在《元上都》的第四章主要也是对宴会、佛事、狩猎、祭祀等上都宫廷生活的阐释。出席这种大宴的都是宗室、贵戚、重臣、近侍等人，参加宴会者都要穿着皇帝御赐的同色服装，虽然精粗、样式有差别，但总称为"质孙"服。这种规格极高的宫廷宴会也就统称为"质孙宴"，也称为"诈马宴"。马可波罗在其行纪中说能参加这种宴会的人有一万二千人，都是皇帝的"委质之臣名曰怯薛丹者"，皇帝赐给这些大臣袍服各十三次。"每次颜色各异，此一万二千袭同一颜色，彼一万二千袭又为别一颜色，由是共为十三色。""每年在十三次节庆中，命各人各衣其应服之袍服。君主亦有袍服十三袭，颜色与诸男爵之袍服同。惟较为富丽，而其价值未可以数计也。每次彼所服之色与诸男爵同。"② 元代的诗人也见证了这具有蒙古族传统文化特色的"质孙宴"，并行诸吟咏。

（一）宴会举行的时间和地点

周伯琦作为元顺帝朝重要的汉族大臣，在至正十二年（1352）与贡师泰一起被擢拔为监察御史，成为南士之望。多次扈从顺帝到上都，也曾多次参加诈马宴，后至元六年（1340）宴后，作诗《诈马行并序》记述诈马宴的盛况，其序言曰：

> 国家之制，乘舆北幸上京，岁以六月吉日。命宿卫大臣及近侍服所赐只孙，珠翠金宝，衣冠腰带、盛饰名马。清晨，自城外各持彩仗，列队驰入禁中。于是，上盛服御殿临观，乃大张宴为乐。惟宗王戚里、宿卫大臣，前列行酒。余各以所职叙坐合饮。诸坊奏大乐，陈百戏，如是者凡三日而罢。其佩服，日一易。太官用羊二千，嗷马

---

① 叶新民：《元上都研究》，内蒙古大学出版社 1998 年版，第 37—54 页。
② ［意］马可·波罗：《马可·波罗行纪》，［法］沙海昂注，冯承均译，商务印书馆 2012 年版，第 204 页。

三百匹，它费称是。名之曰只孙宴。只孙，华言一色衣也，俗呼曰诈马筵。①

文中大致勾勒出上京举行诈马宴的基本程序：选择六月吉日、盛装入宫、宴会开始、歌舞百戏助兴、宴会结束。这里所列只是大致的步骤，未全部列入。其中第一个步骤就是选择吉日，周伯琦的《上京集诗十首》其四："吉日开名宴，崇班列上公。"② 元末文人郑泳在其《诈马赋》中也如是说："皇上清暑上京，岁以季夏六月大会亲王，宴于棕王之殿三日。百官五品之上赐只孙之衣，皆乘诈马入宴。"③ 廼贤是以布衣的身份到上都观礼，作《失剌斡耳朵观诈马宴奉次贡泰甫授经先生韵》五首，其五说："滦河凉似九龙池，清暑年年六月时。孔雀御屏金纂纂，棕榈别殿日熙熙。"由此可见，元朝皇帝在上都举行诈马宴的时间基本都在六月。

当然也不尽然，在一些重大的事件后也会举行这样的宴会。至元十三年（1276）正月，南宋统治者向元王朝投降。三月南宋皇族、大臣被元兵押解北上。南宋宫廷琴师、著名诗人汪元量跟随南宋皇室北上大都、上都，五月抵达上都，朝见了元世祖。汪元量和南宋皇室一起，参加了元世祖举行的庆祝灭南宋的诈马宴，《湖州歌九十八首》④ 中有十首诗记录了此次诈马宴的盛况。

周伯琦在《诈马行并序》中说上都举行的诈马宴"三日而罢"，相似的说法如郑泳的《诈马赋》："宴于棕王之殿三日。"张昱的《辇下曲》第三十首："皇舆清暑驻滦京，三日当番见大臣。"⑤ 许有壬《龙冈赐燕》："袨服盛装三日燕，和铃清振九游旗。"⑥ 周伯琦、郑泳、张昱、许有壬四人皆

① 杨镰：《全元诗》第 40 册，中华书局 2013 年版，第 345 页。
② 杨镰：《全元诗》第 40 册，中华书局 2013 年版，第 344 页。
③ 李修生：《全元文》第 57 册，凤凰出版社 2004 年版，第 869 页。
④ 杨镰：《全元诗》第 12 册，中华书局 2013 年版，第 45 页。
⑤ 杨镰：《全元诗》第 44 册，中华书局 2013 年版，第 50 页。
⑥ 杨镰：《全元诗》第 34 册，中华书局 2013 年版，第 335 页。

说在为期三天的质孙宴上，皇帝和朝中重臣都会盛装预宴，马匹上的铃声震动天地，皇帝在大宴期间每日都会召见重要的大臣。

诈马宴要举行三天，但一共举行几场宴会，以上四位诗人都没有提及，汪元量的诗歌中没有言及盛宴举行的天数，但说明了盛宴举行的场次："皇帝初开第一筵""第二筵开入九重""第三筵开在蓬莱""第四排筵在广寒""第五华筵正大宫""第六筵开在禁庭""第七筵排极整齐""第八筵开在北亭""第九筵开尽帝妃""第十琼筵敞禁庭"。① 这十场宴会是连续安排还是中间有间隔，诗中无法体现，但第一首诗的最后一句是"宴罢归来月满天"，第四首的结尾说"宴罢归来月满鞍"，第六首诗结尾是"月下笙歌入旧城"，这三句诗明显都是写的一天基本结束的时间，说明这十场宴会至少是在三天完成的。

连续三日的大宴，举行的地点也往往要变换。上述汪元量《湖州歌九十八首》中的相关诗歌，也涉及了宴会的地点的变换，有"九重""蓬莱""广寒""大宫""北亭""禁庭"。质孙宴既可能在汉式宫殿中举办，如张昱诗中所说："祖宗诈马宴滦都，挏酒哼哼载憨车。向晚大安高阁上，红竿雉帚扫珍珠。"② 这天的宴会地点是大安阁，也会在蒙古式的宫帐中举行，如廼贤《失剌斡耳朵观诈马宴奉次贡泰甫授经先生韵》、柳贯《观失剌斡耳朵御宴回》，两诗的诗题中已经表明宴会的地点是失剌斡耳朵。贡师泰《上都诈马大宴》中有"棕间别殿拥仙曹"③，《上京大宴和樊时中侍御》中有"平沙班诈马，别殿燕棕毛。"④ 杨允孚《滦京杂咏》中也有"圣驾棕毛殿里回"⑤ 的诗句，也说明了同样的问题。

---

① 杨镰：《全元诗》第 12 册，中华书局 2013 年版，第 45—46 页。
② 杨镰：《全元诗》第 44 册，中华书局 2013 年版，第 50 页。
③ 杨镰：《全元诗》第 40 册，中华书局 2013 年版，第 284 页。
④ 杨镰：《全元诗》第 40 册，中华书局 2013 年版，第 322 页。
⑤ 杨镰：《全元诗》第 60 册，中华书局 2013 年版，第 405 页。

（二）宴会上人和马匹的装饰

"质孙宴"之名源自参加宴会人的服饰。我们且看以下四条记载：王恽《大元故关西军储大使吕公神道碑铭》："凡群臣预御衍者，冠佩服色，例一体不混淆，号曰只孙，必经赐兹服者，方获预斯宴，于以别臣庶疏近之殊，若古命服之制。"①柯九思《宫词一十五首》第五首："万里名王尽入朝，法官置酒奏箫韶。千官一色真珠袄，宝带攒装稳称腰。"诗下注释："凡诸侯王及外番来朝，必锡宴以见之，国语谓之质孙宴。质孙，汉言一色，言其衣服皆一色也。"②周伯琦《诈马行并序》："命宿卫大臣及近侍服所赐只孙，珠翠金宝，衣冠腰带、盛饰名马。""只孙，华言一色衣也。"③《马可波罗行纪》："同日至少有男爵骑尉一万二千人，衣同色之衣，与大汗同所同者盖为颜色，非言其所衣之金锦与大汗衣价相等也。各人并系一金带，此种衣服皆出汗赐，上缀珍珠宝石甚多。"④这四则材料包括了不同体裁的文学作品：散文、诗歌、诗序、游记；包括了不同国别的文人：元朝人和意大利人，但他们在记载质孙宴的由来时都出现了相似的说法，所谓"一体不混淆""千官一色""汉言一色""衣同色之衣"等，一致指出质孙宴是因为预宴者都服一色衣服，因而得名。

关于质孙服的颜色和材质，元诗中也有描绘。张昱的《辇下曲》第十四首："只孙官样青红锦，裹肚圆文宝相珠。羽仗执金班控鹤，千人鱼贯振嵩呼。"⑤诗说参加宴会的官员都要穿着皇帝所赐的质孙服，官服由青色、红色的锦缎为材料。用华丽、上好的绸缎束腰，如果青色锦缎是官服

---

① 李修生：《全元文》第 6 册，江苏古籍出版社 1999 年版，第 497 页。
② 杨镰：《全元诗》第 36 册，中华书局 2013 年版，第 2 页。
③ 杨镰：《全元诗》第 40 册，中华书局 2013 年版，第 345 页。
④ ［意］马可·波罗：《马可·波罗行纪》，［法］沙海昂注，冯承均译，商务印书馆 2012 年版，第 204 页。
⑤ 杨镰：《全元诗》第 44 册，中华书局 2013 年版，第 49 页。

质地，那么红色锦缎应该就是裹肚的绣袍肚，反之亦然。郑泳在《诈马赋》中对质孙服的颜色描写道："若其只孙之衣，古制无之，惟纤文之暗起兮，却绮绣之彰施。三朝三易，一日一色，或蓝而碧，或绛而赤，轻绯深紫，间错缘饰。"①从中可以看出，宴会上每天的质孙服主体颜色一致，但会有些其他颜色的锦缎"间错缘饰"。

质孙宴是元朝的国宴，参加宴会的都是诸王、宗戚、重臣。受邀参加大宴是统治者对这些臣子无上的荣宠，王公、大臣也都想借此机会给皇帝留下深刻的印象，所以诈马宴也成为王公、大臣互相攀比的机会，各个装扮华丽，英姿飒爽，以求一争高下。除了衣一色衣外，以上所举材料还指出，官员们还有在衣服上装饰珍珠、翡翠、金银等宝物，极尽侈靡、奢华。宴会当日清晨，仪仗队在城外列队，宗王、大臣前后有序，浩浩荡荡来到禁城内。"清晨，自城外各持彩仗，列队驰入禁中。于是，上盛服御殿临观，乃大张宴为乐。"②皇帝也身着盛装，接受臣子们的参拜。

作为游牧民族，蒙古族的功业是在马背上完成的，因此在他们的心目中，马是坐骑，更是伙伴、朋友和助手。元顺帝至正二年（1342）佛朗国给元朝进贡一匹"天马"，元顺帝非常高兴："遂命育于天闲，饲以肉粟酒湩。"③（周伯琦《天马行应制》序）还命文臣为之作画、作诗，蒙古族画家张彦辅有《佛朗马图》，吴师道有《天马赞》，欧阳玄为之作《天马颂》，周伯琦有《天马行应制》，朱德润写过《异域说》的散文，陆仁有《天马歌》等，由此可见蒙古人与马非比寻常的感情。蒙古人参加质孙宴时对马的装饰往往比对自己的装饰更加用心，很多诗人笔下都极力描摹宴会上马匹的盛装。袁桷有诗题为《装马曲》，虽然诗歌只在开头描写了参加质孙

---

① 李修生：《全元文》第 57 册，凤凰出版社 2004 年版，第 870 页。
② 杨镰：《全元诗》第 40 册，中华书局 2013 年版，第 345 页。
③ 杨镰：《全元诗》第 40 册，中华书局 2013 年版，第 360 页。

宴的官员对爱马的装饰:"彩丝络头百宝装,猩血入缨火齐光。锡铃交驱八风转,东西夹翼双龙冈。"① 其后是对宴会的描写,但诗歌以"装马"为题,以"装马"开篇,足见"装马"在质孙宴上的重要性。叶子奇在《草木子》中说:"北方有诈马筵席最具筵之盛也。诸王公贵戚子弟。竞以衣马华侈相高。"② 这也是质孙宴俗称"诈马宴"的重要原因。贡师泰在《上都诈马大宴》五首之一中有:"织翠辔长攒孔雀,镂金鞍重嵌文犀。"③"辔"是马的嚼子和缰绳的统称,马的主人用翠绿的丝织品做成缰绳,因为缰绳很长,特意挽成孔雀的样式。马鞍是镂金的,而且上面还装饰了纹理华美的犀牛角。贡师泰在《上都诈马大宴》五首之二中也有"丹凤衔珠装騕褭"的诗句,"騕褭",《词源》中引用司马相如《上林赋》中的例文:"买騕褭,射封豕。"之后用郭璞的注释解释:"騕褭,神马,日行万里。"④ 后来成为骏马的通称。这里借指参加诈马宴的官员所骑乘的良马,而且这些马匹用"丹凤衔珠"作为装饰。关于马匹的装饰,周伯琦、郑泳描写得最为细腻。周伯琦的《诈马行并序》诗:"华鞍镂玉连钱骢,彩翠簇辔朱英重。钩膺障颅鞶镜丛,星铃彩校声珑珑。"⑤ 郑泳的《诈马赋》:"矧诈马之聚此兮,易葱芊之绮丽。额镜贴而曜明兮,尾银铺而插雉;雉丛身而騕褭兮,铃和鸾而清徽。镫锁铁而金嵌兮,鞍砌玉而珠比。"⑥ 诗赋中都描写了这样几种装饰用品:其一是用金银等贵金属;其二是用美玉、宝石;其三是用铜镜;其四是用华丽的雉尾;其五是用彩色的铃铛等。马匹被装饰的部位有马的额头、马辔头、马鞍、马镫、马肚子、马尾,基本包括了马的周身各处。

---

① 杨镰:《全元诗》第 21 册,中华书局 2013 年版,第 326 页。

② 叶子奇:《草木子》,中华书局 1959 年版,第 68 页。

③ 杨镰:《全元诗》第 40 册,中华书局 2013 年版,第 284 页。

④ 《词源》,商务印书馆 1999 年版,第 1884 页。

⑤ 杨镰:《全元诗》第 40 册,中华书局 2013 年版,第 345 页。

⑥ 李修生:《全元文》第 57 册,凤凰出版社 2004 年版,第 870 页。

正是由于预宴者对自己和爱马精心装饰，诗人往往将二者一起写入诗中。如杨允孚《滦京杂咏》第四十二首：

> 千官万骑到山椒，个个金鞍雉尾高。下马一齐催入宴，玉阑干外换宫袍。①

诗中说预宴者入宴之前要换上皇帝赏赐的"宫袍"，当然也就是质孙服。他们的马也要配上金鞍，并以高高的雉尾来装饰。杨允孚在此诗后的注释中说："每年六月三日，诈马筵席，所以喻其盛事也。千官以雉尾饰马入宴。"廼贤在《失剌斡耳朵观诈马宴奉次贡泰甫授经先生韵》五首其二中有："珊瑚小带佩豪曹，压辔铃铛雉尾高。"② 诗句中的"豪曹"是古代的利剑，这里描写参加宴会的人佩戴着精良的宝剑，宝剑上用珊瑚装饰，而马的辔头上缀着精美的铃铛，马身上装饰着高高的雉尾。在这组诗的第四首中也有："锦翎山雉攒游骑，金翅云鹏织赐衣。"马匹用金鸡的翎毛、山鸡的雉尾作为装饰，而皇帝赏赐的质孙服上锈上了"金翅云鹏"。再如柯九思诗中："千官锡宴齐宫锦，万马争标尽宝珂。"（《上京宫词》）③ 也描绘了入宴的千官都穿着皇帝御赐的"宫锦"，万马都要用珠宝装饰的盛况。

综上所述，再结合杨允孚《滦京杂咏》中的"千官万骑到山椒"④ 和张昱《辇下曲》中的"千人鱼贯振嵩呼"⑤ 的诗句，可以看出诈马宴的奢华、规模之大，入宴人数之多，宴会之隆重。马可波罗感叹说："每次大汗与彼等服同色之衣，每次各易其色，足见其事之盛，世界之君主殆无有能及之者也。"⑥

---

① 杨镰：《全元诗》第 60 册，中华书局 2013 年版，第 405 页。
② 杨镰：《全元诗》第 48 册，中华书局 2013 年版，第 35 页。
③ 杨镰：《全元诗》第 36 册，中华书局 2013 年版，第 49 页。
④ 杨镰：《全元诗》第 60 册，中华书局 2013 年版，第 405 页。
⑤ 杨镰：《全元诗》第 44 册，中华书局 2013 年版，第 49 页。
⑥ [意] 马可·波罗：《马可·波罗行纪》，[法] 沙海昂注，冯承钧译，商务印书馆 2012 年版，第 201 页。

（三）宴会的饮食

作为宫廷宴会，食物自然是非常丰盛的。周伯琦说"合乐华夷混，群羞水陆丰。"①蒙古族非常喜爱羊肉，国宴上也以之为主。周伯琦在《诈马行并序》中说："太官用羊二千，噭马三百匹，它费称是。"在诗中也说："大宴三日酺群悰，万羊裔灸万甕醲。"无论是序言中说到的"用羊二千"，还是诗中说到的"万羊裔灸"，都说明了羊肉在这种最高规格的宴会中扮演的重要角色。马匹作为游牧民族最重视的财产之一，也是当时最重要的交通工具，在这种宴会上也要宰杀三百匹，表明了这种宴会的盛大。汪元量参加的诈马宴，其中第三场宴会的主要食物就是"割马烧羊熬解粥"。

羊马肉是宴会上的重要食物，但绝不是仅有的食物。为了办好诈马宴"九州水陆千官贡"，（周伯琦《诈马行并序》）各种珍馐美味，都从各地聚集到上都，并出现在宴会上。杨允孚在《滦京杂咏》中就有所介绍：

嘉鱼贡自黑龙江，西域蒲萄酒更良。南土至奇夸凤髓，北陲异品是黄羊。②

诗中列举了黑龙江进贡的哈八都鱼、西域的葡萄酒、南方的名茶凤髓和北方草原上的黄羊肉。每一种都珍贵无比，丰富了诈马宴的饮食。

汪元量在《湖州歌九十八首》中也谈到了羊马肉之外的其他食物，如第二筵上"驼峰割罢行酥酪，又进雕盘嫩韭葱。"这里有驼峰、酥酪、韭葱，其中的骆驼作为"沙漠之舟"，在大漠南北地区都很常见，驼峰也成为了宴会上的重要角色。贡师泰在《上京大宴和樊时中侍御》中有"马湩浮犀碗，驼峰落宝刀"③的诗句，袁桷也在描述诈马宴的《装马曲》中有"驼

① 杨镰：《全元诗》第40册，中华书局2013年版，第344页。
② 杨镰：《全元诗》第60册，中华书局2013年版，第405页。
③ 杨镰：《全元诗》第40册，中华书局2013年版，第323页。

峰熊掌翠釜珍，碧实冰盘行陆续"① 的诗句。诗中描写作为宴会珍馐的不仅有驼峰还有熊掌，熊掌作为难得的野味，在古代社会中一直作为食物中的珍品，是统治者和达官贵人才可以享受的。汪元量诗中描写第七筵上的食物是"杏浆新沃烧熊肉，更进鹌鹑野雉鸡。"汪元量诗中在关于第六筵的描写中还提到了麋、鹿两种野味："蒸麋烧鹿荐杯行"。

汪元量诗中谈到第四筵上的食物是"并刀细割天鸡肉，宴罢归来月满鞍。"天鸡就是天鹅，天鹅作为狩猎的对象，在宴会上成为盘中美味。袁桷在《天鹅曲》中充满怜惜地说："蓬头喘息来献官，天颜一笑催传餐。不如家鸡栅中生死守，免使羽林春秋水边走。"②

蒙古族嗜好饮酒，这种大型的宴会，酒自然必不可少。汪元量的诗中描写了宴会上人们饮酒的情景：

> 第九筵开尽帝妃，三宫端坐受金卮。须臾殿上都酣醉，拍手高歌舞雁儿。

> 第十琼筵敞禁庭，两厢丞相把壶瓶。君王自劝三宫酒，更送天香近玉屏。

作为亡国的君臣，在大宴上也受到了足够的尊重，帝妃、丞相都来劝酒，而且参加宴会的人都大量饮酒以致酣醉。

宴会上主要饮用的是什么酒呢？

> 第四排筵在广寒，葡萄酒酿色如丹。并刀细割天鸡肉，宴罢归来月满鞍。③

> 酮官庭前列千斛，万瓮蒲萄凝紫玉。驼峰熊掌翠釜珍，碧实冰盘行陆续。④

---

① 杨镰：《全元诗》第21册，中华书局2013年版，第326页。
② 杨镰：《全元诗》第21册，中华书局2013年版，第332页。
③ 杨镰：《全元诗》第12册，中华书局2013年版，第45页。
④ 杨镰：《全元诗》第21册，中华书局2013年版，第326页。

马湩浮犀碗，驼峰落宝刀。暖茵攒芍药，凉瓮酌葡萄。①

绣绮新裁云气帐，玉钩齐上水晶帘。凤笙屡听伶官奏，马湩频烦太仆添。②

这四首诗歌中提到诈马宴上主要饮用的是马奶酒和葡萄酒。当然不止这两种酒，贡师泰在《上都诈马大宴》中有"醽醁酒多杯迭进，鹧鸪香少火重添"的诗句，诗中的"醽醁"酒是古代的一种绿色的美酒，产自中原的衡阳地区。

蒙古族生性豪放而且善饮，所以在酒宴上盛酒的器具也非常独特，一个突出的特点就是大。除了前述"凉瓮酌葡萄""万瓮蒲萄凝紫玉"之外，袁桷诗中有："挏官玉乳千车送，酒正琼浆万瓮行。"（《内宴二首》）③ 宴会上喝的酒以车、瓮来计算。张昱在《辇下曲》第十六首中提到了"酒海"和"龙杓"："黄金酒海赢千石，龙杓梯声给大筵。殿上千官多取醉，君臣胥乐太平年。"酒海能装酒"千石"，恐怕有些夸张，而关于"龙杓"，马可波罗有记载称："大汗所坐殿内，有一处置一精金大瓮，内足容酒一桶。大瓮之四角，各列一小瓮，满盛精贵之香料。注大瓮之酒于小瓮，然后用精金大杓取酒。其杓之大，盛酒足供十人之饮。取酒后，以此大杓连同带柄之金盏二，置于两人之间，使各人得用盏于杓中取酒。"④ 马可波罗所说的盏应该就是元代诗人所言的"大金钟"。大瓮、大杓、大盏，难怪预宴者会"千官多取醉"。

除了酒肉等主要的食物，宴会上还有其他副食。比如水果，上都地区气候寒冷，所产水果有限，所以贡师泰《滦河曲》描写了交趾国使者来进

---

① 杨镰：《全元诗》第 40 册，中华书局 2013 年版，第 322 页。
② 杨镰：《全元诗》第 48 册，中华书局 2013 年版，第 35 页。
③ 杨镰：《全元诗》第 21 册，中华书局 2013 年版，第 344 页。
④ ［意］马可·波罗：《马可·波罗行纪》，［法］沙海昂注，冯承均译，商务印书馆 2012 年版，第 201 页。

献瓜果。即便如此，上都的蒙古人能食用到的水果也不多，诗人们提道："海红不似花红好，杏子何如巴榄良。"自注曰"海红、花红、巴榄皆果名。"①再加上杏子，共提到四种水果。廼贤《锡喇鄂尔多观诈马宴奉次贡泰甫授经先生韵》其二中提到了葡萄："内官当殿出蒲萄。"②

（四）宴会仪式

元朝作为中国历史上疆域最广大的朝代："众星拱北乾坤大，万国朝元日月明。"（周伯琦在《次韵王师鲁待制史院题壁二首》其一）③要想保证永远有"百蛮入贡""万国朝元"的美好图景，武力威慑只是一个方面，通过质孙宴沟通与漠北、西北诸王以及各友好邻邦的感情就是另一个方面了。因而质孙宴不仅仅是喝酒吃饭，还具有重要的政治目的，是蒙古帝国巩固统治的手段。因此其程序也很谨严，杨允孚在《滦京杂咏》第四十三首诗后注释说："诈马筵开，盛陈奇兽。宴享既具，必一二大臣，称吉思皇帝札撒。于是而后礼有文，饮有节矣。"④说明诈马宴的第一个程序是"盛陈奇兽"，第二个程序是"诵读札撒"，其后才是宴饮。

关于"盛陈奇兽"的环节，杨允孚在《滦京杂咏》第四十三首诗的前两句描写到："锦衣行处狻猊习，诈马筵开虎豹良。"⑤周伯琦在《诈马行》中也有："狮狞虎啸跳豹熊，山呼鳌抃万姓同"的句子，"狻猊"就是狮子，这是万兽之王，但诗中却用一"习"字来描写其情状，习字的本意是小鸟不断地试飞，逐渐养成的不自觉的活动。那么狮子"习"惯的是什

---

① 杨镰：《全元诗》第60册，中华书局2013年版，第408页。
② 杨镰：《全元诗》第48册，中华书局2013年版，第35页。
③ 杨镰：《全元诗》第40册，中华书局2013年版，第343页。
④ 杨镰：《全元诗》第60册，中华书局2013年版，第405页。
⑤ 杨镰：《全元诗》第60册，中华书局2013年版，第405页。

么活动呢?《马可波罗行纪》中描写在节庆举行宴会时,侍者:"引一大狮子至君主前,此狮见主,即俯伏于前,似识其主而为作礼之状……未见此事者,闻之必以为奇。"① 狮子是万兽之王,来到皇帝面前,却俯下身去做行礼之状,好像认识皇帝一样,而且狮子不用铁链锁着,难怪马可波罗感叹说没有亲眼得见此情此景的人,一定会说这是不可思议之事。除了学得了礼仪的狮子,还有变得驯服的虎、豹、熊等猛兽,参加宴会的人看到这种情景,都对元朝的统一、强大而欢欣鼓舞。由此可见"盛陈奇兽"的真正意图,那就是使各路诸王和各国使臣能够慑服皇权的威严,展示元朝国力的强盛,最终巩固蒙古族的统治。杨允孚《滦京杂咏》第四十三首的后两句是:"特敕云和罢弦管,君王有意听尧纲。"② 皇帝让"云和署"停下弦管,他要听"尧纲",这里的尧纲并不是字面的意思。柯九思在《宫词一十五首》其一中也描绘了诈马宴的情景:"万国贡珍罗玉陛,九宾传赞卷珠帘。大明前殿筵初秩,勋贵先陈祖训严。"③ 此诗描述了诈马宴上陈列万国进贡的珍品,并且在筵席准备就绪后,宣读祖训。此诗后作者自注:"凡大宴,世臣掌金匮之书者,必陈祖宗大扎撒以为训。"袁桷的《装马曲》中也有:"须臾玉厄黄帕覆,宝训传宣争顿首。黑河夜渡辛苦多,画戟雕阓总勋旧。"④ 这就是宴会的第二个环节——"诵读札撒"。

扎撒多写作"札撒",是蒙古语的音译,意为法度或遗训。成吉思汗即汗位之前就订立了完善又严峻的法令,这种法令就是"札撒",在蒙古族还没有文字之前,"札撒"只是口头上的"条例"。蒙古汗国建立后,尤其是成吉思汗令塔塔统阿创制畏兀儿蒙古文后逐渐演变为成文法,不断完

---

① [意] 马可·波罗:《马可·波罗行纪》,[法] 沙海昂注,冯承均译,商务印书馆 2012 年版,第 204 页。
② 杨镰:《全元诗》第 60 册,中华书局 2013 年版,第 405 页。
③ 杨镰:《全元诗》第 36 册,中华书局 2013 年版,第 2 页。
④ 杨镰:《全元诗》第 21 册,中华书局 2013 年版,第 326 页。

备，并任命专人掌管，称为"札撒大典"。每逢重大国事之际，比如新皇登基、诈马宴会、军队调动等，都要宣读。《元史·太宗本纪》记载太宗元年："秋八月己未，诸王百官大会于怯绿连河曲雕阿兰之地，以太祖遗诏即皇帝位于库铁乌阿剌里。始立朝仪，皇族尊属皆拜。颁大札撒。"文后对札撒有自注："华言大法令也。"① 柯九思《宫词一十五首》其一："万国贡珍罗玉陛，九宾传赞卷珠帘。大明前殿筵初秩，勋贵先陈祖训严。"诗后注释："凡大宴，世臣掌金匮之书者，必陈祖宗大扎撒以为训。"周伯琦《纪行诗》第二十三首亦言："初筵均沛泽，大训共敷陈。"②

对于宣读札撒的意义，张昱在《辇下曲》第六首诗中进行了阐释：

> 至元典礼当朝会，宗戚前将祖训开。圣子神孙千万世，俾知大业此中来。③

诗中指出宣读札撒的目的是让后世的子孙知道祖宗大业是如何建立的，要铭记祖宗创业的艰难。元朝统治者非常注重对后代的教育，据说元世祖忽必烈曾经在大都丹墀中辟出一块土地，移种草地莎草。叶子奇《草木子》卷四上："元世祖皇帝思太祖创业艰难，俾取所居之地青草一株，置於大内丹墀之前，谓之誓俭草。盖欲使后世子孙知勤俭之节。"④ 在文后还引了一首泰不华（《全元诗》将之归为柯九思《宫词一十五首》中）的诗歌："墨（黑）河万里金沙漠，世祖深思创业艰。却望阑干护青草，丹墀留与子孙看。"这是宣读札撒长远的用意，而现实的用意则是想令"礼有文、饮有节"，蒙古族好饮酒，并习惯以大器具饮酒，蒙古族统治者对于饮酒不节一直有严厉的惩罚措施，但仍然无法改变他们的习惯，太宗窝阔台就因为纵酒而亡，世祖忽必烈晚年也嗜酒，所以大宴前宣读成吉思汗

---

① 宋濂：《元史》卷2，中华书局1976年版，第29页。
② 杨镰：《全元诗》第40册，中华书局2013年版，第392页。
③ 杨镰：《全元诗》第44册，中华书局2013年版，第48页。
④ 叶子奇：《草木子》，中华书局1959年版，第72页。

札撒另一重要意义就是期望大家饮酒要有节制、不失态。

札撒读罢，"乃大张宴为乐，惟宗王戚里宿卫大臣前列行酒，余各以所职叙坐合饮"（周伯琦《诈马行并序》)①，至此宴会正式开始。汪元量在诗中提到敬酒、劝酒、行酒的诗句有"君王把酒劝三宫""丞相行杯不放杯""两厢丞相把壶瓶""君王自劝三宫酒"② 等，说明宴会上只有宗王、贵戚、大臣、卫士等级别较高的大臣才有资格去给皇帝敬酒，其余的官员只能根据官职大小、等级高低依次就座共饮。

（五）宴会乐舞

质孙宴是最盛大、最隆重的国宴，音乐、歌舞等活动是必不可少的。周伯琦《诈马行并序》诗序言："诸坊奏大乐，陈百戏，如是者凡三日而罢。"诗云："紫衣妙舞腰细蜂，钧天合奏春融融。"③ 描绘诈马宴上的紫衣舞者腰细如蜂，曲线玲珑，各种乐器合奏，一派祥和壮观景象。杨允孚在《滦京杂咏》第四十四首中也写到大宴之上丰富多彩的歌舞：

> 仪凤伶官乐既成，仙风吹送下蓬瀛。花冠簇簇停歌舞，独喜箫韶奏太平。④

元朝统治者重视享乐，各种活动中都要有歌舞演出，特成立管理歌舞从业人员的仪凤司。此诗原注："仪凤司，天下乐工隶焉。每宴，教坊美女必花冠锦绣，以备供奉。"诗中说仪凤司的伶官们已准备就绪，音乐响起，美妙、动听，犹如仙乐被仙风吹到人间，令人如痴如醉。仪凤司的舞女们装扮华丽，头戴花冠，身披锦绣，准备好了各种舞蹈，但最令诗人喜

---

① 杨镰：《全元诗》第 40 册，中华书局 2013 年版，第 345 页。
② 杨镰：《全元诗》第 12 册，中华书局 2013 年版，第 45—46 页。
③ 杨镰：《全元诗》第 40 册，中华书局 2013 年版，第 345 页。
④ 杨镰：《全元诗》第 60 册，中华书局 2013 年版，第 405 页。

欢的还是歌唱太平盛世的乐舞。

元代宫廷歌舞中最具蒙古族文化特色的是《白翎雀》乐舞，"白翎雀"是塞北草原特有的动物，危素《赠潘子华序》："开平昔在绝塞之外，其动植之物，若金莲、紫菊、地椒、白翎爵（雀）、阿蓝之属，皆居庸以南所未尝有。"①此鸟也是元代诗人笔下重要的意象："最爱多情白翎鸟，一双飞近马边鸣。"（迺贤《塞上曲》其五）②"乌桓城下白翎雀，雌雄相呼以为乐。"（虞集《白翎雀歌》）③"凄凄幽雀双白翎，飞飞只傍乌桓城。平沙无树巢弗营，雌雄为乐相和鸣。"（萨都剌《白翎雀》）④诗人感叹此鸟对故园的感情，说它是"飞飞只傍乌桓城"的精灵，描写它们雌雄双飞，赞美它们动人的情爱。

"白翎雀"只在燕山以北地区栖息，这是它作为动物的生活习性。但在人看来却有了不同的意味。据说忽必烈认为此鸟热爱草原，热爱故土，是草原民族不惧塞外恶劣环境的象征，命令乐工们以之为素材，创作乐舞，于是就有了著名的"白翎雀"歌（舞），寄托了蒙古族统治者热爱、怀念乡土的情怀。《南村辍耕录》中就记载说："白翎雀生于乌桓朔漠之地，雌雄和鸣，自得其乐。世皇因命硕德间制曲一名之。"⑤无论是狩猎结束、还是宴会进行，都常演奏这一乐曲，成为大元繁荣昌盛的象征。元末诗人张宪在《白翎雀》诗中说："真人一统开正朔，马上鞁韀手亲作。教坊国手硕德间，传得开基太平乐。"⑥

张昱在经历了元末易代的战火后，回忆元朝上都的繁盛，作《白翎雀歌》，诗中为我们勾勒出白翎雀乐舞表演的状况：

① 李修生：《全元文》第 48 册，凤凰出版社 2004 年版，第 160 页。
② 杨镰：《全元诗》第 48 册，中华书局 2013 年版，第 37 页。
③ 杨镰：《全元诗》第 26 册，中华书局 2013 年版，第 48 页。
④ 杨镰：《全元诗》第 30 册，中华书局 2013 年版，第 253 页。
⑤ 陶宗仪：《南村辍耕录》，中华书局 1959 年版，第 248 页。
⑥ 杨镰：《全元诗》第 57 册，中华书局 2013 年版，第 56 页。

乌桓城下白翎雀，雄鸣雌随求饮啄。有时决起天上飞，告诉生来
毛羽弱。西河伶人火倪赤，能以丝声代禽意。象牙指拨十三弦，宛转
繁音哀且急。女真处子舞进觞，团衫鞶带分两傍。玉纤罗袖柘枝体，
要与雀声相颉颃。朝弹暮弹白翎雀，贵人听之以为乐。变化春光指顾
间，万蕊千花动弦索。只今萧条河水边，宫廷毁尽沙依然。伤哉不闻
白翎雀，但见落日生寒烟。①

本诗可以分为三个层次，开篇 4 句是第一层，主要描写白翎雀的特
点：生活在乌桓城下的白翎雀，雌雄双飞寻找水和食物，有时他们也会飞
到空中，但这种鸟儿生来毛羽就不够强大。作者通过这样的描写说明白翎
雀是一种外表柔弱，内心坚强，并充满柔情的动物。

从第 5 句到第 16 句是第二层，这是诗歌的核心部分，描写了艺术家
创造白翎雀歌舞以及歌舞的主要表现形式。张昱欣赏到的白翎雀乐的表演
者是西河伶人火倪赤，他擅长用十三弦的筝，弹奏出宛转繁复、悲哀急促
的乐声，模拟白翎雀表达心意的叫声。两班女真姑娘身着团衫，系着鞶
带，表演白翎雀舞，做出向客人进酒的姿势。舞者的纤纤玉手舞动罗袖，
与白翎雀的音乐相配合，与唐代流传而来的柘枝舞具有相似特色。统治者
们就以之为乐，朝暮表演。优美的音乐能留住春光，能把那美丽的万蕊千
花呈现在你的眼前。

第 17 句到结尾是诗歌的第三层，表现时代变迁和作者的伤感之情。
如今滦河边萧条荒凉，昔日繁华的宫殿都已经毁于战火之中。白翎雀乐再
也无法听到，令人感伤，只能看到落日中的缕缕寒烟。

张宪《白翎雀》诗，也表现了蒙古族统治者在宴会时，"摩诃不作兜
勒声，听奏筵前白翎雀。"伶人表演这一乐舞的情景是："玲珑碎玉九天
来，乱撒冰花洒毡幕。玉翎玎珰起盘礴，左旋右折入寥廓。峷律孤高绕

---

① 杨镰：《全元诗》第 44 册，中华书局 2013 年版，第 24 页。

羊角，啾啁百鸟纷参错。须臾力倦忽下跃，万点寒星坠丛薄。碧然一声震龙拨，一十四弦喑一抹。"①作者首先用视觉形象表现听觉形象：日暮十分，白翎雀成群飞回，像玲珑碎玉自九天而下，又像是无数冰花洒向毡幕。这群白翎雀忽然展翅高飞，盘旋着冲向辽远的天空。在高高的山尖上，与百鸟啾啁和鸣，一会力倦，俯冲而下，如同万点寒星坠落大地。最后两句作者直接描写音乐：在一声高亢的乐声之后，音乐戛然而止。这句与白居易《琵琶行》中描写琵琶女结束音乐时的技法有异曲同工之妙："银瓶乍破水浆迸，铁骑突出刀枪鸣。曲终收拨当心画，四弦一声如裂帛。"王沂诗中也有相似的描写："梨园弟子番曲谱，岁岁年年两京路。惯闻清咔杂好音，旋理冰弦移雁柱。写出新声玉指劳，真珠落盘铃撼绦。"（《白翎雀》）②

另一种具有草原文化特色的乐舞是《海青挐天鹅》。杨允孚《滦京杂咏》第七十四首：

> 为爱琵琶调有情，月高未放酒杯停。新腔翻得凉州曲，弹出天鹅避海青。③

诗后自注："《海青挐天鹅》，新声也。""海青"即海东青，是蒙古族驯养的一种飞行神速的猎鹰，多产于库页岛一带。《元史·太祖本纪》记载成吉思汗十一世祖孛端叉（察）儿："食饮无所得，适有苍鹰搏野兽而食，孛端叉儿以缗设机取之，鹰即驯狎。乃臂鹰猎兔禽以为膳，或阙即继，似有天相之。"④后来孛儿只斤氏族为了纪念这只鹰，封其为神鹰。据罗布桑却丹所言，成吉思汗的猎鹰也曾发现了敌人给他挖的陷阱，救了他。为了纪念猎鹰，萨满教主铸了一只铜鹰装饰在神帽上，表示神鹰的至高无上。蒙古汗国建立后，成吉思汗把鹰的形象绣在汗国的国旗上，象征

---

① 杨镰：《全元诗》第57册，中华书局2013年版，第56页。
② 杨镰：《全元诗》第33册，中华书局2013年版，第46页。
③ 杨镰：《全元诗》第60册，中华书局2013年版，第408页。
④ 宋濂：《元史》卷1，中华书局1976年版，第1页。

着蒙古族人民勇猛、刚毅的品性。杨允孚诗中描写宴会进行到了月出时分，伶人们用琵琶弹奏着新的乐曲，这是一首改编自凉州曲的新腔，表现的是天鹅避海东青的情境。说明这首乐曲是把海东青捕猎天鹅的场面谱曲入乐，既说明其场景激烈、壮美，充满力量的美感，也从侧面反映海东青在猎捕活动中的重要作用。

《海青挐天鹅》弹奏时也会伴有舞蹈，袁桷看过这种乐舞后，写有《天鹅曲》诗，其中描写此乐舞的诗句如下：

> 五坊手擎海东青，侧眼光透瑶台层。解绦脱帽穷碧落，以掌疾掴东西倾。离披交旋百寻衮，苍鹰助击随势远。初如风轮舞长杆，末落银球下平板。①

诗人描写舞者手中擎着海东青，侧眼遥望高空，似乎要望到瑶台之上。接着舞者解绦脱帽继续仰望高空，双手快速击掌，身体左右摇摆，舞者的队伍交错，不断旋转并做极高的跳跃动作，舞蹈的形象就像苍鹰正在搏击长空。舞者旋转跳跃的功夫极佳，开始时如风轮在长杆上舞动，结束时犹如高速旋转的银球落到一块平板上。

蒙古族是能歌善舞的民族，入主中原后，除继承和发展本民族的歌舞外，元朝宫廷还接受了宋朝、金朝及其他民族的乐舞。诈马宴上表演的舞蹈具有异域特色，并濡染了汉族文化的是《十六天魔舞》。《十六天魔舞》源于西域，在唐代长安宫廷中已经流行，经过唐宋的发展，演变为具有多民族文化特色的舞蹈。元朝末年，元顺帝喜爱此歌舞，召集宫廷艺术家对之进行加工，形成了独具特色的乐舞。二八年华的舞女们美貌非常，装扮成"天魔"，手背翻转为莲掌，踏着河西参佛的乐曲在宫苑前翩翩起舞。

元代诗人张翥有一首《宫中舞队歌词》：

> 十六天魔女，分行锦绣围。千花织布障，百宝帖仙衣。回雪纷难

---

① 杨镰：《全元诗》第 21 册，中华书局 2013 年版，第 331 页。

定，行云不肯归。舞心挑转急，一一欲空飞。①

张昱《辇下曲》第十七首、第五十六诗也是描写这种舞蹈：

> 西天法曲曼声长，璎珞垂衣称艳装。大宴殿中歌舞上，华严海会庆君王。②

> 西方舞女即天人，玉手昙华满把青。舞唱天魔供奉曲，君王长在月宫听。③

这部舞蹈的主角是十六个"天魔"，但其本意是赞扬佛祖的法力。舞蹈中十六个伶人分行排列，装扮成菩萨的样子。身上穿着艳丽的仙衣，上面装饰着各种珠宝和美丽的"璎珞"。这些舞者手里都拿着道具，比如昙花、铜铃之类。她们用这种形式表现天魔假借菩萨的面貌欺骗世人，舞蹈最后表现的是天魔被佛祖降伏的情景。舞蹈的动作轻盈灵动，似乎在云端飞舞，舞蹈中人物形象婀娜多姿，栩栩如生。

宴会上除了乐舞还有百戏，周伯琦说："诸坊奏大乐，陈百戏，如是者凡三日而罢。"④汪元量诗中也说："诸行百戏都呈艺，乐局伶官叫点名。"⑤百戏包括元代最为兴盛的杂剧。杨维桢《宫词》其二描写："开国遗音乐府传，白翎飞上十三弦。大金优谏关卿在，伊尹扶汤进剧编。"⑥说明元代宫廷既表演开国以来蒙古族统治者监制的白翎雀曲，同时也喜欢关汉卿等戏剧家编写的杂剧，其中就有颇具汉族文化特色的"伊尹扶汤"剧目。

在这乐舞中，参加宴会的人"黄羊之尾文豹胎，玉液淋漓万寿杯。九龙殿高紫帐暖，踏歌声里欢如雷。"⑦随着这乐舞"三司侍宴皇情合，对御

---

① 杨镰：《全元诗》第 34 册，中华书局 2013 年版，第 18 页。
② 杨镰：《全元诗》第 44 册，中华书局 2013 年版，第 49 页。
③ 杨镰：《全元诗》第 44 册，中华书局 2013 年版，第 52 页。
④ 杨镰：《全元诗》第 40 册，中华书局 2013 年版，第 345 页。
⑤ 杨镰：《全元诗》第 12 册，中华书局 2013 年版，第 45 页。
⑥ 杨镰：《全元诗》第 39 册，中华书局 2013 年版，第 90 页。
⑦ 杨镰：《全元诗》第 57 册，中华书局 2013 年版，第 56 页。

吹螺大礼终。宝扇合鞘催放仗，马蹄哄散万花中。"（张昱《辇下曲》第十一首）① 皇家盛宴进入了尾声，直至结束。

在中国古代历史上，自秦至元，长城两侧的农耕民族和游牧民族一直征战不休。元朝统一了中原与草原，通过两都巡幸制度，加强了中原和草原的沟通与联系，增进了蒙汉两个民族的交流互动，从而加强了两个民族文化的融合。元代诗歌对两都巡幸的书写，客观上展现了文学艺术的重要功用。

---

① 杨镰：《全元诗》第44册，中华书局2013年版，第49页。

第6章
元代的草原民俗书写及特色

　　蒙古灭金之前，汉族文人无法看到"白沟"以外的风光。"万里封疆到白沟"（罗公升《白沟河乃旧日南北分界之地》）①，"辽宋兵戈事已休，昔年曾此割神州。一衣带水残阳外，犹有人言是白沟。"（陈孚《雄州白沟》）② 蒙古族崛起的朔方、大漠南北更成为秘境。南宋灭亡后，南北归于一家，多民族混融的社会特征出现。南方士人因为行旅、仕宦、科举等原因纷纷北上，来到蒙古族世居的草原地区，创作了大量反映草原民俗的诗歌。蒙古族文人也因行旅、仕宦等原因前往南方，尤其是到了江南，被南方文化所吸引，受到南方文化的浸润，主动与南方文人往来、唱和，并用诗歌吟咏南方的风物人情。从而令元代诗歌呈现出明显的南北文化交融、蒙汉文化交融的特色。

---

① 北京大学文献研究所编：《全宋诗》第 70 册，北京大学出版社 1998 年版，第 44350 页。

② 杨镰：《全元诗》第 18 册，中华书局 2013 年版，第 364 页。

一、元代诗歌对草原蒙古族民俗的书写

钟敬文在《民俗学概论》一书中说："民俗，即民间风俗，指一个国家或民族中广大民众所创造、享用和传承的生活文化。民俗起源于人类社会群体生活的需要，在特定的民族、时代和地域中不断形成、扩布和演变，为民众的日常生活服务。"①民俗文化是民族文化的重要组成部分，在特定的民族群体中产生、发展和演变，是规范一个地域生活群体行为、语言和心理的基本力量。

元朝的建立，使蒙古族从历史舞台的幕后走向了前台，草原民俗文化也开始受到诗人的关注。关于这类诗歌，包根弟、林邦钧、叶新民、阎福玲、杨镰、云峰、李军、邱江宁等曾从不同角度有所论及，笔者认为，对元代草原民俗诗歌的创作及特色的研究仍有广阔的探讨空间，并期望通过研究元代诗歌对草原蒙古族民俗的书写、草原民俗诗内容上的新变以及草原民俗诗平易写实的创作特色等内容，对这方面的研究有所拓展。

成吉思汗十五年（1220），丘处机奉成吉思汗的诏书前往西域行在，从山东登州出发，先到燕京（今北京），出居庸关到河北宣化，然后进入今内蒙古境内，北上到克鲁伦河畔；接着向西到达镇海城（今蒙古人民共和国哈拉乌斯及哈拉湖南岸），越过阿尔泰山，穿过中亚到达成吉思汗驻军的兴都库什山西北的八鲁湾。返回时，丘处机与弟子先到阿力麻里（今新疆霍城），经过昌八剌（今新疆昌吉）、别失八里（今新疆吉木萨尔）北上，再到镇海城。之后向东南到达丰州（今内蒙古呼和浩特），过云中（今山西大同）、宣德（今河北宣化），于成吉思汗十八年（1223）回到中原。此行穿越了蒙古草原和大漠，丘处机用诗笔描绘了草原的民俗。

---

① 钟敬文：《民俗学概论》，上海文艺出版社 2009 年版，第 1 页。

丘处机在龙阳观度过冬天后，于成吉思汗十六年（1221）二月启程继续北行，出明昌界，也就是金朝修建的界壕，在桓州西、昌州北，属于今天内蒙古锡林郭勒盟太仆寺旗境内，丘处机于此作《出明昌界以诗纪实》：

坡陀折碟路弯环，到处盐场死水湾。尽日不逢人过往，经年时有马回还。地无木植唯荒草，天产丘陵没大山。五谷不成资奶酪，皮裘毡帐亦开颜。①

这首诗描述的是诗人在今天内蒙古锡林郭勒盟草原上看到的景象。内蒙古锡林郭勒盟太仆寺旗境内盐湖众多，首联写的就是这里地标性景物——盐湖。颔联"尽日不逢人过往，经年时有马回还"，用马与人的对比，写出了草原上人口的稀少。颈联写出了草原的地理特征：没有高大的树木，只有漫天荒草；没有耸立的高山，只有低矮的丘陵。尾联描绘了草原上牧民独特的生活民俗：在食物上，因无法种植五谷，人们便以奶酪为食；在服饰和居住方面，穿的是皮裘，住的是毡帐。诗中还用"亦开颜"三字写出了草原人民对生活毫不奢求的心理状态。

同年五月，丘处机一行又一路向北，经克鲁伦河，通过今天蒙古国首都乌兰巴托，继续西行。"渐见大山峭拔，从此以西，渐有山阜，人烟颇众，亦皆以黑车白帐为家。其俗牧且猎，衣以韦毳，食以肉酪。男子结髪垂两耳，妇人冠以桦皮，高二尺许，往往以皂褐笼之，富者以红绡，其末如鹅鸭，名曰故故，大忌人触，出入庐帐须低回。俗无文籍，或约之以言，或刻木为契，遇食同享，难则争赴，有命则不辞，有言则不易，有上古之遗风焉。"②从李志常的记载来看，他们应该是到了哈剌和林附近。丘处机作《又行十日所见以诗叙其实》：

极目山川无尽头，风烟不断水长流。如何造物开天地，到此令人

---

① 杨镰：《全元诗》第1册，中华书局2013年版，第50页。
② 李志常：《长春真人西游记》，河北教育出版社2001年版，第32页。

放马牛。饮血茹毛同上古，峨冠结发异中州。圣贤不得垂文化，历代纵横只自由。①

诗中描写了漠北草原的环境和风俗。这里山川广阔，有一望无际的草原，有众多的河流，这样的环境中，人们的生产方式是"放马牛"，饮食方式是以动物的肉为主，是"饮血茹毛"，服饰风俗是"峨冠结发"。诗人还用"同上古""异中州"的分析，渲染了完全不同于中原的塞外风俗。

当时成吉思汗行营在今天阿富汗的兴都库什山附近，为什么丘处机一行不从河北或内蒙古直接向西，而要一路向北再向西呢？在金末元初，交通还极不发达，蒙古人配合自己的势力扩张开始修建驿路，在《元史·地理志》中记载："北方立站，帖里干、木怜、纳怜等一百一十九处。"② 这些驿路及路上的驿站今天已多不可考，从丘处机一行行走的路线来看，他们走的应该是帖里干驿路。帖里干是蒙语，即可以通行大车的道路。帖里干驿路分为四段。第一段是从大都到上都，也就是从今天的北京到内蒙古锡林郭勒盟正蓝旗，正是丘处机《出明昌界以诗纪实》诗中所写的地点。第二段是从上都到鱼儿泊，是丘处机在《至鱼儿泺始有人烟聚落多以耕钓为业时已清明春色渺然凝冰未泮有诗》中所写地点。第三段就是从鱼儿泊到克鲁伦河上游。第四段是从克鲁伦河上游到和林。而从和林到后来占据新疆及中亚的察合台汗国也有驿路相连，即由和林西行越杭爱岭（今杭爱山），向西南翻过金山（今阿尔泰山），再过昏木辇（今乌伦古河上游布尔根河一带），顺着龙骨河（今乌伦古河）向西，经由乞则里八寺海（今乌伦古湖）抵达阿力麻里（今阿尔泰古城）。这里描述的两条驿路是指元代的总体情况，但根据丘处机的行程来看，当时这两条驿路已经初见雏形。

除了丘处机，耶律楚材的诗歌中描写了草原人民喜爱饮用的马奶酒。

---

① 杨镰：《全元诗》第 1 册，中华书局 2013 年版，第 50—51 页。

② 宋濂：《元史》卷 59，中华书局 1976 年版，第 1383 页。

尤其令诗人念念不忘其酒香："天马西来酿玉浆，革囊倾处酒微香。"（《寄贾搏霄乞马乳》）喝完酒连衣服都会染上香气："生涯箪食与囊浆，空忆朝回衣惹香。"饮用时，此酒的感觉是："差酸滑腻更甘香"①。（《谢马乳复用韵二首》）

描写草原蒙古族民俗的第二个群体是忽必烈潜邸文人。金末元初，尤其是忽必烈开府金莲川之后，大量汉族文人进入蒙古族统治集团，对蒙古族文化有了初步的认识，也描摹了蒙古族聚居的草原民俗，丰富了他们诗歌的内容。

民俗的产生与气候、环境密切相关，郝经《沙陀行》中说这里"泉腴草荐地高寒"②，蒙古族蕃息的大漠南北地区纬度高，气候比较寒冷，刘秉忠在《和林道中》诗中说"扶桑日晓雨初收，襟袖凉生六月秋。"③ 即使是在六月，雨后的草原都给人秋天的感觉。

漠北的环境既有刘秉忠在《和林道中》"一川烟草看飞骝"句中绵延的草原，也有郝经《沙陀行》中说的沙漠："隐隐嶙嶙起沙碛"，沙漠中本就缺水，如果没有雨水的及时到来，就会有持续不断的大风，刘秉忠在《大碛》中就描写了这种情景："漫川沙石地枯干，入夏无青雨露悭。人马数程饥渴里，风程一月往还间。"④

对于漠南，诗人们更多着眼的是青山和美丽的金莲川，刘秉忠在《桓州寄乡中友人》中也描写了那里的青山："青山四合路纵横，解辔乌桓古塞城。"郝经《白山行》中说："鸳鸯泺东白石山，一峰峻前尤高寒。金莲花拥玉芙蓉，奇秀谁教在此间。"⑤

---

① 杨镰：《全元诗》第 1 册，中华书局 2013 年版，第 226 页。
② 杨镰：《全元诗》第 4 册，中华书局 2013 年版，第 255 页。
③ 杨镰：《全元诗》第 3 册，中华书局 2013 年版，第 151 页。
④ 杨镰：《全元诗》第 3 册，中华书局 2013 年版，第 163 页。
⑤ 杨镰：《全元诗》第 4 册，中华书局 2013 年版，第 258 页。

　　这些诗人笔下，无论是在漠南还是在漠北草原，其风俗都是独具蒙古族生活特色的。勒勒车、蒙古包随处可见："穹庐悄悄夜漫漫。"（刘秉忠《宋义甫弹秋风》）① "玄车轧轧长轰耳，白帐连连不断头。"（刘秉忠《和林道中》）② "烟分雪卓相高下，日出毡车竞往来。"（《过也乎岭》）③ "驼顶丁当响巨铃，万车轧轧一齐鸣。当年不离沙陀地，辗断金原鼓笛声。"（《驼车行》）④ 陈祐（1232—1277）在元宪宗时出任河南府总管，在《和林道中》一诗中描写到草原人民食用的野菜——沙葱和野韭："沙葱近水根犹活，野韭经霜叶已干。"⑤ 游侠式文人员炎在元太宗十一年（1239）被故人杨奂任命监制嵩州酒，后辞官，长期游历于河朔地区，他曾写到草原人民喜食的扇尾羊："冯翊春草香芊绵，柔毛食饱饮苦泉。卧沙稀肋琼箸细，带霜小耳春茧圆。扇尾一方移种类，风头万里摇腥膻。"（《扇尾羊》）⑥ 马奶酒的甘甜更是诗人笔下的宠儿，刘秉忠说："玉酿饮来甘似醴，羡伊不肯使人强。"（《马酮》）⑦ 郝经则说："琵琶弦急曳落高，酡颜半醉马乳香。玉脂潋滟玻璃滑，浮动酥颗金粟黄。"（《沙陀行》）⑧ 员炎嗜酒，一定是多次品尝过马酒，他的《马酮》诗说这种酒酒性不烈，但其颜色漂亮，能压倒洞庭春色："漫说千杯不醉人，清光压倒洞庭春。"⑨ 中国古代的汉族文人多温文尔雅，但在饮酒上却多有豪侠气，这一点与游牧民族颇为相似。员炎诗中描写道："摇动革囊成酝酿，封藏花盎作逡巡。坐中一混华夷俗，或有

---

① 杨镰：《全元诗》第 3 册，中华书局 2013 年版，第 161 页。
② 杨镰：《全元诗》第 3 册，中华书局 2013 年版，第 151 页。
③ 杨镰：《全元诗》第 3 册，中华书局 2013 年版，第 162 页。
④ 杨镰：《全元诗》第 3 册，中华书局 2013 年版，第 185 页。
⑤ 杨镰：《全元诗》第 4 册，中华书局 2013 年版，第 150 页。
⑥ 杨镰：《全元诗》第 8 册，中华书局 2013 年版，第 193 页。
⑦ 杨镰：《全元诗》第 3 册，中华书局 2013 年版，第 193 页。
⑧ 杨镰：《全元诗》第 4 册，中华书局 2013 年版，第 256 页。
⑨ 杨镰：《全元诗》第 8 册，中华书局 2013 年版，第 193 页。

豪吞似伯伦。"①"竹林七贤"之一的刘伶，字伯伦，以好饮著称，在后世刘伶成为蔑视礼法、纵酒避世的典型。员炎说马奶酒可以让"坐中一混华夷俗"，夸张地表现了这种美酒对沟通民族关系所起的重要作用。

忽必烈建都大都后，实行两都巡幸制度，促成了中国古代文人的第二次出塞高潮，产生了 1000 多首上都纪行诗歌，草原民俗诗也蔚为大观。元代中后期众多馆阁文臣都参与了这一题材的创作，如创作篇幅较多的袁桷、张昱、周伯琦等，创作水平较高的柳贯、黄溍、许有壬等人，声名最著者如被称为"元诗四大家之首"的虞集，除了汉族诗人外，还有许多少数民族诗人，如葛逻禄诗人廼贤、蒙古族诗人萨都剌、雍古部诗人马祖常等。其中江西吉水人杨允孚在元顺帝时任尚食供奉之官，随皇驾北上，游览了塞外风光，见识了上都情韵。元明易代，上都被战火夷为平地，他追忆元时上都生活情景，写成七言绝句 108 首，明洪武五年壬子（1372）结成《滦京杂咏》（又名《滦京百咏》），成为"'最后的'上京纪行诗和自成系统的元宫词"。② 当然也是元代最后的草原民俗诗集。这一时期草原民俗诗的内容丰富多彩，涉及草原人民生产、生活的各个方面。

（一）生产民俗

人类要生存、繁衍，必须要依赖物质生产。"物质生产民俗是一个国家、民族在特定地区、社会群体中的大众，在一定生态环境中所创造、享用和传承的物质文化事象。"③ 这些民俗贯穿于人类物质生产的全过程，包括农业民俗、牧业和狩猎习俗、商业和交通民俗等。

元朝时期，蒙古族聚居的草原地区"尽原隰之地，无复寸木，四望惟

---

① 杨镰：《全元诗》第 8 册，中华书局 2013 年版，第 193 页。
② 杨镰：《元代文学编年史》，山西教育出版社 2005 年版，第 606 页。
③ 钟敬文：《民俗学概论》，上海文艺出版社 2009 年版，第 40 页。

黄云白草"。① 杨允孚诗中也有"野草黄云入画图""铁幡竿下草如茵"②"李陵台北连天草，直到开平县里青"③ 等语。黄溍也有诗说草原上"连天暗丰草，不复见林木。"④（黄溍《擔子窑》）生产方式由地理环境决定，因而逐水草放牧就是上都地区百姓的主要生产方式。正如周伯琦所言："水草饶刍牧"⑤（《上京集诗》十首其八），杨允孚在《滦京杂咏》其一百零四中则采用对比的艺术手法说："塞边羝牧长儿孙，水草全枯乳酪存。不识江南有阡陌，一犁烟雨自黄昏。"⑥ 宋本《上京杂诗》中也采用了同样的写法："卧龙冈外有人家，不识江南早稻花。"⑦ 两首诗歌都描写了上都地区与江南在生产方式上的差异，草原上的人们以畜牧为生，而江南百姓则是以耕种田地为业。杨允孚在《滦京杂咏》其六十八中说上都地区的女子："生平不作蚕桑计，只解青骢鞴绣鞍。"⑧

逐水草放牧的生存方式，使那些从中原来到这里的诗人们看到了这样的场景："朔方戎马最，刍牧万群肥。"⑨（周伯琦《纪行诗》其十八）"马驰如蚁散平冈，帐室风来百草香。"⑩（许有壬《李陵台谒左大夫》二首）"牛羊散漫落日下。"⑪（萨都剌《上京即事》十首其八）"行人烟际来，牛羊雨中牧。"⑫（黄溍《擔子窑》）"遥见马驼知牧地，时逢水草似渔村。"⑬（吴师

---

① 李志常：《长春真人西游记》，河北人民出版社 2001 年版，第 28 页。
② 杨镰：《全元诗》第 60 册，中华书局 2013 年版，第 403—404 页。
③ 杨镰：《全元诗》第 60 册，中华书局 2013 年版，第 409 页。
④ 杨镰：《全元诗》第 28 册，中华书局 2013 年版，第 244 页。
⑤ 杨镰：《全元诗》第 40 册，中华书局 2013 年版，第 344 页。
⑥ 杨镰：《全元诗》第 60 册，中华书局 2013 年版，第 410 页。
⑦ 杨镰：《全元诗》第 31 册，中华书局 2013 年版，第 97 页。
⑧ 杨镰：《全元诗》第 60 册，中华书局 2013 年版，第 407 页。
⑨ 杨镰：《全元诗》第 40 册，中华书局 2013 年版，第 392 页。
⑩ 杨镰：《全元诗》第 34 册，中华书局 2013 年版，第 412 页。
⑪ 杨镰：《全元诗》第 30 册，中华书局 2013 年版，第 149 页。
⑫ 杨镰：《全元诗》第 28 册，中华书局 2013 年版，第 244 页。
⑬ 杨镰：《全元诗》第 32 册，中华书局 2013 年版，第 95 页。

道《闻危太朴王叔善除宣文阁检讨三首》其一）"阴森晚色晦，寒沙聚群驼。"①（袁桷《登候台》）广袤的草原上，到处都是牧民们的畜群，放牧的牲畜种类也很多，马、牛、羊、骆驼都是草原民族生活中必不可少的资源，当然也成为国家经济的重要组成部分，就像周伯琦《诈央泺作》中所说："刍牧纾邦供。"②

牧民们豢养大量的牲畜，草料的供给是一大难题。为满足牲畜的饲养需要，牧民们需要经常更换牧场，这样也可以避免草场遭到严重破坏，达到良性、可持续发展的目的。张德辉在《岭北纪行》中说："大率遇夏则就高寒之地，至冬则趋阳暖薪水易得之处以避之，过以往，则今日行而明日留，逐水草，便畜牧而已。"③夏季牧民们迁徙到纬度较高的地方，水草充裕，气候也比较凉爽。冬天则转场到纬度低、气温比较高、薪木易得的地方，避免严寒带来的灾害。周伯琦在《九月一日还自上京途中纪事十首》其四中说："牛羊群蚁聚，车帐乱星移。刍牧因硗沃，迁留顺岁时。"④周伯琦用概括的手法描写牧民们按照岁时迁徙的生活规律。迺贤在诗中则描写了迁徙中的细节："杂还毡车百辆多，五更冲雪渡滦河。当辕老妪行程惯，倚岸敲冰饮囊驼。"⑤（《塞上曲》五首其二）一个部落百余辆毡车正在转场，冒着清晨的严寒和大雪渡过滦河。特殊的生产、生活方式，锻炼了人们的生活能力，一个非常熟悉这种生活的老太太，倚在河岸边，敲开冰层，让驾车的骆驼饮水。两京巡幸是特殊的迁徙，杨允孚的诗中描写了贵族妇女在迁徙中的表现："翎赤王侯部落多，香风簇簇锦盘陀。燕姬翠袖颜如玉，自按辕条驾骆驼。"⑥（杨允孚《滦京杂咏》其八）王侯拥有大量的部落，

---

① 杨镰：《全元诗》第 21 册，中华书局 2013 年版，第 312 页。
② 杨镰：《全元诗》第 40 册，中华书局 2013 年版，第 393 页。
③ 李修生：《全元文》第 22 册，江苏古籍出版社 2002 年版，第 292 页。
④ 杨镰：《全元诗》第 40 册，中华书局 2013 年版，第 352 页。
⑤ 杨镰：《全元诗》第 48 册，中华书局 2013 年版，第 37 页。
⑥ 杨镰：《全元诗》第 60 册，中华书局 2013 年版，第 402 页。

在准备启程的时候，弯曲的山路上，人头攒动，香风阵阵，衣着华美、容貌美丽的贵族女子们，也能自己调整辕条，驾好骆驼。

蒙古族将骑马、射箭、摔跤作为"男儿三艺"。柳贯说草原上："水草方方善，弓弧户户便。"①（《同杨仲礼和袁集贤上都十首》）草原上处处都是好牧场，牧民都擅长弓马；女子也不例外："胡女牵来狞叱拨，轻身飞上电一抹。半兜玉镫裹湘裙，不许春泥污罗袜。"② 这是杨维桢的《走马》诗，描写了胡女飞身上马的俏丽身影；连孩子的本领也不可小觑："骑羊五岁儿，出没区脱中。翻身异鸟鼠，快捷如飞鸿。"③（郑元祐《出塞七首效少陵》）区脱，指的是古代守边的匈奴人修筑的土室，也指代匈奴地区，这里代指的就是蒙古族聚居的草原地区，作者描绘五岁的孩子在草原上骑羊时的情景，如鸟鼠一样灵活，像飞鸟一样快捷。

骑射这两种技艺最好的锻炼方式应该是狩猎，所以牧民们在牧业生产之外，经常打围射猎。这既可以增加食物的来源，培养牧民吃苦耐劳的精神，并能训练战士熟悉弓马，为战争作准备。如廼贤《塞上曲》五首其一："秋高沙碛地椒稀，貂帽狐裘晚出围。射得白狼悬马上，吹笳夜半月中归。"④ 描写秋日的夜晚，牧人们来到广阔的沙碛，围猎白狼，至半夜时分，狩猎成功，在月光下骑马吹笳而归。牧民因为经常射猎，以至于"犬能搜兔窟"⑤（袁桷《客舍书事八首》其六），女子也会参与到狩猎活动中来，如柳贯所言"丈夫射猎妇当御。"⑥（《后滦水秋风词四首》其三）"合围连妇女，从戌到曾玄。"⑦（柳贯《同杨仲礼和袁集贤上都十首》）

---

① 杨镰：《全元诗》第 25 册，中华书局 2013 年版，第 143 页。
② 杨镰：《全元诗》第 39 册，中华书局 2013 年版，第 98 页。
③ 杨镰：《全元诗》第 36 册，中华书局 2013 年版，第 268 页。
④ 杨镰：《全元诗》第 48 册，中华书局 2013 年版，第 37 页。
⑤ 杨镰：《全元诗》第 21 册，中华书局 2013 年版，第 334 页。
⑥ 杨镰：《全元诗》第 25 册，中华书局 2013 年版，第 208 页。
⑦ 杨镰：《全元诗》第 25 册，中华书局 2013 年版，第 143 页。

元蒙统治者在上都期间，除了举行忽里台大会、接待漠北诸王朝觐外，也要在这里举行狩猎活动。如萨都剌《上京即事五首》其一中就描写在边塞的秋风中，"王孙走马猎杀场"，他们"呼鹰腰箭"，马悬白狼，至晚方归。杨允孚《滦京杂咏》中说蒙古族统治者在"月白风清狼夜啼"①时"羽猎山阴射白狼。"②"月出王孙猎兔忙"。③ 张昱在《辇下曲》第四十三首中对统治者组织射猎的意义说得非常明确："旌旗千骑从储皇，诈柳行春出震方。祖宗马上得天下，弓矢斯张何可忘。"④

（二）饮食民俗

饮食习惯的形成与人们的生产方式极为相关。以畜牧为主的生产方式，决定了蒙古族的食品，"肉食寻常斗酒俱"⑤（《滦京杂咏》第五十首），以羊、牛、马等家畜肉为主。蒙古人最喜欢吃羊肉，张昱《塞上谣》中有"貂裘荆筐拾马矢，野帐吹烟煮羊肉"⑥ 的诗句。

羊肉也是宫廷饮食的主角，许有壬（1287—1364）是元代中后期重要的汉族官员，多次扈从上京，他的《上京十咏》是描写蒙古草原物产和风光的重要作品，其二为《秋羊》：

> 塞上秋风起，庖人急尚供。戎盐春玉碎，肥羜压花重。肉净燕支透，膏凝琥珀浓。年年神御殿，颁馈每沾侬。⑦

此诗描写塞上秋风起时，庖人选择上好的肥羊进行炮制，肥嫩的羊

---

① 杨镰：《全元诗》第 60 册，中华书局 2013 年版，第 403 页。
② 杨镰：《全元诗》第 60 册，中华书局 2013 年版，第 402 页。
③ 杨镰：《全元诗》第 60 册，中华书局 2013 年版，第 407 页。
④ 杨镰：《全元诗》第 44 册，中华书局 2013 年版，第 51 页。
⑤ 杨镰：《全元诗》第 60 册，中华书局 2013 年版，第 406 页。
⑥ 杨镰：《全元诗》第 44 册，中华书局 2013 年版，第 57 页。
⑦ 杨镰：《全元诗》第 34 册，中华书局 2013 年版，第 295 页。

肉，厨师烹饪技术的高超都体现在了颔联和颈联中："戎盐春玉碎，肥羜压花重。肉净燕支透，膏凝琥珀浓。"如此的美味，难怪作者以自己能得到赏赐的羊肉为荣。

蒙古族统治者赐给臣子羊肉是元朝统治者对大臣们重要的礼遇之一，除了烤羔羊还有称为汤羊的羊肉宴，杨允孚诗中说：

内人调膳侍君王，雨仗平明出建章。宰辅乍临阊阖表，小臣传旨赐汤羊。（《滦京杂咏》第四十九首）

汤羊内膳日差排，红帖呼名到玉阶。底事金吾呵不住，腰间悬得象牙牌。①（《滦京杂咏》第五十九首）

在第一首诗后作者有自注曰："御厨常膳，有曰小厨房、曰大厨房。小厨房则内八珍之奉是也。大厨房，则宣徽所掌汤羊是也。由内及外。外膳既毕，群臣始入奏事。每汤羊一膳，其数十六。餐余必赐左右大臣，日以为常。予尝职此，故悉其详。"杨允孚曾经在元宫廷做过尚食供奉的官，随着元朝统治者来到上京，所以他非常详尽地写出了羊肉在宫廷饮食中的重要地位，羊肉宴是由一个大厨房专门主管，有十六道菜式，能够品尝到这种御膳的都是朝廷重臣，如第一首诗中提到的"宰辅"，第二首诗中提到的大臣是被"红帖呼名到玉阶"，而且"腰间悬得象牙牌"，地位尊贵。张昱的《辇下曲》中描写元朝统治者重视科举考试，亲试考生后，也为他们举行这样的宴会："胄监诸生盛国容，大官羊膳两厨供。"②牛马肉和羊肉一样，也是草原民族主要的食品，只是在食用数量上较少。通过打猎获得的野生动物肉也是餐桌上的美味。除了上文提到的狼、兔之外，"北陲异品是黄羊"，③杨允孚《上京杂咏》中的这句诗就提到了草原上一种野生的羊类，也要依靠打猎获得，今天也为我们所熟知。描写黄羊入宴的诗歌很

---

① 杨镰：《全元诗》第 60 册，中华书局 2013 年版，第 406 页。
② 杨镰：《全元诗》第 44 册，中华书局 2013 年版，第 51 页。
③ 杨镰：《全元诗》第 60 册，中华书局 2013 年版，第 405 页。

多，如张昱《辇下曲》第四十六首："学士院官传赐宴，黄羊捅酒满车来。"①
许有壬《李陵台谒左大夫》二首其一说："觲盏泛酥皆墨渖，瘿盘分炙是
黄羊。"②许有壬《上京十咏》其三即为《黄羊》，咏叹在水草丰美的秋天，
在一望无际的草原上，黄羊无处藏身，被"试穿杨"的少年随意猎获，连
屠夫们都变得繁忙起来。从这首诗可以看出，元代草原上黄羊数量众多，
也成为秋季草原人民的美味之一。草原上野生的羊类除了黄羊之外还有很
多种，杨允孚《滦京杂咏》第四十三首写道：

> 月出王孙猎兔忙，玉骢拾矢戏沙场。皮囊乳酒罗锅肉，奴视山阴
> 对角羊。③

在这首诗歌中有"对角羊"，而在诗歌后面的注释中，作者说："橘绿
羊，或四角六角者，谓之迭角羊。迭义未详。以其角之相对，故曰对角。
毛角虽奇，香味稍别，故不升之鼎俎。于以见天朝之玉食，有等差也。"
说明这种羊生的很奇特，或四角或六角，每对角相对，但在香味上与其他
羊类不同，所以在祭祀、大的宴会上不食用这种羊肉，既说明元朝统治者
的饮食是很讲究的，也说明百姓的餐桌上这种羊肉很常见。

元代草原上的牧民还食用黄鼠。许有壬《上京十咏》其四所咏者就是
黄鼠，作者在诗歌开头说："北产推珍味，南来怯陋容。"说明黄鼠不仅被
北方人食用，而且被认为是"珍味"，作为从南方来的作者对之是"怯陋
容"。诗歌中还描写了人们在草原上捕捉黄鼠的办法："发掘怜禽狝，招徕
或水攻。"④元人诗歌中描写黄鼠的诗句还有如"健儿掘地得黄鼠，日莫骑
羊齐唱归。"⑤（贡师泰《和胡恭滦阳纳钵即事韵五首》其三）"草实平坡黄

---

① 杨镰：《全元诗》第44册，中华书局2013年版，第51页。
② 杨镰：《全元诗》第34册，中华书局2013年版，第412页。
③ 杨镰：《全元诗》第60册，中华书局2013年版，第407页。
④ 杨镰：《全元诗》第34册，中华书局2013年版，第295页。
⑤ 杨镰：《全元诗》第40册，中华书局2013年版，第314页。

鼠肥"①"老翁携鼠街头卖"②（杨允孚《滦京杂咏》）"黄鼠生烧入地椒"③（张昱《辇下曲》）等。现在的内蒙古锡林郭勒草原，蒙汉族人民都不再食用黄鼠，而许有壬诗中对此"北方珍味""怯陋容"的南方人，某些地区的人们却有这样的饮食习俗。说明在历史的变迁中，人们的饮食习俗也在发生着重要的变化。

元代酿酒技术有了提高，酒的种类也很多。粮食酿造的酒是以汉族为主的广大农业区人们的主要饮料，而在草原上，无论是蒙元宫廷还是普通牧民主要饮用马奶酒。关于此酒的酿制，鲁不鲁乞在《出使蒙古记》中记载说当蒙古人收集了大量的马奶后，"就把奶倒入一只大皮囊里，然后用一根特制的棒开始搅拌，这种棒的下端像人头那样粗大，并且是挖空了的。当他们很快地搅拌时，马奶开始生发气泡，像新酿的葡萄酒一样，并且变酸和发酵。继续搅拌直到能提取奶油，这时他们尝一下马奶的味道，当它们相当辣时，他们就喝它。"④元代宫廷中还设有专人执掌此事，"日酿黑马乳以供玉食，谓之细乳。""自诸王百官而下，亦有马乳之供，酝都如前之数，而马减四之一，谓之粗乳。"⑤古人称乳汁为湩，所以湩酒就成为马奶酒的别称。

来到上都的诗人们，品尝着这种独具蒙古民族特色的美酒，许有壬《上京十咏》的序言中说："元统甲戌，分台上京。饮马酒而甘，尝为作诗。丁丑分省，日常多暇，因数土产可纪者尚多，又赋九题，并旧作为《上京十咏》云。"许有壬之所以会有这组诗歌，就是因为自己在分省上京时饮用马酒，因其甘甜而赋诗。《上京十咏》其一为《马酒》：

---

① 杨镰：《全元诗》第 60 册，中华书局 2013 年版，第 409 页。

② 杨镰：《全元诗》第 60 册，中华书局 2013 年版，第 408 页。

③ 杨镰：《全元诗》第 44 册，中华书局 2013 年版，第 51 页。

④ 鲁不鲁乞：《出使蒙古记》，克里斯托福·道森注，吕浦译，中国社会科学出版社 1982 年版，第 116—117 页。

⑤ 宋濂：《元史》卷 99，中华书局 1976 年版，第 2554 页。

味似融甘露，香疑酿醴泉。新醅撞重白，绝品挹清玄。骥子饥无乳，将军醉卧毡。挏官闻汉史，鲸吸有今年。①

诗中说马酒的味道香甜，就像是融进了甘露。这酒如此香的味道，让你怀疑它是用甘甜的醴泉水酿成的。新酿好的奶酒白净清亮，上好的奶酒就像是从天上舀出来的。为酿奶酒，小马没有乳汁，要忍受饥饿，但将军却因为马酒醉卧毡帐。汉朝已经开始制作奶酒，制作马酒的官员称为"挏马官"或"挏官"，许有壬说元朝也大量制作马酒，让人在今天可以"鲸吸"美酒。

在草原上，从普通的百姓到蒙古族统治者都喜爱马酒，"对朋角饮自相招，黄鼠生烧入地椒。马湩饮轮金铎刺，顶宁割发不相饶。"②（张昱《辇下曲》第五十三首）这首诗中描绘了几个蒙古族牧民招朋唤友烧黄鼠饮马酒的情景，而且还是"角饮"，比赛输了的人宁可割掉头发也不求饶，非常形象生动。既说明蒙古族牧民豪爽好饮的性格，同时也说明马奶酒在他们的饮食中的重要性。再如"野阔天垂风露多，白翎飞处草如波。髯奴醉起倾浑脱，马湩香甜奈乐何。"③（贡师泰《和胡恭滦阳纳钵即事韵五首》其二）广阔的草原上风露很大，白翎雀在草丛中飞落。一位"髯奴"已经喝醉，但还在倾倒浑脱中的马酒，连作者都感叹说马酒这么香甜，你能怎么办呢？"浑脱"是草原人民用来专门装酒的皮囊，对于经常骑马、狩猎又随时想要喝酒的蒙古牧民来说，用皮囊盛酒既方便携带，又没有被打破损坏的忧虑，实在是草原人民一个不错的发明。许有壬在《雨后桓州道中》描写的就是牧民放牧时也要携带马奶酒的情景："雨后桓州道，清无一点尘。半天云叶薄，五月草芽新。白雀能知晓，黄羊不畏人。悬鞍有马酒，

---

① 杨镰：《全元诗》第34册，中华书局2013年版，第294页。
② 杨镰：《全元诗》第44册，中华书局2013年版，第51页。
③ 杨镰：《全元诗》第40册，中华书局2013年版，第314页。

香泻草囊春。"①诗中主要描写了五月雨后的桓州草原上，干净无尘，天空中云薄如叶，草地上草芽簇簇。白翎雀能报晓，黄羊不畏人。在这人与自然和谐相处的地方，牧民马鞍上悬挂着马奶酒，香味扑鼻。当牧民们狩猎结束后，也要"皮囊乳酒锣锅肉，奴视山阴对角羊。"②（杨允孚《滦京杂咏》第六十五首）

蒙元统治者也酷爱马酒，举行宴会时："学士院官传赐宴，黄羊湩酒满车来。"（张昱《辇下曲》第四十六首）"桐官马湩盛浑脱，骑士封题抱送来。"③（张昱《辇下曲》第六十九首）"内宴重开马湩浇，严程有旨出丹霄。"④（杨允孚《滦京杂咏》）统治者要祭祀天地和祖先，也要用马奶酒，"祭天马酒洒平野，沙际风来草亦香。"⑤（萨都剌《上京即事五首》）"龙衣遵质朴，马酒荐馨香。"⑥（周伯琦《立秋日书事五首》）"巫臣马湩望空洒，国语辞神妥法官。"⑦（张昱《辇下曲》第二十五首）在春节时驱傩神也用马酒："三宫除夜例驱傩，遍洒巫臣马湩多。"⑧（张昱《辇下曲》第九十六首）

马奶可以酿酒，牛奶、羊奶则主要用来饮用或者做成奶制品。杨允孚在《滦京杂咏》中就有多首作品提到蒙古族对乳品的食用：

营盘风软净无沙，乳饼羊酥当啜茶。底事燕支山下女，生平马上惯琵琶。

夜宿毡房月满衣，晨餐乳粥碗生肥。凭君莫笑穹庐矮，男是公侯女是妃。

① 杨镰：《全元诗》第 34 册，中华书局 2013 年版，第 293 页。
② 杨镰：《全元诗》第 60 册，中华书局 2013 年版，第 407 页。
③ 杨镰：《全元诗》第 44 册，中华书局 2013 年版，第 51—52 页。
④ 杨镰：《全元诗》第 60 册，中华书局 2013 年版，第 407 页。
⑤ 杨镰：《全元诗》第 30 册，中华书局 2013 年版，第 149 页。
⑥ 杨镰：《全元诗》第 40 册，中华书局 2013 年版，第 363 页。
⑦ 杨镰：《全元诗》第 44 册，中华书局 2013 年版，第 50 页。
⑧ 杨镰：《全元诗》第 44 册，中华书局 2013 年版，第 54 页。

紫菊花开香满衣，地椒生处乳羊肥。毡房纳石茶添火，有女褰裳拾粪归。

不须白粲备晨炊，乳酪羊酥塞北奇。泥土炕床银瓮酒，佳人椎髻语侏离。

塞边羝牧长儿孙，水草全枯乳酪存。不识江南有阡陌，一犁烟雨自黄昏。①

在这几首诗中，我们可以看出蒙古人食用的乳品样式很多，早晨开始喝"乳粥"也可以吃"奶酪羊酥"，在两顿正餐之间，可以"乳饼羊酥当啜茶"，在水草全枯的冬季，人们也可以食用夏天存下的干奶酪。第三首诗中提到了"纳石茶"，诗人在自注中说："纳石，鞑靼茶。"说明这是蒙古族传统的茶饮，而且是需要熬煮的茶，诗歌中有"毡房纳石茶添火"的诗句。考之蒙古族的饮食，这纳石茶应该就是今天依然为蒙古族人非常喜欢的奶茶。

（三）居住民俗

在第六章中我们论述元代的两都制时，谈到上京的宫城建筑主要是汉式的宫殿，而宫城外却还建有蒙古族传统的宫帐。上都百姓的居住形式也与此颇为相似，正如袁桷诗中所描写的："毡屋起营羊胖熟，土房催顿马通干。"②（《送王继学修撰马伯庸应奉分院上都二首》之二）"土屋粘蜜房，文毡围锦窠。"③（《登候台》）具有蒙汉文化交融的特点。

与丘处机和潜邸文人描写的一样，到元代后期，草原蒙古族牧民仍然主要生活在具有游牧文化特色的毡帐中。"毡帐"也被称作穹庐、毡房、

---

① 杨镰：《全元诗》第60册，中华书局2013年版，第402—410页。
② 杨镰：《全元诗》第21册，中华书局2013年版，第213页。
③ 杨镰：《全元诗》第21册，中华书局2013年版，第312页。

毡幕、毡包、毡屋等。"帐殿横金屋，毡房簇锦城。"① （袁桷《上京杂咏》其七）"毡房锦幄花簇匀。"② （袁桷《次韵继学途中竹枝词》十首其三）"毡庐峙前冈，一一望初月。"③ （《开平昔贤有诗片云三尺雪一日四时天曲尽其景遂用其语为十诗》其五）"雪毳千家帐，冰瓢百眼泉。"④ （柳贯《同杨仲礼和袁集贤上都诗十首》其十）"寒雨初干草未霜，穹庐秋色满沙场。"⑤ （柳贯《还次桓州》）在这些诗歌中就出现了"毡房""毡庐""毡帐""穹庐"等说法。

牧民们的毡帐，用柳枝扎成圆形骨架，《长春真人西游记》中就记载在草原地区："水流东北，两岸多高柳。蒙古人取之以造庐帐。"⑥ 顶端留一圆孔，圆孔不用毡覆盖，形成通光、通风、通气的"天窗"，马祖常诗中即有"毡屋疏凉启小棂"⑦，宋本诗中也有"穹庐画毡绕周遭，五月燕语天窗高"⑧ 的句子，这两首诗中的"小棂""天窗"都起到了通风、通光的作用。杨允孚在《滦京杂咏》第二十六首中更加形象地描写了月光通过天窗照在屋中人身上的情景："夜宿毡房月满衣"。

蒙古族文化传统中尚白，圆孔以下用白毡覆盖，或将石灰、白黏土等白色涂料涂在毛毡外。杨允孚《滦京杂咏》第八十五首中有诗句"白白毡房撒万星"⑨，柳贯《同杨仲礼和袁集贤上都诗十首》其十中也有"雪毳千家帐"⑩ 的诗句，表现的都是上都草原上毡帐多呈白色的景象。

---

① 杨镰：《全元诗》第 21 册，中华书局 2013 年版，第 314 页。
② 杨镰：《全元诗》第 21 册，中华书局 2013 年版，第 319 页。
③ 杨镰：《全元诗》第 21 册，中华书局 2013 年版，第 330 页。
④ 杨镰：《全元诗》第 25 册，中华书局 2013 年版，第 143 页。
⑤ 杨镰：《全元诗》第 25 册，中华书局 2013 年版，第 167 页。
⑥ 李志常：《长春真人西游记》，河北人民出版社 2001 年版，第 31 页。
⑦ 杨镰：《全元诗》第 29 册，中华书局 2013 年版，第 334 页。
⑧ 杨镰：《全元诗》第 31 册，中华书局 2013 年版，第 97 页。
⑨ 杨镰：《全元诗》第 60 册，中华书局 2013 年版，第 409 页。
⑩ 杨镰：《全元诗》第 25 册，中华书局 2013 年版，第 143 页。

《马可波罗行纪》中记载上都失剌斡耳朵的结构时，言此宫是用竹茎结成，结成或拆卸，为时很短，只要统治者需要，可以完全拆成散片，运到他所，搭建好的宫帐用丝绳二百余系之。① 毡帐和宫帐一样是用绳子牵曳住，草原上风大时就出现了宋本诗中描写的情景："平原细草绿迢迢，十脚穹庐二丈高。羊角风来忽掀去，干宵直上似盘雕。"② 宋本诗中描写的毡帐是"十脚"，说明这种毡帐是用十根绳子牵曳的，草原上风很大，大到可以将毡帐掀起，卷到空中。而"两丈高"可能是那个时代普通毡帐一般的高度，所以杨允孚诗中说："凭君莫笑穹庐矮，男是公侯女是妃。"③ 公侯、王妃在路途中居住的也是这种低矮的毡帐。

草原上一个部族一起游牧，他们的畜群和居住的毡房也连在一起，方便互相照应。于是就有了柳贯《滦水秋风词四首》所言的"毡庐小泊成部署，沙马野驼连数群"④，以及在前面所举"毡房簇锦城""毡房锦幄花簇匀""雪毡千家帐"等诗句中，描写的是草原上毡帐相连犹如村落的景象：排排毡房整齐的排布，毡房间留有通道，所以诗人说"尽日笙歌毡巷北，初更灯火铁楼东。"⑤

毡房不仅用来居住，也是烹煮食物的地方。"毡房纳石茶添火，有女褰裳拾粪归。"⑥ 在饮食习俗一节中我们已经谈到纳石茶应该就是蒙古民族喜爱的饮料——奶茶，这种茶需要熬煮，而毡帐中用来熬煮食物的燃料不是柴薪而是马粪。

草原上的毡帐都坐北朝南，门框也用柳条扎成，门帘用毛毡制成：

① ［意］马可·波罗：《马可·波罗行纪》，［法］沙海昂注，冯承均译，商务印书馆 2012 年版，第 158 页。
② 杨镰：《全元诗》第 31 册，中华书局 2013 年版，第 97 页。
③ 杨镰：《全元诗》第 60 册，中华书局 2013 年版，第 404 页。
④ 杨镰：《全元诗》第 25 册，中华书局 2013 年版，第 207 页。
⑤ 杨镰：《全元诗》第 31 册，中华书局 2013 年版，第 97 页。
⑥ 杨镰：《全元诗》第 60 册，中华书局 2013 年版，第 408 页。

"卷地朔风沙似雪，家家行帐下毡帘。"①"双鬟小女玉娟娟，自卷毡簾出帐前。"②萨都刺《上京即事》十首其八和《塞上曲》其三中所说的就是这种门帘。

普通牧民居住的这种毡帐规模都很小，在转场时可以放在车上移动到新的牧地。宋本《上京杂咏》中即说："草尽泉枯营帐去，来年何处定新巢。"③到转场时，因为毡帐众多，于是就出现了"牛羊群蚁聚，车帐乱星移"④（周伯琦《九月一日还自上京途中纪事十首》其四）的景象。

（四）服饰民俗

蒙古民族世代都过着游牧生活，居无定所，牧民们常穿动物的皮毛做成的衣服，《长春真人西游记》中说："其俗牧且猎，衣以韦毳，食以肉、酪。"⑤韦是熟好的皮子，毳是指用毛皮或毛织品做成的衣服。杭州人范玉壶，因其女有才名，大德中被旨进京，范玉壶也随之北上，写有一首《上都》诗，描写了上都的气候和服饰风俗："上都五月雪飞花，顷刻银妆十万家。说与江南人不信，只穿皮袄不穿纱。"⑥上都地区纬度较高，即使是阴历五月，还会下雪，可见其气候之寒冷。也说明一个民族在长期的生产生活中，形成了独具本民族特色的服饰，这既有审美的因素，还会受到气候等条件的影响。所以诗人们来到这里也会穿上驼裘、驼褐、狐裘等皮毛衣服，戴上貂帽、皮帽。如虞集《雪后偶成》中描写春天时："忆踏春泥看柳色，驼裘貂帽渡冰河。"⑦诗人看柳色时还要穿驼裘，戴着貂帽。柳

① 杨镰：《全元诗》第 30 册，中华书局 2013 年版，第 149 页。
② 杨镰：《全元诗》第 48 册，中华书局 2013 年版，第 37 页。
③ 杨镰：《全元诗》第 31 册，中华书局 2013 年版，第 97 页。
④ 杨镰：《全元诗》第 40 册，中华书局 2013 年版，第 352 页。
⑤ 李志常：《长春真人西游记》，河北人民出版社 2001 年版，第 32 页。
⑥ 杨镰：《全元诗》第 8 册，中华书局 2013 年版，第 171 页。
⑦ 杨镰：《全元诗》第 26 册，中华书局 2013 年版，第 185 页。

贯则在《午日雪后行失八儿秃道中有怀同馆诸公》中描写端午节时"驼褐萧萧午日寒。"① 廼贤诗中描写秋天围猎:"秋高沙碛地椒稀,貂帽狐裘晚出围。"②(廼贤《塞上曲》五首其一)这些出猎的人们也是穿狐裘戴貂帽。柳贯在《后滦水秋风词四首》中有"半笼羔帽敌风沙"③,戴的也是羊羔皮的帽子。因为天气寒冷,妇女也会戴皮帽子。杨允孚《滦京杂咏》第五十八首中即说:"马上琵琶仍按拍,真珠皮帽女郎回。"④ 廼贤《塞上曲》五首其三中也描写道:"忽见一枝长十八,折来簪在帽檐边。"⑤

元代诗人笔下描写的服饰,极具蒙古族特色的是固姑冠和质孙服。李志常《长春真人西游记》中说:"妇人冠以桦皮,高二尺许,往往以皂褐笼之,富者以红绡。其末如鹅鸭名曰'故故'。大忌人触,出入庐帐须低徊。"⑥ 元朝建立后仍然很流行,叶子奇在《草木子》中说:"元朝后妃及大臣之正室,皆戴姑姑衣大袍,其次即带皮帽。姑姑高圆二尺许,用红色罗盖。"⑦ 聂守真《咏胡妇》描写宋元易代之际,蒙古族妇女随军南下:"双柳垂鬟别样梳,醉来马上倩人扶。江南有眼何曾见,争卷珠帘看固姑。"⑧ 杨允孚《滦京杂咏》其五十五有"香车七宝固姑袍,旋摘修翎付女曹。"⑨ 因为冠饰太高,所以坐车时要摘下来。杨允孚在诗后有自注:"凡车中戴固姑,其上羽毛又尺许,拔付女侍手持,对坐车中。虽后妃驭象亦然。"

---

① 杨镰:《全元诗》第 25 册,中华书局 2013 年版,第 170 页。
② 杨镰:《全元诗》第 48 册,中华书局 2013 年版,第 37 页。
③ 杨镰:《全元诗》第 25 册,中华书局 2013 年版,第 208 页。
④ 杨镰:《全元诗》第 60 册,中华书局 2013 年版,第 406 页。
⑤ 杨镰:《全元诗》第 48 册,中华书局 2013 年版,第 37 页。
⑥ 李志常:《长春真人西游记》,河北人民出版社 2001 年版,第 32 页。
⑦ 叶子奇:《草木子》,中华书局 1959 年版,第 63 页。
⑧ 杨镰:《全元诗》第 8 册,中华书局 2013 年版,第 154 页。
⑨ 杨镰:《全元诗》第 60 册,中华书局 2013 年版,第 406 页。

"质孙服"是最具时代特色的服饰。质孙，是蒙古语的音译，也写作"只孙"、"济逊"等，由蒙古族统治者统一制作、统一赐给大臣。周伯琦有《诈马行有序》诗，在序言中说："'只孙'，华言一色衣也。"[①] 穿质孙服参加的宫廷宴会，称为"诈马宴"，每日都要更换衣服，所以皇帝、贵族、重要大臣等人的质孙服都有多套。关于"质孙服"的华美，我们在前文已经论及，此处不再赘述。

二、元代草原民俗诗内容上的新变

在中国古代，草原民俗诗歌的写作历史中，最早的作品应该是汉代的《乌孙公主歌》和《胡笳十八拍》，南北朝时期，北朝民歌如《敕勒歌》《折杨柳歌辞》《琅琊王歌辞》《企喻歌辞》中也写及草原民俗，但数量很少。唐代边塞诗歌的写作重心在西北，主要内容是战争和边塞的苦寒，关于草原民俗偶有涉及，如高适的《营州曲》、李益的《塞下曲》其一、岑参的《玉门关盖将军歌》等都极具草原游牧情调。宋朝封疆到白沟，蒙古族灭金之前，宋代文人无法看到"白沟"以外的风光，诗歌中极少涉及草原民俗。元代的草原民俗诗无论在数量还是写作的范围都远远超过了前代，成为草原民俗诗歌创作的繁盛时期。

钟敬文认为："民俗起源于人类社会群体生活的需要，在特定的民族、时代和地域中不断形成、扩布和演变，为民众的日常生活服务。"[②] 这句话中至少包含三层意思：一是民俗是在人们的群体生活中产生的；二是民俗具有民族性、时代性和地域性；三是一定地域的民俗形成之后不是一成不

---

① 杨镰：《全元诗》第40册，中华书局2013年版，第345页。
② 钟敬文：《民俗学概论》，上海文艺出版社2009年版，第1页。

变的，会发展演变。蒙古族建立的元王朝，疆域之广大古今所无，"北逾阴山，西及流沙，东尽辽左，南越海表。"① 元朝还建立了"梯行际穷发"的驿站制度，人口流动频繁，因而蒙古、色目、汉族等多种不同内涵的文化，被容纳到中华文化的整体范畴之中。草原生产、生活等民俗文化也因之发生了变化，草原民俗诗中突出表现的是草原游牧文化对农耕文化的吸收。

在游牧经济区，原来很少有耕种的土地。蒙古建国后，掳掠中原汉族人为奴隶，这些中原人往往在水源充足的草原开辟小片耕地。统治者也在漠南、漠北适宜耕种的地方有计划地屯田，② 元太祖十七年（1222）七月丘处机一行在到达阿不罕山（今乌里雅苏台西南面的阿尔洪山）时，丘处机对前来谒见的镇海说："沙漠中多不以耕耘为务，喜见此间秋稼已成。余欲于此过冬，以待銮舆之回，何如？"于是镇海派工匠为之修建了暂时的道观——"栖霞观"。"时稷黍在地。"到了八月初，"居人促收麦，霜故也。"③ 漠南、漠北地区纬度较高，天气寒冷，入夏才可以耕种，因而能够种植的主要是抗寒、生长期较短的作物，如粟、黍、荞麦等。周伯琦《夗央泺作》："原隰多种艺，农畟犬牙错。涤场盈粟麦，力穑喜秋获。"④ "夗央泺"也写作鸳鸯泺，周伯琦《扈从集后序》中解释说因为其地南北皆有水泺，故名曰鸳鸯。还有一说是水禽惟鸳鸯最多，故名。⑤ 诗歌中描写鸳鸯泺地区，开垦出很多的田地，如同犬牙交错。秋天喜获丰收，涤扫的平整的场院里堆满了粟麦。这里的麦，并不是小麦，而是抗寒的荞麦。贡师泰

---

① 宋濂：《元史》卷58，中华书局1976年版，第1345页。

② 《元史·镇海传》记载成吉思汗时期"攻塔塔儿、钦察、唐兀、只温、契丹、女直、河西诸国，所俘生口万计，悉以上献，赐御用服器白金等物。命屯田于阿鲁欢，立镇海城戍守之。"宋濂：《元史》卷120，中华书局1976年版，第2964页。

③ 李志常：《长春真人西游记》，河北人民出版社2001年版，第39页。

④ 杨镰：《全元诗》第40册，中华书局2013年版，第393页。

⑤ 李修生：《全元文》第44册，江苏古籍出版社1999年版，第532页。

在《和胡士恭滦阳纳钵即事韵》中写道："荞麦花深野韭肥"①，胡助《宿牛群头》诗中也有"荞麦花开草木枯"②的诗句，可见在元代中后期，在漠南草原上已经非常普遍的种植了粟麦等农作物，这也是农耕文化融入游牧文化的典型例证。

生产方式的改变，也自然影响到人们的生活方式。元代草原民俗诗中，描写了草原人民具有农耕文化特色的饮食。许有壬《上京十咏》其五为《粆面》，描写了荞麦开花、结实，人们将之磨面、烹饪的过程。③这种由荞面烹饪而成的食物是"饸饹"，也被称为"河漏"或"合落"。周伯琦在《立秋日书事五首》其一中描写立秋时，菊花斗艳，自己依旧作客上京，"空舍瓶储粟，寒蔬釜沦羹。"④诗人房舍中储存的是"粟"，也就是俗称的"小米"。主要产自黄河流域，在上都同纬度的地方也可以种植。元代陆路交通和海上交通都很便利，一些外地的粮食也可以运到上都。诗人描写说端午节有"酬节的凉糕"（杨允孚《滦京杂咏》第七十一首）⑤，贺神节也能吃到"萝葡麦饼"（张昱《辇下曲》第八十三首）⑥。端午节食用的"凉糕"一般是由糯米做成，麦饼自然是用小麦粉做成，这两种作物在上京地区都无法种植，一定是由外地运送而来的。

上都作为蒙元的夏都，各族人口大量涌来，宋本在《上京杂诗》中描写到："西关轮舆多似雨，东关账房乱如云。"⑦这些来到上都的百姓、商人的住所并不都是蒙古族传统文化特色的毡帐，他们大多住在具有汉族建筑特色的土房中，土房也叫作土屋、板屋或地屋，房屋低小，建筑简陋。虽

---

① 杨镰：《全元诗》第 40 册，中华书局 2013 年版，第 314 页。
② 杨镰：《全元诗》第 29 册，中华书局 2013 年版，第 110 页。
③ 杨镰：《全元诗》第 34 册，中华书局 2013 年版，第 294 页。
④ 杨镰：《全元诗》第 40 册，中华书局 2013 年版，第 363 页。
⑤ 杨镰：《全元诗》第 60 册，中华书局 2013 年版，第 408 页。
⑥ 杨镰：《全元诗》第 44 册，中华书局 2013 年版，第 53 页。
⑦ 杨镰：《全元诗》第 31 册，中华书局 2013 年版，第 97 页。

不能具体考证当时上都人口的数量，但从诗人描写这些土房也可以略知一二："土屋层层绿，沙坡簌簌黄。"①（袁桷《上京杂咏》其二）"沙坡马鬣高下迎，土屋鱼鳞先后附。"②（袁桷《端午日由车中抵开平客中三度端阳怆然有怀》）从诗句中的"层层""鱼鳞"等修饰语可知当时上都生活的外来人口数量之巨大。

元代上都的土屋，建筑十分简陋。一种是掘地为窟，深一丈多，上面用木条铺为面，然后用茅草盖上，袁桷在《次韵继学途中竹枝词》十首其四中说："土屋苫草成屠苏，前床翁媪后小姑。"③在《上京杂诗》后的《再次韵》十首其三中袁桷也描写说："坡凹茅结屋。"④

土屋的屋顶并不像中原地区的屋宇要设计屋脊，上都地区"土屋平无脊，沙冈远似重。"（许有壬《即事》）⑤屋顶上并不闲置，仍然种植麦、菜。袁桷《上京杂咏》其二中描写说："土屋层层绿，沙坡簌簌黄。"⑥土屋依据地势建成一层一层，"绿"的就是屋顶上种植的麦、菜等绿色的植物。

另一种是掘地三四尺，四周用土石墙搭建形成的屋宇。周伯琦《纪行诗》第十八首中说的就是这种土屋："石墙虫避燥，土屋燕交飞。"⑦

土屋顶上都留孔窍出火，土屋中建有锅灶，用来取暖和做饭。到了做饭的时间，诗人笔下就出现了"万灶起青烟"（袁桷《上京杂咏》十首其一）⑧的壮观景象。

---

① 杨镰：《全元诗》第 21 册，中华书局 2013 年版，第 313 页。
② 杨镰：《全元诗》第 21 册，中华书局 2013 年版，第 329 页。
③ 杨镰：《全元诗》第 21 册，中华书局 2013 年版，第 319 页。
④ 杨镰：《全元诗》第 21 册，中华书局 2013 年版，第 315 页。
⑤ 杨镰：《全元诗》第 34 册，中华书局 2013 年版，第 293 页。
⑥ 杨镰：《全元诗》第 21 册，中华书局 2013 年版，第 313 页。
⑦ 杨镰：《全元诗》第 40 册，中华书局 2013 年版，第 392 页。
⑧ 杨镰：《全元诗》第 21 册，中华书局 2013 年版，第 313 页。

土屋中搭建通火的土炕，供人们休息和待客，马祖常说"土房通火为长炕"，① 周伯琦诗中描写说："土床长伏火，板屋颇通凉。"（《上京集诗十首》其七）② 杨允孚的《滦京杂咏》中也有"泥土炕床银瓮酒"③ 的诗句。这些诗人都描写了土屋中炕床的设计，炕床很大，能供多人一起吃饭、休息。炕床因为通火，冬季屋中也能保证有一定的温度，可以居住。

上都地区纬度高，至冬季，雪一般都很大，而土屋又都非常低矮。于是就有了诗人笔下这样的情景："询彼住冬人，封户雪踰尺。"④"屋随冰上下，山趁雪高低。"⑤ 上都地区春天来得晚，温度上升得慢，到了端午节的时候还可能下雪，袁桷诗中说："今年春事灭，土舍雪齐腰。"（《上京杂咏》再次韵十首其八）⑥ 屋前有齐腰的积雪，屋顶的积雪自然也不会少，雪化时"灶冷厨烟湿，窗低檐霤悬。"⑦ 土屋建筑简陋，自然也不会很坚固，冬天的大雪到春天融化成水，往往会令土屋变形："腊冻彻泉地坟起，土膏春动消成注。千条万条壁缝拆，十家九家屋山斜。"（宋本《上京杂诗》第十三首）⑧ 宋本诗中刻画的就是春天土屋东倒西歪的情景。

在服饰中，蒙古贵族的"质孙服"采用的衣料，都是布帛、锦缎，而不是蒙古族传统的皮装。柯九思《宫词一十五首》第十五首中还描写了元代后期统治者衣服上具有汉文化特色的花色："观莲太液泛兰桡，翡翠鸳鸯戏碧苕。说与小娃牢记取，御衫绣作满池娇。"诗歌后面有诗人自注：

① 杨镰：《全元诗》第 29 册，中华书局 2013 年版，第 334 页。
② 杨镰：《全元诗》第 40 册，中华书局 2013 年版，第 344 页。
③ 杨镰：《全元诗》第 60 册，中华书局 2013 年版，第 408 页。
④ 杨镰：《全元诗》第 21 册，中华书局 2013 年版，第 330 页。
⑤ 杨镰：《全元诗》第 21 册，中华书局 2013 年版，第 334 页。
⑥ 杨镰：《全元诗》第 21 册，中华书局 2013 年版，第 315 页。
⑦ 杨镰：《全元诗》第 21 册，中华书局 2013 年版，第 333 页。
⑧ 杨镰：《全元诗》第 31 册，中华书局 2013 年版，第 97 页。

"天历间，御衣多为池塘小景，名曰满池娇。"① 蒙古族妇女的服饰也同样吸收了汉族文化的特色，杨允孚《滦京杂咏》中描写："淡墨轻黄浅画眉，小绒绦子翠罗衣。""金线蹙花靴样小，免教罗袜步轻寒。"② 这两首诗中的"小绒绦子""翠罗衣""罗袜"，还有靴子上的"金线蹙花"，都是汉族衣饰文化的体现。

三、元代草原民俗诗平易写实的创作特色

草原民俗诗本自《诗经》的国风，它以"乡野"或平民特有的体识方式去透视、判断、反映生活，因而进入诗语的社会现象带着浓郁的民俗风情，也保持了民间诗思的真朴和自然。其基本的诗体特征就是诗风平实，有民歌风味，发展到元代，这一特征更加显著。

首先，竹枝词体的新形式。文体也好，诗体也好，在其发展到成熟阶段后，其形式要素会大体固定下来，但却也并非一成不变。在元代之前，描写边塞风光、民俗风情，诗人们多选用乐府诗的形式，包括唐前的旧题乐府和唐人创立的新题乐府。元代的草原民俗诗却很少使用《塞上曲》《塞下曲》《关山月》等新旧乐府的题目，乐于采用的是具有竹枝词情调的新诗体。竹枝词作为巴蜀民歌，经唐代著名诗人杜甫、刘禹锡、白居易等人的仿作和推广，流传地区逐渐扩大。唐圭璋在《竹枝纪事诗·序》中写到"长庆中刘梦得于建平见联歌《竹枝》，作《竹枝词》九篇，善歌者飚之。《花间集》载孙光宪《竹枝》二首，声辞并录。宋元以降，作者寖多，形式与七言绝句无异，内容则以咏风土为主，无论通都大邑或者穷乡僻壤，举凡

① 杨镰：《全元诗》第 36 册，中华书局 2013 年版，第 2 页。
② 杨镰：《全元诗》第 60 册，中华书局 2013 年版，第 406 页。

山川胜迹，人物风流，百业民情，岁时风俗，皆可抒写。非仅诗境得以开拓，且保存丰富之社会史料。"① 可见这种具有民歌特色的诗体，对于描写草原民俗具有先天的优势。

竹枝词还得到了蒙古族统治者的认同，许有壬在《竹枝十首和继学韵》第十首中就曾言及自己在上都的大安阁进献竹枝词："阁中敢进竹枝曲，万岁千秋文轨同。"② 这种新诗体在草原地区也获得了民间的认同，色目人马祖常作为元廷高级官吏，常到上都，并写有描述草原民俗的诗词多首。他在《车簇簇行》一诗中描写李陵台附近驿路车水马龙、行人车辆络绎不绝，驿站旁酒店生意兴隆的繁华景象。诗中最值得注意的是"侑杯小女歌竹枝"③ 句，说明酒店中娱乐宾客的歌曲也是竹枝词。

其次，诗风平实。民俗诗不仅是民俗诗料入诗，而且是"诗人用民间意识中普遍存在的俗信思维来观察、体悟所面对的民间生活，使之转化成认知、表现的对象，并用民间思维描绘它们。"④ 元人秉持"俗信"思维，草原民俗诗更加求实。元人不像唐人那样喜欢搜奇语怪，对于接触到的事物，喜欢化实为虚，即使是在创作中如实刻画，因为选择的视角独特，"诗也在写实中显出瑰奇的浪漫色彩。"⑤ 元代许多创作草原民俗诗的诗人多是学者，如黄溍著有《义乌志》七卷、《笔记》一卷，柳贯著有《字系》二卷、《近思录广辑》三卷、《金石竹帛遗文》十卷，廼贤著有《河朔访古录》，周伯琦著有《六书正伪》《说文字原》等。所以元人崇尚写实，反对空疏无本，如张昱《辇下曲》自序云："其据事直书，辞句鄙近，虽不足以上继风雅，然一代之典礼存焉。"⑥《四库提要》评价杨允孚《滦京杂咏》

---

① 丘任良：《竹枝纪事诗》序言，暨南大学出版社 1994 年版，第 1 页。
② 杨镰：《全元诗》第 34 册，中华书局 2013 年版，第 428 页。
③ 杨镰：《全元诗》第 29 册，中华书局 2013 年版，第 392 页。
④ 王政：《关于建设中国古代"民俗诗学"》，《文艺研究》2011 年第 1 期。
⑤ 陶文鹏：《论岑参诗歌创造奇象奇境的艺术》，《齐鲁学刊》2009 年第 2 期。
⑥ 杨镰：《全元诗》第 44 册，中华书局 2013 年版，第 48 页。

中作者的自注："亦皆赅悉。"元代诗人多会在诗歌中加"自注"，耶律铸的组诗中已经加了尾注，但只是偶一为之。而到张昱、周伯琦、杨允孚等人的诗歌中，加注已经成为自觉的选择。或者确定诗歌写作的地理方位，或者解释诗中的民俗由来，或者解释蒙古语词的汉语意义。既可以补充诗歌的内容，也可以加强读者对诗歌的理解，既有文学的艺术风格也有史学的征实特色。当代学者如叶新民在《元上都研究》、杨镰在《元诗史》《元代文学编年史》中也都谈到了草原民俗诗歌的这一特色。正是这种"以诗存史"的创作目的，决定了草原民俗诗歌比之竹枝词，更少浪漫气息，往往在创作中如实刻画，写实特色明显。

草原于元人而言也不再是异域，而是"腹里"，前朝所谓的"胡人""夷狄"已为国人，他们的民风土俗已为日常所见所识，不再是奇闻。所以他们的诗作对于草原民俗的书写往往是原汁原味，本色描摹，以期达到记信观风，以备查证的史料作用。元代草原民俗诗的竹枝词情调，在写作风格上呈现出平易自然的特色。元代诗人写作草原民俗诗的心态和唐代诗人明显不同，唐代人来到边疆的目的是安边定塞，建功立业，他们用自己的壮志豪情驱遣笔下的民俗风情，其诗歌自然具有奇丽壮阔的特色。元代草原地区是朝廷的腹里、夏都所在地，诗人或游历或扈从或公干来到这里，心态平和，以轻松的笔调、再现的手法去书写自己的所见所闻，反映民风俗情，尽量以平民特有的体悟方式进行判断，保持民间诗思的真朴。

元代草原民俗诗涉及的草原民俗事象尽管广泛，但都是诗人亲眼目睹之实景，既非艺术性的虚构，也非作者遥想所得。如果说唐代草原民俗诗采用典型化的手法拉大了与生活的距离的话，那么元人的作品则更逼近了生活，故给人强烈的平实感觉。

草原民俗诗歌的写实特色还体现在蒙古语的运用上。关于元代文学中的蒙古语问题，20 世纪以来已经有一些学者涉及，方龄贵教授在研究元明戏曲的语言时发现其中有很多蒙古语词汇，从而著成《元明戏曲中的蒙古语》一书，共搜集了"把都儿"（英雄）、"抹邻"（马）、"米罕"（肉）等 200 多个蒙古语词汇。① 这些词汇存在于流传至今的数十部戏曲中，说明元代文人在杂剧中运用蒙古语词汇，不是个别人的一时兴起，而是普遍的艺术追求。元代的草原民俗诗中也有一些蒙古语的融入，如在服饰民俗诗中出现的"只孙"（一色衣）、固姑（一种女性冠饰），在居住民俗诗中运用的"斡耳朵"（毡帐）、火失房（宫车），还有如饮食民俗诗中的"纳石"（蒙古茶）、体育民俗诗中的"贵赤"（跑步者）等。草原民俗诗歌中还常提到蒙古语地名，如柳贯有诗题为《八月二日大驾北巡将校猎于散不剌诏免汉官扈从南旋有期喜而成咏》，题目中的"散不剌"也称为"三不剌""甘不剌"等，是蒙古语"好泉子"的意思，也叫作北凉亭，在上都西北 700 里之外。还有"失八儿秃"（泥淖之地）、"怀秃脑儿"（后海）、"察罕脑儿"（白海）等。清代是中国古代边塞诗创作的第二个高峰，多数诗人沿用了元人开创的组诗加注的诗体形式，而且草原民俗诗中也渗入了蒙古语词汇，因此元诗的奠基意义不可小觑。

草原民俗诗中之所以会出现蒙古语，主要原因有以下两点。第一，与元代的教育制度关系密切。元蒙统治者自忽必烈开始系统接受中原儒家思想，在全国范围内推行儒学教育体制。蒙古族统治者推崇儒家文化，但却不习学汉文儒家典籍，而是将这些典籍翻译为蒙古语，印刷出版。至元十九年（1282），印行了蒙古畏兀儿字的《通鉴》。元武宗即位后，立其弟爱育黎拔力八达为太子，爱育黎拔力八达非常喜爱汉文化，至大四年（1311）"时有进《大学衍义》者，命詹事王约节而译之……因命与图像《孝经》、《列女传》并刊行赐臣下。"② 说明在此年同时翻译、出版了三部儒家经典，现在故宫博物院还藏有此时刊印的蒙汉语对照的《孝经》

---

① 方龄贵：《元明戏曲中的蒙古语》，汉语大词典出版社 1991 年版。
② 宋濂：《元史》卷 24，中华书局 1976 年版，第 544 页。

残本。《元史》在同一年还记载说爱育黎拔力八达读《贞观政要》，诏谕蒙古族翰林侍讲阿林铁木儿："此书有益于国家，其译以国语刊行，俾蒙古、色目人诵习之。"① 在虞集《皇图大训序》中还提到理学家许衡、许师敬父子将历代帝王的善政编辑成《皇图大训》，此书被翻译成蒙古文，元文宗认为该书有益于治国，而且文字雅洁，译写详尽、明晰，便于国人学习，所以诏令首先刻印此书。汉族儒臣为蒙古族统治者讲授儒家经典时，或用国语讲授或由蒙古族大臣进行翻译。

元朝的官方文书使用蒙古语、汉语和波斯语三种文字，最早使用的蒙古语是畏兀儿蒙古字，这是成吉思汗时由畏兀儿人塔塔统阿创制的。忽必烈信奉藏传佛教，以八思巴为国师，并命他以吐蕃字为基础创制了八思巴蒙古字。张昱《辇下曲》第六十二首："八思巴师释之雄，字出天人惭妙工。龙沙仿佛鬼夜哭，蒙古尽归文法中。"② 诗中既咏叹了蒙古新字的新奇，也歌颂了八思巴创蒙古新字对蒙古族文化的重要意义。"忽必烈的理想是可以用蒙古新字统一全国文字，至元八年（1271）下诏成立蒙古国字学、地方蒙古字学，在皇后斡耳朵、诸王投下及各侍卫军中也都设有蒙古字学，使用的教材是用八思巴字译成蒙古语的《通鉴节要》。在元成宗元贞元年（1295），又出版了《蒙古字韵》《百家姓蒙古文》《蒙古韵编》等字学课本。"③ 郑思肖说当时的汉族文人适应这种"国语教育"的需要，"愿充虏吏，皆习蒙古书，南人率学其字。"④

正是在这样的文化氛围中，元代后期文人大多精通蒙汉双语，甚至有汉族文人去做蒙古字学教授、学正。贡奎（1269—1329）在元成宗大德六年（1302）赴京师为奉礼郎，他的诗中有一首《赠送蒙古字周教授》，

---

① 宋濂：《元史》卷 25，中华书局 1976 年版，第 571 页。
② 杨镰：《全元诗》第 44 册，中华书局 2013 年版，第 52 页。
③ 赵延花：《元代汉文诗歌中的蒙古语及其成因》，《山西档案》2017 年第 3 期。
④ 郑思肖：《大义略叙》，《郑思肖集》，上海古籍出版社 1991 年版，第 188 页。

诗中赞扬这位教授高超的蒙古文水平："谐音正译妙简绝，穷完根本芟繁柯。牙签玉轴点画整，照耀后世推名科。"①危素也有诗《送胡平远之静江蒙古学正》，诗中谈到八思巴创制的蒙古文字，经过元廷的推行，学校的教育，传播范围非常广泛："至元皇帝初，万国同车书。臣有巴思八，制作开洪图。遂令蒙古语，传诵周海隅。张官设学校，州邑达国都。旴江胡学正，年少跻宦途。"②朱德润在《送周元礼任福州蒙古学正》一诗中谈到元廷的蒙汉二元教育政策以及蒙古族统治者期望以蒙古字转译一切文字的现实追求："九译同文日，三山贰教初。且陈平塞策，莫讲训蒙书。海近闽音杂，云蒸雁字疏。岭梅官路柳，惜别意何如。"③由此我们可以看出多方面的问题：一是蒙古族统治者大力推行"国语"，汉族文人为了生计或仕途，努力学习蒙古语，水平较高者，可以出任相关的官员；二是元代的教育体系中，蒙古语、蒙古字教育是必修课；三是与汉语教授相比，蒙古字学教授的地位要高一些，所以如作为江南宣城人的贡奎，对周教授就很羡慕："愧予鄙俚事章句，儒冠多误将如何"④；四是在元代教育制度的培养下，成长为官员的汉族文人，都具有较高的蒙古语、蒙古字学水平，可以使用蒙汉双语进行交流和写作。

第二，作为蒙古族聚居的上都地区，牧民们都使用蒙古语进行交流，其风俗也远异于中原汉地，周伯琦《纪行诗》第十四首中说上都地区："土风多国语，闾井异寻常。"⑤杨允孚《滦京杂咏》其二十二也说："弧矢纵悬仍觅侣，塞前番语笑人迂。"⑥张昱《塞上谣》八首其二中说："马上毛衣歌刺刺，往还都是射雕儿。"其四说喝醉了酒的牧民："见人强作汉家语，哄

---

① 杨镰：《全元诗》第 23 册，中华书局 2013 年版，第 127 页。
② 杨镰：《全元诗》第 44 册，中华书局 2013 年版，第 220 页。
③ 杨镰：《全元诗》第 37 册，中华书局 2013 年版，第 122 页。
④ 杨镰：《全元诗》第 23 册，中华书局 2013 年版，第 128 页。
⑤ 杨镰：《全元诗》第 40 册，中华书局 2013 年版，第 391 页。
⑥ 杨镰：《全元诗》第 60 册，中华书局 2013 年版，第 403 页。

著村童唱塞姑。"其六也说二八胡姬:"醉来拍手趁人舞,口中合唱阿刺刺。"①正是这样的社会环境,元代诗人才会有意识地采撷、提炼、征用蒙古语进行叙事抒情。

"民俗文化是民众在长期的生活中创造、传承并享受的文化事象。比起民族文化中的上层文化来说,民俗文化同样具有相对稳定性特征,特别是在文化不甚发达的时代。但是这种文化在扩布演进过程中,也会出现变形(乃至变质)及消亡的情况。"②元代蒙古族入主中原,特别是两都巡幸制度实施之后,大量汉族及其他民族的人口涌入蒙古草原,同时将其民族文化也带到了这里。通过对元代草原民俗诗歌的分析,我们发现中原文化已经悄然融入草原民俗文化中,而草原民俗诗中蒙古语的出现,又是草原文化对中原文化的反哺。证明了中华民族文化是多民族文化的统一体,具有多元共融的特征。

---

① 杨镰:《全元诗》第44册,中华书局2013年版,第57页。
② 钟敬文:《民俗学概论》,上海文艺出版社2009年版,第17页。

第7章

元代丧乱诗创作及特色（上）

元初文人包括由金入元和由南宋入元的众多文人，他们所处的环境，都面临着外敌——蒙古族铁骑的入侵，他们都目睹了元初近百年的战乱给民族、生灵带来的不幸。作为有良心的、有社会责任感的文人，用他们的诗作记录兵连祸结的时代，记录文人充满创伤和矛盾的心灵，由此产生了为数众多的丧乱诗。这些诗作有对家园残破、生灵涂炭的书写，有诗人对战争的思考、对参战各方的褒贬，有对蒙古族统治者接受仁民思想的称颂等内容，因为丧乱诗写作题材的独特性，因而形成了慷慨悲怆的风格。

一、元初丧乱诗对家园残破、生灵涂炭的描摹

自公元 1211 年到 1279 年，蒙金战争、宋元战争持续了七十多年，中华大地满目疮痍，"河汾诸老"等金末文人、"忽必烈潜邸文人"以及南宋文人都创作了很多丧乱诗，描写战争的残酷。

（一）"河汾诸老"等人诗中描写的蒙金战争及战争造成的苦难

作为深受儒家思想影响的汉族知识分子，虽然隐居林下，但仍然具有杜甫那样忧时忧世的情怀。他们用自己的诗笔描写了山河破碎以及战争给中原地区造成的灾难，批判了这场蒙古族统治者发起的侵略战争。

在战争中，诗人为了保全性命，只能到处躲避战火，正如房皡在窝阔台汗（元太宗）元年（1236）一月作的《丙申元日》中所言："干戈犹浩荡，踪迹转蹉跎。"① 陈庚在《答杨焕然二首》其一中形容说："梁苑当年记盛游，乱离南北怅迟留。""人似赞皇迁蜀郡，诗如子美到夔州。"② 张宇在《和刘敏之韵》中亦有"谈天虽有口，无地可安身。"③ 战争让人们流离失所、四处逃难、有家难回。麻革和房皡的经历很有典型性，金末，麻革是太学生，蒙古大军围困汴京期间，他恰在围中，曾经亲眼目睹了战争的惨烈。金灭亡后，他从雁门越过代岭，进入今天的内蒙古境内，一直逃到居延，也就是今天内蒙古阿拉善盟额济纳旗，至 1239 年才回到山西。途中，曾经到浑源拜访刘祁，刘祁有堂名"归潜堂"，作诗《归潜堂为刘京叔赋》，其中有"南山先庐在，兵尘怅暌违。"④ 南山有家，但因为战争却分别多年，真的是有家也归不得。房皡在金朝末年，为避兵祸曾隐居庐山中。后又逃到南宋境内，在庐山隐居一段时间。转徙多地，最后才回到故乡。

杜甫《春望》所言："烽火连三月，家书抵万金。"逃难中，亲人离散，如能获得亲人的信息，最是开心。麻革在《庐山兵后得房希白书知弟谦消息》中说：

闻道王师阻渭津，庐山以后陷兵尘。军行万里速如鬼，风惨一川

---

① 杨镰：《全元诗》第 2 册，中华书局 2013 年版，第 376 页。
② 杨镰：《全元诗》第 2 册，中华书局 2013 年版，第 268 页。
③ 杨镰：《全元诗》第 2 册，中华书局 2013 年版，第 256 页。
④ 杨镰：《全元诗》第 2 册，中华书局 2013 年版，第 384 页。

愁杀人。乱后仅知家弟在，书来疑与故人亲。梦中亦觉长安远，回首关河泪满巾。①

诗题中的房希白就是房皞。他在"庐山"兵后，给麻革写信告知自己与友人的情况。诗歌开篇中的"王师"指的是金朝的军队。虽然金朝统治者也是少数民族，但在中原日久，又采用"汉法"统治中原，在汉民族知识分子心中还是有一定的认同性的。而行军迅速，遍布山川令人"愁杀"的都是蒙古铁骑。金兵受阻，庐山陷入兵祸。在此时接到朋友的书信，知道家人、朋友的消息，这是多么令人欣慰的事情啊！但因为战争，现实的距离相对变得遥远，亲人见面难上加难，即使诗人在梦中也觉得与亲人相距遥远。家破了，国亡了，山河虽在，也非复旧山河，怎不让诗人泪满衣襟。

麻革此诗记录了"庐山以后陷兵尘"，在《杨将军垌马图》一诗中回忆了更早的战争情景："君不见幽燕飞鞚时，中原流血成渊池。秖令征讨苦未休，金鞍铁甲弥山丘。"②1211 年成吉思汗带兵与金兵在野狐岭大战，金军大败。1215 年蒙古军围困金中都燕京（北京）。五六年的战争，再加上蒙古族早期征伐的残酷、血腥，令"中原流血成渊池"。段克己在《寿寇兴祖》中写到山西的兵祸："劫来汾水上，吾见秋虫号。"③ 麻革在《晚步张鞏田间》中描写河朔地区的战争："兵尘河朔迷归路，惆怅平沙送夕晖。"④

"幽燕""汾水""河朔""庐山"，从黄河流域到长江以北处处战火纷纷，对于北方金统治区的文人来说，这就是四海，就是神州。麻革在《上云内师贾君》云："千年知运圮，四海共兵鏖。雾黑龙蛇斗，山昏虎豹嗥。"⑤ 房

---

① 杨镰：《全元诗》第 2 册，中华书局 2013 年版，第 386 页。
② 杨镰：《全元诗》第 2 册，中华书局 2013 年版，第 385 页。
③ 杨镰：《全元诗》第 2 册，中华书局 2013 年版，第 276 页。
④ 杨镰：《全元诗》第 2 册，中华书局 2013 年版，第 386 页。
⑤ 杨镰：《全元诗》第 2 册，中华书局 2013 年版，第 381 页。

皡在《送王升卿》中说:"四海纷纷尚戎马,我曹只合归林下。"① 在《题张济之胜览轩》中说:"试依栏杆西北望,浮云依旧暗神州。"② 陈庚在《送麻信之内乡山居》中也说:"四海纷拏战虎龙,惊麕无计脱围中。"《赠李彦诚》:"五岳分崩四海倾,便宜一别尽今生。"③ 段克己在《排遣》亦有:"四海干戈战血腥,头颅留在更须名。"④

战争频仍,"中原流血成渊池",战火中,人们都希望抱团取暖,亲人更亲,朋友能聚在一起也是快事。段成己《赠呼延长原》中说:"乱余寡俦侣,所遇皆所亲。"⑤ 战乱后亲朋离散,能遇到的都成了亲人。张宇在《送赵宜之归辛安兼简洛下诸友》中写道:"昔经劫火然,二鸟奋惊翼。嗷嗷各何之,仝落天西北。日夕相和鸣,此乐未易极。"⑥ 这是一首送行之作,赵宜之是回归家乡,众人送行作诗。作者与赵宜之是在劫火中携手逃难的好友,经历过生死考验,所以特别珍惜安定的生活,哪怕是身在异乡,也能诗词唱和,感受生的美好。一旦要分别,即使对方是要回家,也让诗人倍感伤怀。

诗人们面对"干戈浩荡人情变,池岛荒芜树影空"(曹之谦《北宫》)⑦ 的苦难现实,犹如惊弓之鸟:"念远心将折,闻兵梦亦惊。江山憔悴久,依杖叹余生。"(麻革《浩浩》)⑧ 一想到远方就心思烦乱,听说有兵事,做梦都能惊醒。江山破碎,国不复国,家不复家,自己都不知道余生该如何度过。其中有惊惶,有无奈也有悲苦,多种情绪综合到了一起。

① 杨镰:《全元诗》第 2 册,中华书局 2013 年版,第 372 页。
② 杨镰:《全元诗》第 2 册,中华书局 2013 年版,第 377 页。
③ 杨镰:《全元诗》第 2 册,中华书局 2013 年版,第 269—270 页。
④ 杨镰:《全元诗》第 2 册,中华书局 2013 年版,第 291 页。
⑤ 杨镰:《全元诗》第 2 册,中华书局 2013 年版,第 318—319 页。
⑥ 杨镰:《全元诗》第 2 册,中华书局 2013 年版,第 253 页。
⑦ 杨镰:《全元诗》第 2 册,中华书局 2013 年版,第 362 页。
⑧ 杨镰:《全元诗》第 2 册,中华书局 2013 年版,第 391 页。

段克己作于蒙哥汗（元宪宗）三年（1253）中秋的长诗《癸丑中秋之夕与诸君会饮山中感时怀旧情见乎辞》，采用今昔对比的写法，批判了蒙古族的穷兵黩武，表达了对战争的憎恶，对和平生活的向往：

少年著意做中秋，手卷珠帘上玉钩。明月欲上海波阔，瑞光万丈东南浮。楼高一望八千里，翠色一点认瀛洲。桂华徘徊初泛滟，冷溢杯盘河汉流。一时宾客尽豪逸，拥鼻不作商声讴。无何陵谷忽迁变，杀气黲惨缠九州。生民冤血流未尽，白骨堆积如山丘。比来几见中秋月，悲风鬼哭声啾啾。遗黎纵复脱刀戟，忧思离散谁与鸠。回思少年事，刺促生百忧。良辰不可再，尊酒空相对。明月恨更多，故使浮云碍。照见古人多少愁，懒与今人照兴废。今人古人俱可怜，百年忽忽如流川。三军鞍马闲未得，镜中不觉摧朱颜。我欲排云叫阊阖，再拜玉皇香案前。不求羽化为飞仙，不愿双持将相权。愿天早锡太平福，年年人月长团圆。①

诗歌以时间为序，以诗人自身遭际为纲，全诗共分为三段。前10句为第一段，是典型的因情造景，作者少年时，天下太平，那时要"著意做中秋"，"著意做"三字非常有意味，是要人为地去营造中秋节的氛围。表现的是作者与朋友在和平时节诗酒相娱的快乐生活。那时的明月在记忆中也是最美的：刚刚升起的明月便有万丈光芒，天地澄澈，高楼上一望可到八千里外，甚至可以看到翠色青青的仙境瀛洲。快乐的时光、美丽的景色让人留恋不舍。聚会能从"手卷珠帘上玉钩"的黄昏一直延续到"冷溢杯盘河汉流"的深夜，满怀豪气的宾客，吟诗、作赋、弹琴、唱曲，不论怎样表达情感，绝不会有悲凉之声。

中间8句是第二层。所谓乐极悲来，南宋与金通过一系列的条约，多年保持相对和平的局面。南宋诗人林升在《题临安邸》中描写南宋统治者

---

① 杨镰：《全元诗》第2册，中华书局2013年版，第300页。

苟安享乐："山外青山楼外楼，西湖歌舞几时休？暖风熏得游人醉，直把杭州作汴州。"陆游在《关山月》中也说："和戎诏下十五年，将军不战空临边。"金统治区的百姓也沉浸在这短暂的和平幸福生活中。北方的蒙古族却已崛起强大，突然之间就发动了对金的战争，山河变色，九州兵尘，无辜百姓遭到屠戮，鲜血横流，白骨堆积如山。战乱中，中秋月夜再也没有了娴雅的情致，只能听到悲风、鬼哭。即便有逃脱死亡厄运的人们，也是家人离散，忧思满怀。

　　诗歌最后 18 句为第三层，是作者的议论抒情。作者以"回思少年事"作为过渡，转入今昔的对比：那时的美好时光，与今天的忧思百结相比，心中更加愁苦，良辰不再，友朋离散，连喝酒的心情都没有了。明月见证了太多的苦难，所以躲进云层，不愿再看。明月与历史兴废本不相干，但诗人将眼中所见和心中所想融合在一起，似乎是一下子就抓住了历史的规律，这正是发挥了文学形象思维的优势，以空间的运动的物体表示历史抽象的时间，这样一来，现实的景物和历史的发展，广阔的空间和渺远的时间交织在一起，虚实相生，造成极强的空间感、时间感和历史感，作者对历史兴亡的思考，对千百年来百姓悲苦命运的感叹，对个人命运的无奈全部包含在六句诗中了："照见古人多少愁，懒与今人照兴废。今人古人俱可怜，百年忽忽如流川。三军鞍马闲未得，镜中不觉摧朱颜。"最后，作者表达了自己的愿望：要到天宫中，在玉帝香案前，不求长生，不求权力，只希望玉帝赐给人间太平，让人月长圆。这首诗歌将描写、议论、抒情结合到一起，表达了一个儒家知识分子关怀时事，心忧天下苍生的仁者情怀。

（二）郝经对百姓苦难的描摹

　　作为儒家知识分子，郝经在描写蒙金战争时，不仅同情金朝统治者，最同情的还是无辜的百姓，对战争造成的人民的苦难进行了控诉。如他的《青城行》中描写崔立献汴梁投降后，金朝后妃、王公大臣及其家眷不分男女老幼被驱赶到青城受死："弓刀合沓满掖庭，妃主喧呼总狼藉。驱出宫门不敢哭，血泪满面无人色。戴楼门外是青城，匍匐赴死谁敢停。"作者对金朝贵族们被杀是同情的，但同时又说："天兴初年靖康末，国破家亡酷相似。君取他人既如此，今朝亦是寻常事。"郝经认为统治者被屠戮这是易代之际的必然现象，金朝当年也是如此对待北宋统治者的。百姓的痛苦才是最无辜的："君不见二百万家族尽赤，八十里城皆瓦砾。白骨更比青城多，遗民独向王孙泣。"①

对于南宋的征伐，忽必烈取得的成就无疑是最突出的。他的攻伐可以分为两个阶段，第一个阶段是即位前。1251 年蒙哥汗即位，忽必烈开府金莲川，经略漠南，在谋士姚枢、刘秉忠、郝经等人协助下，总结窝阔台汗以来对宋战争的得失，制定了新的计划。1254 年忽必烈先攻灭大理，1258 年重获兵权后准备大举伐宋。1259 年忽必烈在邢州誓师，启用儒士宋子贞、商挺、李昶、杜瑛等，征求伐宋之计。以杨维中为江淮荆湖南北等路宣抚使，谋士刘秉忠、张文谦等人随军出征。忽必烈此次率军出征，与之前成吉思汗、窝阔台汗、蒙哥汗征战最大的不同是他多次整顿军纪，禁止抄掠、滥杀无辜。出征前，蔡州一士兵违反军纪，忽必烈"命戮以徇，诸军凛然，无敢犯令者。"②1259 年八月，忽必烈率大军渡过淮河，进攻湖北："八月马首南，王气快轩豁。千麾绕清霜，万蹄碎踏铁。高天四旁开，厚地一道裂。西风楚山空，豺虎皆遁迹。""右师满湖湘，左师溢巴峡。"③ 九月围攻鄂州（今武昌），两月后，为争汗位，与宋议和，解围北返。

① 杨镰：《全元诗》第 4 册，中华书局 2013 年版，第 269—270 页。
② 宋濂：《元史》卷 4，中华书局 1976 年版，第 61 页。
③ 杨镰：《全元诗》第 4 册，中华书局 2013 年版，第 188 页。

在鄂州之战中，郝经与杨维中被任命为"军纪督军"的长官，监督蒙军（包括蒙方汉军）的军纪。亲临宋元战阵的郝经作有《随州》《石门》《白兆山》《青山矶市》《压云亭》《黄鹤楼》《渡江书所见》（四首）《渡江书事》《晓登昆阳故城》《武当道士歌》《巴陵女子行》《武昌词》（三首）等十几首诗。在这些诗中集中地表现了战争造成的田园荒芜，百姓流离。

郝经在《渡江书所见》诗的序言中描写了当时宋元接壤处由于战争所呈现的荒凉景象：

> 己未秋，奉命宣抚江淮，自邓南入新野，蹈宋北鄙，渡泌河及湖阳，入于舂陵陂塘。联络畎浍，萦属村墟，蓊翳荒空不可行。佳木修竹，奇花异卉，栉比林莽间，怵然有感于中。而取野莲、荒竹、秋桐、野菊四者，姑以寓感焉。[①]

郝经的《随州》诗里也有："居人尽室去，涵养尽一败。荒空二十年，繁夥日芜秽。"随州在湖北北部，毗邻河南，素有"汉襄咽喉"之称。1234 年金朝灭亡后，这里就成为了宋元战争的前沿，二十多年饱受战争的侵扰。百姓逃离故土，家园荒芜，房屋损毁。人的世界变成了野生动植物的世界："白垩余屋壁，狐狸窟庭内。穿窗枣枝曲，倚柱岩桂坏。谁种当道棘，乱长侵阶菜。奥室没蒿莱，何处觅粉黛。湿气杂土腥，当昼半暝晦。"[②] 人类的文明进军，逐步占领和改造了自然荒蛮，战争将人类群落赶出了他们的生活基地，帮助自然荒蛮回头占领和改造着人类的文明。这真实的桑田沧海深刻地揭示出战争的野蛮性。

战争中家园凋敝，十室九空，人民流离失所。蒙古习惯法保护军人对人口的掳掠，尤其是将女性的掳掠看作获胜的重要标志。所以在元统一南北的战争中，军队成为最为庞大的女性掳掠集团。吴莱在《烈妇行》中说：

---

① 杨镰：《全元诗》第 4 册，中华书局 2013 年版，第 186 页。

② 杨镰：《全元诗》第 4 册，中华书局 2013 年版，第 183 页。

"落日沉海云压城，官军多载妇女行。"① 对于军队的这种掳掠行为，有些将领也实施了一些禁止措施。木华黎在经略中原时就曾听从史天倪等人的建议，禁止士卒剽掠。阔阔不花在伐金时也规定："入城掳掠者死"。② 忽必烈也曾经多次禁止滥杀无辜，掳掠人口。这种禁令与蒙古习惯法无法抗衡，绝大多数战役中，蒙古军队还是大量掳掠人口，尤其是女性。江南女性从小受到儒家思想的影响，一旦被掠，多不愿受辱，甚至自杀殉节。

郝经在《巴陵女子行》序言中说：

> 己未秋九月，王师渡江。大帅拔都及万户解成等自鄂渚以一军舣上流，遂围岳。岳溃，入于洞庭，俘其遗民以归。节妇巴陵女子韩希孟，誓不辱于兵，书诗衣帛以见意，赴江流以死。其诗悲婉激切，辞意壮烈，有古义士未到者。今并其诗，录于左方。呜呼！宋有天下，文治三百年，其德泽庞厚，膏于肌肤，藏于骨髓，民知以义为守，不为偷生一时计，其培植也厚，故其持籍也坚，乃知以义为国者，人必以义归之。故希孟一女子，而义烈如是。彼振缨束发，曳裾峨冠，名曰丈夫，而诵书学道，以天下自任，一旦临死生之际，操履云为必大有以异于希孟矣。余既高希孟之节，且悲其志，作《巴陵女子行》，以申其志云。③

郝经描写的是 1259 年 9 月，鄂州战役中被俘的女子韩希孟自杀殉节的事迹。在《巴陵女子行》中称颂她"名与长江万里流"。韩希孟绝不是孤例，他在《武昌词三首》序言中还记录了其他被俘女子：

> 王师围鄂，游骑于金牛镇得一妇人，欲侵之，厉声曰："我夫婿翁姑皆死，目前未即死，又可受辱邪？速与我死。"遂置之。自称梅溪主人张素英，作歌诗数篇以见志，寻以疾卒。于湖中得一路分妻，

---

① 杨镰：《全元诗》第 40 册，中华书局 2013 年版，第 83 页。

② 宋濂：《元史》卷 123，中华书局 1976 年版，第 3023 页。

③ 杨镰：《全元诗》第 4 册，中华书局 2013 年版，第 263 页。

一日，以无夫选赐有功军人。即以掌批其颊，对今上大呼曰："妾夫将千五百人扼敌沅州，妾命妇也，岂可辱于是！乞速赐死。"上矜其志，赐之衣粮，使有司存恤之，以俟其夫，亦寻以疾卒。又有汉阳教授之妻，为一兵所掠，义不受辱，投于沙湖。三人者，仆亲见之，皆可附希孟之义，各为赋词，以寓意云。①

郝经诗中提到的这几个女子的遭遇不过是此战中女子遭遇的冰山一角，而女性的遭遇又只是战争中人民苦难之冰山一角。

（三）舒岳祥诗对江南残破的书写

表现蒙元大军灭亡南宋给江南人民造成的苦难，舒岳祥（1219—1298）的诗作具有代表性。舒岳祥的诗中描写至元十三年（1276）南宋灭亡前后，台州及附近地区遭遇的战乱，军队掳掠百姓，破坏经济生产，民不聊生。这些诗作往往都有长题，等于是诗序。如他的《过字韵诗辱诸友联和方营度枯鄙以酬厚意偶报北兵自瓯闽回驱男女牛羊万计入蛟湖深畯出独山屯尚义由童公岭以北三日夜不休闻之惊心遂成阁笔是月十四夜对月感涕遂即前韵以纪时事奉呈诸友》诗。诗题中"北兵自瓯闽回，驱男女牛羊万计入蛟湖"揭示了百姓被掳掠的史实，而诗中的"麦倒桑折枝""在者哭空村，吞声谁敢大"② 等句，表现了战争造成的苦难。

舒岳祥的家乡台州宁海也遭遇兵祸，他只好避祸山中，而此时江南经济遭到巨大打击，陷于崩溃状况。舒岳祥有诗《寇攘之余谷五斗才易一鸡衰老多病资血味以为养求之弗可得畜二母鸡自春抱育至夏百翼不灭子美生理喜而有作》，诗题中有"谷五斗才易一鸡"语，诗中也有"我今山中居，

① 杨镰：《全元诗》第 4 册，中华书局 2013 年版，第 264 页。
② 杨镰：《全元诗》第 3 册，中华书局 2013 年版，第 241 页。

生理苦迫窄。""奉亲不及宾，资生拙无策。"① 甚至作者窘迫到要乞食，如诗《丙子兵祸自有宇宙宁海所未见也予家二百指甑石将磬避地剡贷粟而食解衣偿之不敢以渊明之主人望于人也因读渊明乞食诗和韵书怀呈达善亦见达善烧痕稿中有陶公乞食颜公乞米二帖跋尾也》，诗题中已经有"乞食"词。诗中有"无食不免乞，折腰乃竟辞"② 句。作者虽写自己的遭际，但可以想见其他百姓的命运。战火不熄，人民的苦难不止。到至元十四年（1277）舒岳祥家乡附近的仙居又被屠掠，舒岳祥有诗《去年大兵入台仙居幸免今冬屠掠无噍类衣冠妇女与牛羊俱北闻而伤之作俘妇词》诗中说："初谓无兵祸，那知酷至斯。相看不敢哭，有死未知期。儿向草间没，夫随剑口离。琵琶犹带怨，况是作俘累。"③ 面对这种家破人亡的现实，作者对于自己家人俱全感到无比欣慰。他在《将别棠溪遗仲素季厚昆仲》说"我瓶无储粟，我箧无重裼。妻孥幸团圞，忘此饥与渴。"④

至元十四年（1277）舒岳祥曾作《丙子兵祸台温为烈宁海虽经焚掠然耕者不废丁丑龘为有秋但种秫者少以醉人为瑞物吾亦似陶靖节时或无酒雅咏不辍也八月初九日连日雷雨溪路阻绝山房岑寂此夕初霁浊酒新漉数酌竟步秋树阴潭鱼可数望前峰老枫树数十株已无色白鸟飞翻去来是中有惠崇大年笔家人遣两力来迎因倒坐篮舆而归人或问之戏答曰吾日莫途远故倒行也记以三绝》，诗题中就说"丙子兵祸，台温为烈，宁海虽经焚掠，然耕者不废。"即便如此，宁海"丙子兵祸，自有宇宙，宁海所未见也。"战后："山城询故旧，十九是丘墟。"⑤ 而心理上的伤害还远大于具体的战火，被屠城的血腥情景始终伴随着人们的生活，偶有传言，百姓即四处奔窜。

---

① 杨镰：《全元诗》第 3 册，中华书局 2013 年版，第 240 页。
② 杨镰：《全元诗》第 3 册，中华书局 2013 年版，第 248 页。
③ 杨镰：《全元诗》第 3 册，中华书局 2013 年版，第 280 页。
④ 杨镰：《全元诗》第 3 册，中华书局 2013 年版，第 239 页。
⑤ 杨镰：《全元诗》第 3 册，中华书局 2013 年版，第 275 页。

舒岳祥作于至元十五年（1278）的诗《七月十五日竟传有铁骑八百来屠宁海人惧罹仙居祸僦船入海从鸥夷子游余在龙舒精舍事定而后闻之幸免奔窜深有羡于渔家之乐也作渔父一首》就反映了这一现实，诗题中言："七月十五日，竟传有铁骑八百来屠宁海，人惧罹仙居祸，僦船入海。从鸥夷子游。余在龙舒精舍，事定而后闻之，幸免奔窜，深有羡于渔家之乐也。作《渔父》一首。"① 作者心有余悸，在乱定归家后依然不能释怀。在作于至元十四年（1277）春的《村庄麦饭齑笋有怀达善正仲帅初因寄袁仲素季厚陈用之》诗中说："因思去年时，煎牟作糜粥。饥饿走荒山，群奴深两目。"② 在《踏莎偶成三首》中有："去年真可怕，戎马暗山川。"③ 其他诗中还有"去年十月吉，四山戎马交。携家走万壑，唯恐草莽凋。"④"去年当此月，初三月未艳。暮下陈村庄，夜投象原店。"⑤"去岁那知有，新冬得此生。"⑥"去年除夜各走险，荒村千里无人烟。今年山舍一炉火，妻子甥孙相向坐。"⑦ 等等。

二、元初丧乱诗对参战各方的褒贬

杜牧在《阿房宫赋》中对六国和秦国灭亡的思考，震撼人心。金宋元文人生逢乱世，也同杜牧一样对战争进行了思考，并以诗论史，表达对参战方的褒贬，最典型的是著名诗人郝经。作为在金统治区长大并较早进入

---

① 杨镰：《全元诗》第 3 册，中华书局 2013 年版，第 338 页。
② 杨镰：《全元诗》第 3 册，中华书局 2013 年版，第 246 页。
③ 杨镰：《全元诗》第 3 册，中华书局 2013 年版，第 283 页。
④ 杨镰：《全元诗》第 3 册，中华书局 2013 年版，第 244 页。
⑤ 杨镰：《全元诗》第 3 册，中华书局 2013 年版，第 249 页。
⑥ 杨镰：《全元诗》第 3 册，中华书局 2013 年版，第 291 页。
⑦ 杨镰：《全元诗》第 3 册，中华书局 2013 年版，第 264 页。

蒙古族政权的汉族文人，郝经反对"华夷之辨"，希望结束战乱，统一四海；作为赵复的学生，郝经推崇理学，希望以儒家思想来影响蒙古族统治者。正是这样的经历，使郝经站在蒙古族政权一端，看待蒙金的战争。

郝经在《居庸行》一诗中描写了蒙金的几次重要战役，比较完整地再现了金朝灭亡的经过。这首诗前 12 句是写景，营造了居庸关险峻的形势，为下文描绘蒙金的战争营造氛围。接下来写道：

> 当时金源帝中华，建瓴形势临八方。谁知末年乱纪纲，不使崇庆如明昌。阴山火起飞蛰龙，背负斗极开洪荒。直将尺箠定天下，匹马到处皆吾疆。百年一偾老虎走，室怒市色还猖狂。遽令逆血洒玉殿，六宫饮恨（泣）无天王。清夷门折黑风吼，贼臣一夜挈锁降。北王淀里骨成山，官军城上不敢望。更献监牧四十万，举国南渡尤仓皇。中原无人不足取，高歌曳落归帝乡。但留一旅时往来，不过数岁终灭亡。潼关不守国无民，便作龟兹能久长。汴梁无用筑子城，试看昌州三道墙。①

诗中 13 到 20 句分析了金朝末年蒙金形势：崇庆是金卫绍王年号，卫绍王，即完颜永济。公元 1208 年，金章宗完颜璟病死时无子，其叔父完颜永济即位，他在位时第一个年号是"大安"，1212 年改年崇庆。明昌是金章宗完颜璟的年号，他是金朝第六位皇帝。当时金朝占据中原已超过半个世纪，章宗在位期间，政治清明，文化繁荣，后世称为"明昌之治"。章宗后期蒙古族已经在漠北崛起，勇猛的蒙古铁骑，到处征伐，疆土日益扩大。蒙古军与金第一场大战发生在公元 1211 年，即成吉思汗六年，成吉思汗挥师和金将完颜承裕（本名胡沙虎）所率 30 万军队大战于今河北张家口以北二三十公里的野狐岭，金军大败。蒙古军追至会合堡，克宣德、德兴，入居庸关，包围中都（北京）。12 月，蒙古军围攻中都，完

---

① 杨镰：《全元诗》第 4 册，中华书局 2013 年版，第 254 页。

颜永济顽强防守，保住了中都。这可能是卫绍王做的最为人称道的一件事了。

诗歌第 21 句到 24 句描写的是成吉思汗对金朝的第二次进攻。公元 1213 年即成吉思汗八年，成吉思汗率军与金将完颜纲、术虎高琪在居庸关北大战，歼敌无数。8 月蒙古军逼近中都，负责防守中都北面的右副元帅胡沙虎不理防务，完颜永济派大臣去斥责他，胡沙虎不思悔改，反而诱杀了左丞完颜纲，将完颜永济毒死。胡沙虎接受丞相徒单镒的意见立完颜珣为帝，即金宣宗（1163—1223），改元贞祐。元帅右监军术虎高琪与蒙古军屡战不利，害怕胡沙虎将其治罪，10 月率军围胡沙虎府第，杀了胡沙虎。"室怒市色还猖狂"句充分表现了金国将军大敌当前，不能团结抵抗反而互相残杀的史实。

"清夷门折黑风吼"句蕴含着两层意思，一层是写实，据《金史》记载："大安三年（1214）二月乙亥夜，大风从西北来，发屋折木，吹清夷门关折。"① 另一层意思是指蒙古大军攻战中都。1214 年 3 月，蒙金议和。金宣宗向成吉思汗进献了大量童男童女、马匹布帛、金银珠宝。蒙古大军退驻鱼儿泊（今内蒙古克什克腾旗达来诺尔）。5 月，金宣宗南迁汴京（今开封），诗中"更献监牧四十万，举国南渡尤仓皇"句描写的就是这一史实。宣宗南迁，极大地动摇了军心，各地人民也纷纷起义反金。1215 年蒙古军再次围困中都，主持防务的金太子完颜守忠逃往汴京，5 月，右丞相兼都元帅完颜承晖自杀，蒙古兵破清夷门而入。

"北王淀里骨成山，官军城上不敢望。"两句描写的是蒙古军攻陷汴京的战役。1231 年，即蒙古太宗三年，窝阔台汗在九十九泉召开会议准备进攻金南京汴梁。此次会议的重要议题就是成吉思汗临终的遗言："金精兵在潼关，南据连山，北限大河，难以遽破。若假道于宋，宋、金世

---

① 脱脱:《金史》卷 23，中华书局 1975 年版，第 541 页。

仇，必能许我，则下兵唐、邓，直捣大梁。金急，必征兵潼关。然以数万之众，千里赴援，人马疲弊，虽至弗能战，破之必矣。"① 这里所谈的就是"联宋"包抄灭金政策。窝阔台偕同幼弟拖雷，以汴京为目标兵分三路，假道宋境向南挺进。1232 年即蒙古太宗四年，拖雷出宝鸡，入汉中在三峰山击溃金兵主力 20 万，主将完颜合达战死，潼关守将李平献关投降，这就是诗中"潼关不守国无民"句意。蒙古太宗四年（1232）正月至 4 月，金哀宗亲自指挥大臣防守，激励了军心，制造了"石炮弹""震天雷""飞火炮"等先进的武器，攻城的蒙古军最害怕这些武器，金军与蒙古军大战十六昼夜，造成蒙军较大伤亡，金哀宗趁机派使求和。双方停战，金哀宗改元天兴，10 月，蒙古招降使被金所杀，蒙古军再次进攻汴京，双方长时间巷战，内外死者以百万计，白骨成山，官军在城头上都不敢向下看。

"中原无人不足取，高歌曳落归帝乡"两句描写的是窝阔台汗四年（1232）四月，窝阔台汗见金朝主力基本被消灭，金哀宗求和，便与拖雷北归，留速不台军三万守河南，同时围困汴京。1233 年正月，金哀宗离开汴京逃往归德（今河南商丘），一路上官军溃散。哀宗出逃后，金朝留守元帅崔立等人发动政变杀完颜申奴，献城投降，这就是诗中写的"贼臣一夜掣锁降"，蒙古军占领汴京。六月，金哀宗又逃往蔡州(今河南汝阳)。1234 年正月，蒙古军与南宋攻破蔡州，金哀宗让位于完颜承麟，自杀身亡。完颜承麟退守子城，在城陷后被乱军所杀，金朝灭亡。

诗的最后两句是借用金朝修建的两处防御工事来发议论，"汴梁无用筑子城"指的是金兴定三年（1219）五月，术虎高琪拆蔡京故居，用所得二百多万块砖，修筑汴京子城，以御蒙古军，最终也没有阻止蒙古军的脚步。"试看昌州三道墙"，昌州在今河北省境内，长城边上。郝经有诗《古长城吟》："长城万里长，半是秦人骨。一从饮河复饮江，长城更无饮马

① 宋濂：《元史》卷 1，中华书局 1976 年版，第 25 页。

窟。金人又筑三道城，城南尽是金人骨。君不见城头落日风沙黄，北人长笑南人哭。为告后人休筑城，三代有道无长城。"① 诗中"金人又筑三道城"应该就是本诗中的"昌州三道墙"。而《古长城吟》中表达的"为告后人休筑城，三代有道无长城"② 的思想也是这首诗最后两句的内涵所在，说明修筑有形的防御工事最终都不能真正挡住强敌，正如孟子所言："域民不以封疆之界，固国不以山溪之险，威天下不以兵革之利。得道者多助，失道者寡助。"③ 郝经希望统治者能心怀天下，以德治国，最终实现真正的长治久安。

郝经除了这首全景式展现蒙金战争的长诗外，还有《三峰山行》《汝南行》等表现蒙金战争中重要战役的诗歌。

三峰山战役是蒙金易代之际具有决定意义的一战，此战中许多金朝将领如完颜合达、移剌蒲阿和完颜陈和尚等战死，其军队精锐也基本丧失殆尽。郝经在《三峰山行》中说：

> 朔方善为干腹兵，岂肯掠地还攻城。北王战罢马首回，十年大军不南行。西域既定杀李王，疾雷破柱关中惊。鸷鸟匿形深且蟠，汴梁不悟空椎冰。小关幸胜未足多，举朝刻日期中兴。都人尽喜识者惧，俄闻绕出西南路。突骑一夜过散关，汉江便着皮船渡。襄阳有兵隔岸看，邓州无人浑不顾。纵入腹心将安归，彼骑岂足当吾步。脱兔一去不可及，却兵洛涧符坚误。日日鏖战深且艰，我帅益忙敌亦闲。短兵相击数百里，孤穷转斗甲尽殷。直向虎穴探虎子，既入重地宁肯还。扫境尽至欲一赌，前后百匝相回环。就中真人有天命，跃马直上三峰山。黑风吹沙河水竭，六合乾坤一片雪。万里投会卷土来，铁水一池声势接。丞相举鞭捽靺言，大事已去吾死节。彦章虽难敌五王，并命

---

① 杨镰:《全元诗》第 4 册，中华书局 2013 年版，第 257 页。
② 杨镰:《全元诗》第 4 册，中华书局 2013 年版，第 257 页。
③ 杨伯峻:《孟子译注》，中华书局 1960 年版，第 86 页。

入敌身与决。逆风生噎人自战，冰满刀头冻枪折。一败涂地真可哀，钧台变作髑髅血。二十万人皆死国，至今白骨生青苔。壕堑已平不放箭，城门著炮犹自开。大臣壅蔽骨肉疏，事急又送曹王来。至了不去误国贼，向非汝南死社稷，欲为靖康不可得。①

《居庸行》诗中郝经是站在蒙古政权一方，展现蒙金战争。在这首诗中作者改换了视角，站在金朝的视角描绘这场大战。此诗以时间的先后为序，共分三个层次。前 8 句是第一层，描写的是三峰山战前的背景。它包括两个方面，从开头到"疾雷破柱关中惊"是描写蒙古一方。郝经自小生活在金统治区，对金也有感情，所以这里称蒙古为"朔方""北王"。1215年，成吉思汗攻下金中都，1216 年春返回漠北斡耳朵，准备西征。1217年秋，成吉思汗封木华黎为太师国王经略中原，自此至 1228 年蒙金战争进入第二阶段，这十年间蒙金战争从未停止，但因为成吉思汗的主要精力放在西征上，所以作者在诗中说："十年大军不南行。"1225 年成吉思汗平定西域，回兵漠北。1226 年春，蒙古以"西夏纳仇人""不遣质子"② 等理由进攻西夏，1227 年蒙古军围困中兴府，夏末帝李睍投降被杀，西夏自1038 年李元昊称帝，立国 180 多年，却在短短两年间灭亡，足以震惊金朝君臣。第 7 到第 10 句是描写金朝一方。"椎冰"源自《北史·斛律光传》："周人常惧齐兵之西度，恒以冬月，守河椎冰。"③ 用在这里是说金朝君臣对于蒙古统治者的雄心估计不足，想通过一味防守苟安一隅。"小关幸胜未足多，举朝刻日期中兴。"描写的是 1223 年金哀帝即位后，不甘心金朝的衰亡，停止对西夏、南宋的战事，集中兵力对抗蒙古汗国。1225 年归附木华黎的原金将武仙杀史天倪南归金朝，许多州县也随之归附金朝。1226 年、1227 年，金军在山西、甘肃等地取得多次胜利，蒙古军损失巨

---

① 杨镰：《全元诗》第 4 册，中华书局 2013 年版，第 269 页。
② 宋濂：《元史》卷 1，中华书局 1976 年版，第 23 页。
③ 李延寿：《北史》卷 54，中华书局 1974 年版，第 1968 页。

大。1228 年完颜陈和尚的 400 名忠孝军在昌原大败 8000 名蒙古军,金朝的这次大捷,朝野震动,以为战局能轻易扭转,中兴即至。通过对比,作者的思想倾向很鲜明:短视者必败。

自"都人尽喜识者惧"到"至今白骨生青苔"是第二层,共 34 句,描写了三峰山战役的经过。1232 年窝阔台与拖雷率蒙古大军分左中右三路南攻汴梁,拖雷所率右路大军是从陕西、甘肃、四川边境绕路,破大散关,从西南向东北迂回进攻。12 月,拖雷部乘皮船渡过汉水,进入金土邓州境内。因为此次蒙古汗国是联宋抗金,所以诗中说南宋是"襄阳有兵隔岸看"。金朝原邓州守将完颜合达在 1232 年正月已经北援汴京,此时金朝"邓州无人"。金哀宗急调潼关等地大军 20 万,让完颜合达率军南下邓州,在禹山凭借山势据守,作者以"却兵洛涧苻坚误"来评价,公元 383 年即东晋太元八年,东晋将领刘牢之等人在洛涧败前秦苻坚大军,"淝水之战"中的洛涧在安徽,而河南也有洛河,作者借东晋事喻指金末发生在河南的这场大战。拖雷不与完颜合达军正面交锋,将骑兵分成小股北趋汴梁。完颜合达指挥十五万大军紧随其后,拖雷派三千骑兵,每当金兵要吃饭或宿营时前去袭扰,金兵长时间无法休息,极度疲惫。这就是诗中所说:"日日鏖战深且艰,我帅益忙敌亦闲。短兵相击数百里,孤穷转斗甲尽殷。""扫境尽至欲一赌,前后百匝相回环。就中真人有天命,跃马直上三峰山。黑风吹沙河水竭,六合乾坤一片雪。万里投会卷土来,铁水一池声势接。"这八句描写的是当完颜合达的军队到达钧州三峰山时,拖雷军与窝阔台的中路军一部分会合,将金军包围。拖雷似乎得到天助,三峰山天气突变,降了三日大雪。金军"僵冻无人色,几不成军"[1],"被甲胄僵立雪中,枪槊结冻如椽,军士有不食三日者"。[2] 金兵斗志大减,而

---

① 宋濂:《元史》卷 115,中华书局 1976 年版,第 2887 页。

② 脱脱:《金史》卷 112,中华书局 1975 年版,第 2474 页。

世代生活在北方的蒙古大军对于这样的天气习以为常，两路军队围住金兵，交替休息攻杀。蒙古大军故意将通往钧州的路让开，金军仓皇逃亡，拖雷军"追奔数十里，流血被道，资杖委积，金之精锐尽于此矣"①。25到34句是描写这场战斗的结果：在逃亡途中，枢密副使移剌蒲阿被擒，不降死节。丞相完颜合达逃入钧州后，与蒙古追兵大战而死。"丞相举鞭摔毡言，大事已去吾死节"句是对二人的歌颂。忠孝军首领完颜陈和尚带领残兵与蒙古军巷战，作者用五代时名将王彦章战后唐五王的典故来比喻完颜陈和尚，陈和尚兵败后慷慨赴义。钧州城尸骨遍野，金朝二十万大军全军覆灭。

从"壕堑已平不放箭"到结尾是第三层，可以看作三峰山之战的尾声。这次大战后，潼关、许州等城关守将不再抵抗，开关投降。金哀宗再无贤臣，于是与蒙古汗国讲和，以曹王讹可为质子，但最终也没有剪除崔立这样的误国之贼，如果哀宗不是逃到了汝南，就会和靖康之变一样，在汴梁亡国。《汝南行》②描写的是金哀宗在金天兴元年（1232）十二月逃离汴京，北渡黄河，逃奔归德（今河南商丘）。第二年六月，又逃往蔡州（今河南汝南），金亡于汝南，所以汝南之战也就成为金亡前与蒙古大军的最后一场大战。此诗在写法上与《三峰山行》极为相似，开头也是叙述了汝南战役的背景，接着叙述汝南战役的经过，最后归纳此战的结果。作者以时间发展为线索，从重要的事件和人物落笔，线索清晰，主次分明。在描写背景时，从"贞祐弃燕云"的错误决策说起，然后描述迁都汴梁后，金朝在外交上"绝西夏撤藩垣"，内政上"赋税重繁兵役急"，统治阶级内部权臣当道，互相猜忌："宫闱意忌疏骨肉，陪贰从谀专壅塞。"金朝末年存在的这三方面的问题，是亡国的前兆。虽然"天兴不是亡国主，不幸遭逢真可

---

① 宋濂：《元史》卷 115，中华书局 1976 年版，第 2887 页。
② 杨镰：《全元诗》第 4 册，中华书局 2013 年版，第 271 页。

惜。十年嗣位称小康，若比先朝少遗失。"但"汴梁不守大事去"，国运如此，已经无法挽回。

在描写这场战争时，首先描写了发生在归德的"照碧堂中亲讨贼"事件，此事是金哀宗平息内乱的一件大事，但也因此失去了大将蒲察官奴。大将蒲察官奴随金哀宗逃到归德，并掌握了兵权，他请求金哀宗去海州或者向北逃，金哀宗不同意。再加上他与归德知府石盏女鲁欢、元帅马用等人的矛盾。于是蒲察官奴发动叛乱，杀死金朝各级官员 300 多人，杀死军官、百姓三千多人，并软禁了金哀宗。5 月，蒲察官奴的忠孝军夜袭蒙古军营，杀蒙古军三千五百多人，取得大胜。此战史称归德之战。战后蒲察官奴更加嚣张跋扈，于是金哀宗在照碧堂设下埋伏，诱杀了蒲察官奴。郝经对于此事非常赞赏，曾作长诗《照碧堂行》，诗中极力称颂金哀宗："古来惟有敬宗奋袂诛尔朱，今朝天兴拔剑斫官奴。壮哉两君万古无，呜呼两君万古无。"①

金哀宗在诛杀蒲察官奴后于 1233 年 6 月"孤军转战入汝南"，"日夜望有勤王师"的金哀宗此时还有两员大将，一个是武仙（? —1234 年），《金史·武仙列传》记载："武仙，威州人。或曰尝为道士，时人以此呼之。"②金兴定四年，被封为恒山公，同年投降蒙古，作为蒙古河北西路兵马都元帅史天倪的副手镇守真定。正大二年（1225），武仙杀史天倪归金。三峰山战败后，武仙带领骑兵四十余人逃至南阳留山（今河南省南阳市南召县留山镇），金兵陆续来归，获兵十万。金哀宗逃到蔡州后召其护驾，武仙率军谋取宋之金州。但武仙的爱将刘诣却投降了宋朝，郝经在诗中说"阃阃谁意叛武仙"，指的就是此事。孟琪得知武仙虚实，攻武仙军，军队瓦解，武仙败逃中被杀。金哀宗的另一员大将是完颜仲德，《汝

---

① 杨镰：《全元诗》第 4 册，中华书局 2013 年版，第 270 页。
② 脱脱：《金史》卷 118，中华书局 1975 年版，第 2577 页。

南行》诗中有"感慨从为叹仲德"。他本名忽斜虎，是徐州守将，金哀宗在归德召他勤王，归德战后，他随哀宗来到汝南，蒙古大将史天泽联合宋将孟珙、江海合围蔡州。完颜仲德率军守城，在里无粮草，外无救兵的情况下，从1233年9月一直坚守到1234年正月，蒙古兵攻入蔡州，他率众与蒙古军展开巷战。金哀宗自缢后，他投汝水自杀。郝经在《金源十节士歌》中专门有一篇是咏完颜仲德的《仲德行院》。

《汝南行》描写的最令后人唏嘘感叹的是其"国君死国臣死君"的结果。天兴三年（1234）正月，哀宗"慨然传位誓众死"，根据《金史·哀宗纪》记载，哀宗不愿做亡国之君，而自己又无力逃出汝南，希望完颜承麟即位后率众逃离，再兴金朝，禅位时他已经抱有死志。城破后哀宗自杀，其余金军将士与昭宗完颜承麟顽强抵抗，几乎全部战死或自杀殉国。[①] 于此，郝经感叹曰："一百余年作天子，与国俱亡在今日。""互为挐髦相剚刀，往往刿颈尸狼藉。须臾众踣若山崩，汝水不流波尽赤。黑风裂天灰烬飞，红雪乱攘深数尺。岛中自杀五百人，义烈只数田横客。何如国君死国臣死君，数万同死死所得。"

作为汉族知识分子，郝经在这首诗中对于真正的汉族朝廷——南宋的态度却是令人深思的。《汝南行》结尾说："还闻露布到江南，城南夹攻平汝南。莫言解复九世仇，三韩有灵应益惭。"汝南战前，蒙古和金朝都曾经派使者到南宋进行争取，金哀宗让使者对南宋统治者说："大元灭国四十，以及西夏，夏亡及于我，我亡必及于宋。唇亡齿寒，自然之理。若与我联合，所以为我者亦为彼也。"[②] 南宋统治者对金哀宗的警告不以为然，派名将孟珙助攻汝南，加速了金朝的灭亡。诗歌中的"复九世仇"就是指此，因为南宋自1127年南渡建朝，至金灭时已历九位帝王，"三韩有

---

① 脱脱：《金史》卷18，中华书局1975年版，第402—403页。
② 脱脱：《金史》卷18，中华书局1975年版，第400页。

灵应益惭"借助典故表达了作者对于南宋这一举措的态度。西汉初年韩信被吕后及萧何设计陷害，夷灭三族。这里用"三韩"借指"靖康之变"所死的北宋君臣，认为他们若地下有灵也会感到惭愧。

郝经是汉族文人，在金统治区长大，成年后受知于蒙古族统治者。作者对于蒙古族在军事上取得的成就是肯定的，在《居庸行》中说："阴山火起飞蛰龙，背负斗极开洪荒。且（自）将尺棰定天下，匹马到处皆吾疆。"在《沙陀行》中作者借助咏马，咏叹了蒙古族得"燕都"、"取西南夷"、定"西域"、破"李王城"、攻"汴梁"，直至"既平四海复南海，马鸣萧萧迴旆旌。"对于蒙古族统治者也是称赞的，称他们是"真人"。如《三峰山行》中说："就中真人有天命，跃马直上三峰山。"《沙陀行》中有"金粟堆空汉月沈，马上真人作天子。"① 郝经对于金朝的灭亡是同情的，对于金朝君臣死节的行为是颂扬的，如他的《金源十节士歌》颂扬为金死节的王子明、移剌都、郭蝦蟆、完颜合达、完颜陈和尚、乌古逊道原、完颜仲德、绛山奉御、李丰亭、李伯渊等十人。在《金源十节士歌》序言中郝经称颂这些死国的节士："有古烈士之风，可以兴起末俗，振作贪懦。""其大节之岳岳磊磊，在人耳目，虽耕夫贩妇，牛童马走，共能称道者。"② 在《乌古逊道原》诗中作者说："都堂一夜血浸尸，瞠视国贼目不瞑。家中复有贞义女，父死于君女死父。踏户悬梁义不辱，骂贼投缳有余怒。一门忠贞古未有，名节俱全义不朽。从今莫把夷狄看，中原几人能自守。"③ 郝经区别华夷不看其民族属性，而是看其对"中国"之道的态度，所以称颂这些能将中华民族传统节烈观继承并发扬的少数民族节士。对于金朝的亡国之君金哀宗，郝经在《照碧堂行》中也极力称颂他诛杀蒲察官奴的行为："古来惟有敬宗奋袂诛尔朱，今朝天兴拔剑斫官奴。壮哉两君万古无，呜

---

① 杨镰：《全元诗》第 4 册，中华书局 2013 年版，第 256 页。
② 杨镰：《全元诗》第 4 册，中华书局 2013 年版，第 272 页。
③ 杨镰：《全元诗》第 4 册，中华书局 2013 年版，第 274 页。

呼两君万古无。"① 对于南宋联蒙灭金却是批判的。这种明显褒扬少数民族的倾向与当时北方知识分子及作者的正统观有直接关系。

三、元初丧乱诗对蒙古族统治者
接受仁民思想的称颂

有战争必然有杀戮，从而造成生灵涂炭，但发动战争最终的目的是止战，所以参战者还要考虑如何争取民心。蒙古族是 12 到 13 世纪中华大地上主要战争的发动者，通过对中原儒释道文化的关注和学习，蒙古族在战争中也表现出了仁民的思想，元初丧乱诗中对此进行了描写和称颂。

刘秉忠在忽必烈幕府中，经常用戒杀、仁民进谏，这些建议往往能得到忽必烈的认可，如蒙哥汗二年（1252）到三年（1253），刘秉忠作为谋士随忽必烈征云南，作有《乌蛮江上》《过鹤州》《峡谷》《江上寄别》《山寺》《下南诏》《江边梅树》《云南北谷》《过玲珑山》《过梅户》《鹤州南川》等二十多首相关诗歌。在这些诗作中，我们发现刘秉忠在战争中，经常用佛教戒杀观念劝谏忽必烈。当忽必烈接受了自己的劝谏做出一些有益于百姓之事时，他便以诗进行歌颂："士庶何曾避戎马，总知仁主惜生灵。"②"伐罪令行元不杀，远蛮归服感仁声。"③ 对于刘秉忠在此战役中的贡献，《元史》中评价说："癸丑，从世祖征大理。明年，征云南。每赞以天地之好生，王者之神武不杀，故克城之日，不妄戮一人。"此后在 1259 年的伐宋战争中，刘秉忠"复以云南所言力赞于上，所至全活不可胜计。"④ 王磐在

---

① 杨镰：《全元诗》第 4 册，中华书局 2013 年版，第 270 页。
② 杨镰：《全元诗》第 3 册，中华书局 2013 年版，第 147 页。
③ 杨镰：《全元诗》第 3 册，中华书局 2013 年版，第 148 页。
④ 宋濂：《元史》卷 157，中华书局 1976 年版，第 3693 页。

《刘太保碑铭》中这样评述:"上神武英断。每临战阵前无坚敌。而中心仁爱。公尝赞之。以天地好生为德。佛氏以慈悲济物为心。方便救护。所全活者。不可胜计。"①

蒙古族仁民思想在对南宋的战争中表现最为明显。首先,表现在鄂州之战中。郝经的相关诗歌称颂了忽必烈不嗜杀的军纪。攻城之前先劝降,尽量实现和平解决战事:"谈笑过江东,兵刃浑不血。居民尽按堵,王师有成法。驻军武昌南,威声轰霹雳。申令仍缓师,天衷有馀恤。彼昏还犯顺,投袂安可及?"对于抵抗被俘者也予以宽大处理:"睿衷推深仁,不忍遽蔇伐。弘霈纵俘囚,下令明不杀。"战争中肯定不能做到"兵刃浑不血",但这样的政策是一定可以减少无辜百姓的伤亡,也为忽必烈赢得了民心。②郝经在《青山矶市》诗中说:"渡江不杀降,百姓皆按堵。羊罗到武昌,相望两舍许。井邑联亘长,横斜缠水浒。青山一聚落,中道势幽阻。通衢万家市,巴商杂越旅。"③在《白兆山》诗中也说:"白兆有居民,烟萝蔽乔木。负担来迎降,马首争蒲伏。为闻不杀令,又复治安陆。万死乞余生,焦土觅旧屋。"④

郝经希望天下一统,四海一家,又受知于忽必烈,也就希望忽必烈能够完成南北统一的大任。他在《贤王渡江》诗中说:"渡江千古谁能得,恰到中原第四家。"《渡江中流赠扬宣抚》中载:"策马南来便渡江,临流举酒望贤王。"⑤称忽必烈为贤王,称渡江为千古少有的壮举,褒扬之意尽在其中。《渡江书事》开头说:"朔龙蜚冰天,瀚海开日月。万国入尺棰,海外讫有截。东南天一隅,区宇独限越。我鞭莫及腹,我车莫通辙。阻山

---

① 李修生:《全元文》第 3 册,江苏古籍出版社 1999 年版,第 300 页。

② 杨镰:《全元诗》第 4 册,中华书局 2013 年版,第 187—188 页。

③ 杨镰:《全元诗》第 4 册,中华书局 2013 年版,第 185 页。

④ 杨镰:《全元诗》第 4 册,中华书局 2013 年版,第 184 页。

⑤ 杨镰:《全元诗》第 4 册,中华书局 2013 年版,第 325 页。

还据江，深远极亘绝。桓桓天策王，建旆秉鈇钺。"蒙古族不仅开辟了广阔的西域疆土，而且灭亡了西夏、金，实现了长江以北的统一，而南宋的存在，使大江南北被阻隔，所以他认为忽必烈的伐宋是大势所趋，是天意所向，称颂忽必烈为"天策王"。

　　表现蒙古大军招降襄阳守将吕文焕和攻陷南宋都城临安的诗作也同样表现了蒙元政权的仁民思想。彭秋宇是一位生平不详的诗人，元赵景良《忠义集》附录其诗19首，多是记录和缅怀南宋灭亡之作。他的诗中提到了襄阳的重要地位，认为如果襄阳能坚守，南宋就不会灭亡："如昔襄阳坚砥柱，至今江左屹金城。"①南宋在长江的防御中，上游防线是川蜀，下游是以扬州为中心的淮东淮西，中游就是襄樊。襄阳与樊城隔汉水相望，成为扼守长江中游的屏障。南宋名将吕文德及其弟吕文焕在襄阳囤积的战略物资可供十年之用。蒙元军队围攻襄阳长达六年，彭秋宇《襄樊失守》中说："六年援绝困重围，到此无谋更出奇。"②六年中，南宋也曾经派兵救援："慷慨如张虽有愧，孤穷似李亦堪悲。"③彭秋宇诗中的"张"是指张世杰，至元六年（1269）三月，张世杰作为南宋的京湖统制带兵救援襄阳，在赤滩圃与蒙古大军相遇，结果大败。诗中的"李"是指李庭芝，张世杰兵败后，夏贵作为沿江制置副使也曾救援襄樊，结果被阿术败于虎尾州，而援助夏贵的范文虎又被阿术在灌子滩打败。至元七年（1270），南宋以李庭芝为京湖制置大使，督师救援襄樊，但贾似道部将范文虎却谎称自己有能力打败蒙古大军，为了邀功，贾似道便让范文虎牵制李庭芝，使他迟迟不能进兵。襄阳失守后，在贾似道庇护下，范文虎只被降一级，而李庭芝及其部将却被贬至广南。后来，李庭芝被罢官。

　　元世祖至元十年（1273）初，樊城被蒙古军攻陷，阿里海牙亲自前往

---

① 杨镰：《全元诗》第8册，中华书局2013年版，第276页。

② 杨镰：《全元诗》第8册，中华书局2013年版，第273页。

③ 杨镰：《全元诗》第8册，中华书局2013年版，第273页。

襄阳城下劝吕文焕投降，保证不杀城内将士，优待吕氏家族，并折箭为誓。吕文焕在多年等候援军不至的情况下无奈投降。汪元量在《醉歌》其一说："吕将军在守襄阳，十载襄阳铁脊梁。望断援兵无信息，声声骂杀贾平章。"①吕将军就是吕文焕，而贾平章即时任南宋宰相的贾似道。蒙古兵围襄阳之初，吕文焕就不断上表求援，贾似道根本不予理睬，襄阳被围三年后，皇帝偶然从宫女那里得知此事，贾似道还蒙骗度宗说敌军已退。后来又重用无能又贪功的范文虎，终至襄阳失守。襄阳失守，南宋已经处于危险境地，彭秋宇在《襄樊失守》诗中说："列城寒月惊鸿散，夷路西风哨马驰。机速房深谋画处，岂无高着活危棋。"②希望南宋还能有高着救活这步危棋。但实际上襄樊败后，元军沿江东进，势如破竹。汪元量在《醉歌》其二说："援兵不遣事堪哀，食肉权臣大不才。见说襄樊投拜了，千军万马过江来。"③宋无（1260—?）有一组歌咏历史人物的作品，组诗以诗文结合的方式歌咏了人物的精神，并介绍了人物的事迹。在《吕文焕》诗中说："出战兵难守亦难，不降噍类悉屠残。只将六载无消息，太后宫中以问安。"诗后有长跋：

> 刘整守泸州，与曹世雄有断桥之功。贾似道功赏不明，整以泸州降，上急攻缓取进围襄之策。与少保吕文德借地，开五市，因筑城置堡江心，筑台立桥，以过南兵。乙丑、丙寅，时出兵哨掠，稍振而文德死，以文焕代守襄。戊辰，整以大兵围之。文焕在围六年，备殚其力。壬申夏，张顺等载衣薪力战，至城下死之，围不可解矣。樊城破，以城降。大兵攻郢，郢人以战艘截江，不得进。文焕知旁有湖可通江，大集人力，陆地牵舟迁行百里至江，遂夺沙洋。文焕为前导，大兵至临安，屯皋亭山。文焕与范文虎九骑入城至大内，谒宋太皇

---

① 杨镰：《全元诗》第 12 册，中华书局 2013 年版，第 5 页。
② 杨镰：《全元诗》第 8 册，中华书局 2013 年版，第 273 页。
③ 杨镰：《全元诗》第 12 册，中华书局 2013 年版，第 5 页。

太后。①

　　文章从刘整降元写起，对吕文德、吕文焕兄弟坚守襄阳的事迹进行了歌颂。无论是诗歌还是跋文都说明了蒙古大军对待襄阳的态度：劝降，保全城中百姓及将士。也描述了吕文焕投降元朝的无奈。襄阳城破及吕文焕投降加速了南宋的覆亡。

　　攻克襄樊，元朝大规模灭宋战争开始。这时战争的目的已经与之前有了极大的不同，不仅是开疆拓土，更重要的是争取人心，实现真正意义的大一统，所以世祖在用人上就很谨慎。至元十一年（1274），元世祖在听取史天泽的建议后，委派了一位精通汉文化的统帅——伯颜。

　　伯颜（1237—1295），八邻（巴林）部蒙古人。其曾祖述律哥图事成吉思汗有功封为八邻部左千户。因祖父阿剌犯罪被杀，伯颜家族成为忽必烈家奴。其父晓古台随旭烈兀西征波斯，伯颜在西域长大。元初，伯颜随旭烈兀的使臣到大都奏事，忽必烈发现伯颜很有才干，于是将他留在朝中。至元二年（1265），官拜光禄大夫、中书左丞相。至元七年（1270）迁同知枢密院事。伯颜处理政事非常果敢，所作谋划常高人一筹。伯颜还有很高的汉文化修养，根据元人傅习等辑的《皇元风雅》和清人顾嗣立所编的《元诗选·癸集上》以及杨镰主编的《全元诗》等，伯颜共留下汉文诗歌四首。还有一篇散曲，收录在明人叶子奇著的《草木子》和今人隋树森所编的《全元散曲》中。四首诗歌均写作于攻打南宋的战争中。至元十一年（1274）七月，世祖在伯颜率军出发之际，嘱咐伯颜说："昔曹彬以不嗜杀平江南，汝其体朕心，为吾曹彬可也。"②伯颜秉承世祖思想，以诗表决心："剑指青山山欲裂，马饮长江江欲竭。精兵百万下江南，干戈不染生灵血。"③伯颜攻陷鄂州后，至元十一年（1274）九、十月，渡过汉

---

① 杨镰：《全元诗》第 19 册，中华书局 2013 年版，第 443 页。
② 宋濂：《元史》卷 127，中华书局 1976 年版，第 3100 页。
③ 杨镰：《全元诗》第 9 册，中华书局 2013 年版，第 110 页。

水来到潜江，在白鹤寺赋诗勒石。诗曰：

> 小戏轻提百万兵，大元丞相镇南征。舟行汉水波涛息，马践吴郊草木平。千里阵云时复暗，万山营火夜深明。皇天有意亡残宋，五日连珠破两城。至元甲戌十月，伯颜。[1]

顾嗣立所编的《元诗选·癸集上》题为《克李家市新城》。李家市在潜江边上，杨镰主编的《全元诗》中题为《白鹤寺题壁》。伯颜此诗表现了蒙古大军攻南宋时摧枯拉朽的气势。作为统兵主帅，面对这样的必胜之师，自豪感一定会油然而生。伯颜的咏物诗《鞭》恰好表现了这种感情：

> 一节高兮一节低，几回敲镫月中归。虽然三尺无锋刃，百万雄师属指挥。[2]

伯颜此诗名为吟鞭，实际以鞭象征百万大军的指挥权，歌颂执"鞭"的大军统帅。由"几回敲镫月中归"可知此诗不是作于得军权之初，而是在多次获胜之后，踌躇满志，对战争充满必胜信念时。

伯颜较高的汉文化修养决定了他在面对南宋的投降时，积极执行世祖的旨意，禁止杀掠，尽量保护江南经济和文化、医治战争创伤、礼遇南宋降将。至元十三年（1276）"江东岁饥，民大疫，伯颜随赈救之"，"发医起病，人大欢喜曰：'此王者之师也'"。[3]尤其是在接管临安过程中，每一步都体现了元世祖平宋的军政方针，至元十三年（1276）正月，伯颜大军驻扎在临安郊外的皋亭山，汪元量在《杭州杂诗和林石田》组诗第十七首中有："高亭山顶上，百万汉军屯。"[4]面对压境的蒙古大军，主政的太皇太后谢道清选择不再逃亡，献城投降。孙华在《凤山怀古》其二说：

> 王气中流甲马营，残星还绕凤凰城。斯文自可同三代，诸老犹能

---

① 杨镰：《全元诗》第 9 册，中华书局 2013 年版，第 110 页。
② 杨镰：《全元诗》第 9 册，中华书局 2013 年版，第 110 页。
③ 宋濂：《元史》，中华书局 1976 年版，第 3111 页。
④ 杨镰：《全元诗》第 12 册，中华书局 2013 年版，第 8 页。

语二京。稚帝有车将白璧，太皇无舰载苍生。只今四海渐声教，共戴尧天乐太平。

诗后有作者的自注："天兵压境，陈宜中启请太后，欲请三宫浮海，且云舟航已具。后曰：'临安十万百姓，能尽载否？'遂迎王师。"① 逃入大海也许还能苟延残喘，但失去国土和百姓一样是亡国。汪元量也记录了这一历史时刻："国母已无心听政，书生空有泪成行。""太后传宣许降国，伯颜丞相到帘前。""侍臣已写归降表，臣妾金名谢道清。"②

汪元量在《醉歌》组诗中还有多首诗歌涉及伯颜的形象及其作为：

衣冠不改只如先，关会通行满市廛。北客南人成买卖，京城依旧使铜钱。

六宫宫女泪涟涟，事主谁知不尽年。太后传宣许降国，伯颜丞相到帘前。

北师要讨撒花银，官府行移逼市民。丞相伯颜犹有语，学中要拣秀才人。

伯颜丞相吕将军，收了江南不杀人。昨日太皇请茶饭，满朝朱紫尽降臣。③

殿上群臣嘿不言，伯颜丞相趣降笺。三宫共在珠帘下，万骑虬须绕殿前。④

淮南西畔草离离，万樠千艘水上飞。旗帜蔽江金鼓震，伯颜丞相过江时。⑤

在汪元量的这些诗歌中，并没有亡国遗民的仇恨情绪，而是塑造了伯

① 杨镰：《全元诗》第30册，中华书局2013年版，第303页。
② 杨镰：《全元诗》第12册，中华书局2013年版，第5页。
③ 杨镰：《全元诗》第12册，中华书局2013年版，第5页。
④ 杨镰：《全元诗》第12册，中华书局2013年版，第41页。
⑤ 杨镰：《全元诗》第12册，中华书局2013年版，第47页。

颜军纪严明、谋略过人、文武兼备的蒙古族统帅形象。军事上，他能指挥"万橇千艘""旗帜蔽江"的军队；同时又不完全依靠武力征服，还有"万骑虬须""趣降笺"的威慑、劝降；政治上，他在宋元交接过程中，不但不杀人，还选拔江南人才管理江南，产生了非常良好的效果。伯颜还严于律己，正如他在《度梅关》中所言："马首经从庾岭回，王师到处即平夷。担头不带江南物，只插梅花一两枝。"① 这样他就能严格要求将士。结果"九衢之市不移，一代繁华如故"，②"宋民不知易主"。③ 这虽然有些夸张，但也说明伯颜及其代表的蒙元大军对南宋的征服与之前的军事行动有极大的不同，体现了蒙古族对中原仁民思想的接受及推行。

至元十三年（1276）二月，元世祖颁布《归附安民诏》④，这篇诏书对于稳定江南民心具有重要作用，聂守真时任京口天庆观观主，他在闻诏后作《北朝诏至感而有诗》："乾坤杀气正沉沉，又听紫台降德音。万口尽传新诏好，累朝谁念旧恩深。分茅裂土将军志，问舍求田父老心。丽正立班犹昨日，小臣无语泪沾襟。"⑤ "万口尽传新诏好，累朝谁念旧恩深"一句

---

① 杨镰：《全元诗》第 9 册，中华书局 2013 年版，第 109 页。
② 宋濂：《元史》卷 127，中华书局 1976 年版，第 3112 页。
③ 宋濂：《元史》卷 160，中华书局 1976 年版，第 3672 页。
④ 《归附安民诏》："间者，行中书省右丞相伯颜遣使来奏，宋母后、幼主暨诸大臣百官，已于正月十八日赍玺绶奉表降附。朕惟自古降王必有朝觐之礼，已遣使特往迎致。尔等各守职业，其勿妄生疑畏。凡归附前犯罪，悉从原免；公私逋欠，不得徵理。因抗拒王师及逃亡啸聚者，并赦其罪。百官有司、诸王邸第、三学、寺、监、秘省、史馆及禁卫诸司，各宜安居。所在山林河泊，除巨木花果外，馀物权免征税。秘书省图书，太常寺祭器、乐器、乐工、卤簿、仪卫、宗正谱牒，天文地理图册，凡典故文字，并户口版籍，尽仰收拾。前代圣贤之后，高尚儒、医、僧、道、卜筮，通晓天文历数，并山林隐逸名士，仰所在官司，具以名闻。名山大川、寺观庙宇，并前代名人遗迹，不许拆毁。鳏寡孤独不能自存之人，量加赡给。"李修生：《全元文》第 3 册，江苏古籍出版社 1999年版，第 345 页。
⑤ 杨镰：《全元诗》第 8 册，中华书局 2013 年版，第 154 页。

充分说明了诏书的重要作用。

伯颜征伐南宋时，民间有歌谣云："江南若破，百雁来过。"民谣一般都具有谶纬迷信色彩，它的广泛流传，代表了普通民众的心声。这种歌谣也影响了文人的创作，诗人刘因据歌谣创作了《白雁行》诗："北风初起易水寒，北风再起吹江干。北风三起白雁来，寒气直薄朱崖山。乾坤噫气三百年，一风扫地无留残。万里江湖想潇洒，伫看春水雁来还。"①"百雁""白雁"都是伯颜的谐音，汪元量《醉歌》组诗中就有三首提到了伯颜，除了前面提到的第四首和第十首外，还有第七首："丞相伯颜犹有语，学中要拣秀才人。"②从中可以看出当时人们对伯颜才能的认可以致颂扬，也说明了人们对元灭南宋的无奈和认同。

四、元初丧乱诗慷慨悲怆的风格

诗歌的风格与政治的治乱有密切的关系，刘勰在《文心雕龙·时序》中，就以诗歌为例分析了治世与乱世文学风格的差异：尧舜时，政治清平，百姓生活安定、欢乐，其时的《击壤歌》《南风歌》等作品风格质朴宽和。周太王、周文王时仁政治民，其时的《周南》《豳风》具有中和特色。至周平王东迁之后，政治衰微，就产生了《黍离》这种沉郁悲凉的作品。③金宋元之际，蒙元政权发动的战争，造成了金与南宋的灭亡，更造成了百姓的乱离与苦难，诗人将这浃骨的沉痛之情，发而为诗，一唱三叹，慷慨悲怆。

金末著名诗人元好问提倡以唐人为指归，他所谓的唐人主要指盛唐诗

---

① 杨镰：《全元诗》第15册，中华书局2013年版，第53页。
② 杨镰：《全元诗》第12册，中华书局2013年版，第5页。
③ 刘勰著，周振甫注：《文心雕龙注释》，人民文学出版社1981年版，第476页。

人杜甫。与其他诗人相比，杜甫的诗歌与金末的丧乱现实更为切合，所以元好问的选择得到了金末诗人的普遍响应，从而影响了金末元初的诗歌创作。段克己之孙段辅在元泰定年间，将段克己、段成己的诗歌结成《二妙集》，大儒吴澄为之作序，其中有：

> 中州遗老值元兴金亡之会，或身殁而名存，或身隐而名显。其诗文传于今者，窃闻其一二矣。有如河东二段先生者，则未之见也……于时干戈未息，杀气弥漫，贤者避世，苟得一蟠陈地聊可娱生，则怡然自适，以毕余龄，几若淡然与世相忘者。然形之于言，间亦不能自禁。若曰"冤血流未尽，白骨如山丘"，若曰"四海疲攻战，何当洗甲兵"，则陶之达，杜之忧盖兼有之。其达也天，固无如人何，其忧也人，亦无如天何。是以达之辞著，而忧之意微。后之善观者，犹可于此而察其衷焉。①

吴澄在这篇序言中认为段家兄弟虽然是"与世相忘"的隐士，但生在"干戈未息，杀气弥漫"的时代，作为世之贤者，他们的儒者情怀，使他们不能忘怀于世，因为黎民百姓正经历着苦难，作为一介书生，没有救民于水火的能力，只能像杜甫一样表达他们的悲慨情怀。"二妙"的创作也代表了"河汾诸老"等当时北方文人普遍的创作倾向：从个人遭逢入手，写到北方地区的生灵涂炭，展现战争的残酷和破坏性。但我们也发现"河汾诸老"描写抗敌救国的诗篇却很少。如果我们翻阅所有金末的文学作品，就会发现这并不是"二妙"或说"河汾诸老"诗歌的问题，而是包括元好问在内的所有金末文人作品的共性。所以金末丧乱诗的主体风格是苍郁悲怆。

南宋末年的诗人面对蒙古大军的南下，与金末文人一样用悲怆的诗歌表现乱离与苦难，但不同的是宋末文人还创作了许多宋将保家卫国甚至赴

① 李修生：《全元文》第14册，江苏古籍出版社1999年版，第426页。

难牺牲的诗篇，在悲怆之外还具有慷慨之气。

　　元初诗歌中有多首作品描写了李芾死战潭州的惨烈事迹。伯颜渡江后与南宋军队的最大一场战役是在芜湖，贾似道迫于朝野压力，亲自率兵迎战元军。汪元量在《贾魏公府》诗中有"六载襄阳围已解，三更鲁港事如何"①的诗句。鲁港位于芜湖市南郊，素有芜湖"南大门"之称。此战中伯颜采用水陆夹攻的方式使宋军十三万精锐覆亡，贾似道逃回临安后被贬，途中被押送官所杀。贾似道兵败芜湖后，潭州形势吃紧，李芾被任命为知潭州兼荆湖南路安抚使。鄂州、芜湖战后，伯颜重用吕文焕，因长江防线诸将多是吕氏亲族或门生故旧，吕文焕与伯颜一路东下，沿江州郡大多望风而降。汪元量《醉歌》其三说："淮襄州郡尽归降，鞞鼓喧天入古杭。国母已无心听政，书生空有泪成行。"②有人劝李芾不要赴任。但李芾抱着死国的决心，至元十二年（1275）携家眷赴潭州。临危受命的李芾加固潭州城墙，储备粮食，训练士兵。9月，元军兵临城下他带将士死守城池。3个月后，援兵不至，元兵攻破城池，李芾让部将杀了自己全家老少，积薪焚尸，自己也在火中自刎而死。李元美写有《长沙死事本末》、赵文写有《长沙死事本末后序》记载这场战役。刘埙作《补史十忠诗》第一首就是《知潭州湖南安抚使李公芾》，描写了李芾死节的行动："飞魂随剑光，自已投火去。天泣鬼神愁，地摇山岳仆。"③刘埙之子刘麟瑞取宋末节义之士，写成五十六首七律，总题为《昭忠逸咏》，在《湖南安抚知潭州李公芾》中咏道："尽殢妻子期全节，宁死封疆不忍生。"④城中百姓也有很多与李芾一起自杀死国，对此在阿里海牙麾下，参与了潭州之战的崔斌曾作《吊李肯斋》（李芾字肯斋）诗："一夕司空抚御床，祖龙未死国先亡。只缘西楚

---

① 杨镰：《全元诗》第 12 册，中华书局 2013 年版，第 6 页。
② 杨镰：《全元诗》第 12 册，中华书局 2013 年版，第 5 页。
③ 杨镰：《全元诗》第 9 册，中华书局 2013 年版，第 404 页。
④ 杨镰：《全元诗》第 23 册，中华书局 2013 年版，第 85 页。

无坚壁，致使南州总战场。湘水一川骸骨满，肯斋千古姓名香。我来不见先生面，犹对西风酹一觞。"① 崔斌作为亲临潭州战场的人，他诗中"湘水一川骸骨满"句充分说明了此战的惨烈。"肯斋千古姓名香"句则颂扬了李芾死国的高风亮节。李思衍出使安南路经潭州，也作有《吊李肯斋》诗，认为李芾可以与三闾大夫屈原相媲美："便当配食三闾庙，启迪民彝见太平。"②

宋末文人也用他们的诗笔描写了崖山海战中张世杰、陆秀夫为国捐躯的事迹。崖山海战是元灭南宋的最后一战，宋军大败，张世杰战死，陆秀夫背赵昺跳海，南宋彻底灭亡。宇文书简在《陆君实挽诗》中概括了至元十三年到至元十六年这段历史："景炎未久改祥兴，强欲持危力莫胜。"③ 至元十三年（1276）四月，张世杰、陆秀夫、陈宜中等人随益王赵昰、卫王赵昺进入福州。5 月，益王赵昰被立为新君，重建宋廷，改元景炎。宋君臣从福建，逃到广东。至元十五年（1278）初，赵昰死，陆秀夫等人再立赵昺为帝，改元祥兴，逃到崖山（今广东新会南海中）。宋无在《张太傅》诗中称颂张世杰"海角捐躯与主亡"。在诗后的跋文中描述了张世杰死战崖山的事迹："二月六日，自晓交战至午。适是日潮不退，北军欲退亦不能，遂死战。两军大溃。世杰俨立船首，焚香拜天，泣曰：'臣死无以报国，不能翊辅其主，惟天鉴之。'既而风作，舟遂沉。呜呼！"④ 宋无亦有《陆君实》诗："六鳌海上失乘与，天柱臣难只手扶。应有二妃魂尚在，至今何处望苍梧。"称赞陆秀夫是支撑宋王朝的擎天柱，并在诗后跋文中介绍了陆秀夫的事迹："己卯二月，北军大至，战于厓山。自晓至午，海潮不退，两军死战。君实知不可为，取舟中物悉沉之，仗剑驱其妻子赴水。

① 杨镰：《全元诗》第 4 册，中华书局 2013 年版，第 335 页。
② 杨镰：《全元诗》第 14 册，中华书局 2013 年版，第 397 页。
③ 杨镰：《全元诗》第 8 册，中华书局 2013 年版，第 400 页。
④ 杨镰：《全元诗》第 19 册，中华书局 2013 年版，第 447—448 页。

妻挽舟不肯赴水，君实曰：'而去怕我不来？'登御舟启王曰：'国事至此，陛下当为国死。太皇后辱已甚，陛下不可再辱。'遂抱王投于海中。淮阴龚开为立传。"①

张世杰、陆秀夫和文天祥被誉为"宋末三杰"。很多诗人歌咏三杰，尤其称颂陆秀夫的忠义。曹翕在《咏陆右丞遗墨》中说："别师游宦去，国事又乘桴。有地皆周粟，无人可赵孤。生期断鳌足，死学抱龙胡。遗墨仍留在，颜书比得无。"②在这首诗中作者借助三个典故称颂陆秀夫：一个是"无人可赵孤"，句中所蕴涵的战国时程婴保护赵氏孤儿的故事；第二个是"生期断鳌足"句，将他拥立二王为帝，存续赵宋江山的行为比作"断鳌足以立四极"的女娲；第三个是"死学抱龙胡"，句中引用了《史记·孝武本纪》的典故："黄帝采首山铜，铸鼎于荆山下。鼎既成，有龙垂胡髯下迎黄帝。黄帝上骑，群臣后宫从上龙七十余人，龙乃上去。余小臣不得上，乃悉持龙髯，龙髯拔，堕黄帝之弓。百姓仰望黄帝既上天，乃抱其弓与人龙胡髯号，故后世因名其处曰鼎湖，其弓曰乌号。"③郑畴在《陆君实挽诗》中也运用了三个典故："自古谁无死，存孤志未厌。力殚精卫石，身狥鼎龙髯。"④与曹翕诗不同之处在于这里用精卫填海的典故比喻抗元的力不能及。尹应许在《陆君实挽诗》中称颂说："古今忠义独斯人，危在须臾见益真。""平时谁执朝廷柄，末路方知社稷臣。"⑤张世杰与陆秀夫为存南宋慷慨赴难，感染无数诗人，创作了大量的爱国诗歌，风格壮慨。

南宋末年与金代末年在政治军事方面存在诸多共性，首先，统治者都

---

① 杨镰：《全元诗》第 19 册，中华书局 2013 年版，第 448—449 页。
② 杨镰：《全元诗》第 8 册，中华书局 2013 年版，第 399 页。
③ 司马迁：《史记》卷 12，中华书局 1959 年版，第 486 页。
④ 杨镰：《全元诗》第 8 册，中华书局 2013 年版，第 402 页。
⑤ 杨镰：《全元诗》第 8 册，中华书局 2013 年版，第 401 页。

软弱无能，权臣当道，导致正直的文人没有入仕之途。金末高琪秉政，重用胥吏，"抑士大夫之气不得申"，所以很多在位的大臣"亦无忘身殉国之人"，很多的武将"但知奉承近侍以偷荣宠，无效死之心。"① 文臣武将尽皆如是，不投降元朝、隐居林下就已经是难得之举了。南宋末年，贾似道当政，文恬武嬉，"在蒙古人兵临城下时，南宋皇庭已经被自己的元老重臣抛弃。元人乌海曾说，德祐二年'少帝北迁，参政高应松、金枢谢堂、台臣阮登炳、郭琪、陈伯春等从行。是时，王爚为相而去，章鉴为相而遁，陈文龙、黄镛金枢密，辞母老而遁。陈宜中、留梦炎为相有相继而遁。惟前相江万里家居，赴水死。其余执政、台谏、侍从、制帅、监司、守臣，往往多降与遁。殆景炎十月，陈宜中又遁，而宋亡矣。'"②

其次，在军事上，女真族在金末已经丧失了其强悍的个性，将领中能征惯战者极少。在与蒙古大军的交锋中，从野狐岭之战到中都陷落，从汴都保卫战再到汝南之战，从未取得重大胜利，总是被动地挨打。南宋亦是如此，虽有襄阳的六年坚守，吕文焕最终还是献城投降了，此后无论是鲁港之战、潭州之战还是崖山海战都以惨败告终，大势已去的形势，令整个南宋军民最终失去了收复故国的幻想。

如此相似的政治军事背景，南宋末年的丧乱诗歌却与金末的不同，主要是因为金王朝是由女真族建立的政权，是通过侵占中原王朝——北宋的国土建立起来的，虽然接受了汉族文化并以成熟的"汉法"进行统治，在百年的历史中，逐步获得了北方汉族诗人的认同，但汉族诗人对金王朝的感情还是有所保留的，自觉的爱国观念还没有形成。南宋则不同，作为汉族政权，即使偏安于东南一隅，其正统地位在汉族诗人心中是根深蒂固的，面对即将亡国的事实，保家卫国成为最重大的事件，也成为诗歌中最

---

① 刘祁：《归潜志》，中华书局 1983 年版，第 173 页。

② 杨镰：《元代文学编年史》，山西教育出版社 2005 年版，第 103 页。

激动人心的主题。于是他们选择不多的爱国将士作为歌咏的对象，表达历史人物及自身强烈的报国之情，即便是在卫国无望之时，仍然能够高扬爱国主题，表现忠烈事迹，吟唱爱国热情，自然令其创作具有了刚健慷慨的风骨。

第 *8* 章
元代丧乱诗创作及特色（下）

南宋灭亡、元朝统一南北前后，江南反元义军就开始蜂起。仅 1283 年就有二百余起，而到 1287 年上升到了四百余起。延祐二年（1315）蔡九五起义被瓦解后，略有消歇。但皇位之争、权臣当国、吏治败坏等积弊造成了严重的民族矛盾和阶级矛盾。到至正四年（1344），爆发了元朝历史上最严重的洪涝灾害——黄河决口，因洪水长时间得不到控制，各地难民纷纷揭竿而起。元顺帝再度起用脱脱为相，脱脱想通过货币改革和治理黄河来缓解矛盾。结果却造成了空前的通货膨胀和更严重的阶级矛盾："开河变钞祸根源，惹红巾万千。"①在方国珍、韩山童、刘福通、彭莹玉、朱元璋、张士诚、陈友谅等人领导的起义军打击下，元顺帝至正二十八年（1368）元朝灭亡。农民起义军与政府军长时间的对峙，造成了百姓流离失所，家园荒芜。元末文人面对如此的灾难，再次与杜甫产生了心灵的共鸣，学杜诗、学杜甫忧国忧民的精神成为一时风尚："去国休题王粲赋，

---

① 陶宗仪：《南村辍耕录》卷 23，中华书局 1959 年版，第 283 页。

忧时苦爱杜陵诗。"（《和宋子与病中》）^① 这些以杜诗为学习对象创作的丧乱诗，批判了元末的起义军，还原了悲惨的历史现场；继承传统儒家忠君爱国思想，表现对元政权的认同，对为元政权死节者进行热情歌颂；当然其中也表现出诗人比较复杂的心态。

一、元末丧乱诗对起义军的批判

元朝建立后，实行四等人制度，蒙古人为第一等，色目人居其次，汉人与南人居末。四等人在官吏任用、科举方面的待遇，甚至触犯法律量刑时都有明显差异。蒙古人、色目人受到优待，汉人、南人遭人歧视。尤其是元顺帝初年，权臣伯颜当政，忌惮汉人与南人，废止了科举，禁止汉人和南人学习蒙古语、色目语，不允许汉人、南人拥有马匹兵器，甚至提出要杀光张、王、刘、李、赵五大姓人口。叶子奇在《草木子》中提到元朝的政策是"内北国而外中国，内北人而外南人"^②，魏源也认为元廷："内色目而疏中原，内北人而外汉人、南士，事为之制，曲为之防。其用人，则台省要官，皆据于世祖，汉人、南人百无一二。"^③而朱元璋在北伐时也提出"驱除胡虏，恢复中华"的口号，这些都说明元朝尤其是元末民族间的矛盾是非常尖锐的。元末率先起义者基本都是汉人和南人。元末创作丧乱诗者也多为汉族文人，从诗作中我们发现，诗人对于起义军并不都是支持的，反而多持批判态度，期盼元廷尽快平定叛乱，从中表现出汉族文人对战乱的厌恶，对和平的向往。

在元末诗歌中多称义军为"寇""贼""妖""虏"等。"寇"多指盗匪、

① 杨镰：《全元诗》第 45 册，中华书局 2013 年版，第 82 页。
② 叶子奇：《草木子》卷 3 上，中华书局 1959 年版，第 55 页。
③ 魏源：《元史新编》卷 1，《魏源全集》第八册，岳麓书社 2004 年版，第 4 页。

侵略者、敌人；"贼"可以指有偷窃和劫夺财物行为的人，也是对反叛者的贬称，还可以指外族入侵者；"妖"的意思也是多方面的，比如妖怪、邪恶而迷惑人的人，装束奇特、作风不正派的人；"虏"可以指打仗时被俘获的人，同时也是中国古代对北方外族的贬称。由这些词语的语意可以看出，这几个词语都带有明显的贬义，表现出诗人对义军行为的否定。

周霆震①因生活在战火中心，描写元末兵燹的诗歌很多。有的题目中即有这些字词，如《寇至》《寇来自北见城中萧然散入村落》等。有的诗歌前有说明写作背景的小序，序中会出现这些字词，如《纪事》诗前的小序言："去年闰三月十六日，欧贼自袁来陷吾州。十九日，以陈寇败走郡城，急报驰去。里猾易桂芳即脱罪小吏顾清递两家兄弟，献马纳降，力陈括货之计，追至东门外恳留，遣赵普玄者复回，遂稔安成之祸。四月二日城复赵诛，易、顾歼焉。"②《寇至》前的小序中有："二十七日，寇至，三舍尽。晚携孙走下派，止侄塿刘务本家。二十八日，寇出历村冈头，家眷继至下派。二十九日早，下派大惊扰，走安塘。"③也有一些诗歌的诗句中会出现这些字词，如《述怀二首》其一：

> 寇陷吾乡今二日，连宵列炬似星分。如何去此三十里，家中消息杳无闻。咫尺干戈皆逆境，连绵雨雪助妖氛。兀坐此身同槁木，恍然不复辨朝曛。④

---

① 周霆震（1292—1379），字亨远，号石初。安福（今属江西）人。出身书香门第，颖敏好学，受到宋遗老刘将孙、龙仁夫等人器重，至正十二年战乱波及家乡，迁居吉安，在郡城设馆，闭门课徒。享年八十八岁，门人私谥清节。《石初集》十卷今存，是其门生晏璧编集。周霆震生活的江西地区是元末最为动荡的地区之一，其一生著述，多在战火中散佚，《石初集》中所收录诗篇皆乱后感时伤逝之作，沉郁苍凉。《四库全书总目》将之比之于汪元量的《水云集》，甚至目为"元末之诗史"。
② 杨镰：《全元诗》第37册，中华书局2013年版，第49页。
③ 杨镰：《全元诗》第37册，中华书局2013年版，第51页。
④ 杨镰：《全元诗》第37册，中华书局2013年版，第45页。

诗人顾瑛与周霆震一样经历了元末的动荡，其诗歌也像周诗一样，多用这些字词描写义军。如《安别驾杀贼纪实歌》不仅题目中有贼字，诗序中更多贼字："至正十五年冬十一月廿六日，昆山之石浦村有贼党，杀土豪胡氏父子及孙，火其屋，掠其妻女财物，巢于村之无相寺，将有助逆之意。州尹于阘彦晖公，外示以安。至次月廿三日，假以他事诣诉于郡，郡官闻于分省参政公，以本郡治中安公行剿伐事。公即率亲随精兵快马，声言发常熟。乃衔枚夜行至真义里，分符俾瑛与陈志学各选水军，协力剿捕，时廿四日夜。廿五日早，过江令集千墩寺，寺之去无相寺廿里。州尹率水军自此西进，义士张汉杰奇领各募义丁分把去路。治中公自江北浮马直入贼巢，擒贼焚寺，令军而回，是夜已半。此行也，计官军五百，水军六百，民之袒肩者千有二百人。往返者再宿，生擒首贼二十有六，杀死焚死者无算……"① 在这段序言中，有"贼党""贼巢""贼""首贼"等字词，可见诗人的态度。再如顾瑛组诗《铙歌十首并小序送董参政》②，在组诗前的序言中有"至正十有二年，狂贼梗化，红帕首者动数十万"句。十首诗歌，每首前均有序言，每篇序言中都有这些字词，如其一《克淮西》序言开篇是："言光蔡贼犯淮西。"其二《入昌化》，序言云："言既定杭州城，复入昌化，殄群寇，遂参中书也。"其三《克复于潜》序言有"贼众惧罪""贼犹豫持两端""卷甲疾趋枭贼"等句。

其他诗人的作品中也多这样的字词，如乐清（今属浙江）人朱希晦，一生安贫乐隐，并未入仕元廷。元末战乱中，为避兵转徙各地，作有多首反映元末丧乱的诗篇。如《感时》开篇："阴霾昏日月，妖气塞乾坤。"诗中将义军的巨大势力比作塞乾坤的"妖气"。在《时危》中说："初闻群盗起河北，胡乃流毒江东西。"③ 称义军为"盗"，称他们的势力为"流毒"。宁

---

① 杨镰：《全元诗》第 49 册，中华书局 2013 年版，第 45 页。
② 杨镰：《全元诗》第 49 册，中华书局 2013 年版，第 8—11 页。
③ 杨镰：《全元诗》第 50 册，中华书局 2013 年版，第 6、19 页。

海（今属浙江）人李复有《赠张万户征闽凯捷》："瘴雨蛮烟远蔽空，只将谈笑荡群凶。旌旗夜卷妖星殒，鼓角秋高杀气雄。已喜张良还灞上，更须龚遂守闽中。凯歌声动天颜喜，金虎三珠拟报功。"① 诗中将义军称为"群凶"，称其首领为"妖星"。丽水（今属浙江）人陈镒，也未入仕元廷，游学乡里，以能诗知名于时。有诗《送元帅胡公往遂昌平寇》，其末句曰："此行尽把妖氛扫，箫鼓风清奏凯归。"②

元末很多诗人并没有仕元，这种指称方式表现出他们对起义军的仇视和批判，其根源在于战争造成的苦难。

战乱中，百姓的苦难是多方面的。程从龙③ 亲经丧乱，作《石壁山》《马洲》《河伯矶》《赤壁山》《双周》等诗，描述自己与家人、亲朋多年到处躲避灾难的现实，"移家避难春复秋，乡人络绎登马洲。""干戈满地忽五载，人物沿江能几家。"④ 同时也表现出诗人无所适从的心态。如其《双洲》诗：

> 涉水逾山窜草莱，乱离怀抱几时开。元家运变黄河徙，汉土兵兴赤帜来。夜寂堠亭烽火盛，明月江舰角声哀。风沙满目乡关异，日暮愁登江上台。

诗后作者自注："元壬辰正月十一日，红巾攻破汉阳，十三日破湖广鄂汉，官民拥舟南遁。余家近江，室庐煨烬，里人相率命归，稍复故居，而号令不一。所芟庵舍，随成随热，所蓄粮食，随瘗随启，遂遁于野，艰苦万状。幸免锋镝，岂非天相与。因纪其事于此云。"⑤ 此诗作于元顺帝至正十二年壬辰（1352），从诗中的描写及自注来看，当时红巾军声势浩大，

---

① 杨镰：《全元诗》第 51 册，中华书局 2013 年版，第 182 页。

② 杨镰：《全元诗》第 51 册，中华书局 2013 年版，第 570 页。

③ 程从龙，字登云，号汉章。嘉鱼人（今属湖北）。元末隐居授徒，入明亦不仕。

④ 杨镰：《全元诗》第 62 册，中华书局 2013 年版，第 287、288 页。

⑤ 杨镰：《全元诗》第 62 册，中华书局 2013 年版，第 288 页。

席卷湖广。从诗中看，元军的抵抗效果甚微，诗人也无法预知历史的走向，内心充满了惶惑。

这样表现离乱、表现家园荒芜的诗作不胜枚举，如刘仁本在《寄张自南尚书》中表现当时起义军浩大的声势："江山草莽斗英雄，烽火相寻万里同。吴楚东南连地圻，楼船上下与天通。"① 乐清人朱希晦，逢元末战乱，为避兵转徙各地，在《感时》《感秋》《伤时》《上杨指挥将军》《时危》《自叹》等多首诗中描写战火蔓延，百姓流离失所，田园荒芜的场景，如《感时》：

阴霾昏日月，妖气塞乾坤。战血流淮水，音尘隔蓟门。浮荣槐蚁集，丛谤棘蝇喧。欲效东陵隐，终身老种园。

触目伤时事，干戈郁未开。百年驰白日，万里涨黄埃。废苑犹花柳，荒城但草莱。登楼作赋罢，不独仲宣哀。②

周霆震很多诗中都描写了乱兵横行家乡的史实，这些诗多在序言中介绍起义军与元廷间战争的进程，以及百姓遭到屠杀的史实。如《纪事》："八月十五日告示：诘朝往攻新安孙本立。晡时群党争出城中，撞击居民门户，壕外纵掠，水东永和边江而上，放火杀人，劫取财物、妇女，火达旦不灭。是夜白气亘天。"③ 再如前论《寇至》前的小序等。

周霆震有一些长诗，铺写当时百姓苦难的严重。《蕨根叹》中描写百姓在"园疏冻芽委邅卒，旧谷未春先已没"的情况下，只好"起逐蕨根延命脉"。④ 乌斯道⑤ 有诗《马食粟》："马食粟，马食粟。一闲二百匹，一食一百斛。去年大旱人苦饥，草根食尽食木皮。官司征粟喂官马，马何贵重

① 杨镰：《全元诗》第 49 册，中华书局 2013 年版，第 214 页。
② 杨镰：《全元诗》第 50 册，中华书局 2013 年版，第 7 页。
③ 杨镰：《全元诗》第 37 册，中华书局 2013 年版，第 41 页。
④ 杨镰：《全元诗》第 37 册，中华书局 2013 年版，第 18 页。
⑤ 乌斯道，字继善，浙江慈溪人。有学行，至正间，与郑真、傅恕以诗文齐名乡里。元末，避乱家居。

人何微。人心不敢怨,只顾官马肥。官马肥,走若飞,江南江北正格斗,将军杀贼要马骑。"①这首诗采用对比的写法,将马可以食粟,而人在大旱饥年只能"草根食尽食木皮",让读者不由产生人不如马的感叹。而百姓却因为战争,将军们需要骑马去参加格斗,心中都"不敢怨"。

挖蕨根、木皮虽然需要冒着严寒攀登山岗,还要提防野生动物的侵害,但这并不是最让诗人痛心的。在周霆震现存的诗歌中有《饥相食》《人食人》两首诗,描写了最让诗人无法接受的人相食的惨状:

> 转输饷官倾富室,米石万钱无处籴。连村鬼哭灶沉烟,野攫生人腥血赤。九疑对面森可畏,弱肉半为强者食。旋风吹棘昼枭鸣,缺月衔山虎留迹。提携匕首析厥殍,狼藉剔碎燔炙。恍疑逆祀祷恣睢,复恐老饕侪盗跖。幽幽怨魂忍莽心,腐胁穿肠愤无术。髑髅抱痛宜有知,上诉帝阍吐冤抑。我生白头骇见此,矫首苍穹泪沾臆。北山有蕨南涧苹,旦暮可湘心匪石。青春鸠化逐苍鹰,黄口蛇吞来义鹊。物情感召尚如此,同类何辜自相贼。兴言使我立废餐,推案拊膺衷奋激。鞠囚谁料殒炭瓮,立法竟嗟离舍匿。后人几度哀后人,万劫相寻岂终极。昨来偶值邻翁坐,且说舟航好消息。浙江白粲载如山,相送大军来一日。一朝菜色变欢颜,怪事书空自冰释。

—— 《饥相食》②

> 髑髅夜哭天难补,旷劫生人半为虎。味甘同类日磨牙,肠腹深于北邙土。郊关之外衢路傍,旦暮反接如驱羊。喧呼朵颐择肥戕,快刀一落争取将。凭陵大嚼刳心燎,竞赌舭舰夸饮醑。不知剑吼已相随,后日还贻髑髅笑。阴风腐馂犬鼠争,白昼鬼语偕人行。衔冤抱痛连死骨,著地春草无由生。睢阳爱姬忍喋血,长安仇家俊臣舌。撼忠疾恶

① 杨镰:《全元诗》第60册,中华书局2013年版,第261页。
② 杨镰:《全元诗》第37册,中华书局2013年版,第19页。

古或闻，未睹烹刨互吞灭。五云深处藏飞龙，天路险艰何日通。皇心万一悯遗子，再与六合开鸿濛。

——《人食人》①

禽兽同类相食被人类目为残忍，而早已进入文明时代的人类却在灾荒、战乱中变得如同禽兽，他们竟然"野攫生人""提携匕首析尸骨，狼藉剔剜碎燔炙。""味甘同类日磨牙，肠腹深于北邙土。郊关之外衢路傍，旦暮反接如驱羊。喧呼朵颐择肥戴，快刀一落争取将。凭陵大嚼刳心燎，竞赌咒觖夸饮醓。"如此肆无忌惮地劫掠生人，毫无忌讳地朵颐吞嚼，致使"弱肉半为强者食"。这样的社会现实让诗人无法忍受："兴言使我立废餐，推案拊膺衷奋激。"

元末的战乱持续时间长，诗人的伤痛也是持续性的，在丧乱诗中，诗人们经常写及战乱累月经年的史实。刘崧②与周霆震一样目睹了江西长期战乱及其造成的苦难，其诗中有："兵乱连三载，年荒馀几家。"（《兵乱二首》其一）"自言生长太平多，州县不到无征科。老去常促邻里会，醉来还唱古时歌。粤从东南兵乱起，乡井流离经一纪。"（《道逢老叟行》）"十年兵兴铸炼多，千包万秤严征科。"（《石炭行》）③"三载""一纪""十年"这些数字足以说明战乱持续的时间之长。释克新④的诗中多有与刘崧相似的诗句："十载烟尘暗九州，只余京国可遨游。"（《送答理明卿次徐大章韵》）"十载中吴战伐多，使君谈笑罢干戈。"（《赠夏君美同知》）"海内兵戈连十年，山中楼观喜峥然。"（《次韵答定水见心禅师》）"戎马生四郊，避难去乡国。乡国豺虎多，十年归不得。"（《送石仲德司丞》）⑤除了这两

---

① 杨镰：《全元诗》第 37 册，中华书局 2013 年版，第 28 页。
② 刘崧（1321—1381），字子高，原名楚，号槎翁。泰和（江西）人。
③ 杨镰：《全元诗》第 61 册，中华书局 2013 年版，第 88、391、395 页。
④ 释克新（1321—?），字仲铭，号雪庐，又号江左外史。鄱阳人（今属江西）。俗姓余。至正间住嘉兴水西寺。
⑤ 杨镰：《全元诗》第 62 册，中华书局 2013 年版，第 36、48、50 页。

位诗人外，还有如刘养晦《野馆》诗中也有："十年戎马乱，归计定何如？"① 陈高《即事漫题十首》其十："兵革相寻余十年，十人九死一生全。"② 长期的兵祸，长期的流离颠沛，居无定所，诗人们憎恶这种无休止的征战，厌恶那些将自己的功绩建立在百姓尸骨和血泪之上的所谓"侯王"们。危德华③ 在诗中说："渠魁昨夜屠城去，白骨如山尽无主。纷纷天下皆侯王，谁念苍生日愁苦。"（《战城南》）诗人期望真正的英雄或者某一势力能"倒挽天河水""一洗苍生万斛愁"。（《避居遣怀》）④ 也就是说，元末诗人对起义军的批判，既有政治立场的问题，更多的是因为对战争的厌恶，而去批判这些战争的发动者和参与者。

二、元末丧乱诗对蒙元政权的认同

元末起义军的对立方是蒙古族建立的元朝廷，丧乱诗中的抒情主人公多是将自己与元廷结成共同体，表现自己的期望或失望，欣喜或悲伤。周霆震有组诗《城西放歌》，组诗前有很长的一篇序言，讲述组诗的写作背景："周寇四千人发永新，水陆并下。八月二十九日，张录事出军。九月一日，府委官教授滕诣西昌参政所请师，征诸将赴援。录事无马，战不利。是夜急报三至。黎明，驰檄促援兵。食时，寇焚高沙、敛陆，录事事军奔还，城内外大骇，或争走入城，或赴舟江浒，或散投村落，僵仆死伤不可胜纪。贼骑掠太平桥官地上，薄晚退屯。援兵暮集，初三日早合战，自辰至午，参政军扼上流，寇惊败走，衣装器仗填野，沿途民义邀击，禽

① 杨镰：《全元诗》第 52 册，中华书局 2013 年版，第 454 页。
② 杨镰：《全元诗》第 56 册，中华书局 2013 年版，第 305 页。
③ 危德华（1352—1387），光泽县城关（今属福建省）人，元明之际隐居不出。
④ 杨镰：《全元诗》第 60 册，中华书局 2013 年版，第 69、70 页。

获颇多，周寇奔还永新。当是时，郡城几殆。天也！国家之福也！歌竹枝以写之。"从这篇序言中可以看出，作者是站在元朝廷一方的，不仅在叙事时称义军为"贼"为"寇"，在情感倾向上，对义军是蔑视的，对元朝官员率领军民抵抗是颂扬的，当义军被赶走，作者感叹说这是"国家之福也！"这充分说明了作者是以元朝为国家的，对蒙古族建立的政权也是持认同态度的。这在组诗中也有体现，如第六和第七首，是对元军将士的歌颂："大洲男儿身姓熊，杷头削铁刃如风。直前竟斩红旗首，步战须还第一功。""斩头累累悬马鞍，众中谁似林伯颜。贼阵横穿来复去，三军大捷唱歌还。"而第九第十首则是对义军的嘲笑："记得壬辰血乱流，血流又到丙申秋。凶徒恶党还知不，莫要轻来打吉州。""莫道孤城铁作关，云埋贼阵血朱殷。强梁多在莼村死，战马才余八匹还。"①

诗人不仅为朝廷军队取得胜利歌呼，有的直接投笔从戎，参与到平定义军的战斗中。如诗人李铉，字伯鼎，大名浚县（今属河南）人。至正中守延平，与义军战于政和泗州桥，死于战斗中。元廷追赠陇西郡公。他死前作有《临终诗》，表达了为国殉难的思想："战败诚宜死，沈思恨复牵。君亲恩未报，忠孝事难全。埋骨应无地，知心祇有天。孤魂托明月，夜夜白云边。"②这样的诗歌在中国诗歌史上并不少见，每当王朝鼎革之际都会出现一批，表达了文人对于国家的忠诚。不但有剖白自己忠贞思想的作品，同时还能以实际行动践行自己诺言者却并不是很多，而李铉所殉的"国"还是由蒙古族建立的王朝，可见作者对于这个异族统治的认同态度。同样殉元而死的还有诗人黄复圭。黄复圭，字君瑞，祖籍山东，饶州安仁（江西余江）人。至正年间，饶州为战乱波及，黄复圭被乱兵捉住，写诗大骂，因而惨死。孙德谦（？—1368），睢州（河南睢县）人，仕至中书

---

① 杨镰：《全元诗》第 37 册，中华书局 2013 年版，第 51—52 页。

② 杨镰：《全元诗》第 52 册，中华书局 2013 年版，第 524 页。

左丞，历大同行省平章事。明兵克大都，元顺帝北奔，大将军徐达遣兵围大同，孙德谦婴城固守，力不能支，手书《自决》等诗数章，词意激烈，誓不偷生。城陷，不屈，死。在《死节自决》诗中表达自己绝不苟且偷生的决心："有计难为用，心驰东北天。偷生虽度日，何面见时贤。忠孝人之本，临危愈要强。偷生恐辱国，魂气迸山川。"他还有《付诸子》诗，犹如陆游的《示儿》，但他的诗中主要阐释忠臣与孝子的伦理思想，表明自己誓作忠臣，为国捐躯的理想，希望儿子们能够理解："我今忠为国，汝等孝持身。忠义各尽道，庶几报君亲。"①

并不是每一个文人都有机会和能力参与到战争中，实现自己报国济世的志向。当自己的亲朋有机会参与其中时，他们进行了热情的歌颂。顾瑛诗歌中有很多唱和诗，其中就有记录友人为国出力的作品。如《送周天蟾》，诗后作者自注云："去年秋九月，天蟾先生过余草堂，偶谈及水军事。余谓水战之法甚难，盖舟楫有迟速，风水有逆顺，故不能齐其队伍。先生自言，近以八阵图法翻制水战阵图一十有八，予以儿辈长千夫，领宁海所事，或有所用，求之，未获示海。今先生以大师之招，复至海上，闻下榻泮宫，遂往见之，而先生又御风西游矣。陈性之训导出赠行册，求予诗。其出处隐显，文仲秦先生已序之，予复何言？重违其意，为长歌一章以歌之。文仲性嗜书，有书迂，娄江人称为太迂先生云。今年实至正乙未后正月十日。玉山顾瑛谨识。"②从注文中可知，此诗作于1355年，战乱已经进行了四五年，作者也与往来草堂的友朋谈论战事，而这位天蟾先生不仅能够口中臧否，还能够出奇谋智计，取得战争的胜利。于是作者为之作长歌以颂扬其人与其才。在诗中，作者先介绍了周天蟾的身份、学识、爱好、志向等内容："天蟾子，布衣儒，家在金陵市上居。年方十五习孙

---

① 杨镰：《全元诗》第60册，中华书局2013年版，第80页。

② 杨镰：《全元诗》第49册，中华书局2013年版，第48—49页。

吴，二十作赋拟三都。揣摩读成不下苏，猿臂豹头七尺躯。膂力绝人世所无，击剑惯骑生马驹。结客况结专设诸，手提铁杖历方舆。道逢异人毛莫如，口嗳黄极元元书。摩荡动静皆潜虚，豁然一悟忠义俱。不向侯门曳长裾，誓与天子守皇都。"接着描述了周天蟾参与的一场战事——收复杭州："至正壬辰秋月初，红巾寇杭数万余。斩关据岭袒臂呼，大参董侯奉虎符。延君幕下参军谟，布以长陈缘平途。乃张左翼伏石肤，君居中军三击桴。黄旗赤帜纷前驱，倾巢捣穴擒其俘。"关于至正壬辰（1352）秋发生在杭州的这场战事，基本情况如下：至正十二年壬辰（1352）七月初十，来自安徽的起义军进攻江浙行省首府杭州，当时樊执敬（时中）是江浙行省参政，带兵御敌，在岁寒桥遇害。在樊执敬之前，江浙行省参政是色目人宝哥，他奉命调守昆山太仓，但离太仓州治三十余里处，因惧怕义军，不敢前行，潜回杭州。义军攻杭州，他藏匿于杭州寓舍。杭州被攻破，带家人藏匿于西湖舟中。三日后，被无赖胁迫，他左右为难，最终与妻子沉水而死。关于宝哥事，也有记载是："十二年摄江浙行省参政，十六年城陷，自沉水死。"[1] 西域人伯笃鲁丁写有两首挽诗：

> 主将无谋拂众情，贤参有志惜言轻。狐群冲突成妖孽，黔首惊惶望太平。奋志从军全节义，杀身殉国显忠诚。岁寒桥下清泠水，夜夜空闻哽咽声。

——《挽樊时中参政》

> 香魂俊骨堕深渊，无智无谋亦可怜。妖寇倡狂如有祟，生民凋瘵似无天。芳名苟得千年在，死节应当二日先。欲向西湖酹樽酒，凄风冷雨浪无边。

——《挽宝哥参政》[2]

---

[1] 王德毅、李荣村、潘柏澄：《元人传记资料索引》第 4 册，中华书局 1987 年版，第 2263 页。

[2] 杨镰：《全元诗》第 37 册，中华书局 2013 年版，第 78 页。

在这两首挽诗中，作者对二人殉国的态度明显不同，对于汉族官员樊时中，作者充满同情和敬重，言其是节义之士、忠诚之臣，并将其死归因于"主将无谋"，自己又人微言轻。伯笃鲁丁作为色目人，对于宝哥却并没有回护，认为他"无智无谋"着实可怜，并认为他的死与死节还有差别，表现了作者比较公正的态度。

杭州被攻破后，元廷派磁州（今河北磁县）人董抟霄（？—1359）率兵救援江浙，光复杭州。董抟霄，字孟起。据《元史·董抟霄传》载，抟霄初在陕西、四川、辽东、江西、浙东等地任地方官，累官至监察御史。历官所至，理冤狱，革弊政。可见他本来也是一个文官，但在起义军蜂起之时，却主动出击抗击义军。至正十一年(1351)以济宁路总管陷安丰(今安徽寿县)、攻濠州。至正十二年，受命援江南，收复杭州。① 顾瑛此诗描写的恰是此次战事，诗中的"大参董侯"就是董抟霄，顾瑛对董抟霄极为敬仰，对其功绩也有多篇诗歌予以颂扬。如之前提到的组诗《铙歌十首并小序送董参政》，包括一篇总序和十篇小序，十首诗的题目分别是《克淮西》《入昌化》《克复于潜》《安定吉》《攻昱岭》《水军开》《巡大洋》《驱海僚》《海之平》《趣入朝》，叙写了董抟霄在回京任职前众多的战绩，另外还有《是夜回宿海口舟中董参命赋口号》等诗。周天蟾在此次战事中所起的作用，顾瑛说："延君幕下参军谟，布以长陈缘平途。乃张左翼伏石胏，君居中军三击桴。"也就是说，周天蟾是以幕僚、谋士的身份出现在此次战事中，与董抟霄一起排兵布阵，最终取得了胜利。此战结束后，董抟霄升任江浙行省参知政事，而周天蟾也受到礼遇："径归田里耕而锄，浙垣校功奏王除。不曰弓旌驷马车，皇皇使者来草庐。"董抟霄之后又平定了武康、德清等地义军，并受命建设水军。顾瑛诗中说："水军开府东海隅，大帅待君犹凤雏。江左未必无夷吾，试君新蘸水战图。丈夫抱才不

---

① 宋濂：《元史》卷 188，中华书局 2013 年版，第 4301—4306 页。

设据，徒令后世空吁嗟。"可见周天蟾与顾瑛在草堂所谈论的水军事并不是一时兴起，而是早有研究，恰好此时可以运用到实践中去。诗歌最后抒写周天蟾离开董抟霄幕府，也就是诗序中所言的"御风西游"，于是作者作诗以送："春江花开当酒垆，垆头酒价如珍珠。为君岂惜满眼酤，手折杨柳歌吴歈。作诗送君语非谀，不信问之秦太迂。"

元末的汉族文人不仅称颂那些抵抗义军的汉族官员，对于那些进行抵抗的少数民族官员，诗人们也充满敬仰之情，对他们的功绩进行热情歌颂。比如著名的色目官员迈里古思。迈里古思，字善卿，宁夏人，后迁居松江。至正甲午（1354），进士及第，担任绍兴路录事司达鲁花。迈里古思爱民如子，获得百姓的爱戴。至正十二年（1352）杭州失陷，后被董抟霄收复。杨完者带领大量苗族、瑶族义兵来到杭州地区，所到之处焚荡抄掠，无恶不作，百姓受到荼毒，官军对之束手无策。这些义兵还跑到绍兴城内，抢夺财物、马匹。迈里古思无法容忍这些苗兵如此祸害百姓，带兵将其首领擒获，斩首示众。苗兵被其强硬的态度所震慑，再不敢到杭州和绍兴一带抢掠。迈里古思因此名声大振。至正十六年（1356），朱元璋军队占领江南行台所在地集庆（今江苏南京），行台移至绍兴，迈里古思出任行台镇抚。迈里古思募集勇悍民兵二千余人，抵御朱元璋的进攻。这时，处州（今浙江丽水）山民举行起义，迈里古思连同石抹宜孙一同率军前往镇压，取得胜利后迈里古思因功擢升为江南浙西道廉访司知事，又改为江东建康道经历。原为农民起义军将领的方国珍投降元朝，被任命为浙江省平章政事，但方国珍并没有对元廷俯首帖耳，而是趁机侵占绍兴属县。迈里古思大为气愤，准备亲自率兵前去责问方国珍。但因为方国珍降元后，每年为大都输送粮食，获得元顺帝的赏识。他还用大量钱财贿赂御史大夫拜住哥，得到他的支持。迈里古思举兵问罪方国珍，拜住哥假借有要事相议为由，把迈里古思骗到自己的私宅杀害。绍兴百姓听闻此事，悲痛万分，与迈里古思部属黄中一起将拜住哥全家及部属全部杀死。嘉禾（浙江嘉兴）人陈尧道作诗《挽迈里古思》："小范胸中有甲兵，檀公身后坏长城。大星堕地中军怆，白马凭潮霸主倾。碧血不随金石化，丹心长贯斗牛明。会稽高与洺溪并，谁与磨厓刻姓名。"①四明（浙江宁波）人董章亦有《挽迈里古思》诗："丈夫宁制虏，元帅岂容文。白发难忘母，丹心只为君。虎狼千里战，吴越半江分。落日孤城在，忠良死后闻。"②这两首挽诗称颂了迈里古思的功绩，也表现出诗人的政治倾向。

元朝末年，有很多不同民族的将领或官员为元朝战死，元末丧乱诗中有许多悼念这些人的挽诗，从中可以看出诗人们对于元廷的态度。这类诗歌中，周霆震的《李浔阳死节歌》非常著名。在红巾军起义初期，顽强抵抗的多是被元廷不太信任的汉族官僚。江州路总管李黼，字子威。泰定四年状元，江淮义军起事，他主动提出去守残破州郡，于是来到江州。曾多次向元朝廷递交沿江布防的建议，始终得不到批复，只能死守，至正十一年三月十一日与其侄子一起殉难。周霆震在《李浔阳死节歌》序言中对其事迹有详细记载：

> 李侯治浔阳之二载，红巾贼发蕲黄，倚蔡丑为声援，势浸逼，郡数告急于省。省议调兵，武昌、兴国相继没，南北道梗，浔厄，侯力疾奖率民义，誓不与贼俱生。郡将悉所部先遁，侯转战力尽，犹持短兵奋击，慷慨指天，父子同遇害。呜呼！李侯可谓仁义之勇矣。彼滔滔者，独何心哉！侯家颍川，名黼，字子威，曾祖而下，仕皆通显。发身监学，泰定丙寅，乡试魁上都，丁卯进士第一，死节壬辰春，年五十有六。

整首诗也写得荡气回肠："蜀川会汉投匡庐，浔阳之厄江西枢。李侯

---

① 杨镰：《全元诗》第50册，中华书局2013年版，第201页。
② 杨镰：《全元诗》第51册，中华书局2013年版，第248页。

仗节忠贯日，存没誓与城池俱。夫何郡将弛练卒，世禄忍负私其躯。寇来谈笑启关遁，坐使邑井成丘墟。侯时力疾短兵奋，臣首当血心当刿。魂归谒帝恸伏阙，涂地肝胆民何辜。臣衷愿沥付渠答，臣首欲飞宜仆姑。誓坚洪璧歼众丑，却扫淮蔡匡全吴。黄尘四低黑风淡，赤豹腾驾苍虬呼。山川几劫铸英气，上溯古昔谁其徒。平原汗马河北重，江淮安堵睢阳孤。颜张凛凛心未死，迥立千载诚相孚。况闻有子殊激烈，义在从父轻头颅。石头之袁姑熟下，两间忠孝何时无。纷纷卖降与弃甲，仰视汗喘呀长吁。推公盖自元气立，顾盼所取皆诗书。当年射策首多士，已分一念金无渝。勖哉谋国慎所托，古今大勇唯真儒。"① 诗歌开头两句强调了浔阳在地理上的重要性，三四句称赞了李黼与城池共存亡的忠义和气节。"夫何"四句写那些平时不知练兵，只知道中饱私囊的官员，他们在义军到来时谈笑逃走，致使百姓涂炭、田园荒芜。通过这样的对比，李黼的忠义形象已呼之欲出。接着再回到对李黼的颂扬上，生时与义军短兵相接，死后魂魄还要谒见帝王，陈述江南百姓涂炭的凄惨，期望能够救民于水火之中。诗人认为李黼是可以位列自古以来忠臣的行列之中："迥立千载诚相孚"。接着诗人又做了对比，李黼之子与其父一同殉城而亡，与那些卖甲、弃甲而逃者有天壤之别。最后六句，诗人从李黼自幼读诗书，成年为状元的经历，说明儒家忠君爱国的思想是李黼行为的依据，从而感叹："古今大勇惟真儒。"

正如周霆震所感叹的，元末殉国者多读书人。诗人叶杞所记颇多。叶杞，字南有，京口（江苏镇江）人，居华亭（上海松江）。叶杞自幼好读书，负才具，在松江鱼鳞泾上筑草堂，名为漪南。杨瑀出守建德，辟为掾史，辞而不就。至正中战乱波及乡梓，叶杞曾向受命经略江南的李国凤密陈时事十条，为李国凤嘉纳，原拟授以镇江路丹徒县主簿，但形势骤变，未能

---

① 杨镰：《全元诗》第 37 册，中华书局 2013 年版，第 14 页。

如愿。元末，隐居松江。他在《挽樊参政》中所咏是守杭州殉城者樊执敬：
"公讳执敬，字时中，济宁人。由丁丑进士，累官拜侍御史，转江浙省参
政。至正壬辰，徽寇陷杭城，武臣野遁，公单骑前驱，战死于岁寒桥下。
并记。"《挽杨员外》诗中所咏是杨乘："公讳乘，字文载，济南人。由参
议府掾，累升江浙省员外郎。徽寇陷杭，朝廷以大臣失守罪罪公。既依故
人章彰德居龙江。至正丙申，今太尉时称王中吴，遣使聘焉。公笑曰：吾
岂事二姓？遂经死。"《挽杨左丞》诗序言："公讳完哲。字世杰。广西之
武冈人。兵兴，率苗丁应募，英慓勇悍，所向多克，官至海北道元帅。江
浙省丞相达识公义之，承制拜公参知政事。时淮张氏称王中吴，势卷浙
右。公振师复省治，保嘉禾。既张氏降，江浙省奏拜张太尉淮南平章、行
枢密知院，公加本省左丞。越二年，张发病掩袭，丞相阴拱竟不之援。公
婴城闭守，且斩赐马享士卒，谕以大义。拒战十日，遂经死，弟伯颜同死
之。幕下员外郎王国贤，尝直言侵丞相，丞相杀之。"①

为元朝殉国者不仅有汉族知识分子，还有蒙古和色目知识分子。
王冕②即有诗悼挽殉元的蒙古族文人泰不华。至正八年（1348），方国珍
起事，十一年（1351）二月，泰不华任浙东道宣慰使都元帅。次年三月，
发兵扼守黄岩澄江，被方国珍水军包围，死于战阵中。王冕在诗中将之比
作蜀汉贤相诸葛亮、北宋名臣刘安世、汉代伏波将军马援："出师未捷身
先死，忠义如公更不多。岂直文章惊宇宙，尚余威武振山河。中原正想刘
安世，南海空思马伏波。老我未能操史笔，怀思时复动哀歌。"（王冕《悼
达兼善平章》)③

① 杨镰：《全元诗》第 51 册，中华书局 2013 年版，第 188—189 页。
② 王冕（？—1359），字符章，号煮石山农。绍兴诸暨（今属浙江）人。少年好学
不倦，由于家境败落，曾就读僧舍。受知于大儒韩性，终以博学多才知名于时。
著作郎李孝光拟荐为府史未果。屡应进士举，均不中。于是遍游名山大川，以
古豪杰自居。北游大都，结识泰不华。
③ 杨镰：《全元诗》第 49 册，中华书局 2013 年版，第 406 页。

周霆震在《古金城谣》中所咏是元末著名色目文人余阙，诗前有一篇长序，介绍元末的政治形势：武备废弛，义军蜂起，脱脱在高邮兵败后被废相。北来名将，相继殒命。而一些贵族子弟，贪鄙庸才，不能御敌，只会鱼肉百姓、虚张战功，弊端百出。虽有一二廉介之士，又矜独断，昧远图。因此百姓苦难日重，起事者势力日大。在"至正十年壬申，进士余阙以淮西元帅之节来镇，广设方略，招徕补葺，备战守，丰军储，贼饮恨不得逞。朝廷嘉其功，授淮南参知政事。自是，日与贼遭，受围凡四十有二，大小二百余战。江西赖以苟安。坐视弗援……十八年正月丙午，城遂陷。公一门争先赴死，阖郡无一生降。贼党举手加额，称余元帅天下一人，购得其尸城下池中，礼葬之。伤哉！寄痛哭于长歌，使后人哀也。公西夏世家，字廷心，貌不逾中人，当纪纲废弛之余，治郡立朝，每与众异，故其树立如此。"在诗歌中作者称赞余阙："忠臣当代谁第一，七载舒州天下无。"并将之比作三国时期力扼曹操的东吴名将周瑜："当年赤壁走曹瞒，天为孙吴产公瑾。我公千载遥相望，崎岖恒以弱击强。"① 休宁（今属安徽）诗人吕谅亦有《挽余廷心元帅》诗，称颂余阙的忠义与功绩："百战残民力已疲，将军未遣壮心违。城依楚水无兵援，目断燕山有雁飞。但愿斫头成大节，焉能屈膝解重围。睢阳死后舒州继，况是中原大布衣。"②

三、"鼎革之际"诗人的矛盾心态

在中国古代历史上，每当朝代鼎革之际，总会出现胜国遗民问题。而宋代以来的历史比之前的历史还有一重复杂性，那就是除了朝代更迭还有

① 杨镰：《全元诗》第37册，中华书局2013年版，第11—12页。
② 杨镰：《全元诗》第52册，中华书局2013年版，第347页。

"夷夏"交替。如由宋入元，也是"由夏入夷"，而元明鼎革，是"由夷入夏"。朱元璋北伐檄文中即有"驱除胡虏，恢复中华"之语。对于元末的汉族人来讲，如何面对胜国与新朝就是一个问题。

关于元末文人的政治取向，在引言中我们已经综论了前辈学者的研究。发现其中存在明显的对立观点。我们知道不同观点的获得，源自不同资料的使用。历史一旦形成，即不可复现，一切对历史的记录、叙述，都会带有记录者、叙述者的主观思想，都不是历史，故孟子说："尽信书则不如无书。"元代与其他王朝最大的不同是其为少数民族政权，而且元朝统治者一直未能在思想文化和意识形态方面将中原与草原两种文明充分融合。西北藩王们认为元朝未能遵从祖宗传统："本朝旧俗与汉法异，今留汉地，建都邑城郭，仪文制度，遵用汉法，其故何如？"[1]中原汉族文人则认为元廷："内色目而疏中原，内北人而外汉人、南士，事为之制，曲为之防。其用人，则台省要官，皆据于世族，汉人、南人百无一二。"[2]史料中对元代的记载也时有对立，比如同样是对元世祖的看法，赵翼说："元世祖混一天下，定官制，立纪纲，兼能听刘秉忠、姚枢、许衡等之言，留意治道，固属开国英主。然其嗜利黩武之心则根于天性，终其身未尝稍变……由是二者观之，内用聚敛之臣，视民财如土苴；外兴无名之师，戕民命如草芥，以常理而论，有一于此，即足以丧国亡身。乃是时虽民不聊生，反者数十百起，而终能以次平定。"[3]但叶子奇却认为："元朝自世祖混一之后。天下治平者六七十年。轻刑薄赋。兵革罕用。生者有养。死者有葬。行旅万里。宿泊如家。诚所谓盛也矣。"[4]

① 宋濂：《元史》卷 125，中华书局 1976 年版，第 3073 页。
② 魏源：《元史新编》卷一，《魏源全集》第八册，岳麓书社 2004 年版，第 4 页。
③ 赵翼著，王树民校正：《〈廿二史札记〉校正》卷 30，中华书局 1984 年版，第 684—686 页。
④ 叶子奇：《草木子》卷三上《克谨篇》，中华书局 1959 年版，第 47 页。

　　如前所论，我们通过元诗分析了元末诗人对起义军的批判，对元廷的认同。其实元代的丧乱诗持论还是很辩证的，对于元末政局进行批判的作品也非常多。

　　元末丧乱诗描写百姓的苦难时，常将重要的历史事件与生活细节结合在一起。顾瑛有寄给孟天炜的组诗《乙未书实和孟天炜都司见寄》和长诗《长歌寄孟天炜都事》，两诗开头都描写了当时江南地区起义军与元廷间如火如荼的战争："猎猎东风吹火旗，水军三万尽精肥。一春杀贼知多少，个个身穿溅血衣。"（《乙未书实和孟天炜都司见寄》其三）"尽说楼船水战鏖，西风烈火张天高。"（《乙未书实和孟天炜都司见寄》其八）① "今年顽民起西山，帕首举火烧阆关。城中六官奋六节，凯歌马上擒俘还。是时海寇集江下，水军杀之海为赭。"（《长歌寄孟天炜都事》）② 之后两诗又谈到元末的一个重要的政治问题——变钞："大户今年无老米，细民近日有新钱。"（《乙未书实和孟天炜都司见寄》其九）③ "新行交钞愈涩滞，米价十千酬四升。"（《长歌寄孟天炜都事》）④ 顾瑛在组诗《张仲举待制以京中海上口号十绝附郯九成见寄瑛以吴下时事复韵答之》中的第一二两首中也提到了变钞的问题："只缘尽要新交钞，除却天都到处无。""官支烂钞难行使，强买盐粮更打人。"⑤ 至正十五年（1350）丞相脱脱变钞改革既是元末动乱的前奏，也是增加人民痛苦的因素。元朝是世界上第一个在全国范围内推行纸币的王朝，这种超前的货币制度，自身就存在诸多弊病。开始实施时，朝廷对其管理比较严格，其弊端还处于可以管控的范围内。到元末，由于朝廷的财政状况比较糟糕，脱脱想通过变钞来改变财政危机。铸造、发行

---

① 杨镰：《全元诗》第 49 册，中华书局 2013 年版，第 29 页。
② 杨镰：《全元诗》第 49 册，中华书局 2013 年版，第 31 页。
③ 杨镰：《全元诗》第 49 册，中华书局 2013 年版，第 30 页。
④ 杨镰：《全元诗》第 49 册，中华书局 2013 年版，第 31 页。
⑤ 杨镰：《全元诗》第 49 册，中华书局 2013 年版，第 2—3 页。

了"至正钞",一贯相当于至元钞的二贯,这种大面值钞币的发行,促使当时的物价上涨了数十倍,出现了恶性通货膨胀的局面。这种失败的改革直接受害者还是百姓,也成为文人争相咏叹的素材。李存有七言长诗《伪钞谣代为耆社作帐辞谢尹杨思齐》:

> 国朝钞法古所无,绝胜钱贯如青蚨。试令童子置怀袖,千里万里忘羁孤。岂期俗下有奸弊,往往造伪潜隈隅。设科定律非不重,奈此趋利甘捐躯。纵然桎梏坐囹圄,赚有囊橐并尊壶。生平心胆死相遁,口舌所挂多无辜。人生既以不堪此,恶辛乃藉生危图。苦之箠楚甘酒肉,役用在手犹梣珠。或思夙昔报仇怨,或出希觊倾膏腴。搜求宁肯剩鸡狗,污辱间有连妻孥。何如巧遇贤令尹,烛照剑断神明符。先穷支蔓到根本,矿铁虽硬归红炉。非唯此境少忧虞,亦遣邻邑多懂愉。自怜弱肉脱虎口,从此饮水皆醍醐。誓将白首至死日,顶戴岂与劬劳殊。愿推此举遍天下,咸使良善安田庐。①

在这首诗中,李存先谈元朝的钞法是"古所无"的,能够给远行者带来很多的便利,但却在元末出现了"伪钞",给国家与人民带来灾难。这里伪钞的出现及蔓延,一方面是朝廷变钞造成的,有些趋利之人利用百姓无法分辨真伪钞的弱点渔利;另一方面是元廷为了缓解财政压力,故意为之。如《草木子》中记录,元廷为了酬劳朱清、张瑄主持海运的功劳,竟然将钞版发给他们,允许他们自行印制钞币,只是在颜色和印色上与朝廷的略作区别,如此印制并通行的钞币,百姓更无法分辨其真伪了。

叶子奇在《草木子》卷四"谈薮篇"中收录了无名氏的一首五言绝句:

> 丞相造假钞,舍人做强盗。贾鲁要开河,搅得天下闹。②

除了诗歌,元散曲中也存有相关篇目,如陶宗仪《辍耕录》中卷

---

① 杨镰:《全元诗》第31册,中华书局2013年版,第22页。
② 叶子奇:《草木子》卷四上,中华书局1959年版,第74页。

二十三"醉太平"节收的小令《醉太平》，总结了导致元朝衰落的弊政，当然也提到了钞法问题："堂堂大元，奸佞专权。开河变钞祸根源，惹红巾万千。官法滥，刑法重，黎民怨。人吃人，钞买钞，何曾见？贼做官，官做贼，混愚贤，哀哉可怜。"①

　　在《草木子》及《辍耕录》收录的两篇作品中，都提到了元末另一重要的举措——贾鲁开河。贾鲁（1297—1353），字友恒，河东高平（今属山东）人。曾任东平路儒学教授、历城县尹、户部主事、太医院都事、监察御史、工部郎中等职。至正四年，黄河决口，奉命为都水监，迁右司郎中，调读漕运使。他沿黄河考察，上《治河二篇》。在丞相脱脱的举荐下，至正十一年（1351）四月，命以工部尚书、总治河访使，治理黄河。贾鲁率领民工，堵塞决口，疏导河水回归故道，十一月基本结束，绘《河平图》以献。欧阳玄作《河平碑》进行旌表。贾鲁开河本是元代水利方面重要的举措，利国利民，故他所开掘的那段河道也被称为"贾鲁河"。但是前一年的"变钞"已经让中原百姓对元廷失望，而在治河时，丁夫二十几万，官吏却贪污朝廷治河钱粮，故而导致了河夫之冤。韩山童等利用河夫的这种情绪，凿一只眼石人，预先置河道中，石人背书："石人一只眼，挑动黄河天下反。"韩山童自称是宋太祖九世孙，带领河夫起义。同年五月，刘福通以红巾为号，夺取颍州，元末的大动乱开始。

　　战争造成良田荒芜，水旱灾害致使粮食歉收，大都、灾区、各地军队都需要粮食，籴粮也成为了一些地方百姓的灾难。"大府日夜催军需，和籴草料无时无。"（舒頔《感时歌》）②顾瑛作为元末江南著名的文人对此尤多关注。如其《官籴粮》一诗，前有小序："美山东赵公伯坚也。公以江西行省检校官，来浙右籴米十万石赈饥。至是，吴民苦于官籴，公一无所

————————
① 陶宗仪:《辍耕录》卷二十三，中华书局1959年版，第283页。
② 杨镰:《全元诗》第43册，中华书局2013年版，第358页。

扰，而官亦不劳而集。瑛虽不才，敢效白居易体作是谣，使吴民歌以饯其行云。"从小序中可知，此次籴粮是为赈灾，在诗中，作者先列举近年东吴百姓承受的籴粮之苦，尤其是在战争之际，良田多半荒芜，而官吏们却依旧残暴地征粮："官籴粮，官籴粮，东吴之民自遑遑，去年今年来侍郎。凛凛六月生秋霜，官钱未给先取将。今朝十万上官仓，明朝十万就船装。小斛较斛大斛量，吏弊百出那可当。输钱索物要酒浆，磨牙吮血如虎狼。满身鞭棰成瘭疮，郡侯视之泗滂滂。忍使吾民罹厥殃，实欲止之无计张。官籴粮，官籴粮，东吴之民无积藏，山东赵公来南昌。南昌杀贼如犬羊，贼虽解围民亦荒。"顾瑛在批判了一般官吏的残暴之后，对于赵伯坚此次的籴粮之行表示了赞赏，同时期望元政府能够早日结束战争，使百姓免遭战火涂炭，也免遭籴粮之苦：

> 贫者守死富食糠，爱民谁如赵平章。手发官帑钱百囊，公既得之夜乘航。缘江逋贼肆猖狂，操舟帕首来取攘。我公挽弓一石强，百发百中贼始亡。倍道十日抵苏杭，誓不移文下官坊。微服民间身作商，指廪发粟酬其偿。十万月就民不伤，千艘万斛如龙骧。黄旗赤帜分两纲，南风开船若雁行。船头击鼓声锽锽，六月牵江过鄱阳。新米未熟旧米香，江西之民无枯肠。官籴粮，官籴粮，粒粒尽是民脂肪，天子端居白玉堂。相君峨峨坐庙廊，紫衣朱服列两厢。天门九重启煌煌，豹蹲虎踞严其防。覆盆不照日月光，谁能奏牍奏帝旁。以公籴粮为典常，东吴之民始安康。官籴粮，官籴粮，东搬西载道路长。去年押粮上蕲黄，今年五月未还乡。安得风尘静四方，羊肠蜀道成康庄。舟车所至皆来王，普天之民乐而昌。天子圣寿垂无疆，万年千载不用官籴粮。①

这种官府籴粮的行为并不是偶然事件，在元末"长淮千里连烽火，西

---

① 杨镰：《全元诗》第49册，中华书局2013年版，第3—4页。

浙三年运米薪。"（顾瑛《十一月二十七日雾中作》）^①战争阻断了漕运，南北正常的交通中断。"端阳过了南风起，不见谁开漕运船。"（顾瑛《乙未书实和孟天炜都司见寄》其十）^②官府要从江南将粮食运到北方和两都，只好选择海运。海上也不太平，顾瑛有组诗《铙歌十首并小序送董参政》，在组诗前的小序中讲到诗的写作背景："至正十有二年，狂贼梗化，红帕首者动数十万。所在蜂起。广平董公，参政江浙行省，由淮西率兵复杭城，平诸属邑，战昱岭，歼群丑。十四年春，诏开水军都府于娄上，公领帅事，平海寇也。是年夏，复诏判枢密院，将大用矣。故隅鲰生，敢拟鼓吹镜歌十曲，谨书隆茂宗描曹弗兴所画黄帝兵符图后，以寓颂美之万一云。"^③平定海上的义军，一个很重要的意义就是粮食可以顺利运到大都。顾瑛有《是夜回宿海口舟中董参命赋口号》诗，作于海上义军平定之后，诗歌尾联云："回头坐见辰星近，十日粮船达帝州。"^④很好地说明了这一点。

战争中大量的参战者被杀，而这些都是百姓之子，对于兵燹造成的百姓之苦舒顿有多首诗进行了描述。舒顿，字道原，绩溪（今属安徽省）人。擅长隶书，博学广闻。曾任台州学正，后时艰不仕，隐居山中。入明屡召不出，洪武十年（1377）终老于家。归隐时曾结庐为读书舍，其书斋取名"贞素斋"。著有《贞素斋集》《北庄遗稿》等。在《从军行》中，作者从从军的征夫和在家的思妇两方面描写了从军之苦："吾侬生长军旅中，十三从军征辽东。左县乌号右羽箭，匹马直入贼党攻。杀戮归来甫期岁，淮湘盗起纷如猬。不闻诸葛八阵图，那见陈平六奇计。江淮郡邑今空虚，为问足食足兵意何如。莫叹出无车食无鱼，风雨萧萧吹蔽庐。杼柚织纤

---

① 杨镰：《全元诗》第 49 册，中华书局 2013 年版，第 20 页。
② 杨镰：《全元诗》第 49 册，中华书局 2013 年版，第 30 页。
③ 杨镰：《全元诗》第 49 册，中华书局 2013 年版，第 8 页。
④ 杨镰：《全元诗》第 49 册，中华书局 2013 年版，第 4 页。

废，灯火市井孤。东村西落声相呼，南关北寨守壮夫。五年鞍马疲筋力，去家万里无消息。无消息，空相忆。腰白刃，血犹赤。我劝君有儿，莫从军。愿将锋镝化忠义，报答清朝圣主恩。"①正是如此凄惨的事实，所以作者通过《莫从军》，重申有男从军造成的痛苦：

> 有儿莫从军，军中受辛苦。天寒劫营寨，风雨伏途路。兜鍪铁甲长在身，楚汉交锋动兼旬。不幸失机力困乏，性命倏忽泉下人。主将论功称第一，功成元出小军力。东征西伐无休期，咫尺家山归不得。莫从军，从军难对敌。被掳须臾间，胜若狼虎猛，败若犬豕残。英雄有时亦如此，世事往往相循环。天涯沦落命如线，父母妻子不相见。缚饥囚气泪暗零，衣不蔽体卧见星。遭逢乱世或侥幸，赢得面上双旗青。②

元朝末年的战乱中，有一个很特殊的现象，大量地主武装的"义兵"参与到了镇压起义军的行列。"至正十四年（1354）脱脱高邮军前被罢黜和元军不战而溃以后，元朝廷镇压农民军主要依靠的就是义兵，而不是官军。"③ 舒頔拟杜甫《兵车行》作《义兵行》诗：

> 兄佩剑，弟执枪，守关厄隘日夜忙。妻忧夫，子别父，室家仳离不相顾。甲胄依岩峦，旌旗蔽途路。太平日久忘战争，五载干戈岂胜苦。车骈骈，鼓填填，东村西落无人烟。禾生陇亩刘健妇，白日不见云蒙天。眼中禄秩借武勇，骚翁墨士今焉用。独自行吟扣角歌，谁人为作河清颂。君不见，前年白骨堆纵横，今年邻郡祸又生。移家便合去尘世，此身凡骨何由蜕。④

关于义兵，顾瑛在《张仲举待制以京中海上口号十绝附郯九成见寄瑛

---

① 杨镰：《全元诗》第 43 册，中华书局 2013 年版，第 363 页。
② 杨镰：《全元诗》第 43 册，中华书局 2013 年版，第 363 页。
③ 李治安：《元史十八讲》，中华书局 2014 年版，第 214 页。
④ 杨镰：《全元诗》第 43 册，中华书局 2013 年版，第 363 页。

以吴下时事复韵答之》其九中说："义士一千屯海上，自家供米又供钱。"①
这里的义士应该就是义兵，舒頔在诗中并未强调这种义兵与官军有何不
同，而是着眼于战争给战士及其家人带来的苦痛，描述了元末战争给社会
带来的巨大破坏。

元末战争中，元廷之所以节节败退，既与起义军声势浩大有关系，
也与元廷统治者与各地官员只为一己私利不思为国有极大关系。郭钰
（1316—?）字彦章，吉水人。元末遭遇丧乱，隐居不仕。明初，曾被以茂
才征，以疾辞。郭钰亲历元末战乱，所作诗多愁苦之辞。有诗《采蕨歌》，
与周霆震《蕨根叹》极为相似，描写百姓因战乱，采食蕨菜的苦况，在诗
歌结尾运用对比手法，描写了官员迫害百姓"打门索钱"，"拥荆节"的将
军却"红楼夜醉梨花月"，根本无心战事：

> 朝采蕨，南山侧。暮采蕨，北山北。穿云伐石飞星裂，手脚冻皴
> 腰欲折。紫芽初长粉如脂，瘦根蟠屈蛟蛇结。吞声出门腹已饥，猿啼
> 风摆藤萝衣。长镵短笠日将暮，攀援垠塄何当归。朝采蕨，暮采蕨，
> 东邻老翁更凄恻。抱蕨转死长松根，妻子眼穿泪成血。情知世乱百忧
> 煎，得归茅屋心悬悬。痴儿啼怒炊烟晚，打门又索军需钱。君不见将
> 军拥旌节，红楼夜醉梨花月。②

周霆震诗中对这些内容的描写更多，诗歌前都有小序说明地方官员
的恶德劣行。如《宜春将军取印歌》的序言："寇逼袁州，万户某弃印走
赣。义士彭志凯力战完城，印失复得。七月，万户自赣还，忌其功，取
印忤意，寻杀之。袁竟不守，作《取印歌》。"③ 这位在义军来时为保命而
弃印出逃，义军败后，为取印而杀害义士，这样的官员如何能保家卫国？
《孤隼歌》与《悲东姚》两诗都写及答失蛮氏同知脱欢擅权事，前者脱欢

---

① 杨镰：《全元诗》第49册，中华书局2013年版，第3页。
② 杨镰：《全元诗》第57册，中华书局2013年版，第490页。
③ 杨镰：《全元诗》第37册，中华书局2013年版，第15页。

迫害的是统军经历、河西人燮理俞询，迫使他离开。后者写的是安成姚正叔："吾州姚氏城东营，四年杀贼部位名。一门忠义死相继，报国何重身何轻。"这样的义士奋起抵抗，牺牲家人数人，实现了地方百姓不受戕害。结果至正十五年乙未（1355）夏五月，义军大军来攻，脱欢与监州普剌忌其能，作壁上观，有将士主动要求支援的也被"二人力遏之。"最终导致"姚死，安成陷"。① 《征西瑶》描写的官员，根本不懂战术，一味冒进，导致大量士兵死亡："邑同知线去岁领兵西行，嗜利深入，寇垂险迫之，委其众奔还，义丁积骸遍野，存者十无二三。郡吏受赇舞文，末灭其罪。今复承檄来南，赂吏之赀，悉取偿焉。"在诗作中作者认为："群邪逞志忠义屈，无怪寇至无坚城。"② 这可能道出了元末战争及元朝灭亡的部分真相。

由以上所论，我们发现元末诗人对于元朝政权有认同，但对其统治亦有批判。既没有因为统治者是蒙古族，汉族群雄竞起时便都站在义军一方；也没有完全认同元廷在面对天灾、人祸时的作为。不可否认的是，在元朝末年的确有一批汉族知识分子，或者受知于元蒙统治者或者考中过元朝的进士，或者仅仅是一个诗人，他们与元朝族群的鸿沟还未消除，但在内心还是尊奉元朝为正统王朝："百年礼乐华夷主"③。而这种认同，如前所论，其原因是多方面的。笔者觉得还有一个原因也不得不提：元是继唐之后，建立起统一南北的帝国，其疆域之广为汉唐所不及。尤其是在其全盛时期，"四海梯航"，四夷来朝，令全元各族人民都无比自豪。我们如果翻看元代诗文集，常常会看到元人对"华夷一统""海宇混一"的大元王朝的赞美。如许有任在《大一统志序》中言："春秋所以大一统者，六合同风，九州共贯也。然三代而下，统之一者可考焉。汉拓地虽远，而攻取有正谲，叛服有通塞，况师异道，人异论，百家殊方，指意不同，无以持一

① 杨镰：《全元诗》第 37 册，中华书局 2013 年版，第 16、20 页。
② 杨镰：《全元诗》第 37 册，中华书局 2013 年版，第 16 页。
③ 宋讷：《西隐集》，《四库全书》本，卷三《壬子秋过故宫十九首》之十八。

统，议者病之。唐腹心地为异域而不能一者，动数十年。若夫宋之画于白沟，金之局于中土，又无以议为也。我元四极之远，载籍之所未闻，振古之所未属者，莫不涣其群而混于一。则是古之一统，皆名浮于实，而我则实协于名矣。"① 所以即便面临元明鼎革，诗人们依然津津乐道这些往事。贝琼诗中说："父老歌延祐，君臣忆至元。"② 鲁渊③ 在其《题诸蕃入供图》诗序及诗中也表达了这一思想：

> 皇元永天命，薄海内外，罔不臣顺。远人梯山航海，朝贡水土物，有不待写王图而知其盛也。比年宇内多战争，彼疆此界有硅步而不可逾越者，况望期朝贡千里之外哉？今观此图，模写远国朝贡，诡装异服，有阎立本遗意焉。俯仰今昔，掩卷三叹。噫！安得颂中兴而睹升平之世哉。因赋一律。

其诗云：

> 忆昔天朝全盛日，海涵春育遍群黎。九州文轨车书混，万国梯航玉帛齐。注驾朝间范国马，神光夜烛海南犀，画图惆怅承平日，回首江山一鼓鼙。④

因而我们可以这样说，当元朝覆亡之际，汉族诗人们的思想是极为复杂的。无论从哪一类材料入手，我们都可以获得一种全新的解读方式。从这种复杂性中，我们也能感受到历史进步的信息：蒙古族对中原短暂的统治，证明了王朝的合法性是来自"诸侯用夷礼，则夷之；进于中国，则中

---

① 李修生：《全元文》第 38 册，凤凰出版社 2004 年版，第 124 页。
② 贝琼：《清江贝先生集》，《四部丛刊》本，卷八。
③ 鲁渊，字道原（一作道源），号本齐。淳安（今属浙江）人。早年刻苦攻读，至正十一年进士，授松江华亭县丞。战乱初期，曾为起事者所执，逾年始得脱，往依门生迈里古斯于越中。至正十四年，任江浙儒学副提举，又进正提举。张士诚据吴中，除国子博士，因疾不受命。
④ 杨镰：《全元诗》第 62 册，中华书局 2013 年版，第 257 页。

国之"① 的礼仪夷夏观，而不是民族或种族的夷夏观。这种进步性不仅对于清王朝确立自己的正统地位提供了借鉴，对于中华民族共同体的形成和稳固也具有重要的意义。

---

① 韩愈：《原道》，马其昶校注：《韩昌黎文集校注》第 1 卷，上海古籍出版社 1986 年版，第 17 页。

参考文献

古籍文献

班固：《汉书》，中华书局 2006 年版。

陈邦瞻：《元史纪事本末》，中华书局 1979 年版。

陈衍：《元诗纪事》，上海古籍出版社 1984 年版。

范晔：《后汉书》，中华书局 2007 年版。

傅习、孙存吾：《皇元风雅》，四部丛刊本。

傅璇琮等：《全宋诗》，北京大学出版社 1991 年版。

顾嗣立：《元诗选》，中华书局 1987 年版。

洪钧：《元史译文证补》，商务印书馆 1937 年版。

蒋易：《国朝风雅》，北京图书馆出版社 2005 年版。

柯劭忞：《新元史》，开明书店 1935 年版。

赖良：《大雅集》，文渊阁四库丛书本。

李修生：《全元文》，凤凰出版社 1999—2005 年版。

李志常：《长春真人西游记》，河北人民出版社 2001 年版。

梁启超：《中国历史研究法》，人民出版社 2008 年版。

刘祁：《归潜志》，中华书局 1983 年版。

刘勰：《文心雕龙》，周振甫注，人民文学出版社 1981 年版。

刘昫等：《旧唐书》，中华书局 1975 年版。

刘义庆：《世说新语》，龚斌校释，上海古籍出版社 2011 年版。

刘郁：《西使记》，清李宗颢注稿本。

刘知己：《史通》，上海古籍出版社 1978 年版。

欧阳修等：《新唐书》，中华书局 1975 年版。

彭大雅、徐霆撰：《黑鞑事略》，王国维遗书本。

彭定求等：《全唐诗》，中华书局 1965 年版。

钱大昕：《补元史艺文志》，商务印书馆 1937 年版。

钱大昕：《元史氏族表》，清嘉庆黄钟刻本。

钱熙彦：《元诗选补遗》，中华书局 2002 年版。

阮元：《十三经注疏》，中华书局影印本 1980 年版。

邵远平：《元史类编》，清乾隆扫叶山房刻本。

司马迁：《史记》，中华书局 1959 年版。

宋濂等：《元史》，中华书局 1976 年版。

苏天爵：《元朝名臣事略》，中华书局 1996 年版。

隋树森：《全元散曲》，中华书局 1981 年版。

唐圭璋等：《全金元词》，中华书局 1979 年版。

陶宗仪：《南村辍耕录》，中华书局 1959 年版。

屠寄：《蒙兀儿史记》，中华书局 1962 年版。

脱脱等：《金史》，中华书局 1975 年版。

脱脱等：《宋史》，中华书局 1977 年版。

汪辉祖：《元史本证》，中华书局 2004 年版。

王国维：《宋元戏曲史》，上海古籍出版社年 1998 年版。

王季思：《全元戏曲》，人民文学出版社 1990 年版。

魏源：《元史新编》，岳麓书社 2005 年版。

魏征等：《隋书》，中华书局 2008 年版。

徐征等：《全元曲》，河北教育出版社 1998 年版。

许慎：《说文解字》，段玉裁注，上海古籍出版社 1988 年版。

杨镰等：《全元诗》，中华书局 2013 年版。

耶律楚材：《西游录》，向达校注，中华书局 1981 年版。

叶子奇:《草木子》,中华书局 1959 年版。

永瑢等:《四库全书总目》,中华书局 1981 年版。

元好问:《中州集》,华东师范大学出版社 2014 年版。

张景星等:《元诗别裁集》,上海古籍出版社 1979 年版。

张豫章等:《御选宋金元明四朝诗》,文渊阁四库全书本。

章学诚:《文史通义》,上海古籍出版社 2015 年版。

赵珙:《蒙鞑备录》,王国维遗书本。

赵翼:《廿二史札记》,中华书局 2008 年版。

钟嵘:《诗品》,人民文学出版社 2001 年版。

当代著作

白·特木尔巴根:《古代蒙古作家汉文创作考》,内蒙古教育出版社 2002
年版。

包根弟:《元诗研究》,台湾幼狮文化事业公司 1978 年版。

包斯钦、金海:《草原精神文化研究》,内蒙古教育出版社 2007 年版。

查洪德、李军:《元代文学文献学》,中国社会科学出版社 2002 年版。

查洪德:《元代诗学通论》,北京大学出版社 2014 年版。

陈得芝:《蒙元史研究丛稿》,人民出版社 2005 年版。

陈高华等:《元典章点校》,天津古籍出版社 2011 年版。

陈文新等:《中国文学编年史》,湖南人民出版社 2006 年版。

陈垣:《元西域人华化考》,上海古籍出版社 2000 年版。

邓绍基:《元代文学史》,人民文学出版社 1991 年版。

丁福保:《历代诗话续编》,中华书局 1983 年版。

方龄贵:《元朝秘史通检》,中华书局 1986 年版。

方龄贵:《元明戏曲中的蒙古语》,汉语大词典出版社 1991 年版。

费孝通:《中华民族多元一体格局》,中央民族大学出版社 1989 年版。

桂栖鹏:《元代进士研究》,兰州大学出版社 2001 年版。

郭成伟:《大元通制条格点校》,法律出版社 2000 年版。

洪德:《理学背景下的元代文论与诗文》,中华书局 2005 年版。

胡传志:《宋金文学的交融与演进》,北京大学出版社 2013 年版。

钟敬文：《民俗学概论》，上海文艺出版社 2009 年版。

[波斯] 拉施特：《史籍》，余大均译，商务印书馆 1986 年版。

郎樱、扎拉嘎等：《中国各民族文学关系研究》，贵州人民出版社 2005 年版。

[法] 勒内·格鲁塞：《草原帝国》，蓝琪译，商务印书馆 1998 年版。

李炳海：《民族融合与中国古代文学》，东北师范大学出版社 1997 年版。

李漫：《元代传播考》，北京大学出版社 2013 年版。

李修生、查洪德：《辽金元文学研究》，北京出版社 2003 年版。

李泽厚：《中国古代思想史论》，人民文学出版社 1994 年版。

李志安：《元代政治制度研究》，人民出版社 2003 年版。

李志安：《元史十八讲》，中华书局 2014 年版。

刘亚虎、罗汉田、邓敏：《中国南方民族文学关系史》，民族出版社 2001
年版。

[法] 鲁不鲁乞：《出使蒙古记》，克里斯托福·道森注，吕浦译，中国社会科
学出版社 1982 年版。

罗贤佑：《元代民族史》，四川民族出版社 1996 年版。

[意] 马可·波罗：《马可·波罗行纪》，[法] 沙海昂注，冯承均译，商务印
书馆 2012 年版。

马冀：《杨景贤作品校注》，内蒙古大学出版社 2001 年版。

米彦青：《接受与书写：唐诗与清代蒙古族汉语韵文创作》，中国社会科学出
版社 2014 年版。

米彦青：《清中期蒙古族诗人汉文创作唐诗接受史》，内蒙古教育出版社 2011
年版。

钱钟书：《管锥编》，中华书局 1979 年版。

丘任良：《竹枝词纪事》，暨南大学出版社 1994 年版。

邱江宁：《奎章阁文人群体与元代中期文学研究》，人民出版社 2013 年版。

荣苏赫、赵永铣、贺西格陶克涛：《蒙古族文学史》，辽宁民族出版社 1994
年版。

史为乐：《中国历史地名大辞典》，中国社会科学出版社 2005 年版。

孙昌武：《北方民族与佛教》，中华书局 2015 年版。

孙雍长注释：《庄子》，花城出版社 1998 年版。

陶玉坤：《北方游牧民族历史文化研究》，内蒙古教育出版社 2007 年版。

王叔磐、孙玉溱：《古代蒙古族汉文诗选》，内蒙古人民出版社 1984 年版。

萧启庆：《蒙元史新研》，台北允晨文化实业股份有限公司 1994 年版。

萧启庆：《内北国而外中国——蒙元史研究》，中华书局 2007 年版。

萧启庆：《元代的族群文化与科举》，台北联经出版公司 2008 年版。

杨伯峻译注：《论语译注》，中华书局 1980 年版。

杨伯峻译注：《孟子译注》，中华书局 2005 年版。

杨光辉：《萨都剌生平及著作实证研究》，高等教育出版社 2005 年版。

杨镰：《元诗史》，人民文学出版社 2003 年版。

杨镰：《元西域诗人群体研究》，新疆人民出版社 1998 年版。

幺书仪：《元代文人心态》，文化艺术出版社 1993 年版。

叶新民：《元上都研究》，内蒙古大学出版社 1998 年版。

义都合西格等：《蒙古民族通史》，内蒙古大学出版社 2002 年版。

余大均：《蒙古秘史译注》，河北人民出版社 2007 年版。

云峰：《蒙汉文化交流侧面观——蒙古族汉文创作史》，天津古籍出版社 1992 年版。

云峰：《蒙汉文学关系史》，新疆人民出版社 1997 年版。

云峰：《民族文化交融与元代诗歌研究》，内蒙古大学出版社 2013 年版。

云峰：《元代蒙汉文学关系研究》，民族出版社 2005 年版。

张晶：《辽金元文学论稿》，北京广播学院出版社 2004 年版。

［伊朗］志费尼：《世界征服者史》，何高济译，中国人民大学出版社 2012 年版。

赵仁圭、万光治、张廷银：《启功讲学录》，北京师范大学出版社 2004 年版。

朱荣智：《元代文学批评之研究》，台湾联经出版公司 1982 年版。

学位论文

杜改俊：《跨文化视角下忽必烈幕府群体形成研究》，北京外国语大学 2014 年博士学位论文。

国宇：《元杂剧中的蒙古族文化》，辽宁师范大学 2012 年硕士学位论文。

侯芳宇：《遗山"丧乱诗词"比较论》，辽宁师范大学 2012 年硕士学位论文。

李成文：《宋元之际诗歌研究》，南京大学 2006 年博士学位论文。

鲁塔娜：《蒙汉文化交流与元杂剧中的爱情婚姻剧》，中央民族大学 2007 年硕士学位论文。

任红敏：《金莲川藩府文人群体之文学研究》，南开大学 2010 年博士学位论文。

吴志坚：《元代科举与士人文风研究》，南京大学 2009 年博士学位论文。

辛昕：《元好问在金元易代时期的诗歌创作及影响》，辽宁师范大学 2012 年硕士学位论文。

杨立琴：《元代骚体文学研究》，河北大学 2006 年博士学位论文。

杨亮：《宋末元初四明文士与诗文研究——以舒岳祥、戴表元、袁桷为中心》，河南大学 2007 年博士学位论文。

云国霞：《元代诗学研究》，四川大学 2007 年博士学位论文。

朱明玥：《南宋遗民诗人诗作研究》，上海师范大学 2007 年硕士学位论文。

期刊论文

白·特木尔巴根：《元代诗坛巨匠萨都剌族属考略》，《内蒙古师范大学学报》2002 年第 4 期。

白乙拉：《元代蒙古族诗人泰不华》，《内蒙古师大学报》1988 年第 5 期。

鲍远航、王素美：《论刘因的丧乱诗》，《湖州师范学院学报》2007 年第 5 期。

毕兆明：《论蒙汉文化交融对元代蒙古族汉文诗创作的影响——以泰不华汉文诗用典为例》，《社会科学战线》2012 年第 4 期。

曾小梦：《史的价值诗的意蕴——汪元量"诗史"探微》，《东南大学学报》2008 年第 2 期。

陈书龙：《论元好问的"丧乱诗"》，《中南民族学院学报》1984 年第 4 期。

达应庚：《元代泰不华族源初探》，《甘肃社会科学》1991 年第 3 期。

樊运景：《试论金末元初文人的蒙古之行及创作》，《内蒙古大学学报》2014 年第 4 期。

方衍、贾书海：《丘处机与成吉思汗》，《学习与探索》1994 年第 6 期。

方勇：《"少陵诗史在眼前"——简论南宋遗民舒岳祥诗歌的特征》，《天中学刊》1998 年第 4 期。

方勇：《论宋亡"诗史"》，《浙江大学学报》2001年第3期。

郭小转、胡海燕：《从蒙古族习俗及文化心理看元杂剧大团圆结局》，《青海民族大学学报》2011年第1期。

何方行：《泰不华诗歌创作初论》，《民族文学研究》2007年第1期。

胡传志：《天放奇葩角两雄——陆游与元好问诗歌比较论》，《北京大学学报》2010年第4期。

纪流：《长春真人万里传道成吉思汗》，《炎黄春秋》1994年第9期。

金传道：《丘处机西游途中文学活动系年考略》，《内蒙古大学学报》2014年第3期。

李炳海：《诗歌：民族文化交流的媒介和纽带》，《文学前沿》2000年第2期。

李军：《论元代的上京纪行诗》，《民族文学研究》2005年第2期。

李治安：《元代"内蒙外汉"二元政策简论》，《史学集刊》2009年第3期。

林邦钧：《元诗特点概述》，《北京师范大学学报》1990年第3期。

刘凤鸣：《我之帝所临河上，欲罢干戈致太平——丘处机远赴成吉思汗行营的历史动因》，《鲁东大学学报》2008年第1期。

刘嘉伟：《泰不华在元大都多族士人圈中的文学活动考论》，《内蒙古大学学报》2012年第4期。

刘嘉伟：《元大都多族士人圈的互动与元代清和诗风》，《文学评论》2011年第4期。

刘真伦：《萨都剌生年小考》，《晋阳学刊》1989年第5期。

刘真伦：《萨都剌姓名族别及家世考索》，《重庆师范学院学报》1991年第1期。

罗海燕、王素美：《试论元好问的丧乱诗创作》，《兵团教育学学院学报》2008年6期。

罗海燕：《元代边塞诗特征》，《集美大学学报》2008年第10期。

吕锡琛：《评成吉思汗召丘处机论道》，《湘潭师范学院学报》1992年第4期。

吕锡琛：《丘处机西行论道及其社会意义探析》，《道教研究》2003年第1期。

马冀：《郝经与金莲川》，《锡林郭勒职业学院学报》2012年第6期。

南岳：《丘处机劝诫成吉思汗的真相》，《科学大观园》2010年第3期。

邱江宁：《元代的上京纪行诗论》，《文学评论》2011年第2期。

任红敏：《忽必烈潜邸方外人士考》，《宁夏师范学院学报》2009年第2期。

任红敏：《忽必烈潜邸文人的金莲川情结》，《民族文学研究》2012 年第 6 期。

任红敏：《金莲川藩府儒臣诗作所展示的儒者气象》，《民族文学研究》2011 年第 2 期。

任红敏：《金莲川藩府文人仕与隐的冲突》，《中央民族大学学报》2011 年第 3 期。

任红敏：《刘秉忠诗词的太羹玄酒之味》，《名作欣赏》2011 年第 20 期。

任红敏：《略论忽必烈潜邸少数民族谋臣侍从文人群体的历史地位及贡献》，《前沿》2011 年第 5 期。

任红敏：《萧辅道入侍忽必烈藩府及太一道在元代的发展》，《兰台世界》2011 年第 19 期。

山西大学历史系：《论邱处机与成吉思汗论道的历史特质》，《山西师大学报》1998 年第 5 期。

邵俊峰：《长春真人与成吉思汗的会见》，《内蒙古民族师院学报》1993 年第 2 期。

汤吟菲：《中唐唱和诗述论》，《文学遗产》2001 年第 3 期。

田耘：《简论元代边塞诗》，《信阳师范学院学报》2003 年第 4 期。

佟柱臣：《成吉思汗皇帝赐丘处机圣旨石刻考》，《文物》1986 年第 3 期。

童凤畅：《白马秋风塞上——元代少数民族边塞诗简论》，《青海师范大学学报》2001 年第 3 期。

王辉斌：《金源时期的诗派述论》，《重庆教育学院学报》2012 年第 1 期。

王叔磐：《关于萨都剌的族属、家世、籍贯、生卒年、一生官历问题的考证》，《内蒙古大学学报》1986 年第 4 期。

王叔磐：《泰不华传略与族属考证》，《内蒙古社会科学》1991 年第 3 期。

王素美：《元好问丧乱诗的突破》，《忻州师范学院学报》2011 年第 1 期。

王颋：《伯牙吾氏泰不华事迹补考》，《民族研究》2007 年第 2 期。

夏当英：《成吉思汗礼遇丘处机分析——以权力与宗教互动的视角》，《温州大学学报》2011 年第 3 期。

萧启庆：《元代多族士人的雅集》，《中国文化研究所学报》1997 年第 6 期。

阎福玲：《论元代边塞诗创作及特点》，《内蒙古社会科学》1998 年第 6 期。

杨富有：《元上都扈从诗的民族精神要素发微》，《内蒙古大学学报》2010 年第 3 期。

　　杨富有：《元上都扈从诗中的边塞诗风》，《广播电视大学学报》2012 年第 1 期。

　　杨富有：《元上都咏史诗的内容及其意义分析》，《内蒙古民族大学学报》2012 年第 5 期。

　　杨光辉：《萨都剌生年考述》，《华东师范大学学报》2000 年第 6 期。

　　杨镰：《答禄与权事迹勾沉》，《新疆大学学报》1993 年第 5 期。

　　杨镰：《双语诗人答禄与权新证》，《许昌学院学报》2012 年第 6 期。

　　叶蓓：《浅析蒙古族文化对元杂剧形成及发展的影响》，《民族文学研究》1997 年第 6 期。

　　岳振国：《元代回族诗人萨都剌的题画诗研究》，《民族文学研究》2010 年第 2 期。

　　云峰：《元代蒙古族汉文诗歌漫谈》，《中央民族学院学报》1986 年第 3 期。

　　云峰：《元代蒙古族汉文诗歌漫谈》，《中央民族学院学报》1986 年第 3 期。

　　张荣东、逯雪梅：《论元好问"丧乱诗"的悲剧美学意蕴》，《黑龙江农垦师专学报》2001 年第 3 期。

　　张旭光：《回族诗人萨都剌姓氏年辈再考订》，《扬州师院学报》1983 年第 3 期。

　　张迎胜：《萨都剌宦迹考》，《宁夏大学学报》1985 年第 1 期。

　　张忠堂：《成吉思汗三请丘处机》，《中国道教》2005 年第 4 期。

　　赵文坦：《成吉思汗与丘处机关系辨析》，《东岳论丛》2009 年第 5 期。

　　赵延花：《从上都扈从诗看滦阳民俗》，《北方论丛》2012 年第 6 期。

　　周双利：《自是诗人有清气，出门千树雪花飞》，《固原师专学报》1987 年第 1 期。

　　朱耀廷：《西征路上的成吉思汗为什么要会见长春真人》，《北京大学学报》1983 年第 6 期。

后　记

书稿即将付梓，欣喜之余也颇多感慨。

二十年前，我在内蒙古大学跟随马冀先生攻读研究生期间，开始涉足元代文学，参与过马冀先生主持的古籍整理课题《杨景贤作品校注》《贾仲明作品校注》；十年前，我由关注元代杂剧转向元代诗歌研究，申请了内蒙古社会科学规划课题"上都扈从诗的文化阐释"。2013 年跟随米彦青教授攻读博士学位，2016 年参与了米彦青教授主持的国家社会科学基金重大招标项目"元明清蒙汉文学交融文献整理与研究"，并主持了其中的一个子项目，2017 年写成博士论文《蒙汉文学交融视域下的元诗研究》，对自己的探索做个总结。

目前，学术著作有两种写法比较常见：一类是对研究对象作全面系统的关照；另一类是不太注重"全面系统"，而是在一个统一的范畴内，以一个个具体论题为对象，组织成书，各个论题之间，联系不够紧密，各自独立。本书的章节结构属于后者。在"蒙汉文学交融"这个大题目下大体有个框架，但未能形成一个完善的系统，章节之间缺少一以贯之的逻辑联系。因为本书是在博士论文的基础上修改完成的，也带有学位论文的稚拙痕迹。

在联系出版的过程中，恰逢内蒙古大学进入"双一流"高校建设行列，本书幸运地获得"双一流"建设经费的资助。在此感谢内蒙古大学和内蒙古大学文学与新闻传播学院诸位领导的关心和帮助。

本书写作过程中，得到许多师友和同行的指点、帮助，得到家人的理解和支持，在此一并致谢。特别要感谢人民出版社柴晨清博士的辛勤劳动！

受水平所限，书中一定有这样那样的错谬、不足和欠妥处，真诚期待学术界方家不吝赐教。

赵延花

2020 年 2 月 8 日

责任编辑：柴晨清

图书在版编目（CIP）数据

蒙汉文学交融视域下的元诗研究／赵延花 著 . — 北京：人民出版社，2021.3

ISBN 978－7－01－022530－2

I.①蒙… II.①赵… III.①古典诗歌－诗歌研究－中国－元代 IV.① I207.227.47

中国版本图书馆 CIP 数据核字（2020）第 189129 号

蒙汉文学交融视域下的元诗研究

MENGHAN WENXUE JIAORONG SHIYUXIA DE YUANSHI YANJIU

赵延花　著

人民出版社 出版发行

（100706　北京市东城区隆福寺街 99 号）

北京建宏印刷有限公司印刷　新华书店经销

2021 年 3 月第 1 版　2021 年 3 月北京第 1 次印刷

开本：710 毫米 ×1000 毫米 1/16　印张：22.75

字数：323 千字

ISBN 978－7－01－022530－2　定价：78.00 元

邮购地址 100706　北京市东城区隆福寺街 99 号

人民东方图书销售中心　电话（010）65250042　65289539